dtv

Es ist das schaurige Ende eines schwülheißen Sommertages: Eine junge Polizistin wird an ihrer Wohnungstür überfallen und brutal niedergestochen. Die Stichwunden auf ihrem Bauch ergeben die römische Ziffer I. Sie überlebt mit knapper Not. Ein paar Tage später findet man eine tote Studentin in einem Keller, ermordet. Ihr wurde eine römische II in die Haut geritzt. Die Frauen scheinen zunächst nichts gemeinsam zu haben. Bis auf ihre rote Haarfarbe ... Inspecteur Paul Vegter ist persönlich von diesem Fall betroffen, denn bei dem ersten Opfer handelt es sich um seine Kollegin Renée, für die er mehr empfindet, als er sich selbst eingestehen mag.
»Ein atemloser Wettlauf, der den Leser mitreißt. Nichts für zarte Gemüter.« (Wiener Zeitung)

Lieneke Dijkzeul gilt als eine der wichtigsten Kriminalautorinnen der Niederlande. Für den vorliegenden Roman wurde sie für den »Gouden strop«, die bedeutendste niederländische Krimiauszeichnung, nominiert.

LIENEKE DIJKZEUL

Vor dem Regen kommt der Tod

Thriller

Aus dem Niederländischen
von Christiane Burkhardt

Deutscher Taschenbuch Verlag

Von Lieneke Dijkzeul
ist im Deutschen Taschenbuch Verlag erschienen:
Schweigende Sünde (21356)

Ausführliche Informationen über
unsere Autoren und Bücher
finden Sie auf unserer Website
www.dtv.de

MIX
Papier aus verantwortungsvollen Quellen
FSC® C019821

Ungekürzte Ausgabe 2012
Deutscher Taschenbuch Verlag GmbH & Co. KG,
München

Titel der niederländischen Originalausgabe:
›De geur van regen‹
(Ambo/Anthos Uitgevers, Amsterdam 2009)

Umschlagkonzept: Balk & Brumshagen
Umschlaggestaltung: Lisa Helm unter
Verwendung eines Fotos von Gallery
Stock/Carl Bengtsson
Satz: Greiner & Reichel, Köln
Druck und Bindung: Druckerei C. H. Beck, Nördlingen
Gedruckt auf säurefreiem, chlorfrei gebleichtem Papier
Printed in Germany · ISBN 978-3-423-21411-7

I

Sie hatte nichts gesehen und nichts gehört. Der Abend war anders verlaufen als erhofft, und sie war ziemlich enttäuscht und genervt. Gedankenverloren tastete sie nach dem Haustürschloss. Sie musste sich bücken, um es zu finden, steckte den Schlüssel hinein und drehte ihn um. Diesmal würde sie die Glühbirne im Laubengang, die schon wieder kaputt war, selbst auswechseln, anstatt tagelang auf den Hausmeister zu warten. Ungeduldig drückte sie die Tür auf.

Und plötzlich war er da.

Direkt hinter ihr.

Leise wie eine Katze, die ihrer Beute auflauert, ohne jeden Schatten, der sie hätte warnen können. Erst ganz zum Schluss spürte sie seine Anwesenheit, vielleicht durch den Luftzug. Die stille, lauwarme Nachtluft war so schwer und feucht, dass sie sich fast mit Händen greifen ließ.

Ihr blieb keine Zeit mehr zu reagieren. Sie spürte seinen Arm um ihren Hals. Er drückte ihr die Kehle zu, damit sie nicht schreien konnte. Ein wilder Schreck durchfuhr sie, gepaart mit der blinden Urangst vor der Dunkelheit, dem Bösen. Eine Erkenntnis flackerte in ihr auf: Die kaputte Glühbirne war kein Zufall.

Sie war jung, kräftig, durchtrainiert und trat sofort nach

hinten. Ihr Fuß traf sein Ziel, aber sie trug dünne offene Sandalen, und der Atem dicht neben ihrem Ohr geriet kaum ins Stocken. Sie riss die Schultern nach vorn und beugte sich gleichzeitig aus der Taille heraus nach unten, in dem Versuch, einen Judogriff anzuwenden.

Der Griff wurde blockiert. Als sie das Gleichgewicht verlor und auf die Knie fiel, verwandelte sich der erhoffte Überraschungsvorteil im Nu in einen Nachteil. Sie wurde hochgerissen und wie ein störrisches Kind in die Wohnung geschubst.

Die Tür fiel zu.

Auch in der Wohnung war es dunkel. Der Lichtschalter befand sich in Hüfthöhe rechts neben der Tür, weshalb sie sich zur Seite warf, wobei ihr nackter Arm schmerzhaft an der rauen Wand entlangschrammte. Ihre suchenden Finger ertasteten den Rand des Schalters, verfehlten ihn aber knapp. Adrenalin ließ ihre blinde Angst in Kampfbereitschaft umschlagen und versetzte sie in die Lage, sich auf ihr nächstes Ziel zu konzentrieren.

Der Tisch.

Ein Couchtisch aus dunklem afrikanischem Holz. Sie wusste genau, wo er stand. Obwohl sich alles in ihr sträubte, machte sie sich schlaff und ließ sich schräg nach vorn fallen. Sie setzte ihr ganzes Körpergewicht ein, machte sich so schwer wie möglich. Ihre Haare streiften den Couchtisch, eine Kante bohrte sich in ihre Schulter, aber sie riss *ihn* mit, sodass er auf sie fiel. Ihr Verstand registrierte das Gewicht seines Oberkörpers. Ein eher zierlicher Mann, was neue Hoffnung aufflackern ließ.

Durch den Sturz lockerte sich der Griff um ihre Kehle. Sie verschwendete keine Energie an einen Schrei. Stattdessen holte sie tief Luft wie ein Schwimmer, der weiß, dass er eine Zeitlang damit auskommen muss. Gleichzeitig versuchte sie, sich umzudrehen und ein Knie anzuziehen.

Aber er war ebenfalls jung. Ihre Finger krallten sich in seinen Oberarm und spürten festes Fleisch, kräftige Muskeln. Selbst bei gleicher Größe und gleichem Gewicht wäre er ihr überlegen. Als er sie erneut in den Schwitzkasten nahm, wich die eben aufgekeimte Hoffnung der Erkenntnis, dass sie diesen Zweikampf vielleicht nicht gewinnen würde.

Trotzdem gelang es ihr, den Couchtisch zu packen. Sie schaffte es, ihn hochzuheben und damit zu werfen. Er traf ihn, flog weiter und knallte gegen die gläserne Scheibe in der Haustür. Sie hörte, wie das Glas knackte. Der laute Knall brachte sie auf eine neue Idee.

Sie musste Lärm machen.

Wieder wurde sie hochgerissen. Sie warf sich nach vorn gegen die Zimmertür, die weit aufflog. So weit, dass die Klinke gegen die Wand knallte. Die Tür prallte zurück und traf sie am Kopf, sodass ihr jetzt nicht nur Kehle, Arm und Schulter schmerzten.

Plötzlich war das Licht an.

Sie war irritiert, musste die Augen zukneifen, denn der Gegensatz zwischen der ihr zugefügten Gewalt und ihrem friedlichen, geordneten Zuhause war einfach zu krass. Ein Zuhause, das ihr an anderen Abenden durchaus ein Gefühl von Geborgenheit vermittelte.

Auch er wirkte überrumpelt, obwohl er den Schalter selbst betätigt haben musste. Für einen Moment war es still. Sie waren beide wie gelähmt.

Sie versuchte, die Situation für sich auszunutzen. Das war ihr Wohnzimmer, sie kannte den Abstand zwischen Fernseher und Sessel, zwischen Sessel und Wohnzimmertisch, zwischen Essecke und Bücherregal. Sie warf sich nach vorn – wie ein Pferd ins Geschirr.

Sie war schlank, aber groß und daran gewöhnt, sich ihre Körpergröße zunutze zu machen. Zusammen stolperten sie ins Zimmer, und er war gezwungen, sie loszulassen.

Blitzschnell drehte sie sich um, ihre Lunge ignorierend, die förmlich nach Sauerstoff schrie. Sie hatte eine Kampftechnik gelernt, bei der man dem Gegner gegenüberstand. Nur dass beim Training ein gewisses Maß an Fairplay dazugehört hatte.

Und kein Messer.

Es blitzte in seiner behandschuhten Hand auf und fing das Licht der Lampe über dem Tisch ein. Sie geriet in Panik. Zum ersten Mal in ihrem Leben. Sie hatte gelernt, einen kühlen Kopf zu bewahren und sich dementsprechend zu verhalten.

Es war ein stabiles Messer, die spitz zulaufende Klinge war bestimmt zwanzig Zentimeter lang.

Sie war nicht nur körperlich trainiert, sondern auch mental. Deshalb zwang sie sich, die Panik zu unterdrücken und die dunkle Gestalt mit dem Messer zu mustern – die schwarzen Turnschuhe, die Jeans um die schmalen Hüften, das schwarze, langärmelige T-Shirt, die Sturmmaske.

Der Mann überragte sie nicht. Er war durchschnittlich groß, hatte gerade, kräftige Schultern und einen erwachsenen Körper. Er war jung, aber ohne die Schlaksigkeit der Jugend. Er stand mit halb ausgestreckten Armen vor ihr und hielt den Kopf etwas schief. Eine Fledermaus mit einem Messer.

Sie japste nach Luft, als er blitzschnell auf sie zusprang, sie zu Boden warf, ihr das Messer an die Kehle presste. Blutstropfen quollen hervor und bildeten eine Reihe roter Perlen auf ihrer zarten Haut.

Er schien jetzt keine Gegenwehr mehr zu erwarten, vertraute der Bedrohung, die von dem Messer ausging, denn sein Griff lockerte sich. Das entging ihr nicht, ebenso wenig wie die Naivität, die dahintersteckte. Ihr Knie schoss nach oben, traf ihn im Schritt.

Er gab ein Geräusch von sich – das erste, das sie überhaupt von ihm vernahm. Es klang wie eine Mischung aus Knurren und Stöhnen. Sie rollte von ihm weg und kam vor ihm auf die Beine. Aber der Kniestoß allein war nicht ausreichend, das wusste sie. Also versuchte sie, ihn mit einem Karatetritt um das Messer zu bringen. Geschmeidig wie ein Tänzer wich er ihr aus, sodass sie das Gleichgewicht verlor und, schmerzhaft mit dem Knöchel umknickend, stürzte.

Sie versuchte, sich zusammenzureißen. Eine Waffe! Sie brauchte eine Waffe, egal welche.

Unweit von ihr stand eine Vase.

Die italienische Vase, die sie von einem Urlaub mitgebracht hatte. Sie hatte sie in einer kleinen Galerie entdeckt, in einem Dorf, dessen Name ihr schon wieder entfallen war. Sie hatte sie unbedingt haben müssen, obwohl sie eigentlich viel zu teuer für sie war.

Sie erinnerte an eine Tajine, war aber viel eleganter: Der Hals war länger und schmaler und endete in einer unwahrscheinlich filigranen, mundgeblasenen Öffnung. Früher hatte sie eine einzelne Orchidee hineingestellt, aber selbst die war schon zu viel. Die Vase genügte sich selbst. Der massive, mehrere Zentimeter dicke Boden war tiefschwarz und wurde nach oben hin immer heller, bis er das zarte Silbergrau der Morgendämmerung angenommen hatte.

Sie sagte Vase dazu, denn irgendwie musste man das Ding ja benennen. Aber es war weitaus mehr als das, es war ein Kunstgegenstand, Schönheit pur. Es war so teuer gewesen, dass sie ihren Urlaub um eine Woche hatte verkürzen müssen. Dennoch hatte sie den Kauf nie bereut. Falls der Mensch überhaupt imstande war, so etwas wie Perfektion zu erschaffen, war diese Vase das beste Beispiel dafür. Etwas, das sie jeden Tag aufs Neue empfunden hatte. Doch jetzt hob sie die Vase, ohne zu zögern, mit beiden Händen über den Kopf.

Weit weniger perfekt allerdings war die Gewichtsverteilung, was die Vase ziellos durch die Luft trudeln und an der

Wand zerbersten ließ. Ein silbergrauer Scherbenregen ging zu Boden, und hauchdünne Splitter blieben in seiner wollenen Sturmmaske hängen.

Die daraus resultierende Verwirrung verschaffte ihr Zeit, Zeit, die sie dringend benötigte. Noch nie im Leben hatte sie geschrien, sie war einfach nicht der Typ dafür. Wenn im Film bedrohte Frauen den Mund aufrissen und laut loskreischten, hatte sie dafür nur ein mitleidiges Kopfschütteln übrig.

Sie stieß einen lauten, gellenden Schrei aus, sprang der Vase hinterher und hob eine größere Scherbe vom Boden auf. Ohne dass sie es überhaupt spürte, brachte ihr der rasiermesserscharfe Rand einen tiefen Schnitt bei. Sie rollte sich auf dem Boden ab und stieß gegen einen der Stühle am Esstisch. Der Stuhl fiel auf sie, und für einen Moment verlor sie jede Orientierung. Sie versuchte, unter dem Tisch hindurchzurollen, aber dafür war es bereits zu spät.

Seine Linke packte sie an den Haaren und riss sie wieder hoch. Er zwang sie auf die Knie und dann auf den Rücken. Sie holte mit der Scherbe aus, traf ihn irgendwo zwischen Brust und Zwerchfell. Das gezackte Glas bohrte sich in den Stoff seines T-Shirts und ließ ihn erneut ein knurrendes Geräusch von sich geben.

Jetzt war das Messer keine bloße Bedrohung mehr, jetzt kam es seinem Zweck nach. Es schnitt durch das dunkelblaue Oberteil, durch einen der schmalen Träger, und bahnte sich seinen Weg durch Haut, Gewebe, Muskeln.

Sofort war ihr linker Arm nicht mehr zu gebrauchen. Die Glasscherbe fiel ihr aus der Hand, aber sie achtete nicht weiter darauf. Sie riss sich los, rappelte sich auf, machte einen Schritt zurück, hinter den Esstisch, und trat diesen um. Der metallene Aschenbecher rutschte von der gläsernen Tischplatte und kam an der Fußleiste scheppernd zum Stehen.

Lärm. Lärm.

Sie bückte sich, griff nach dem Riesenfarn in dem großen Topf und bekam eine Handvoll Blätter zu fassen. Aber die Wedel brachen und entglitten ihr. Und der Topf – der Topf war zu schwer, als dass sie ihn mit einer Hand hätte heben können. Alles, was sie jetzt noch tun konnte, war ihn langsam, zu langsam, und ungeschickt gegen die Wand zu werfen.

Es war eine dünne Wand, da die Wohnungen billig waren und aus einer Zeit stammten, in der die Architekten Wichtigeres zu tun gehabt hatten, als sich um so etwas wie Schallschutz oder Intimsphäre zu kümmern. Hinter der Wand wohnte ein altes Ehepaar. Die Frau litt an Schlafstörungen, das hatte sie oft erwähnt, wenn sie über den Niedergang des Viertels jammerte. Über die vielen Ausländer, die laute Musik an warmen Sommerabenden und über die mutwilligen Beschädigungen der Autos auf dem Parkplatz. Vielleicht lag sie auch jetzt wach, regte sich über den Lärm auf und weckte ihren Mann.

Der Knall des gegen die Wand donnernden Farnübertopfes fiel mit ihrem Schrei zusammen. Mit ihrem letzten. Dass es ihr letzter war, wusste sie, als sie von einem linken Haken zu Boden gestreckt wurde und das Messer durch die Luft sausen sah. Sie hob den Arm in einem lächerlichen Versuch, sich zu schützen.

»Nein«, sagte sie. »Nein.«

War es das jetzt? Fühlte es sich so an, das Sterben? So unvermutet, so armselig, so einsam? So als würde man weggeworfen wie ein wertloses Ding ohne jede Bedeutung, während die Wange im Teppich versinkt und alles, was man noch sieht, eine verstaubte Fußleiste ist? Wie sinnlos.

Das sollte schon alles gewesen sein? Es musste doch noch mehr geben, sie hatte ein Recht auf mehr. Sie hatte schließlich Pläne, Erwartungen, Hoffnung, Vertrauen. Das Messer würde alldem ein Ende machen. Es kam auf sie zu. Unausweichlich. Unabänderlich.

Sie sah keine Bilder, das Leben zog nicht wie ein Film an ihr vorbei. Sie spürte nichts als Erstaunen. Warum? Warum ausgerechnet sie? Dafür musste es doch einen Grund geben.

Zuletzt verspürte sie nur noch ein vages Gefühl des Bedauerns.

Ein weiß glühender Pfriem wurde in ihre rechte Brust getrieben.

Noch nie da gewesene Schmerzen. Tief in ihrem Innern riss etwas. Knirschte. Machte *Geräusche.* Und dann bekam sie keine Luft mehr, konnte nur noch röcheln. Sie ertrank.

Sie spürte nicht, wie die Haare an ihrer linken Schläfe gepackt wurden und das Messer sie mitsamt der Kopfhaut entfernte. Sie hörte nicht, wie die Klingel schrillte und dafür sorgte, dass sich die schwarze Fledermaus zögernd aufrichtete, das Messer noch in der erhobenen Hand.

Sie hörte nicht, wie es zum zweiten Mal klingelte, ein lang anhaltender Ton, der in der stillen Wohnung widerhallte. Sie sah nicht, wie er erneut zögerte, spürte nichts von den hastigen Schnitten in ihren Bauch, nachdem er ihr die zerfetzte Leinenhose nach unten gezogen hatte. Das Messer wurde verstaut. Ein paar schnelle Schritte, eine Tür, die sich öffnete, dann noch eine, ein Sprung in die Dunkelheit, ein Kampf mit Zweigen und Blättern, danach Stille.

Sie hörte auch nicht die Schritte auf dem Laubengang, zögernde, unsichere, sich entfernende Schritte, eine ins Schloss gezogene Tür.

Noch nie war sie auf diese Weise wach geworden: Ihr war, als hätte sie eine lange Reise hinter sich, die sie ohne Wiederkehr wähnte. Ein schönes Gefühl, das durch die Wärme zwischen Kehle und Bauch zusätzlich verstärkt wurde. Eine flüssige Wärme. Ihr war, als hätte sie zu lange in der Badewanne gelegen. Die Wassertemperatur war zwar noch angenehm, aber es wurde dennoch Zeit, aus der Wanne zu steigen.

Doch da war kein Badewannenrand.

Außerdem verweigerte ihr der linke Arm den Dienst. Zudem war sie angezogen. Etwas hing an ihr herunter, das sich anfühlte wie Kleidung. Sie nahm das Zimmer in sich auf, den umgestoßenen Tisch, die Glassplitter, die Scherben des Übertopfs, die Erde. In diesem Moment fiel ihr alles wieder ein.

Und mit der Erinnerung kehrten auch die Schmerzen zurück. Die Flüssigkeit war gar kein Wasser, sie war rot und zäh, dicker als Wasser.

Weil ihr linker Arm unbrauchbar war, stützte sie sich auf den rechten. Sie rang nach Luft, sackte wieder in sich zusammen, kurz davor, erneut das Bewusstsein zu verlieren.

Atmen. Atmen.

Ein.

Aus.

Ein.

Aus.

Ihre Kehle brannte, und sie konnte nicht schlucken. Hilfe. Sie musste Hilfe anfordern. Ihr Handy steckte in ihrer Handtasche. Wo war ihre Handtasche? Sie drehte den Kopf hin und her.

Die Tasche lag neben der Zimmertür, in einer Entfernung, die unüberwindbar schien, aber zurückgelegt werden musste. Laufen ging nicht, weil sie nicht einmal aufstehen konnte. Ihr Körper war wie aus Pudding. Er war plump, formlos und ohne die geringste Spannung. Sie zog die Knie an, stemmte die Füße gegen die Wand und bewegte sich seitwärts wie ein Krebs.

Es dauerte lange, weil sie regelmäßig Pausen einlegen musste und der Schmerz unerträglich war. Die rote, zähe Flüssigkeit schien etwas mit ihren nachlassenden Kräften und ihrer schwindenden Geistesgegenwart zu tun zu haben. Aber irgendwann lag sie auf dem Rücken, die Tasche auf ihrer Brust.

Ihre Finger waren feucht und glitschig. Sie rutschten am Verschluss ab. Es war ein einfacher Verschluss, an dem man drehen und ziehen musste, ein Schnappverschluss. Warum wusste sie nicht mehr, wie er funktionierte? Sie hatte die Tasche bestimmt hunderte Male aufgemacht.

Doch sie hielt durch. Es gab nur eine Nummer, die sie jetzt anrufen, einen Menschen, der ihr jetzt helfen konnte.

Mit jedem Atemzug verdichtete sich die lauwarme Trägheit in ihrer Brust. Sie machte ihr Angst, und sie hätte sich gern wieder ausgeruht. Aber eine innere Stimme zwang sie, weiterzumachen. Also packte sie ihren nutzlosen linken Arm, bog die Finger der linken Hand um das Handy und konzentrierte sich auf den nächsten Schritt.

Die Tasten waren viel zu klein, und das Display war rot verschmiert, sodass sie kaum etwas erkennen konnte. Aber irgendwann fand sie den Namen, den sie suchte.

Es dauerte, bevor er dranging, aber das machte nichts. Sie lag bequem, der Teppich unter ihrem Rücken war weich und warm. Ein vertrauter Duft stieg daraus auf – nach Tabak, Kräutern, Leder, Parfüm. Die Decke kam ihr entgegen und schwebte wieder nach oben. Der Lichtschein der Lampe verschwamm vor ihren Augen, der Schmerz ließ nach. Gleich war es so weit, gleich durfte sie sich in dieses verführerische Nichts fallen lassen. Wenn er jetzt dranginge, würde alles gut. Sie hatte getan, was sie konnte. Jetzt war er an der Reihe.

»Vegter.«

»Renée«, sagte sie. »Komm ... Bitte.«

2

Inspecteur Paul Vegter hatte geschlafen. Eigentlich hatte er fast gar nicht mehr damit gerechnet, weil es nach einer Woche extremer Hitze kochendheiß in seiner Wohnung war.

Das Telefon riss ihn aus einem wirren Traum, in dem er sich in bodenloser Tiefe befand und eine warme, klebrige Hülle jede Bewegung verhinderte. Als sich die Hülle als klamme, erstickende Decke entpuppte, in der er sich verheddert hatte, war er erleichtert. Er hätte besser in seinem Haus und nicht in seiner Wohnung übernachtet. Auf einer Matratze unter einer dünnen Decke, inmitten von Werkzeug und Baumaterialien, wie schon so oft. Dann wäre er in einem angenehm kühlen Raum aufgewacht und hätte die Sonne über den Weiden aufgehen sehen.

Er befreite sich von der Decke und stellte fluchend fest, dass er das Handy im Wohnzimmer vergessen hatte. Er hatte es ohnehin nur gehört, weil alle Türen sperrangelweit aufstanden, um auf diese Weise für etwas Durchzug zu sorgen.

»Vegter.«

»Renée. Komm ... Bitte.«

Es war kaum mehr als ein Flüstern, und er reagierte anders, als es seine Pflicht gewesen wäre. Er nahm die Information alles andere als kühl auf, ganz ohne nüchterne Distanz.

»Wo bist du? Was ist los?«

Rauschen.

Er sah auf die Uhr. Es war fast halb zwei. Sie musste zu Hause sein, sie hatte am nächsten Tag Dienst.

»Ich komme.«

Während er in eine Hose und ein Hemd schlüpfte und mit seinen Turnschuhen kämpfte, erwog er, auf dem Revier anzurufen oder wenigstens Talsma zu verständigen. Aber dann ließ er es doch bleiben. Sie konnte schließlich überall sein. Dass sie zu Hause war, war nur eine vorschnelle Schlussfolgerung. Vielleicht war sie in einen Unfall verwickelt worden, war im Wagen eingeklemmt und hatte das Bewusstsein verloren, bevor sie ihren Standort durchgeben konnte.

Die Haustür fiel hinter ihm ins Schloss, und er rannte die Treppe hinunter. Er wollte lieber nicht auf den frisch reparierten Lift warten, der vielleicht längst wieder von diesen Vandalen, die seit Neuestem das Viertel terrorisierten, unbrauchbar gemacht worden war.

Unterwegs ignorierte er alle noch nicht ausgeschalteten Ampeln und stoppte automatisch die Zeit, die er bis zu ihrem Hauseingang gebraucht hatte. Zwölf Minuten. Nicht schlecht, wenn man bedachte, dass er tagsüber eine halbe Stunde dafür benötigte – zu Stoßzeiten sogar noch länger.

Ihr kleiner alter Peugeot stand auf dem Parkplatz, der dunkelblaue Lack schimmerte matt im Laternenlicht. Gut, dass er in der Stadt geblieben war, denn vom Land aus hätte die Fahrt noch eine Viertelstunde länger gedauert.

Er lief die Treppe in den ersten Stock hinauf und blieb erst stehen, als er sah, dass der Laubengang in tiefe Dunkelheit gehüllt war. Hinter ihrer Wohnungstür entdeckte er Licht, genug, um erkennen zu können, dass die Glasscheibe einen Sprung hatte. Er klingelte Sturm, doch es kam keine Reaktion.

Er hätte Talsma verständigen sollen. Talsma bekam jedes Schloss auf, und das auch noch mit Vergnügen. Geduldig wie er war, hatte er sich sogar sein eigenes Werkzeug gebaut, ein aus Metallstiften und -stäben bestehendes Set, das er stets bei sich trug.

Aber dafür war jetzt keine Zeit. Er trat einen Schritt zurück, bis er das Geländer in seinem Rücken spürte, und spannte sämtliche Muskeln an. Seine rechte Schulter zeigte nach vorn. Es war schon eine Weile her, dass er so etwas getan hatte, und er konnte nur hoffen, dass seine Knochen stabiler waren als die billige Holztür.

Beim zweiten Versuch gab sie krachend nach. Im dunklen Flur brach er sich beinahe den Hals, als er über einen umgekippten Couchtisch stolperte. Die Wohnzimmertür, hinter der Licht brannte, stand offen.

Vegter trug nur selten eine Waffe. Er hasste Waffen, obwohl er kein schlechter Schütze war, und seine Dienstpistole hatte zuletzt Ewigkeiten unbenutzt in seinem Nachttisch gelegen. Jetzt zog er sie jedoch aus seinem Hosenbund und stieß damit die Tür noch ein Stück weiter auf. Er kam sich vor wie in einem schlechten Film.

Als er das viele Blut sah, bekam er Gänsehaut. Sie lag gleich neben der Tür. Auf dem sandfarbenen Teppich führte eine Blutspur um den umgekippten Tisch herum. Das Blut umgab sie wie eine merkwürdige Aura.

Das leuchtend rote Haar klebte braunschwarz an ihrer linken Schläfe. Das hochgeschobene Oberteil war blutdurchtränkt. Die Haut an ihrem Bauch war weiß wie bei einem Fisch und bildete einen starken Kontrast zu dem bizarren roten Streifenmuster. Und die heruntergezogene weiße Leinenhose war beschmiert wie die eines Anstreichers, der mit Rostschutz hantiert hatte.

Sie trug noch ihren Slip, ein hautfarbenes Nichts. Der Slip wirkte unversehrt, und Vegter atmete auf. Wenigstens nicht auch noch das.

Er kniete sich hin, wobei er strikt darauf achtete, nichts zu berühren. Weder das Handy, das ihr aus der linken Hand gerutscht war, noch die Tasche, die offen neben ihr lag. Und auch nicht das Blut.

»Renée«, sagte er. »Renée.«

Sie reagierte nicht, also schob er das Oberteil noch ein Stück weiter nach oben, legte zwei Finger in die Magengrube und wartete.

Unter den Fingern flatterte ihr Herz. Unregelmäßig und viel zu schwach. Er steckte die Pistole weg und griff nach seinem Handy. Er rief auf dem Revier an und anschließend bei Talsma. Währenddessen nahm er das Zimmer in sich auf. Eine Pflanze inmitten von Erdbrocken und Tonscherben, ein umgefallener Stuhl. Glas, überall Glas. Er erkannte die tiefschwarze Farbe wieder, als Talsma verschlafen abhob und versprach, sofort herzukommen.

Während er wartete, wunderte er sich über sein Vertrauen in Talsma. Lag es an dessen Unerschütterlichkeit, dass er zuerst ihn angerufen hatte? Oder an der blinden Gewissheit, dass dieser keinen Fehler machen würde? Er wusste, dass er auf beides angewiesen war, allein schon, um objektiv bleiben zu können.

Mit steifen Gliedern erhob er sich und drehte vorsichtig eine Runde durch die Wohnung. Außer Renée war niemand hier, das hatte er bereits im Flur gespürt. Die Küche war aufgeräumt und unberührt, dasselbe galt für Bad und Toilette. Im Schlafzimmer, wo ihn die Intimität des ungemachten Betts, die über einen Stuhl geworfenen Kleider und ein paar achtlos abgestreifte Sandalen gegen seinen Willen rührten, stand die Balkontür sperrangelweit auf. Er beugte sich über die Brüstung und sah nach unten. Außer dunklem Grün erkannte er nichts. Es raschelte in dem schwachen Nachtwind, der endlich aufgekommen war.

3

Das Haar hatte sich nicht lösen wollen und sich im Sprung um seine Finger gewickelt. Stark und lebendig. Die Haut blutete nicht mehr und hing schlaff herunter, wie ein Tintenfisch ohne Tentakel.

Er verspürte Brechreiz und schluckte schwer. An alles hatte er gedacht, nur daran nicht. Vielleicht hatte er einfach nicht daran denken wollen, wie er Haut und Haare wieder loswurde. Er durfte sie auf keinen Fall mit ins Auto nehmen, denn das würde Spuren hinterlassen. Was tat man eigentlich mit der Haut eines gehäuteten Kaninchens, eines Hasen oder eines Hirschen? Stopp! Zurück zum Problem. Müll. Genau das war's. Das Zeug gehörte in eine Mülltonne.

Er ging an seinem Auto vorbei, ohne es auch nur eines Blickes zu würdigen. Er lief zügig, aber ohne Eile – wie ein Mann, der gerade auf dem Heimweg ist. Er ging um Häuserecken herum, überquerte Kreuzungen, mied hell erleuchtete Straßen, blieb im Abseits. Auch wenn das so gar nicht zu seinem Triumphgefühl passte. Am liebsten hätte er sich ins Scheinwerferlicht gestellt, wäre der strahlende Mittelpunkt gewesen. Seht mich an, los, seht mich an, *hier* bin ich! Ich habe getan, was ihr nie wagen würdet. Das soll mir erst mal einer nachmachen. Vergesst euren Job, euren

Leasingvertrag, eure Lebensversicherung und eure Hypothek. Werft alles weg, geht voll auf Risiko, lebt!

Am liebsten wäre er jetzt in eine Kneipe gegangen und hätte sich mit einem Glas Whiskey an die Bar gestellt. Dann hätte er losgelegt und alles erzählt. Von Anfang an, denn das war wichtig. Von seinem Plan, nein, vom ersten Gedanken in diese Richtung, bis hin zur ausgearbeiteten Idee. Von der Idee bis zum Plan und vom Plan bis zu seiner Umsetzung. Und dann waren da noch die Vorbereitungen. Ach, so schwer ist das gar nicht, hätte er gesagt. Der Plan ist ebenso einfach wie genial. Das war natürlich ein Klischee, aber Klischees waren bewiesene Wahrheiten, was wiederum selbst ein Klischee war. Womit sich die Katze wieder in den Schwanz biss.

Dann hätten sie gejubelt, ihm anerkennend auf die Schulter geklopft und ihm einen Whiskey spendiert. So hätte es laufen müssen.

Aber wer waren »sie«? »Sie« gab es gar nicht, »sie« hätten nicht mit Respekt, sondern mit wachsendem Abscheu zugehört und dann gezahlt, um auf dem Weg zur Tür so etwas zu bemerken wie »Morgen muss ich wieder früh raus« oder »Meine Frau oder Freundin wartet schon«.

Aber das störte ihn nicht. Auch das hatte er mit einkalkuliert und sich dagegen gewappnet. Er wusste um die Einsamkeit, die so etwas zwangsläufig mit sich brachte, weil man kein Wort darüber verlieren durfte. Zu niemandem.

Und eben weil er so einen klaren Verstand hatte und das Talent, sich in andere hineinzuversetzen, bewegte er sich jetzt im Dunkeln und nicht im Scheinwerferlicht, während seine Schritte von den trostlosen Häusern mit ihren spießigen Bewohnern widerhallten. Er befand sich in einem eintönigen Neubauviertel, das um diese Uhrzeit wie ausgestorben dalag. Hinter den wenigsten Fenstern brannte noch Licht, und die Autos schliefen Stoßstange an Stoßstange am Straßenrand oder in Vorgärten, die keine Vorgärten mehr waren, sondern gepflasterte Parkplätze. Sie berührten beinahe die Fassade, direkt unter dem vermuteten Küchenfenster neben der Haustür. Die Straßen waren beängstigend schmal – Platz, der der Allgemeinheit geopfert wurde – und strahlten Verwahrlosung und Gleichgültigkeit aus. Und weit und breit keine Mülltonne, nirgendwo eine einzige Mülltonne, verdammt!

Er konnte das Ding schlecht in seine Tasche stecken. Das würde Blutspuren hinterlassen. Bei den Handschuhen war es egal, die würde er wegwerfen. Er sah es sich noch einmal an. Das Haar wippte bei jedem Schritt, fächerte sich auf und fiel wieder zurück, während es im Licht der Straßenlaternen glänzte. Es war ganz schön viel. Trotz allem. Aber war es auch genug? Die Klingel. Sie hatte ihn in Panik versetzt. Nein, Quatsch, das war keine Panik gewesen. Sie hatte ihn aus seiner Konzentration gerissen, aber völlig zu Unrecht. Was hätte schon passieren können? Nichts. Bei genauerem Nachdenken gar nichts. Außerdem hatte er geschafft, was er sich vorgenommen hatte. Am besten, er betrachtete die Angelegenheit als Generalprobe. Er hatte keine Generalprobe eingeplant, aber das war jetzt auch egal. Er würde es als Lernprozess verbuchen, denn genau das war es gewesen.

Er ging an einem Kinderspielplatz mit Klettergerüst, zwei Wipphühnern und drei Schildern mit der Aufschrift HIER KEIN HUNDEKLO vorbei. Daneben standen mehrere Mülltonnen. Sie waren leer. Wann kam in diesem gottverlassenen Viertel die Müllabfuhr? Im Zentrum stand neben jeder Kneipe eine Tonne, aber das Zentrum kam nicht infrage.

Plötzlich übermannte ihn die Müdigkeit, und er blieb stehen, als wäre er vor eine Wand gelaufen. Die Wirkung der Tabletten hatte abrupt nachgelassen – etwas, woran er sich einfach nicht gewöhnen konnte. Er war nicht mehr so aufgeputscht, sein Herz schlug träge und gleichmäßig. Unter dem T-Shirt war er nass geschwitzt. Wie ein Spitzensportler nach dem Wettkampf, ein Künstler nach der Vorstellung. Er war erschöpft. Fix und fertig. Nur dass ihm kein Applaus und keine Bewunderung entgegenschlugen. Er war wieder auf dem Boden der Realität gelandet und drohte wie immer, in ein tiefes Loch zu fallen. Er biss die Zähne zusammen. Weitermachen! Jetzt bloß nicht aufgeben. Los, Bewegung!

Strauchelnd erreichte er die x-te Kreuzung und blieb stehen, um wieder zu Atem zu kommen. Das Ding in seiner Hand schien von Minute zu Minute schwerer zu werden, und er bildete sich ein, jedes Haar einzeln durch den Handschuh zu spüren. Er hatte mal irgendwo gelesen, dass ein Quadratzentimeter Menschenhaar eine Zugkraft von 1600 Kilo besitzt. Was er da in der Hand hielt, musste das Acht- oder Zehnfache sein. Ein ganzes Schiffstau. Das Gewicht schien mit jedem Schritt zuzunehmen, brachte ihn buchstäblich aus dem Gleichgewicht und ließ ihn taumeln wie einen Betrunkenen. Kurz kochte wieder Wut in ihm hoch. Er musste zusehen, dass er von hier wegkam.

Er kehrte um, lief zu der winzigen Grünanlage, die an den Spielplatz grenzte, und bahnte sich einen Weg durchs Gestrüpp. Es roch nach Hundekacke, und Zweige schlugen ihm ins Gesicht. Aber das Ding musste weg, bevor es ihm sämtliche Energie genommen hatte. Er kämpfte sich bis zur vermuteten Mitte vor, schob ein paar Blätter zur Seite, schaufelte mit der Hand eine Grube, warf das Haar hinein und bedeckte es wieder mit Erde.

Die Erleichterung war enorm. Er klopfte den Handschuh aus, zog ihn auf links und zerknüllte ihn mit der anderen Hand. Seine verkrampften Finger begannen zu kribbeln, als wären sie blau gefroren. Er tastete sich zurück, verlor die Orientierung und lief gegen eine Bank, die hinter überhängenden Ästen verborgen gewesen war. Er ließ sich auf das harte Holz fallen, das schwach nach Teeröl roch. Kindheitserinnerungen wurden wach – ein Park, ein Teich, eine Hand, die Brot streute. Er zog die Knie an. In seinen Hoden pochte es schmerzhaft – dort, wo ihn die Fotze erwischt hatte. Er steckte seine rechte Hand wie ein kleiner Junge zwischen die Beine und schlief sofort ein.

Er fuhr hoch, als ein Mofa vorbeiknatterte. Der Lärm hallte von den stummen Häusern wider und erfüllte seinen Schädel. Er sprang auf.

Die Dunkelheit beruhigte ihn. Er konnte nicht lange geschlafen haben, denn um diese Jahreszeit wurde es schon gegen vier hell. Der Schlaf hatte ihm gutgetan und ihm einen klaren Kopf beschert. Mit seinen Zähnen zog er den linken Ärmel hoch. Kurz nach halb drei. Später als gedacht, aber er konnte es noch schaffen.

Auf dem Weg zum Auto passierte er eine Brücke. Zwischen den Geländerstäben lag ein Stück Ziegel. Er zog den rechten Handschuh aus, stopfte den linken mitsamt dem Stein hinein und ließ das Ganze senkrecht ins Wasser fallen. Nachdem er das Platschen gehört hatte, lief er mit beschwingten Schritten weiter. Er fühlte sich wie befreit.

Sie schlief oder tat so, als ob, als er neben sie unter das Laken glitt. Er hatte geduscht und fühlte sich sauber. Das warme Wasser hatte alles weggespült: Schweiß, Zweifel, Müdigkeit, Spuren. Vor allem die Spuren, aber die waren jetzt verschwunden. Die Kleider hatte er erst in die Waschmaschine und dann in den Trockner gesteckt. Das Messer war gespült und befand sich im Geschirrspüler. Kein DNA-Test käme jemals gegen einen Spülmaschinen-Tab an. Das zerrissene T-Shirt war im Müll, unter mehreren sorgfältig zugeknoteten Müllbeuteln. Er verschränkte die Arme hinter dem

Kopf, spannte und entspannte die Schultermuskeln, streckte seine Beine und reckte sich, während er auf ihren Atem lauschte. In dieser Nacht würde er kein Auge mehr zutun, die Nervosität nagte an ihm. Aber wozu schlafen? Er hatte einmal einen Dokumentarfilm über Churchill gesehen, der auf dem Höhepunkt seiner Macht nie mehr als drei Stunden pro Nacht schlief. Er konnte nachvollziehen, wie sich der Mann gefühlt haben musste: als absoluter Mittelpunkt, als Spinne im Netz. In späteren Jahren lag derselbe Churchill bis zwei Uhr mittags im Bett. Da war er nur noch ein träger Koloss mit einem nutzlosen Pinsel in der Hand. Aber darum ging es nicht, sondern darum, dass er sich als Führungsfigur bewiesen hatte. Als jemand, der am Rad der Zukunft gedreht hatte. Dasselbe hatte er auch getan, wenn auch nur an seinem ganz persönlichen Rad der Zukunft.

Im grauen Dämmerlicht des Schlafzimmers lächelte er über den Vergleich. Noch hatte er es nicht ganz herumgerissen, aber als er noch einmal alles Revue passieren ließ, war er sich doch ziemlich sicher, die Kontrolle zu haben, das Rad nach wie vor fest in der Hand zu halten. Er konnte es jetzt ohnehin nicht mehr loslassen, selbst wenn er gewollt hätte.

Aber er wollte nicht.

Erst jetzt, wo es vorbei war, begriff er, dass er es sich unnötig schwer gemacht hatte. Vieles war schiefgegangen, das musste er zugeben. Aber nicht zu viel. Sie war kräftig gewesen, kräftiger als gedacht. Muskulös. Wahrscheinlich wegen ihres Berufs. Das hatte er unterschätzt. Dass sie den Kampf trotzdem verloren hatte, war einzig und allein seiner Unbeirrtheit zu verdanken. Seinem *Willen.* Er war ihr in mehrfacher Hinsicht überlegen gewesen. Er hatte einen Plan gehabt, eine Strategie verfolgt, eine bestimmte Taktik benutzt. Er hatte ein Ziel gehabt. Ihr Ziel, nämlich zu überleben, war etwas rein Instinktives, und die Vernunft war dem Instinkt nun mal haushoch überlegen. Heute Nacht hatte er das wieder aufs Neue bewiesen.

Der tiefe Kratzer auf seiner Brust brannte. Beinahe hätte sie ihn überrumpelt. Er würde sich die Warnung zu Herzen nehmen, darauf achten, nicht allzu selbstherrlich vorzugehen. Aber es war gut gegangen, davon war er überzeugt. Phase eins war abgeschlossen. Also höchste Zeit, sich auf Phase zwei zu konzentrieren.

Er lag reglos da wie ein Reptil und sah zu, wie es dämmerte, wie die Gardinen wieder blau, die Steppdecke türkis und gelb und das Haar seiner Bettnachbarin rostrot wurden. Letzteres war allerdings nur eine Vermutung, da er den Blick bewusst abgewandt hatte.

Vegter schüttelte sich wie ein Hund, der aus dem Wasser kommt. »Bist du sicher ...?«

»Los, machen Sie schon.« Talsma schubste ihn in Richtung Tür.

Im Krankenwagen ließ Vegter ihr Gesicht, das zur Hälfte von einer Sauerstoffmaske bedeckt war, nicht aus den Augen.

Er zeigte darauf. »Warum?«

Der Sanitäter, der ungerührt auf seinem Klappsitz saß, zuckte die Achseln. »Als Vorsichtsmaßnahme. Der Puls ist nicht im Normbereich, und sie hat eine Menge Blut verloren.«

Vegter sah ihn fragend an.

»Sie kommt schon durch«, sagte der Sanitäter. »Sie ist jung, gesund und scheint eine gute Kondition zu haben.« Er lächelte. »Wir beide würden uns da schwerer tun.«

Er war um die fünfzig, klein und drahtig, mit Wangengrübchen und einem heiseren Husten. Ein Mann in meinem Alter, dachte Vegter. Er ist Raucher, und ich habe Übergewicht.

Er sah wieder Renée an – ihre glatte Stirn, das straffe Kinn, das in einen faltenfreien Hals überging.

Stef hätte Renée als »taff« bezeichnet. Es gelang ihr gut, sich in der Männerwelt zu behaupten, die der Polizeiapparat nach wie vor war. Sie hatte sich als fähige, gewissenhafte Kripobeamtin gezeigt und sich damit bei fast allen Kollegen Respekt verschafft.

Aber hier lag eine verletzliche, fast mädchenhaft wirkende Frau, die nur ein knappes Top und eine modische Hose ertrug. Ihre Wimpern waren schwarz getuscht, und man erkannte noch Spuren von Lippenstift.

Sie sah so anders aus. Auf dem Revier war sie nie geschminkt und trug dasselbe wie ihre Kollegen: Jeans,

T-Shirt und Lederjacke. Aber was wusste er schon über ihr Privatleben? Vielleicht hatte sie eine Verabredung gehabt, war spät nach Hause gekommen, und jemand hatte ihr aufgelauert? Vielleicht hatte sie einen Freund, und der Streit war eskaliert. Sie wäre nie so dumm gewesen, nachts einen Fremden hereinzulassen. Oder vielleicht doch? Sie war jung und selbstbewusst. So etwas kommt vor. Doch ihre professionelle Wachsamkeit sprach dagegen.

Die Sirene verstummte, als sie das Krankenhausgelände erreichten. Der Sanitäter ließ die Schultern kreisen, um Verspannungen zu lösen.

Zwei alte Männer und ein Mädchen. Er hätte in der Wohnung bleiben sollen, sich nicht von Talsma fortschicken lassen dürfen. Er hätte verdammt noch mal seinen Job machen müssen.

Dieser Gedanke quälte ihn auch im Wartezimmer, während er einen Becher mit ekligem Automatenkaffee in der Hand hielt. Er wusste, dass Talsma große Stücke auf ihn hielt, auch wenn er das so nie gesagt hatte. Obwohl es Talsma manchmal gern gehabt hätte, wenn er etwas energischer und weniger zurückhaltend gewesen wäre. Er legte großen Wert auf Talsmas Meinung. Der Kollege hatte sich sehr mitfühlend gezeigt, als Stef gestorben war, und zwar auf eine taktvolle und niemals aufdringliche Weise. Sie hatten Gespräche geführt, die eigentlich gar keine Gespräche waren, sondern eher zusammenhanglose Bemerkungen mit langen Pausen dazwischen. Bemerkungen, die sich häuften, als Talsmas Frau schwer erkrankt zu sein schien. Sie waren nicht wirklich befreundet, aber wie man ihre Beziehung sonst hätte bezeichnen sollen, wusste er auch nicht. Jetzt hatte er sich eine Blöße gegeben und stellte sich die Frage, wie schlimm das wohl war.

Er trank den lauwarmen Kaffee, der sauer und gleichzeitig

bitter schmeckte, und warf den noch halb vollen Becher in den Müll. Auf dem Flur herrschte helle Aufregung, aber er verbot sich, sofort nachschauen zu gehen. Trotzdem stand er auf, weil er es auf dem klebrigen Plastikstuhl nicht mehr aushielt. Er roch den Kaffee, der ausgelaufen war und sich einen Weg zwischen den anderen Bechern hindurch gebahnt hatte. Aus ihnen hatten Menschen getrunken, die hier ebenso angespannt auf das Ergebnis einer Untersuchung, einer Operation gewartet hatten. Er überlegte, sich einen neuen Kaffee zu ziehen, verwarf den Gedanken jedoch wieder. Davon würde er nur Bauchschmerzen bekommen.

Die blassgrünen Wände des Wartezimmers schienen die Hoffnung und Verzweiflung vieler Jahre absorbiert zu haben und diese wieder auszudünsten. Die Luft war stickig und sauerstoffarm. Vegter öffnete einen weiteren Knopf seines Hemdes. Das letzte Mal, dass er in einem Wartezimmer gesessen hatte, war, als Stef von einem Lieferwagen angefahren worden war. Aufgrund eines Missverständnisses hatte man ihn nicht sofort von ihrem Tod unterrichtet. Die zwanzig Minuten, die er hatte warten müssen, bevor er Bescheid bekam, hatten sich für immer in sein Gedächtnis gebrannt. Was er jetzt fühlte, war etwas anderes als die damalige Fassungslosigkeit. Aber das war ganz normal, denn zwischen ihm und Renée herrschte nicht dieselbe Vertrautheit, dieselbe Verbundenheit. Sie hatten schließlich keine Beziehung, keine gemeinsame Vergangenheit. Aber die Hoffnung darauf, die gab es schon, auch wenn er sich diesbezüglich noch nicht wirklich sicher war.

Er setzte sich wieder, stützte die Ellbogen auf die Knie, zog sich in sich selbst zurück und ließ die Zeit verstreichen.

Als die Tür endlich aufging, stand ein blutjunger Arzt vor ihm. Er sah aus, als wäre er schon seit vielen Stunden auf den Beinen. Der weiße Kittel war zerknittert und schmuddelig, und das Gesicht darüber hatte viel zu tiefe Nasolabialfalten.

»Sie sind ein Angehöriger von Renée Pettersen?«

»Ihr Vorgesetzter«, sagte Vegter, wobei ihm sofort klar war, wie lächerlich das klang.

Der Arzt gab ihm die Hand. »Doktor Dulac.«

»Vegter, Kriminalpolizei.«

Der junge Mann ließ sich nichts anmerken. »Frau Pettersen geht es den Umständen entsprechend gut.« Sein Blick wurde schärfer. »Ich darf ins Detail gehen?«

Vegter nickte.

»Gewebe und Muskeln des linken Arms wurden geschädigt«, sagte der junge Arzt. »Wir haben versucht, den Schaden operativ zu beheben, aber ob das geklappt hat, kann ich Ihnen noch nicht sagen.« Er strich sich das Haar aus der Stirn, was ihn noch jünger wirken ließ. »Dann ist da noch ein tiefer Stich in die Brust. Das Messer ist von den Rippen abgeprallt, aber die Lunge wurde getroffen, sodass ein Pneumothorax die Folge war, zum Glück ohne ernsthafte Konsequenzen.«

Vegter hob die Hand, aber der Arzt war schnell von Begriff. »Ein Lungenkollaps. Außerdem sind da noch ziemlich oberflächliche Schnitte in der Bauchregion, ein oberflächlicher Schnitt am Hals, ein tiefer Schnitt in der Handfläche, eine Kehlkopfquetschung und ein ausgerenkter Kiefer.« Er schwieg einen Moment, woraus Vegter schloss, dass die schlechte Nachricht erst noch kam.

»Und?«

»So wie es aussieht, hat man versucht, sie zu skalpieren.«

Vegter starrte ihn an.

»Ich weiß, das klingt merkwürdig«, sagte Dulac. »Aber ich wüsste nicht, wie ich das sonst nennen sollte. Zusammen mit den Haaren wurde ein Stück Kopfhaut entfernt, oben an der linken Schläfe. Die anderen Verletzungen scheinen weniger zielgerichtet zu sein, von dem Stich in die Brust vielleicht einmal abgesehen. Der Schnitt in die Kopfhaut wurde vorsätzlich ausgeführt.«

Zum Glück lag Vegters letzte Mahlzeit schon mehrere Stunden zurück. Er sah ihr rotes Haar vor sich, das mal zu einem Pferdeschwanz zusammengebunden und mal zu einem dicken Zopf geflochten war. Doch meist fiel es ihr offen über die Schultern. Dickes Haar in einer leuchtenden Farbe, die sich gar nicht so leicht beschreiben ließ. Kupferfarben vielleicht oder kastanienfarben. Glänzendes, schimmerndes, *lebendiges* Haar.

»Und das ist Ihrer Meinung nach mit Vorsatz geschehen?«

Dulac nickte. »Ich habe so etwas noch nie gesehen. Das Haar wurde ...« Er suchte nach dem richtigen Wort. »Entfernt.«

»Wird es wieder nachwachsen?« Vegter wusste, wie absurd diese Frage war. Es gab Wichtigeres – wenn auch vielleicht nicht für Renée.

Dulac spreizte die Finger. »Schwer zu sagen. Vielleicht teilweise.«

»Glauben Sie, dass der Täter sie wirklich ...« Vegter verstummte.

Dulac zuckte die Achseln. »Ich kenne die Umstände nicht. Ich weiß nur, dass Frau Pettersen überfallen wurde. Und mehr muss ich auch nicht wissen.«

»Wo ist sie jetzt? Kann ich mit ihr sprechen?«

»Sie wacht gerade auf. Und nein, Sie können nicht mit ihr sprechen.«

»Ich hätte da mehrere Fragen ...«, hob Vegter an.

»Das kann ich mir denken«, sagte Dulac. »Aber damit müssen Sie bis morgen warten. Gibt es Angehörige, die informiert werden müssen?«

»Ihre Mutter.« Vegter dachte nach. »Von anderen Verwandten weiß ich nichts, das wird sie Ihnen selbst sagen müssen.«

»Gut.« Der Arzt war schon fast im Flur. »Das war's fürs Erste.« Er verschwand mit wehendem Kittel, bereits wieder zu einem anderen dringenden Fall unterwegs. Oder nach Hause, ins Bett.

Vegter ging zum Ausgang und sah auf die Uhr. Es war schon nach sechs, und um ihn herum wachte das Krankenhaus auf. Patienten hatten sich aufgesetzt und frühstückten in ihren Betten, Krankenschwestern schoben Rollwagen vorbei, Telefone klingelten. Vor der Klinik sah er ein leeres Taxi, das gerade wendete. Er hob die Hand.

Unterwegs rief er Talsma an. »Wo bist du?«

»Auf dem Revier.«

»Ich komme gleich.«

»Man wollte sie skalpieren?«, fragte Talsma. »Meine Güte, das ist ja wirklich abgefahren.«

Sie saßen in Vegters Büro: Vegter hinter seinem Schreibtisch, Talsma im Besuchersessel, während Brink, der kurzerhand herbeordert worden war, an der Wand lehnte. Vegter hatte das Fenster weit aufgerissen, obwohl das unvernünftig war. Aber er musste tief durchatmen, und die Luft, die hereinkam, roch nicht nur nach Benzin, sondern auch nach etwas Morgenfrische.

Er beäugte die in Plastik eingeschweißten Brötchen, die Talsma bestellt hatte, und beschloss, doch keinen Hunger zu haben. »Der Arzt spricht von einem bewusst geführten Schnitt.«

»Ein Verrückter«, sagte Brink entschieden.

Vegter runzelte die Stirn, aber Talsma kam ihm zuvor. »Nicht so voreilig! Wir kennen die Umstände nicht. Wir wissen nicht, woran sie arbeitet oder in den letzten Monaten gearbeitet hat.«

Brink ließ die Knöchel knacken. »Du glaubst also an eine Vergeltungsaktion?«

»Ich glaube gar nichts«, sagte Talsma. »Ich möchte nur nichts ausschließen.«

»Gibt es schon Fotos?«, fragte Vegter. »Fingerabdrücke?«

Talsma schob ihm eine Mappe hin. »Keine Fingerabdrücke, zumindest keine frischen, außer ihren eigenen. Der Täter scheint Handschuhe getragen zu haben.« Er sah zum Fenster, holte seinen Tabak hervor und begann mit flinken Fingern eine Zigarette zu drehen.

»Wurde sie vergewaltigt?«, fragte Brink.

Vegter schüttelte den Kopf. »Ich glaube nicht. Sie hatte noch ihren Slip an, und der war unversehrt.«

Brink wirkte nicht überzeugt.

»Ich weiß«, sagte Vegter, dem es unangenehm war, solch intime Details über eine Kollegin ausbreiten zu müssen.

»Er kann ...«, hob Brink an.

»Ich weiß«, wiederholte Vegter. »Aber es weist nichts darauf hin. Bislang jedenfalls.«

Talsma sorgte dafür, dass sich seine Irritation noch verstärkte. »Wenn er Handschuhe anhatte, passt das nicht zu einem Vergewaltiger. Der will Haut spüren. Fleisch.«

»Ich dachte, der fühlt mit einem anderen Körperteil«, witzelte Brink.

Vegter zog die Fotos aus der Mappe und sah sie sich an. Brink schaute ihm über die Schulter. Der Polizeifotograf hatte Renée mehrmals fotografiert, bevor die Sanitäter sie mitgenommen hatten. Ein unbarmherziges Blitzlicht erhellte ihr blasses Gesicht und den offen stehenden Mund, aus dem Speichel troff. Die kindlichen Sommersprossen im milchweißen Dekolleté.

»Sie wird nicht schnell braun«, sagte Brink und streckte seine muskulösen bronzefarbenen Arme.

Wieder kam ihm Talsma zuvor. »Depp.«

Er besänftigte Vegter, indem er die Fotos bündelte wie Spielkarten und in die Mappe zurücksteckte.

»Was haben wir sonst noch?« Noch nie hatte Vegter versucht, einen Kollegen versetzen zu lassen. Jetzt jedoch zog er es erstmals in Erwägung.

»Sie haben sie ja gesehen, Vegter, die Kampfspuren. Die Messerstiche.« Der Rauch von Talsmas Zigarette stieg langsam zur Decke. Brink sah ihm missbilligend nach. Er war ein Gesundheitsfanatiker, wobei sich Vegter nicht vorstellen konnte, dass das seinen Geist mit einschloss.

»Ich glaube, dass sie beim Nachhausekommen vor der Haustür überfallen wurde«, sagte Talsma. »Das war kein Einbruchsversuch. Alles war noch in ihrer Handtasche: EC-Karte, Führerschein, Geld. Ich bin nach draußen gegangen und habe die Motorhaube ihres Wagens angefasst. Sie war noch warm. Sie muss also erst kurz zuvor nach Hause gekommen sein.«

Das hätte ich auch tun können, dachte Vegter. Ja tun müssen! Doch dann fiel ihm ein, dass er es dafür viel zu eilig gehabt hatte und dass diese Eile ihr vielleicht das Leben gerettet hatte.

»Wetten, der Irre hat ihr aufgelauert?«, sagte Talsma. »Die Glühbirne auf dem Laubengang war losgeschraubt. Das legt nahe, dass er sie beobachtet und auf einen günstigen Moment gewartet hat. Eine scheußliche Vorstellung. Bestimmt wurde er gestört und hat beschlossen zu fliehen, bevor er mit ihr fertig war. Die Frau des Nachbarn hat Lärm gehört und ihren Mann losgeschickt, um nachzusehen. Er hat geklingelt, aber es kam keine Reaktion. Danach war es ruhig. Wahrscheinlich hat er sie gerettet.«

Vegter nahm die unabsichtliche Bemerkung gelassen auf. »Wurde vor dem Haus irgendwas gefunden? Unter dem Balkon, meine ich?«

Talsma stand auf und warf die Kippe aus dem Fenster.

Immer wenn Vegter darunter vorbeiging, konnte er an den Kippen ablesen, ob es in den letzten Tagen viel oder wenig zu besprechen gegeben hatte. Und wenn er sich nicht sehr täuschte, würden es in nächster Zeit deutlich mehr werden.

»Ein halber, kaum erkennbarer Fußabdruck, wahrscheinlich von einem Turnschuh«, sagte Talsma. »Es hat schon seit Wochen nicht mehr geregnet, der Boden ist steinhart. Jede Menge gebrochene Zweige. Er scheint mitten im Gebüsch gelandet zu sein. Offenkundig hatte er es eilig. Er hat sich nicht getraut, durch die Vordertür zu verschwinden, er konnte ja nicht wissen, wem er da begegnen würde.« Er schwieg. »Gut, dass Sie gleich den Notarzt gerufen haben. Es war bestimmt nicht beabsichtigt, dass sie überlebt.«

»Woran hat sie denn zuletzt gearbeitet?«, fragte Brink.

Vegter schüttelte den Kopf. »An nichts, das so etwas rechtfertigen würde. Es ging um einen Tankstellenüberfall, um eine ungeklärte Messerstecherei in einem Arbeiterviertel, um eine Schießerei bei der Beschlagnahme von Drogen.« Er warf wieder einen Blick auf die Brötchen. Eines konnte vielleicht doch nicht schaden. Er befreite es aus seiner Plastikfolie und biss hinein. Pappe mit Käsegeschmack.

»Sie hat also einfach bloß Pech gehabt?« Brink war hartnäckiger als sonst. Normalerweise schloss er sich gern der vorherrschenden Meinung an.

»Bislang deutet alles darauf hin.« Vegter schluckte ein Stück Pappe hinunter.

»Der Versuch, sie zu skalpieren, irritiert mich«, sagte Talsma. »Ich vermute, dass uns der Fall noch länger beschäftigen wird.« Er griff nach den Fotos, schüttelte sie aus der Mappe und betrachtete sie erneut. »Die Schnitte in den Bauch ...«

Brink stieß sich wieder von der Wand ab und sah Talsma über die Schulter. »Die sehen aus wie eine Zahl.«

»Wie bitte?«

»Siehst du das nicht?« Brink klang triumphierend. »Zwei horizontale Schnitte und dazwischen ein vertikaler. Die römische Ziffer I.«

5

Es war ein kleines Zimmer mit vier Betten. Zwei schienen unbenutzt zu sein, im dritten hatte jemand geschlafen, aber jetzt war es leer. Renée lag am Fenster, weshalb der Vorhang halb zugezogen war, um die Sonne abzuhalten.

Vegter zog einen Hocker zu sich heran und setzte sich. Er musterte das blasse Gesicht auf dem Kissen. Den grellweißen Verband, unter dem das Haar hervorschaute wie unter einer Mütze. Den dünnen Plastikschlauch, der von ihrem Puls zum Infusionsständer neben dem Bett führte. Den bandagierten Arm, der aus dem Krankenhaushemd ragte.

»Wie geht es dir?«

Sie zog einen Mundwinkel nach oben und versuchte zu lachen. Auf der anderen Seite des Gesichts war der Kiefer geschwollen, und ein Bluterguss reichte vom Kinn zur Wange. »Ich lebe noch.«

»Damit hattest du wohl nicht mehr gerechnet?«

»Nein.« Sie klang heiser, so als hinderte sie der Verband um ihren Hals am Sprechen.

»Ich darf zehn Minuten bleiben«, sagte Vegter. »Kannst du mir erzählen, was vorgefallen ist?«

»Ich kam nach Hause. Ich schloss die Tür auf.«

»Du hast niemanden bemerkt?«

»Nein. Das Licht auf dem Laubengang hat nicht funktioniert.«

»Die Glühbirne war losgeschraubt«, sagte Vegter.

»Das habe ich mir schon gedacht. Sie war gerade erst ausgewechselt worden.« Sie musste erst wieder zu Atem kommen. »Er hat versucht, mich zu würgen.«

»Du hast dich gewehrt?«

»Ja.«

»Mit Erfolg?«

»Ich habe ihm einen Schnitt zugefügt. Mit einer Glasscherbe.«

»Hast du ihn erwischt?«

Ein schwaches Lächeln. »Ich denke schon.«

»Und sonst?«

Sie schloss die Augen. »Er ist schlank und hat in etwa meine Größe. Ein erwachsener Mann, aber jung. Schwarze Turnschuhe, Jeans, schwarzes T-Shirt. Sturmmaske.«

»Handschuhe?«

Sie schlug die Augen auf. »Ja.« Sie runzelte die Stirn. »Komisch.«

»Warum komisch?«

»Kein Überfall.«

»Wollte er dich vergewaltigen?«

Sie musste nicht lange nachdenken. »Nein.«

»Was wollte er dann?«

»Mich umbringen.«

»Vielleicht anschließend?« Er musste das sagen.

Renée zuckte mit einer Schulter. Vegter wartete.

»Er hatte es eilig«, sagte sie. »Es ging ihm nicht um Lustgewinn.«

»Du meinst, jemand, der so etwas plant, will den Moment genießen und das Töten so lange wie möglich hinausschieben?«

»Ja. So jemand will foltern.« Sie machte eine Geste, um

dem Wort etwas von seiner Dramatik zu nehmen. »Quälen. Dem geht es um Sadismus. Aber ...«, sie holte vorsichtig Luft, »... vielleicht habe ich auch einfach nur zu viele Filme gesehen.«

Ihr Gesicht hatte wieder etwas Farbe bekommen. Das Reden ermüdete sie, tat ihr aber auch in gewisser Weise gut, da sie gezwungen war, die Sache von einer professionellen Warte aus zu betrachten. Vegter staunte über ihre Konzentration. An ihrer Stelle hätte er das wahrscheinlich nicht geschafft. Er war merkwürdig stolz auf sie.

»Hat er etwas gesagt?«

»Nein.«

»Kein einziges Wort?«

»Nein.«

Er dachte nach. Jemand hatte sie also mit dem Ziel überfallen, sie so schnell und so effizient wie möglich zu töten. Ein eiskalter Mord, was wiederum eine Vergeltungsaktion nahelegte. Eine andere Erklärung fiel ihm auch nicht ein. Aber warum hatte er ihr dann die Ziffer I in den Bauch geritzt? Wenn es denn eine Ziffer war. Die Schnitte waren nicht sehr sorgfältig ausgeführt worden, ganz anders als die beim Versuch, sie zu skalpieren. Hatte der Arzt recht? Hatte der Täter dies wirklich versucht? Und wusste sie überhaupt davon?

Er sah sie an. Sie wartete geduldig, so als säße sie ihm auf dem Revier gegenüber.

»Dein Kopf«, sagte er vorsichtig.

Sie hob die rechte Hand und berührte den Verband. »Die Wunde musste gesäubert werden. Man hat mir die Haare abrasiert.« Sie zog eine Grimasse.

»Du weißt nicht, von welcher Wunde die Rede ist?« Vegter versuchte, einen möglichst neutralen Ton anzuschlagen.

Ihr Gesicht nahm einen anderen Ausdruck an. »Nein.«

Wenn er jetzt nichts sagte, war das einfach nur feige. Sie

hatte ein Recht darauf, Bescheid zu wissen. Er holte tief Luft. »Der Arzt meint, dass Haut und Haar in einer Art und Weise entfernt wurden, als wollte man dich skalpieren.«

Sie lag stocksteif da.

Hinter Vegter ging die Tür auf.

»Ich muss Sie bitten, allmählich zu gehen«, sagte die Krankenschwester, die ihm Renées Zimmer gezeigt hatte.

Er stand auf. »Ich komme wieder, sobald es dir besser geht.«

Renée antwortete nicht. Ihre graugrünen Augen, klar wie die eines Kindes, waren vollkommen ausdruckslos.

*

»Ich habe Blutproben nehmen lassen«, sagte Talsma. »Rein instinktiv.«

Sie saßen im Straßencafé gegenüber dem Revier. In dem Café, in dem Vegter bisher ausschließlich allein oder mit Renée gegessen hatte. Gehörte das jetzt endgültig der Vergangenheit an? Der Gedankenaustausch, die gemeinsamen Überlegungen, die sachlichen und doch persönlichen Gespräche? Er weigerte sich, weiter darüber nachzudenken, und warf stattdessen einen Blick in das leere, düstere Lokal. Draußen wimmelte es nur so von Touristen, obwohl er auch ein paar Stammgäste erkannte. Die Gespräche wurden lauter geführt als sonst, die Atmosphäre war entspannt. Ein Lieferwagen wartete mit knatterndem Motor direkt neben ihnen, bis die Ampel auf Grün sprang. Komisch, dachte Vegter, dass wir trotz der schrecklichen Hitze doch lieber draußen sitzen. Er sah, wie Talsma seine Kippe fallen ließ und austrat. Nachdem das Café den Besitzer gewechselt hatte, stand besonders gesundes Essen auf der Speisekarte. Der neue Inhaber ging sogar so weit, dass er nach Einführung des Rauchverbots auch draußen keine Aschenbecher mehr aufstellte. Ein mit Kippen übersäter Vorgarten war die Folge. Wie leicht man sich doch etwas vormacht, dachte Vegter. Das Café lag an einer der befahrensten Straßen der Stadt, und was das Personal und die Gäste an Feinstaub und Abgasen einatmeten, war mit Sicherheit schädlicher als das Passivrauchen.

»Sie sagt, dass sie ihm mit der Scherbe einen gehörigen Schnitt beigebracht hat.«

»Na, hoffentlich.« Talsma sah zu der Kellnerin hinüber, die mit zwei übervollen Salattellern auf sie zukam. Salat, den Vegter inzwischen zu schätzen wusste und den er auch Talsma empfohlen hatte. Er hatte nichts gegen bissfeste grüne Bohnen, grünen Spargel und eine Salatsorte, deren Namen er sich immer noch nicht merken konnte, dazu Vollkornbaguette und Mineralwasser. Im Moment hatte er allerdings auch ein Bier vor sich stehen. Er hatte mehrere Kilo abgenommen, was nicht nur den Salaten, sondern auch der Arbeit an seinem neuen Haus zuzuschreiben war.

»Es gab da einen Blutstropfen, und zwar ziemlich weit weg von der Spur, die Renée hinterlassen hat«, sagte Talsma, nachdem die Kellnerin wieder gegangen war. Er griff umstandslos zu Messer und Gabel und begann zu essen. »Das hat mich gewundert. Also dachte ich, dass es bestimmt nicht schaden kann, den untersuchen zu lassen.« Er kaute misstrauisch auf einem Salatblatt. »Essen Sie das jetzt jeden Tag, Vegter? Ich komme mir vor wie ein Kaninchen.«

»Tja.« Vegter spießte eine Bohne auf die Gabel. »Auch wenn keine Frauen dabei sind, solltest du deinen Salat trotzdem aufessen. Dieselbe Blutgruppe?«

»Nein.«

Vegter musterte die Passanten, die sich im Schneckentempo über den Bürgersteig schleppten. Die Hitze lag wie eine Glasglocke über der Stadt, und laut Wetterbericht sollte es noch länger über dreißig Grad haben. War das eine Folge der berühmt-berüchtigten Erderwärmung? Er erinnerte sich an Sommer in seiner Kindheit. An sich endlos hinziehende Nachmittage, an ausgestorbene Straßen und an die überall zugezogenen Vorhänge, die die Sonne abhalten sollten. An Nachmittage, an denen einem nichts anderes übrig blieb, als zu warten, bis es Abend und damit kühler wurde.

Talsma spülte ein Stück Baguette mit Bier hinunter. »Wenn er bisher noch nichts auf dem Kerbholz hat, bringt uns das gar nichts.«

»Nein«, gab Vegter zu.

»Aber man kann schließlich nie wissen«, sagte Talsma, der sich manchmal gern in platten Sprüchen erging. »Mich stört nur, dass ich keinerlei Motiv erkennen kann. Außer wir haben es mit einem total Gestörten zu tun.«

»Das kann natürlich sein.« Vegter leerte sein Glas und sah sich um. Die Kellnerin hatte eine Schwäche für ihn, zumindest bildete er sich das ein, da sie ihn stets besonders aufmerksam bediente.

Auch jetzt enttäuschte sie ihn nicht. »Noch ein Bier?«

Talsma nickte zustimmend, obwohl sein Glas noch halb voll war. Eine Zeit lang aßen sie schweigend.

»Die Zeitungen.« Talsma betrachtete leicht angewidert die Salatreste auf seinem Teller. »Was sagen wir den Zeitungen?«

»Das kommt ganz darauf an«, sagte Vegter vorsichtig.

»Klar. Aber was sagen wir? Dass sie noch lebt oder dass sie tot ist?«

»Tot wäre besser.« Vegter schmeckte der Salat nicht mehr. Die Bohnen waren faserig, der Spargel zäh. »Rein theoretisch, natürlich.«

»Sie glauben also auch an einen Gestörten?«

»Ändert das irgendetwas?«

»Keine Ahnung«, sagte Talsma nachdenklich. »Ein Gestörter würde sich freuen. Sie ist tot, und genau das wollte er. Und jemand, der einen Plan verfolgt, wäre ebenfalls zufrieden. Oder enttäuscht. Das hängt ganz von dem Plan ab.«

»Stimmt. Es ist also alles möglich. Deshalb habe ich beschlossen, mich an die Wahrheit zu halten. Sie ist schwer verwundet, blablabla. Außerdem müssten wir sonst ein Begräbnis inszenieren. Und das ist aufwendig.«

»Ja.« Talsma hatte beschlossen, brav aufzuessen, und spießte die letzten vier Spargelstückchen gleichzeitig auf die Gabel. »Wir wissen nicht, ob das was bringt. Wir wissen nicht, ob sie ein Zufallsopfer ist oder nicht. Vielleicht hat er sie wegen ihrer schönen blauen Augen ausgesucht.«

Grünen, dachte Vegter. Grau. Graugrün.

»Gut möglich. Vielleicht hilft es uns, wenn wir die Sache so groß wie möglich an die Glocke hängen: Überfall auf Polizeibeamtin.«

Talsma trank sein zweites Bier, das lautlos auf den Tisch gestellt worden war. »Also?«

»Also habe ich die Presse informiert.«

»Weil Ihnen nichts Besseres eingefallen ist?«

»Genau.« Der Hoofdinspecteur hatte auf einem Riesentamtam bestanden, da er fand, dass die Gesetzeshüter ruhig etwas positive Presse gebrauchen könnten. Das Arschloch, dachte er und staunte über seine heftige Reaktion.

»Er muss sie beobachtet haben«, sagte Talsma. »Vielleicht schon länger. An einem stinknormalen Wochentag lauert man niemandem einfach so an der Haustür auf und hofft, dass derjenige um halb zwei Uhr nachts nach Hause kommt. Von der Geschichte mit den Haaren ganz zu schweigen.«

»Mich irritiert nur, dass er die Sache nicht zu Ende gebracht hat.«

»Aus Zeitmangel«, sagte Talsma entschieden. »Er wurde gestört. Der Stich in ihre Brust ist tief. Vielleicht hofft er, dass das ausreichend war. Ich glaube, dass er unmittelbar danach abgelenkt wurde.«

Das hätte ich Renée fragen müssen, dachte Vegter. Ein Versäumnis, das er am Nachmittag wettmachen würde. Er leerte sein Glas und winkte der Kellnerin.

*

Neben dem Bett saß eine ausgemergelte Frau. Alles, was sie mit Renée gemeinsam hatte, war die Augenfarbe. Wieso hieß es dann immer, dass man von der Mutter auf die Tochter schließen kann? Erleichtert registrierte er die Unterschiede. Renée hatte keinen verbissenen Zug um den Mund, keinen argwöhnischen Blick, keine schrille, ja fast hysterische Stimme.

»Dieser Beruf ist lebensgefährlich«, sagte Mevrouw Pettersen, während sie Renées Bettdecke zurechtzupfte. »Und jedes Jahr wird es schlimmer. Niemand, der noch einigermaßen bei Trost ist, geht heutzutage zur Polizei. Man bekommt so gut wie keine Anerkennung, und die Bezahlung ist auch miserabel. Tut mir leid, wenn ich das sage, aber es ist doch ein lächerlicher Beruf.«

»Aber dafür äußerst nützlich«, sagte Vegter milde, als ihm wieder einfiel, wie sehr er Menschen hasste, die sich für ihre Meinung entschuldigten.

Die Decke wurde ein zweites Mal zurechtgezupft. »Und das bei ihrer Intelligenz, bei der Ausbildung! Ich habe das nie verstanden. Die Welt lag ihr zu Füßen.«

»Das tut sie immer noch.« Vegter zog den Hocker zu sich heran, der verloren im Zimmer herumstand. So als hätte ihn ein Besucher dort vergessen, der irgendwann genug gehabt hatte. »Aber ich kann verstehen, dass Sie sich Sorgen machen.«

»Wohl kaum«, sagte Mevrouw Pettersen. »Sie verstehen

gar nichts. Es ist schließlich nicht Ihre Tochter, die hier liegt.«

Vegter dachte an Ingrid, die gesund und munter in ihrer Anwaltskanzlei saß. »Das stimmt natürlich.«

Renée hatte eine Miene aufgesetzt, die er schlecht deuten konnte. Resignation? Belustigung? Wahrscheinlich eine Mischung aus beidem.

»Am besten, ich komme später noch mal wieder«, sagte er höflich. »Sie wollen sich bestimmt in Ruhe unterhalten.«

»Nein.« Mevrouw Pettersen stand auf. Sie trug ein langärmeliges, hochgeschlossenes Kleid, das so gar nicht zu dem heißen Sommertag passte. »Ich wollte mich gerade verabschieden.« Sie drückte Renée einen Kuss auf die Wange und sagte: »Pass gut auf dich auf!« Nicht ohne ironisch hinzuzufügen: »Obwohl dieser Rat reichlich spät kommt.«

Vegter gab sie nicht die Hand.

»Ich kann nichts dafür«, sagte Renée, nachdem die Tür hinter ihrer Mutter zugefallen war.

»Natürlich nicht.« Trotzdem konnte Vegter sich ein Grinsen nicht verkneifen.

Sie musste ebenfalls lachen. »Seine Eltern kann man sich nicht aussuchen.«

Das Reden fiel ihr schon deutlich leichter, sie war längst nicht mehr so außer Atem.

»Dann würde die Welt bestimmt anders aussehen.« Was hatte sie ihm gleich wieder erzählt? Irgendwas von einer Scheidung, die nie richtig verarbeitet worden war. Von Schuldgefühlen. Und davon, dass das Kind als Partnerersatz herhalten musste.

»Weshalb ich eigentlich gekommen bin ...«, hob er an.

Sie musterte ihn abwartend, und er stellte zu seiner großen Erleichterung fest, dass ihre Wangen schon etwas mehr Farbe hatten als noch am Vormittag.

»Wie geht es dir?«

»Besser. Ich fühle mich nicht mehr ganz so als Opfer.«

»Weißt du schon, wann du wieder nach Hause darfst?« Als er sah, wie jedes Leuchten in ihren Augen erstarb, bereute er die Frage.

»Wenn der Arm gut heilt, schon in ein paar Tagen. Danach wartet eine langwierige Physiotherapie auf mich. Ich muss jetzt schon Übungen mit der Hand machen. Keiner weiß, ob sie je wieder richtig funktionieren wird.« Sie wandte den Kopf ab.

Vegter wartete, bis sie sich wieder gefasst hatte.

»Aber ich will nicht nach Hause«, sagte sie. »Und zu ihr will ich auch nicht.« Sie nickte zur Tür. »Ich finde schon eine Lösung. Aber in meine Wohnung gehe ich auf gar keinen Fall zurück. Dort hätte ich keine ruhige Minute mehr.«

»Ich kann dafür sorgen, dass alles aufgeräumt und saubergemacht wird.«

»Darum geht es nicht.« Sie berührte den Kopfverband und wischte sich die Tränen aus den Augen. »Ich bin nicht tot. Das wird er herausfinden.«

Sie hatte sich also auch schon Gedanken gemacht. Zu welchem Schluss er wohl an ihrer Stelle gekommen wäre?

»Du kannst zu mir kommen.«

Keine Ahnung, weshalb er das jetzt sagte. Aber warum eigentlich nicht? Sie konnte seine Wohnung haben, während er in seinem Haus übernachtete. Er wusste nur noch nicht, wie er das seinen Kollegen erklären sollte.

»Er wird wiederkommen.« Sie tat so, als hätte sie nichts gehört.

»Wie kommst du darauf?«

»Er hat die Sache nicht zu Ende gebracht. Ich lebe schließlich noch.« Ihre Stimme schwankte zwischen Vernunft und Angst.

Er beschloss, nicht weiter darauf einzugehen. »Warum glaubst du, dass er wiederkommt?«

»Weil ...«

Er sah, wie viel Kraft es sie kostete, die Angst in Schach zu halten, half ihr aber nicht. »Du musst doch einen Grund dafür sehen.«

Sie holte mühsam Luft. »Wegen der Entschlossenheit, mit der er vorgegangen ist. Er hat keinerlei Spielchen mit mir gespielt, hat sein Ziel eiskalt verfolgt. Ich sollte sterben. Unbedingt. Das habe ich dir übrigens schon mal erzählt.«

»Verstehe. Bleibt die Frage nach dem Warum. Hast du darüber schon nachgedacht?«

Sie beruhigte sich, versuchte, so sachlich zu sein wie er. »Er wollte mich umbringen und dann abhauen. Keine Ahnung, warum. Ich bin erst seit anderthalb Jahren bei der Truppe. Wäre es eine Vergeltungsaktion, müsstest du hier liegen.«

»Wo hast du ihm den Stich zugefügt? Ich meine, wo hast du gestanden?«

»Ich habe gelegen. Neben der Essecke.«

Vegter nickte. Das stimmte mit Talsmas Version überein. »Hast du irgendeine Erklärung dafür? Hast du neue Leute kennengelernt, dich mit einem Unbekannten verabredet?«

Plötzlich hob sich der Verband noch stärker von ihrer Haut ab. »Ja. Aber die Verabredung war ein Reinfall. Es gab keinerlei Annäherung, keinen ... du weißt schon.«

Er verdrängte die Enttäuschung, die hier völlig fehl am Platz war. Sie war jung und ungebunden. Junge Leute verabredeten sich nun mal, auch mit Unbekannten. Vor allem mit Unbekannten.

»Weshalb ich eigentlich hier bin ...«, wiederholte er. »Kannst du dich noch erinnern, was nach dem Stich passiert ist?« Er fasste sich kurz an die Brust.

»Nein. Ich verlor das Bewusstsein.«

»Der Nachbar hat geklingelt. Hast du das nicht gehört?«

»Nein. Aber ich hatte mir etwas in der Art erhofft.«

»Wir haben schon überlegt, dich für tot erklären zu lassen«, sagte er in dem ungeschickten Versuch, einen Scherz zu machen. »Aber das hätte dann doch zu viele Nachteile mit sich gebracht.«

Sie wurde wütend. »Was soll die Abenteuerromantik? Es hätte nicht viel gefehlt, und ich wäre tatsächlich draufgegangen!«

»Es wäre ja nur vorübergehend gewesen. So lange, bis wir ihn haben.«

»Wer sagt denn, dass ihr ihn jemals schnappen werdet? Hast du die Statistiken vergessen? Wie hoch ist der Prozentsatz aufgeklärter Verbrechen?« Ihre Stimme überschlug sich, sie drohte, die Beherrschung zu verlieren. »Was für ein lächerlicher Plan.«

Kurz sah er ihre Mutter wieder vor sich. Vielleicht auch nur, weil sie das Wort »lächerlich« benutzt hatte. »Und du willst jetzt untertauchen? Das kommt doch aufs Gleiche raus.«

Sie widersprach nicht, und er bekam Mitleid mit ihr. Sie war niedergestochen worden, hatte Todesängste ausgestanden, wahrscheinlich zum ersten Mal in ihrem Leben. Sie war operiert worden und litt noch immer an den Nachwirkungen der Narkose. Und jetzt kam er und erzählte ihr, welche Vorteile es gehabt hätte, sie für tot erklären zu lassen.

»Es tut mir leid. Ich hätte dich nicht damit belasten dürfen.«

Sie schwieg.

»Ich muss dich fragen, mit wem du den Abend verbracht hast«, sagte er behutsam.

»Mit jemandem, den ich auf einer Party kennengelernt habe«, sagte sie widerwillig. »Aber der war es nicht. Der hat eine ganz andere Figur, ist größer und breiter. Außerdem hat er die Party nach mir verlassen.«

Das hörte sich wirklich nach einem Reinfall an. Vegters Laune hob sich umgehend.

»Und der Kerl heißt?«

»Pieter Vervaeke. Mit ae.«

»Ein Belgier?«, fragte er bestürzt, als handelte es sich um einen Ureinwohner Tasmaniens.

»Seine Vorfahren kommen aus Belgien.« Um ihre Mundwinkel zuckte es.

»Adresse?«

»Keine Ahnung.«

»Wohnt er in der Stadt?«

»Ja.«

»Beruf?« Seine Hartnäckigkeit ging ihr sichtlich auf den Geist, aber darauf konnte er jetzt keine Rücksicht nehmen. Es konnte nie schaden, die Dinge aus einer anderen Perspektive zu betrachten. Außerdem waren das wichtige Informationen.

»Irgendwas mit Werbung.« Angeblich scheffelte er jede Menge Geld, hatte geniale Einfälle und Kunden, die sich regelrecht darum rissen, über den Tisch gezogen zu werden. Das hatte sie wieder an das Baugewerbe erinnert, dem sie vor nicht allzu langer Zeit entronnen war, sodass sie den Abend nur noch hatte hinter sich bringen wollen. Und das, obwohl sie sich einiges davon versprochen hatte.

»Firmenname?«

»Keine Ahnung. Ich hab nicht richtig hingehört.«

Vegter verkniff sich ein Grinsen. »Erfolgreich?«

»Nach dem, was er so erzählt hat, schon. Auf jeden Fall fährt er ein ziemlich dickes Auto.«

»Und das hast du gesehen?«

»Ja, wir hielten gleichzeitig vor dem Restaurant, in dem wir uns verabredet hatten.«

»Welche Marke?«

»Ein Porsche. Und nicht der billigste. Aber das Kennzeichen habe ich mir nicht gemerkt.«

Er stand auf. »Das finden wir heraus.«

An der Tür drehte er sich noch einmal um. »Sag mir Bescheid, wie du dich entscheidest.«

6

Er schlief oder tat zumindest so, als der Radiowecker losging. Sie hatte die Bettdecke zurückgeschlagen und lautlos ihre Kleidung zusammengesucht. Genauso lautlos hatte sie die Schlafzimmertür hinter sich zugemacht. Wer so lange gearbeitet hatte, besaß ein Recht auf Schlaf.

Wie immer hatte sie sich unter der Dusche bemüht, ihre Zweifel zu verdrängen. Zweifel, die an ihr nagten und ihr einfach keine Ruhe ließen. Grundlose Zweifel, wie sie sich einzureden versuchte. Es lag nicht an ihm, sondern an ihr. Alles war nur Einbildung und ihrem geringen Selbstbewusstsein geschuldet, das ihr nach wie vor zu schaffen machte, wenn sie neben ihm lief, neben ihm lag, seine Kleider wusch und bügelte und seine Geschäftsfreunde empfing. Wobei Letzteres nur noch selten vorkam, seit Pieter und er sich in dem neuen Bürogebäude eingemietet hatten. Und all das nur, weil sie sich wunderte, warum ein derart perfekter Mann sich ausgerechnet in sie verliebt hatte. Und zwar so sehr, dass er sogar bereit gewesen war, sie zu heiraten.

Sie war nicht schön, da brauchte sie sich nichts vorzumachen. Nicht einmal hübsch, und schon gar nicht sexy. Dafür war ihre Nase zu groß und zu breit und das Gebiss trotz teurer Kieferorthopädie nicht wirklich gerade. Außerdem war sie plump und schwerfällig, trotz aller Diäten. Das war nun mal ihre Figur: Die Beine waren zu kurz, die Hüften zu breit, die Brüste zu flach und zu weit auseinander. Am meisten hasste sie ihre Brüste, stellte sie fest, während sie sich wie jeden Morgen beim Abtrocknen in dem bis zum Boden reichenden Spiegel betrachtete. Nahrungsquellen, mit einem riesigen dunkelbraunen Warzenhof. Und mit Brustwarzen, die fast ständig erigiert waren, so als machte sie das irgendwie attraktiver. Mutterbrüste, für die es keinerlei Verwendung gab.

Konzentrieren Sie sich auf Ihre positiven Eigenschaften, hieß es immer so schön in den Frauenzeitschriften. Eigenschaften. Im Plural. Sie konnte nur mit einer einzigen positiven Eigenschaft aufwarten. Wie immer hob sich auch diesmal ihre Laune, als sie ihr Haar bürstete. Mit jedem Bürstenstrich wirkte es lebendiger, bis es glänzte wie eine polierte Kastanie: Ihr dickes, weiches, rotbraunes Haar, mit dem sie machen konnte, was sie wollte, und das völlig unempfindlich gegen Sonne, Trockenheit, Kälte oder Nässe zu sein schien. Das Bürsten ihrer Haare war ihr heimliches Vergnügen, weshalb sie niemals darauf verzichtete.

Es waren die Haare gewesen, in die er sich sofort verliebt hatte, wie er sagte. So richtig begeistert war sie nicht von dieser Formulierung, dafür war sie viel zu banal, zu offensichtlich. Aber sie erklärte immerhin, warum er in ihrem Bett lag, an ihrem Tisch saß und aß, was sie mit Liebe für ihn gekocht hatte. Und sie half ihr, von ihrer größten Schwäche abzusehen.

Jetzt saß sie an ihrem Schreibtisch und überschlug, wie viele Stunden sie schon durchgehalten hatte. Es war kurz vor drei. Wenn sie noch länger wartete, konnte sie es genauso gut bleiben lassen. Sie griff zum Telefon.

*

Kaum dass die Tür hinter ihr zugefallen war, hatte er Pieter angerufen und gesagt, dass er heute nicht ins Büro komme. Er fühle sich nicht gut.

Pieter hatte einen Moment geschwiegen. »Was hast du denn?«

»Wahrscheinlich die Sommergrippe. Vielleicht habe ich auch etwas Falsches gegessen.«

»Der Steuerberater kommt heute.«

Als ob er das nicht wüsste.

»Den musst du dann wohl allein verarzten.«

»Er wollte dich sprechen.«

»Ich weiß.« Er wurde ungeduldig. »Aber von der Toilette aus kann ich ihm schlecht Rede und Antwort stehen.«

»Na dann, gute Besserung.«

Pieter war nicht dumm. Er verstand nicht das Geringste von Geld, aber er war nicht dumm. Er hatte schon mehrmals nach den Quartalszahlen gefragt. Er war nämlich nicht nur intelligent, sondern auch hartnäckig und würde nicht aufhören, nachzuhaken. Aber wenn Pieter erst einmal feststellte, dass ein neues Passwort nötig war, um Zugang zu den benötigten Daten zu erhalten, würde der Steuerberater unverrichteter Dinge abziehen müssen. Damit war die Sache natürlich nur aufgeschoben und nicht aufgehoben. Trotzdem wollte er sie so weit wie möglich hinauszögern. Alles, was er brauchte, war etwas mehr Zeit.

Er trommelte mit den Fingern auf den Esstisch und blickte hinaus in den Garten, wo das Gras trotz Bewässerungsanlage gelb wurde, und das Grün der Sträucher fahl und staubig wirkte. Die Gartentüren standen weit offen, und an der Vorderseite des Hauses waren Sonnenschirme aufgespannt. Trotzdem zeigte das Innenthermometer fünfundzwanzig Grad. Es wehte kein Lüftchen, und im Garten war es nicht auszuhalten, nicht einmal im Schatten. Die drückende Schwüle machte einen ganz schlapp. Was für ein

Scheißklima! Wenn alles vorbei war, würde er wegfahren. Einen ausgedehnten Urlaub machen oder vielleicht sogar für immer abhauen – so genau wusste er das noch nicht. Die Möglichkeiten waren schier unbegrenzt, und ein voreiliger Entschluss würde ihm nur die Vorfreude verderben.

Obwohl es noch viel zu früh dafür war, stand ein Glas Whiskey mit Eis vor ihm. Das Eis sollte ihm die Mundtrockenheit nehmen, eine Nebenwirkung der Pillen, während er von dem Whiskey erwartete, dass er ihm gedanklich auf die Sprünge half. Er hatte sämtliche Zeitungen gekauft und im Teletext nachgeschaut, aber nirgendwo stand etwas von einer getöteten Polizistin. Hatte das etwas zu bedeuten? Steckte eine bestimmte Strategie dahinter? Oder war es dafür einfach noch zu früh? Was die Tageszeitungen anbelangte, auf jeden Fall. Aber das war ihm erst klar geworden, als er vom Kiosk nach Hause fuhr.

Er warf einen Blick auf die Armbanduhr. Fast drei. Die Abendzeitungen mussten jetzt ausgeliefert sein. Als er seinen Stuhl nach hinten schob, klingelte das Handy.

»Wo bist du?«

»Wo soll ich schon sein?«

»Ich rufe an, weil ... Hast du gerade Zeit?«

»Eigentlich nicht. Ich bin in einer Besprechung.«

»Oh.«

»Ist irgendetwas passiert?«

»Nein, nein. Ich wollte nur kurz deine Stimme hören«, sagte sie zögernd. »Und fragen, ob du schon weißt, wann du nach Hause kommst.«

»Zur üblichen Zeit.« Diese hündische Ergebenheit! Musste er ihr bis ans Lebensende sagen, dass er sie liebte? Dass sie schön war und alles andere als dick, sondern genau richtig? Dass er einfach nicht auf schlanke Frauen mit großen Brüsten stand und dass es niemanden gab, mit dem er lieber zusammen wäre? Doch seine Gereiztheit hielt nicht lange vor und wich tiefer Befriedigung. Nein, das musste er nicht.

»Bis nachher«, sagte er liebevoll. Er hörte noch, wie sie zufrieden seufzte, bevor er sie wegdrückte. Fotze. Blöde Kuh. Hinkebein.

Zur Sicherheit steckte er sein Handy ein, während er aufstand und zum Autoschlüssel griff. Womöglich rief sie noch einmal an, nur weil sie seine Stimme hören wollte.

»Ach, ist das herrlich«, sagte sie, während sie nach dem beschlagenen Glas griff.

Er hatte eine Flasche Chablis kaltgestellt, Toastbrot in einen Korb gelegt und das Glas Tapenade aus dem Feinkostladen aufgemacht. Der Sonnenschirm stand draußen, die Abendzeitungen lagen auf dem Gartentisch.

»Ich hätte nicht gedacht, dass du vor mir nach Hause kommst. Dabei wollte ich dich überraschen. Nach gestern Abend hast du dir das redlich verdient.«

»Ach Quatsch«, sagte er munter. Auf den Titelseiten prangte in triumphierenden Großbuchstaben: »Polizistin schwer verletzt«. »Versuchter Mord an Polizistin«. »Unheimlicher Mordversuch«.

Seine anfängliche Enttäuschung war schnell verflogen. Sie war nicht tot. *Na und?* Die Resonanz war dieselbe. Die Nachricht hatte eingeschlagen wie eine Bombe, und nur das zählte.

»Es ist spät geworden gestern Abend.«

Er zuckte zusammen. »Sehr spät. Aber wir stehen vor einem vielversprechenden Geschäftsabschluss. Du weißt ja, wie das ist.« Er zog eine Grimasse und legte kurz seine Hand auf die ihre. »Man trinkt etwas, isst spät und muss danach noch ewig in gewissen Etablissements herumsitzen.«

Sie spitzte in gespielter Verlegenheit die Lippen.

Und er spielte mit. »Wobei man nach so viel Alkohol

wirklich nicht mehr in der Lage ist, Höchstleistungen zu vollbringen.«

»Warum muss das eigentlich immer so sein?«, sagte sie nachdenklich. »Und die Ehefrauen ... Merken die denn nichts? Ich fände es schrecklich, wenn du ...«

»Ach Quatsch«, sagte er. »Sich anderswo Appetit holen, aber zu Hause essen.«

Sie lachte, aber er hatte eindeutig einen Fehler gemacht. Sie mochte keine sexuellen Anspielungen, erst recht nicht, wenn sie so vulgär waren. Ab und zu fiel er aus der Rolle. Manchmal mit Absicht, weil ihm ihr vornehmes Getue auf die Nerven ging, das in seinen Augen sowieso nur anerzogen war. Manchmal aber auch aus Versehen.

Sie merkte, dass er gereizt war, verstand aber nicht, warum. Sie versuchte, die Stimmung wieder aufzuheitern. »Hast du schon Zeitung gelesen?« Sie wies mit dem Kinn auf den Stapel.

»Ja.« Er grinste. »Man merkt eindeutig, dass jetzt Saure-Gurken-Zeit ist. Sie stürzen sich darauf wie ein Rudel ausgehungerter Wölfe.«

Selbst das hatte er bei seinen Vorbereitungen berücksichtigt. Er hatte wirklich an alles gedacht.

Sie leerte ihr Glas. »Wirklich unglaublich. Man hat versucht, die Frau zu skalpieren. Wer kann nur so krank im Kopf sein?«

Er griff nach dem Wein und schenkte ihr nach, obwohl sie mit erhobener Hand schwach protestierte. »Es gibt immer einen Grund, Vivienne.«

»Mir fällt keiner ein.« Sie lachte.

»Nein, aber du bist ja auch nicht geisteskrank.«

Sie zog einen Flunsch. »Das glaubst du!«

Dabei glaube ich das gar nicht, dachte er. Ich glaube, dass du eine frustrierte Fotze voller Komplexe bist. Dass du reif für die Klapse bist. Und zwar schon lange.

Er streckte sich, beugte sich vor und ließ seine Lippen über ihr warmrotes Haar gleiten, das in der tief stehenden Sonne glänzte. »Das glaube ich nicht nur, das weiß ich.«

Er spielte ein Spiel, das er jeden Tag wieder aufs Neue genoss. Manchmal allerdings auch nicht. Manchmal fiel es ihm schwer, und dann musste er sich zwingen, seine Aggressionen so zu zügeln, dass er ihr keine reinhaute. Aber zumeist war es ein äußerst vergnügliches Spiel, bei dem er sein Schauspieltalent, aber noch mehr seine Anpassungsfähigkeit ausleben konnte, die er für seine größte Stärke hielt.

»Machen wir noch eine Flasche auf?«

Sie schüttelte den Kopf. »Wir müssen dringend etwas essen. Außerdem möchte ich morgen fit sein, für das Gespräch. Es hängt viel davon ab.«

»Wir können uns was kommen lassen.«

»Nein. Ich will, dass du was Anständiges isst.«

»Na gut, aber nur, wenn du was machst, das schnell geht«, schlug er vor. »Ein Steak mit Salat. Es ist zu heiß für komplizierte Gerichte. Ich habe sowieso kaum Hunger.«

»Hast du auch zu viel getrunken?«

»Du weißt doch, dass ich das nie tue. Und erst recht nicht, wenn Kunden dabei sind.«

Vor nicht mal einer Woche war er so betrunken gewesen, dass sogar Sascha einsah, dass er ein Taxi brauchte. Sascha mit ihren hohen Brüsten. Mit Beinen, die bis unter die Achseln reichten. Sascha mit ihrem teuren Geschmack. Seit es Sascha gab, war das Leben nicht leichter geworden.

»Wir haben noch *pomodori.* Und argentinisches Entrecote.« Sie griff nach ihrem Stock und stand auf. »Bringst du mir mein Glas mit?«

»Natürlich.«

Pomodori. Das hieß Tomaten, verdammt noch mal! Und warum musste das Entrecote unbedingt aus Argentinien sein? Oder besser gesagt: Warum war das überhaupt erwähnenswert? Er war nicht von gestern. Er wusste, was *pomodori* waren, er konnte eine französische oder italienische Speisekarte lesen und sich in Gesellschaft benehmen. Ihn störte nur, dass sie mit Bildung prahlte, die keine war, sondern bloße Angeberei. Wobei sie ihm unbewusst unterstellte, dass er ungebildet war. Aber das hatte sie ihm nie beweisen können. Als er sie kennenlernte und es lohnenswert schien, sie zu kennen, hatte er sich einen Lebenslauf aus den Fingern gesogen, der über jede Kritik erhaben war. Sie war ein Snob, ein typisches Produkt ihrer Erziehung, nur dass sie zu doof war, das zu merken.

Er blickte ihr nach, sah, wie sie die Schwelle nahm. Erst mit dem rechten, dem guten Bein, dann mit dem linken. Das Bein, das ihr im übertragenen und wörtlichen Sinn nachhing. Dieser bescheuerte Stock. Ohne den Stock wäre es vielleicht noch erträglich gewesen.

»Ich wollte eigentlich noch Liesbeth besuchen«, sagte sie, während sie sich über das Entrecote hermachte. »Das letzte Mal ist schon wieder eine Ewigkeit her.«

»Du hast doch kein schlechtes Gewissen?« Er schnitt ein Stück Fleisch ab, das perfekt gegart war. Eines musste man ihr lassen: Kochen konnte sie.

»Nein. Na ja, ein bisschen vielleicht.«

»Du tust, was du kannst«, sagte er. »Ja, sogar mehr als das. Ich finde, dass du auch ein Stück weit an dich denken musst.«

»Wie meinst du das?«

»Du weißt genau, wie ich das meine. So kurz, nachdem Mama ...« Wenn er »deine Mutter« sagte, war sie beleidigt, obwohl sie doch wissen musste, wie sehr Mama ihn gehasst hatte. Daran hatte sie bis zum Sterbebett keinen Zweifel gelassen, weshalb er sich auch schwer hatte zusammenreißen müssen, dem Tod dieses alten Schrapnells nicht mithilfe eines dicken Kissens etwas nachzuhelfen.

Er sah auf die Uhr und unterdrückte auf überzeugende Weise ein Gähnen. »Ist es dafür nicht schon etwas zu spät?«

»Du musst ja nicht mitkommen«, sagte sie sofort.

»Das meine ich nicht. Vielleicht schläft sie schon.«

Sie zögerte. »Ich glaube, es wäre besser. Ich werde immer nervöser, je mehr Zeit vergeht.«

»Natürlich. Das ist doch logisch. Obwohl sie einen relativ stabilen Eindruck auf mich macht.«

»Das sehe ich anders. Wenn ich daran denke, was sie vor wenigen Wochen noch alles konnte ... Zwei Monate bis maximal ein halbes Jahr haben ihr die Ärzte gegeben. Und jetzt sind schon drei Monate um.«

Er aß die letzte Tomate und tunkte mit einem Brotrest die Salatsauce auf. »Soll ich nicht doch mitkommen?«

»Nein, bleib du ruhig zu Hause. Geh früh ins Bett. Du siehst müde aus.«

Er hatte nicht ansatzweise vorgehabt, mitzugehen. Er war absolut nicht scharf darauf, am Bett einer dahinsiechenden jungen Frau zu sitzen. Und schon gar nicht, wenn diese Frau nach wie vor einen kritischen Blick besaß. Sie mochte ihn nicht, diese Liesbeth. Außerdem war er müde, unglaublich müde, obwohl er am späten Nachmittag ein paar Stunden im Garten geschlafen hatte. Mit ein paar Pillen wäre die Müdigkeit bestimmt bald verflogen, aber es war besser, wenn er darauf verzichtete. Die Pillen machten ihn fertig. Er hatte es sich jedoch angewöhnt, sich mit ihnen einen Energieschub zu verschaffen. Und damit das Gefühl, alles im Griff zu haben, auf alle herabzuschauen, ja alles zu *durch*schauen. Der hellwache Geist, den ihm die Pillen bescherten, hatte ihn überhaupt erst auf die Idee gebracht. Und das war das Aufregendste, was er je getan hatte.

Sie legte Messer und Gabel beiseite. Seine Hand griff

nach der Flasche, die er dennoch aufgemacht hatte, aber sie schob ihren Stuhl zurück.

»Danke, für mich nicht mehr. Ich räume kurz ab.«

»Warte, ich helfe dir.«

Er stapelte die Teller aufeinander und nahm den Brotkorb mit, während sie bereits die Klappe des Geschirrspülers aufmachte. Er war gerade dabei, die Sets in einem der Schränke zu verstauen, als sie sagte: »Das Messer kommt nicht in die Spülmaschine, das weißt du doch.«

Er brauchte eine Sekunde, um sich wieder zu fangen. Langsam drehte er sich um. »Welches Messer?«

»Das hier.« Sie hielt es hoch. »Es ist schlecht für den Griff. Holz verträgt kein aggressives Spülmaschinensalz.«

»Ich hab es da nicht reingeräumt.«

»Nein? Ich kann mich nicht daran erinnern, es benutzt zu haben.« Sie musterte das Messer, als könnte es ihr eine Erklärung liefern. »Verrückt. Ich benutze es nur, um Wurst damit zu schneiden, denn für Fleisch ist es zu klein. Aber gestern habe ich den Rest des vegetarischen Gerichts aufgegessen.«

»Ist das so wichtig?«

»Nein, natürlich nicht.« Sie lachte. »Ich frage mich nur, ob ich allmählich Alzheimer bekomme.« Sie hielt das Messer unters Wasser. »Es ist nicht mal schmutzig.«

»Komm.« Er umarmte sie von hinten und nahm ihr das Messer ab. »Geh schon, ich erledige das hier.«

Auf ihr kurzes Sträuben hin drehte er die Hand so, dass die Messerspitze auf ihre Brust gerichtet war. »Tu, was ich dir sage.«

»Und wenn nicht, bin ich tot?« Folgsam lehnte sie sich an ihn.

»Du weißt ja, was in der Zeitung stand.« Das Blut pochte in seinen Schläfen.

»Gott, wie gruselig!« Sie löste sich aus seiner Umarmung,

während er das Messer auf die Küchentheke legte und ihr einen Klaps auf den Hintern gab.

»Zieh dir ein paar Schuhe an und grüß Liesbeth von mir.«

Sie räumte das Messer in die Schublade. »Wird gemacht.«

Er wartete, bis er ihre langsamen, unregelmäßigen Schritte im Flur vernahm. Dann räumte er das Messer zurück in den Geschirrspüler, gab einen Spül-Tab in das dafür vorgesehene Fach und stellte die Maschine an. Jetzt musste er bescheuerte sechsundachtzig Minuten warten, bis er ins Bett konnte.

*

Vegter hatte die Nachrichten gesehen. Sie hatten Renée mehr Zeit gewidmet als den Überschwemmungen in Frankreich. Anschließend wurde noch eine Sondersendung ausgestrahlt, für die man sogar ein Foto von ihr aufgetrieben hatte. Der Hoofdinspecteur konnte zufrieden sein, zumal er Gelegenheit gehabt hatte, seine ernsthafte Besorgnis zu äußern. Allerdings ohne zu wissen, dass Vegter hastig seinen Namen genannt hatte, als man ihn um Mitwirkung gebeten hatte.

Der Hoofdinspecteur hatte das Übliche gesagt, nämlich, dass man »seinen Leuten«, den Staatsdienern, gar nicht genug danken könne für die risikoreiche Arbeit, die sie leisteten.

Risikoreich. Vegter hatte seinen Schnaps auf einen Zug geleert. Wieso sagte er nicht einfach riskant?

Auch über die Zeitungen hatte er sich geärgert, obwohl das zu erwarten gewesen war. Trotzdem: Die riesigen Schlagzeilen und die sensationslüsterne Berichterstattung ließen jedes Mitgefühl vermissen, wie er es angesichts von Renées Wehrlosigkeit und Würdeverlust empfunden hatte.

Die Überheblichkeit des Täters schockierte ihn. Er hatte schon so einiges zu Gesicht bekommen – misshandelte, verstümmelte Menschen, verwesende Leichen –, sich aber nie an die Folgen von Gewalt gewöhnen können. Das war mit ein Grund, warum er sich im Laufe der Jahre immer öfter gefragt hatte, ob sein Beruf überhaupt der richtige für ihn war. Aber dieselben Zweifel sorgten auch dafür, dass er sich an einzelnen Fällen regelrecht festbiss.

Und jetzt hatte es Renée erwischt. Wenn ihm das schon so naheging, wie hätte er dann erst reagiert, wenn es Ingrid getroffen hätte? Stef hatte er durch einen dummen Zufall verloren – einfach weil irgendein Firmenboss und sein Chauffeur nicht aufgepasst hatten. Auch Unachtsamkeit kann eine Form von Gewalt sein, aber wenn man das weiterdachte, bekam man nur Depressionen, sodass er es lieber sein ließ. Das war eine rein theoretische Fragestellung, in die er sich gern mithilfe von Literatur vertiefte, die er aber trotzdem nicht nur rein philosophisch angehen wollte. Dafür war sein seelisches Gleichgewicht, knapp zwei Jahre nach Stefs Tod, einfach noch zu labil.

Er überlegte, Musik aufzulegen, musterte seine CD-Sammlung und entschied sich für Strawinsky, weil der noch am besten zu seiner nervösen Stimmung passte. Dann legte er den *Sacre* ein. Doch schon nach wenigen Minuten nervten ihn der aufgeregte Rhythmus und die aufdringlichen Blechbläser. Es gab nichts zu feiern, und schon gar nicht den Frühling oder das neu erwachende Leben. Er nahm sein Glas mit in die Küche, wo er überlegte, ob er überhaupt noch ausreichend Hunger hatte, um sich etwas zu essen zu machen. Wenn er mittags Salat aß, versorgte ihn der zwar mit den notwendigen Vitaminen, führte aber dazu, dass er schon nach einer Stunde wieder Hunger verspürte. Ein Hunger, der prompt verschwunden war, sobald er endlich nach Hause kam. Im Kühlschrank lag schon seit anderthalb Tagen ein großes, rotes, saftiges Steak. Doch leider war die Butter alle, womit sich das Thema erledigt hatte.

Mit einem halben Glas Schnaps ging er ins Schlafzimmer und betrachtete es, als sähe er es zum ersten Mal. Darin standen ein Bett und ein Nachttisch. Mehr brauchte man nicht. Aber konnte er Renée so etwas zumuten? War das nicht viel zu spartanisch? Stef hatte für Gemütlichkeit gesorgt, indem sie an den richtigen Stellen Lampen platzierte, Bilder aufhängte, Farben miteinander kombinierte. Alles Dinge, auf die Frauen schwer verzichten konnten. Er hatte sie durchaus zu schätzen gewusst, aber keinerlei Eigeninitiative ergriffen. Ganz einfach, weil er nicht wusste, wie so etwas ging. Etwas mutlos starrte er auf die jungfräulich weißen Wände und kehrte dann ins Wohnzimmer zurück.

Wahrscheinlich würde sie sein Angebot sowieso nicht annehmen. Und vielleicht war das auch besser so.

*

Als sie nach Hause kam, brannten die Außenbeleuchtung und eine Lampe im Wohnzimmer. Plötzlich kamen ihr die Tränen. Du bist einfach durcheinander, versuchte sie sich einzureden, während sie das Auto abschloss und den Gartenweg entlanglief. Sie dachte an Liesbeth, die beim Abschied ihr Handgelenk gepackt hatte. »Hör auf mit den ewigen Zweifeln. Genieß, was du hast. Es kann jeden Moment vorbei sein.«

Sie hatte auf die dünnen Finger gestarrt, auf die blauen Adern, die hervortraten wie bei einer alten Frau, und es nicht fertiggebracht, etwas darauf zu erwidern. Dann hatte Liesbeth sie losgelassen, ihr einen Stups gegeben und mit breitem Grinsen gesagt: »Und hör auf, in Selbstmitleid zu schwelgen. Wollen wir tauschen? Dein Bein gegen meinen Krebs?«

Dabei meinte John es so gut mit ihr. Er wusste, dass sie es hasste, im Dunkeln nach Hause zu kommen, und hatte extra ein paar Lichter angelassen. Sie lehnte ihren Stock gegen die Hauswand und steckte den Schlüssel ins Schloss. Sie musste für seine Fürsorglichkeit dankbar sein, durfte sie nicht als selbstverständlich betrachten. Liesbeth hatte recht. Schlimm, dass ausgerechnet sie das sagen musste. Wie es sich wohl anfühlte, mit Anfang dreißig zu wissen, dass es der letzte Sommer sein würde? Dass kein Herbst, kein Winter und kein Frühling mehr darauf folgen würden?

Vorsichtig zog sie die Haustür zu. Oben lief leise der Radiowecker. John schlief bestimmt schon, aber er hörte im Bett noch gern Radio, anstatt wie sie ein Buch zu lesen. Er war kein Leser, verstand ihre Begeisterung für Bücher nicht.

Sie zog die Schuhe aus, hängte den Stock an die Garderobe und lief barfuß in die Küche. Der Marmor unter ihren Füßen war angenehm kühl. Nur wenn sie niemand sehen konnte, ging sie ohne Stock. Sie war dann noch langsamer, noch schiefer, noch unbeholfener. Hätte sie auch nur einen Funken von Liesbeths Kampfgeist gehabt, würde sie sich zeigen, wie sie war. Ohne den Halt, den ihr der Stock im engeren und weiteren Sinne gab.

Sie machte den Kühlschrank auf und entdeckte die halb volle Flasche Chablis. Die Besuche bei Liesbeth machten ihr zunehmend zu schaffen. Der Alkohol würde ihr helfen, besser damit zurechtzukommen. Außerdem schlief sie dann schneller ein. Doch wenn sie erst einmal damit anfing, würde sie so lange trinken, bis die Flasche leer war. Da war ein Bier vernünftiger. Sie stellte eine Flasche auf die Küchentheke und suchte in der Besteckschublade nach dem Öffner. Leicht genervt sortierte sie das Salatbesteck richtig ein. Er hatte sogar das Geschirr weggeräumt, obwohl er immer noch nicht wusste, wo alles hingehörte. Das war jedoch nicht das einzige Anzeichen dafür, dass er sich in dem Haus nicht wirklich wohlfühlte. Im Grunde benahm er sich eher wie ein Gast als wie der rechtmäßige Bewohner. Dabei war er es gewesen, der auf einem raschen Umzug bestanden hatte. Für sie war es ein Nachhausekommen gewesen, obwohl die ersten Wochen nicht leicht waren, weil sie hier alles an Mama erinnerte. Aber sie war in diesem Haus geboren und aufgewachsen, es war ihr so vertraut wie der eigene Körper. Hier würde sie sich blind zurechtfinden können. Trotzdem hatte John recht: Es wurde langsam Zeit, dass sie die Einrichtung dem eigenen Geschmack anpassten.

Die Schublade war fast schon zu, als ihr Blick auf das Wurstmesser fiel. Es lag im richtigen Fach, zeigte aber mit der scharfen Seite nach oben. Sie drehte es um. Ihr wurde ganz mulmig. Nie würde sie ein Messer mit der scharfen Seite nach oben in die Schublade legen. Und das hatte sie auch heute Abend nicht getan, denn seit sie sich einmal schlimm geschnitten hatte, achtete sie strikt darauf. Oder vielleicht doch? Ach Quatsch, John musste es benutzt haben. Aber wofür?

Sie machte den Kühlschrank ein zweites Mal auf, musterte die Salami und die Leberwurst, die nicht angerührt worden waren, seit sie sie in Frischhaltefolie gewickelt hatte. Wann war das gewesen? Warum wusste sie es nicht mehr? Aber was spielte das überhaupt für eine Rolle? Das war nur wieder ihr Bedürfnis, alles kontrollieren zu wollen, worüber sich John mit Recht ärgerte.

Sie nahm das Bier mit ins Wohnzimmer, rückte im Vorbeigehen einen verschobenen Stuhl zurecht und setzte sich aufs Sofa. Mithilfe der Fernbedienung suchte sie nach einem Musiksender. Dann stand sie noch einmal auf und schob den Stuhl wieder in seine ursprüngliche Position.

Das war doch krankhaft! Was war sie nur für eine krankhafte Perfektionistin! Mit einem Gedächtnis wie ein Sieb.

7

»Hier ist die Aussage des Nachbarn.« Talsma legte Vegter die Unterlagen hin.

»Irgendetwas Neues?«

»Nein.«

Vegter las die Zeugenaussage vor. »Er kann den genauen Zeitpunkt angeben.«

»Dabei hat ihm seine Frau geholfen«, sagte Talsma grinsend. »Selten habe ich solche Nörgler erlebt. Die haben über alles was zu meckern! Dass wir nicht genügend gegen dieses ausländische Gesocks unternehmen würden. Dass sie ordentliche Niederländer seien und nicht dafür Steuern zahlten, dass die Polizei in dicken Autos rumfahre, sich aber nirgendwo blicken lasse. Zumindest nicht in ihrer Straße. Irgendwie widersprüchlich, finden Sie nicht?«

Der Lift in Vegters Haus hatte an diesem Morgen wieder nicht funktioniert, und auf der gläsernen Haustür hatte sich jemand in Form von riesigen Spraybuchstaben verewigt: *Sausy bitch*. Wenn diese Kerle doch wenigstens die Rechtschreibung beherrschten!

»Hast du noch mehr?«

»Ein paar Haare«, sagte Talsma vorsichtig. »Die hingen in einem Strauch, direkt unter ihrem Balkon. Sie müssen noch abgeglichen werden, stammen aber höchstwahrscheinlich von Renée. Was bei mir die Frage aufwirft, was der Typ wohl mit dem Rest vorhat.«

Vegter hatte keine Lust, darüber zu spekulieren. »Gute Arbeit.«

»Ein bisschen Glück war auch dabei«, sagte Talsma. »Die Befragung der Nachbarn blieb bisher ergebnislos. Dafür will ein schlafloser Herr aus dem Hinterhaus ein verdächtig geparktes Fahrzeug mit einer oder mehreren Personen bemerkt haben. Er war so schlau, das Kennzeichen zu notieren, das bereits überprüft wurde. Es scheint ein Liebespärchen gewesen zu sein. Aber die Untersuchungen sind noch nicht abgeschlossen.«

Vegter sah auf die Uhr. »Ich habe herausgefunden, mit wem Renée gestern Abend aus war. Mit einem gewissen Pieter Vervaeke. Hast du Zeit, ihm zusammen mit mir einen Besuch abzustatten?«

»Klar.«

»Was macht dieser Vervaeke so?«, fragte Talsma unterwegs.

»Irgendwas mit Werbung. V&V Promotions heißt die Firma: Anzeigenkampagnen, Werbeslogans, Radio- und Fernsehspots – solche Sachen.«

»Und wofür steht das zweite V?«

»Das werden wir ihn gleich fragen.«

»Weiß er, weshalb wir kommen?«

»Er hat Zeitung gelesen.«

»Schade.« Talsma fasste nach hinten und kurbelte, während er eine leichte Kurve nahm, das hintere Fenster herunter. »Ich glaube, die Klimaanlage ist kaputt.«

»Die Fenster sollte man eigentlich zulassen«, sagte Vegter. Er zupfte an seinem Hemd, das ihm am Rücken klebte. Es war noch nicht mal elf Uhr vormittags und hatte trotzdem schon dreißig Grad. Über dem Asphalt der brandneuen Straße, die in ein noch neueres Büroviertel führte, flirrte die

Luft, sodass die Konturen der Autos vor ihnen verschwammen. Es würde ihn nicht wundern, wenn bald eine Palme, ein Brunnen und ein paar durstige Kamele mitsamt ihren in Burnusse gehüllten Reitern vor ihm auftauchten.

»Dann kriege ich noch mehr Beklemmungen.« Talsma hustete.

»Du rauchst zu viel.«

»Ja. Aber der Husten kommt von der Klimaanlage. Davon werde ich stockerkältet.«

Vegter schwieg. Manchmal kam man einfach nicht gegen Talsmas Logik an.

Sie parkten vor einem Gebäude, das mit schwarzen Platten verkleidet war. Die Rahmen um die getönten Fenster waren rostbraun gestrichen, und der Bau machte einen kalten, abweisenden Eindruck.

»Das sieht ja aus wie Abu Ghraib«, sagte Talsma. »Eine ziemlich teure Immobilie, übrigens. Haben Sie nie das Gefühl, den falschen Beruf ergriffen zu haben, Vegter?«

»Täglich.« Vegter stieg aus. Die Hitze schlug ihm erbarmungslos entgegen.

Talsma hustete wieder. »Von mir aus kann es schneien.«

Regen, dachte Vegter. Selten hatte er sich einmal nach Regen gesehnt, aber jetzt würde er sich sogar über einen heftigen Regenguss freuen, ja selbst über ein Gewitter. Er schaute in den knallblauen Himmel. War es nicht Deelder, der einmal geschrieben hatte »hoch und nagelhart der Himmel«?

In der Empfangshalle funktionierte die Klimaanlage so gut, dass sich sämtliche Härchen an seinen Armen aufstellten. Und als er sein Sakko anzog, klebte sein Hemd plötzlich kalt und feucht am Rücken. Der Empfangstresen war unbesetzt, also gingen sie zu den Aufzügen und musterten die vielen Firmenschilder.

»Sechster Stock«, sagte Talsma und drückte auf den Liftknopf.

Auf dem Weg nach oben fiel Vegter auf, dass sich Talsma normalerweise längst nach der Beziehung zwischen dem Opfer und dem jetzt zu vernehmenden Zeugen erkundigt hätte. Aber hinter der friesischen Nüchternheit, die er manchmal mit Gleichgültigkeit verwechselte, verbargen sich eine gehörige Portion Zurückhaltung und Sensibilität. Nur dass er sie noch nie so sehr geschätzt hatte wie jetzt.

Pieter Vervaeke schien keine Sekretärin für das übliche Empfangszeremoniell zu haben, sondern öffnete ihnen persönlich. Sie hatten an die Tür geklopft, neben der ein kupfernes Schild stolz verkündete, dass hier die Firma V&V Promotions residierte.

Von seinem Büro, das durch eine weitere Tür mit einem zweiten Raum verbunden zu sein schien, blickte man auf eine Baugrube mit einer Ramm- und zwei Betonmischmaschinen. Die Einrichtung erinnerte Vegter an Ingrids Wohnzimmer, kurz nachdem Thom und sie umgezogen waren.

»Das wird schon, Pap, wir brauchen nur noch etwas Zeit.«

An einer Wand hing ein einsamer, ganz in Grau gehaltener Siebdruck. Neben einem sachlichen Aktenschrank dominierte ein riesiger Angeberschreibtisch den Raum. Die Tischplatte aus Palisander oder Palisanderimitat war makellos, und darauf befanden sich nur ein Laptop, ein Stiftehalter und ein Telefon. Die hochflorige Auslegeware war graubraun meliert. Vor dem Schreibtisch standen zwei Besucherstühle aus fragilen Stahlrohren und schwarzem Leder. Vegter erkannte sie wieder: Wassily-Sessel von Marcel Breuer. Vor Jahren hatte Stef auch einen gekauft, wegen seiner zeitlosen Eleganz, wie sie es nannte. Vegter hatte ihr beigepflichtet. Es war ein wunderschöner Sessel. Aber nach einem Abend mit Rückenschmerzen hatte er doch seinem verschlissenen, aber dafür bequemen Lehnstuhl den Vorzug gegeben.

An einem tiefen Glastisch in der Ecke stand ein dritter Wassily. Vegter sah die Abdrücke von zwei weiteren auf dem Teppich. Vervaeke hatte sich die Mühe gemacht, die zwei Sessel umzustellen. Fühlte er sich hinter seinem Schreibtisch sicherer?

Er war ein sportlicher Typ in den Dreißigern. Sein glattes blondes Haar war auf beiden Seiten des Mittelscheitels in einer studentisch wirkenden Tolle aus der gebräunten Stirn gekämmt. Die Markenjeans saß wie angegossen, und das hellgraue Seidenhemd stand bis zum richtigen Knopf offen.

Ein gut aussehender Mann, stellte Vegter missmutig fest. Stand Renée auf solche Typen? Dann fiel ihm wieder ein, dass das Treffen ein Reinfall gewesen war.

Vervaekes Händedruck war angenehm: kurz und kräftig. »Nehmen Sie Platz. Was kann ich für Sie tun?«

»Soweit wir wissen, waren Sie der Letzte, der Mevrouw Pettersen vor dem Überfall gesehen hat.«

»Sieht ganz so aus.«

»Woher wissen Sie, was ihr zugestoßen ist?«

»Ich habe Zeitung gelesen. Besser gesagt Zeitungen. Und ich habe ihr Foto gesehen, sodass jede Verwechslung ausgeschlossen ist.«

»Mevrouw Pettersen hat ausgesagt, dass Sie den Abend zusammen verbracht haben. Können Sie mir diesen näher beschreiben?«

Vervaeke lachte und entblößte ein perfektes Gebiss. »Es war ein netter Abend. Wir haben zusammen gegessen und waren anschließend noch in einem Straßencafé.«

»Sie haben Mevrouw Pettersen nicht nach Hause gebracht?«

»Nein.«

»Warum nicht?«

»Weil sie das nicht wollte. Außerdem war sie mit dem eigenen Auto da.«

»Und warum wollte sie das nicht?«

»Keine Ahnung, das müssen Sie sie schon selbst fragen. Sie stand auf und meinte, sie würde jetzt nach Hause fahren.«

»Waren Sie enttäuscht?«

Vervaeke fuhr sich routiniert durchs Haar, woraufhin es ihm in derselben Tolle in die Stirn fiel. »Wie meinen Sie das?«

»So, wie ich es sage. Hatten Sie sich mehr von diesem Abend versprochen?«

»Was hätte ich mir denn versprechen sollen?«

»Dass man ihn anderswo fortsetzt vielleicht?« Vegter ließ sich nichts anmerken.

»Sie wollen wissen, ob ich gern mit ihr ins Bett gegangen wäre?« Vervaeke hatte hellblaue Augen, mit denen er Vegter unverwandt ansah. »Ich hätte nichts dagegen gehabt. Aber sie scheint da anderer Ansicht gewesen zu sein.«

»Sie sind zur selben Zeit wie Mevrouw Pettersen aufgebrochen?«

»Nein. Man saß angenehm dort im Straßencafé. Ich hatte auch noch nicht ausgetrunken und bin deshalb sitzen geblieben. Bis gegen zwei, wenn ich mich nicht täusche.«

»War das Ihre erste Verabredung mit Mevrouw Pettersen?«

»Ja.«

»Wie haben Sie sich kennengelernt?«

»Auf einer Party.«

»Und wer hat die veranstaltet?«

Vervaeke zog seine blonden Brauen zusammen. »Ein entfernter Bekannter. Sie wissen ja, wie so was läuft.«

Vegter hatte keine Lust, sich an derartige Dinge zu erinnern. »Können Sie mir das etwas näher erläutern?«

Vervaeke reagierte ungeduldig – wie viele junge Leute, wenn sie mit Älteren zu tun hatten, die nichts mehr auf die Reihe bekamen. »Man geht irgendwo was trinken. Jemand lädt einen ein, und dann geht man hin. So einfach ist das.«

»Können Sie mir Namen und Adresse des Gastgebers nennen?«

Vervaeke zog eine Schublade auf, holte einen Notizblock hervor, schrieb etwas darauf und riss das Blatt ab. »Bitte sehr.«

»Sie sind allein hingegangen?«

»Nein, zusammen mit meinem Kompagnon.«

»Und dort haben Sie Mevrouw Pettersen kennengelernt?«

»Ja.«

»Und Sie fanden sie attraktiv?«

»Meine Güte!« Vervaeke sah ihn an, als stammte er aus der Steinzeit. »Ich sehe ein Mädchen, das ich nicht kenne. Sie sieht gut aus. Sie ist Single, ich bin Single.«

»Und dann?«

»Dann haben wir uns unterhalten. Sie hat mir erzählt, dass sie bei der Polizei arbeitet. Das fand ich lustig.«

»Warum lustig?«, fragte Talsma. Er saß genau so in dem Breuer-Sessel wie Vegter damals: Er war ganz nach unten gerutscht, sodass er nirgendwo mehr drankam. Seine Arme ruhten auf den ledernen Seitenlehnen, während sich seine Schultern auf Ohrenhöhe befanden. Stef hatte den Sessel nach seiner Anschaffung ebenfalls gemieden. Von Zeit zu Zeit fettete sie das Leder mit einer Art Wachs ein, das sie Pflegemittel nannte, und bestand darauf, dass das Möbelstück ein Gewinn wäre.

Vervaeke sah zur Abwechslung Talsma an. »Ich will nicht unhöflich sein, aber warum geht man zur Polizei?«

»Erklären Sie es mir«, sagte Vegter, dem der gestylte Lockenkopf im teuren Oberhemd langsam auf die Nerven ging.

»Tja.« Vervaeke lachte. »Wenn man Karriere machen will, geht man woanders hin.«

Vegter reagierte nicht darauf. Wenn Pieter Vervaeke irgendetwas zustieße, wäre er der Erste, der die Polizei riefe. »Sie fanden sie also interessant?«

»Interessant genug, um mich mit ihr zu verabreden.«

»Kann jemand bestätigen, dass Sie nicht mit Mevrouw Pettersen aufgebrochen sind?«

Vervaeke zuckte die Achseln. »Der Barmann vielleicht. Oder der Kellner, der draußen bedient hat.«

»Von welchem Straßencafé reden Sie?«

»The Tumbler.«

Eine Whiskeybar. Vegter war mal mit Renée dort gewesen. Ein kleines Lokal mit einer kleinen Freischankfläche.

»Sie wissen, dass wir Ihre Aussage überprüfen müssen?«

»Natürlich.« Vervaekes Stirn war faltenfrei, sein Blick klar.

»Sie haben sich kein weiteres Mal mit Mevrouw Pettersen verabredet?«

Vervaeke schüttelte den Kopf. »Daran war sie nicht interessiert.« Er spreizte die Finger und lachte ein offenes Lachen, das Vegters Vorurteile ins Wanken brachte. »Mein Charme scheint weniger ausgeprägt zu sein, als ich dachte.«

»Wer war noch auf der Party?«, fragte Talsma.

»Ungefähr fünfzig Leute, vielleicht auch mehr. Die Wohnung war proppenvoll.«

»Das meine ich nicht. Waren noch andere Bekannte von Ihnen da?«

»Nur wenige.« Vervaeke dachte nach. »Ein Geschäftsfreund. Ein Bekannter aus dem Golfclub. Mein Kompagnon.«

»Wie heißt Ihr Firmenpartner?«

»John Verbruggen.«

»Arbeiten Sie schon lange zusammen?«

»Seit ein paar Jahren. Er kümmert sich um die Finanzen, während ich fürs Geschäft zuständig bin. Genauer gesagt, teilen wir uns die geschäftlichen Aufgaben.«

»Und das Geschäft geht gut.« Vegter machte eine weit ausholende Geste.

Für einen winzigen Moment erlosch der Optimismus, den Vervaeke ausstrahlte. Doch es dauerte nicht lange, und er hatte wieder sein übliches Strahlen angeknipst. »Natürlich.«

»Sie haben sich nicht mit der Polizei in Verbindung gesetzt«, sagte Vegter, »nachdem Sie die Zeitungsartikel gesehen haben?«

»Wieso? Hätte ich das tun müssen?« Vervaekes Erstaunen war gespielt.

»Sie hätten sich denken können, dass wir Sie ausfindig machen.«

»Darüber habe ich mir keine Gedanken gemacht. Ich hatte schließlich nichts mit der Sache zu tun.«

»Und Sie sind auch nicht auf die Idee gekommen, sich nach Mevrouw Pettersens Befinden zu erkundigen? Obwohl Sie einen netten Abend mit ihr verbracht haben?« Vegter wusste, dass er ein Stück zu weit ging.

»Nein.« Vervaeke legte die Hände vor sich auf den Schreibtisch. »Ich weiß nicht, in welchem Krankenhaus sie liegt. Ich kenne ihre privaten Umstände nicht. Ich habe nicht einmal ihre Adresse. Außerdem ist mein Kompagnon krank, und ich bin dementsprechend im Stress.«

»Verstehe.« Vegter erhob sich, woraufhin sich Talsma erleichtert aus dem Sessel quälte. Vervaeke brachte sie zur Tür und hielt sie ihnen auf. Plötzlich legte er Vegter in einer sympathischen Geste die Hand auf den Arm, sodass dieser nachvollziehen konnte, warum Renée anfangs empfänglich für seinen Charme gewesen war. »Wie geht es ihr jetzt?«

»Den Umständen entsprechend gut.«

»Würden Sie ihr bitte ... Ach Quatsch.« Vervaeke runzelte die Stirn. »Sagen Sie ihr bitte gute Besserung.«

»Ich werde es ihr ausrichten.«

»Sie war nett«, sagte Vervaeke. »Irgendwie erfrischend. Ich hätte sie gern näher kennengelernt. Nur leider hat das nicht auf Gegenseitigkeit beruht.«

Vegter nickte steif. Talsma schwieg.

Während sie über die anthrazitfarbene Auslegeware liefen, spürte Vegter, wie Vervaeke ihn mit den Augen verfolgte. Er staunte ihn an wie einen Bestatter, so als dämmerte ihm, dass man sich freiwillig für diesen Beruf entscheiden konnte.

»Der soll im Stress sein?«, sagte Talsma im Lift. Er sah auf die Uhr. »Wir waren bestimmt fünfundzwanzig Minuten da, und das Telefon hat nicht einmal geklingelt. Was halten Sie von ihm, Vegter?«

»Ziemlich aalglatt«, sagte Vegter. »Meiner Meinung nach hat er sich mit dem neuen Büro etwas überhoben.«

»Glücksritter.« Talsma zog den Autoschlüssel aus der Hosentasche. »Es ist doch immer wieder dasselbe: Die gründen eine Firma, verdienen eine Zeitlang ganz gut, wollen zu schnell zu viel, und dann geht es schief.«

»Am besten, wir fahren sofort zu dem Café. Obwohl ich mir ziemlich sicher bin, dass er die Wahrheit sagt. Und danach schauen wir bei Renée vorbei. Sie hatte inzwischen reichlich Zeit zum Nachdenken. Vielleicht ist ihr in den vergangenen Wochen doch etwas aufgefallen.«

*

»Natürlich habe ich nachgedacht«, sagte Renée. »Aber mir fällt einfach nichts ein. Es gab keinerlei außergewöhnlichen Vorkommnisse, keine merkwürdigen E-Mails oder Anrufe. Und mir ist auch niemand verdächtig oft über den Weg gelaufen.« Ihre Stimme war schon weniger heiser und ihr Blick nicht mehr so müde. Trotzdem war sie nach wie vor sehr blass, fast durchsichtig. Der Blutverlust, dachte Vegter.

Neben ihrem Bett stand ein riesiger Blumenstrauß aus kleinen braunroten Sonnenblumen und hellgelben geruchlosen Rosen. Auf der beigefügten Karte wünschten ihr »alle Kollegen« gute Besserung. Er wunderte sich, wie sie es schafften, jedes Mal den scheußlichsten Strauß auszusuchen.

»Bist du in den letzten Wochen öfter im The Tumbler gewesen? Oder überhaupt viel ausgegangen?«

Sie hatten mit dem jungen Mann gesprochen, der im Straßencafé bedient hatte. Er erinnerte sich sowohl an Renée als auch an Pieter Vervaeke und konnte bestätigen, dass Vervaeke das Café als einer der Letzten verlassen hatte. Er hatte mit einem großzügigen Trinkgeld gerechnet, war aber enttäuscht worden. Als Vegter wissen wollte, wieso, entgegnete er: »Weil er der Typ dafür war. Ein bisschen wichtigtuerisch.«

»Nein, nicht im The Tumbler.« Sie dachte nach. »Und ausgegangen bin ich auch nicht viel, weil ich wegen der Drogensache bis spät abends gearbeitet habe. Letzte Woche war ich mit einer Freundin im Kino, danach haben wir noch was getrunken. Aber das war's auch schon.«

»Wann war die Party?«

Sie schloss kurz die Augen. »Das muss jetzt ungefähr drei Wochen her sein.«

»Hast du dich dort mit Pieter Vervaeke verabredet?«

»Nein. Ich hatte ihm meine Handynummer gegeben, nicht meine Adresse. Aber der war es nicht.«

»Ich weiß«, sagte Vegter.

»Warum versteifst du dich dann so auf ihn?«

Vegter sah, wie Talsma hellhörig wurde, weil sie ihn duzte. Kollegen mit einem niedrigeren Dienstgrad pflegten ihn sonst zu siezen und sprachen ihn mit »Inspecteur« an. Alle, bis auf Renée, der er einmal spontan das Du angeboten hatte. Seitdem duzte sie ihn, allerdings nur, wenn die beiden allein waren. Talsma nannte ihn seit Jahr und Tag Vegter und hatte ihm erklärt, dass das in Friesland eine geläufige Anredeform sei.

»Mit irgendwas muss ich ja anfangen«, sagte er freundlich. »Und da du mir sonst keine Hinweise geben kannst ...«

»Ja«, seufzte sie. »Tut mir leid.«

»Wann hat er angerufen?«

»Vor einer Woche.«

»Wäre es dann nicht logischer gewesen, was fürs Wochenende auszumachen?«, fragte Talsma.

»Das habe ich auch vorgeschlagen, aber da war er schon zum Segeln verabredet.«

Daher das gebräunte Gesicht, dachte Vegter. »Und wie bist du auf diese Party gekommen? Wen kanntest du dort?«

»Ich war mit meiner Freundin dort – die, mit der ich auch im Kino war. Der Gastgeber ist ein früherer Kollege von ihr. Sie ist übrigens schon nach einer Stunde gegangen, weil ihr nicht gut war.«

»Aber du bist geblieben.«

»Ja. Ich hatte sie abgeholt, aber sie wollte auf keinen Fall, dass ich sie nach Hause bringe. Sie hat ein Taxi genommen. Ich kannte dort eigentlich kein Schwein, aber die Atmosphäre war gut. Und ich kam mit Pieter ins Gespräch.«

»Wurde es spät?«

»Hmm. Etwa ein Uhr, dann hat es mir gereicht.«

»Wie bist du nach Hause gekommen?«

»Mit dem Auto.«

»Sind noch andere Leute mit dir aufgebrochen?«, fragte Talsma.

»Ein paar.« Sie fuhr sich leicht über den Kopfverband. »Es juckt«, erklärte sie. »Viele waren schon gegangen, die Party neigte sich dem Ende zu. Ich habe zwar gesagt, dass die Atmosphäre gut war, aber eigentlich gilt das nur für den Anfang. Später wurde zu viel getrunken, ein paar Leute haben sich ziemlich aufgeführt, und ich hatte den Verdacht, dass Drogen genommen wurden. Ab und zu verschwanden Leute im Schlafzimmer.«

»Weißt du noch, wer mit dir aufgebrochen ist?«

»Nein, darauf habe ich nicht geachtet. Im Flur wimmelte es von Menschen. Die Wohnung war klein, es waren unglaublich viele Leute da, eigentlich zu viele. Du weißt ja, wie das ist.«

Vegter nickte. »Du bist auf direktem Weg nach Hause gefahren, nehme ich an.«

»Ja.«

»Und dir ist unterwegs nichts aufgefallen?«

»Nein.«

»Hast du noch mal über die Fälle nachgedacht, an denen du gearbeitet hast?«, fragte Talsma.

»Ja, natürlich. Aber es gab in letzter Zeit keinerlei Konfrontation. Niemand, den ich verhaftet habe, hat mich bedroht, außerdem habe ich relativ viel Büroarbeit gemacht. So langsam glaube ich, dass es Zufall war.« Sie schien sich das selbst einreden zu wollen.

Talsma reagierte zurückhaltend. »Wenn da nicht die losgeschraubte Glühbirne auf dem Laubengang wäre.«

Renée zuckte mit einer Schulter. »Das kann auch einer der üblichen Vandalen gewesen sein.«

»Das sind mir ein bisschen viele Zufälle auf einmal«, sagte Talsma.

Renée schwieg.

»Fühlst du dich hier eigentlich sicher?«, fragte Talsma.

Er sieht es also auch so, dachte Vegter.

»Hier schon.«

»Aber nicht, wenn du wieder zu Hause bist?«

»Nein.« Sie rieb sich erneut über den Verband, bemerkte, dass sie es mitbekamen, und versteckte einen Moment lang die Hand unter der dünnen Decke.

»Das passt aber nicht zu deiner Zufallstheorie«, sagte Talsma sanft.

Vegter erstarrte.

Renée wandte den Kopf zum Fenster, durch das sie nur ein Stück blauen Himmel sehen konnte. Es zuckte um ihren Mundwinkel.

Talsma blieb ruhig sitzen, die großen Hände auf den Knien. Die Fältchen um seine Augen vertieften sich, ohne dass er schon lächelte.

»Wollen wir ein andermal weitermachen?«, sagte sie. »Ich bin müde.«

Sie erhoben sich gehorsam. Talsma schob seinen Hocker unter das Bett und klopfte ihr unbeholfen auf die gesunde Schulter. »Wir kriegen den Kerl schon.«

»Klar«, sagte sie. »Fragt sich nur, wann?«

Talsma stand schon auf dem Flur, als sich Vegter noch einmal umdrehte. Renées Augen waren unnatürlich groß und fest auf ihn gerichtet.

»Ich darf übermorgen nach Hause. Und ich nehme dein Angebot gerne an, Paul.«

8

Sie sass nervös hinter ihrem Schreibtisch, auf dem wegen ihrer ständigen Mundtrockenheit eine halb leere Wasserflasche stand. In dem kleinen Kühlschrank, der geschickt in einem langen, tiefen Sideboard versteckt war, lagen zwei gute Flaschen Weißwein, belgisches und niederländisches Bier, Mineralwasser mit und ohne Kohlensäure – ja, sogar eine Flasche Champagner, für den Fall, dass sie den Deal noch heute unter Dach und Fach bringen würde. Auf dem Tisch vor der Sitzgruppe am Fenster stand eine Schale mit Käse, Oliven und frisch frittierten Tintenfischringen. Wenn er nicht bald käme, würden die Ringe zäh. Er war bereits über eine halbe Stunde zu spät. Die Nervosität machte sie hungrig. Am liebsten hätte sie sich alles wahllos in den Mund gestopft.

Das Telefon klingelte.

»Vivienne, dein Besuch ist da.« Auch die Stimme der Assistentin klang angespannt.

»Sei so nett und begleite ihn zu mir, Bibi.«

Sie holte ihren Besuch nie ab. Lieber erhob sie sich hinter ihrem Schreibtisch, auf dem sie sich mit einer Hand abstützen konnte. Ihr Stock lehnte an einem der Schubladengriffe. Wer nicht ganz blind war, sah ihn sofort und zog seine Schlüsse daraus. Es war ein moderner Stock – stabil, aus leichtem Aluminium und mit einem weichen Gummigriff. Aber nichtsdestotrotz ein auffälliges Hilfsmittel. Er ersparte ihr den rasch abgewandten Blick, die schwer in Worte zu fassende Verunsicherung. John hatte mal gesagt, dass sie den Stock positiv einsetzen solle. Durch ihn falle sie auf, er mache sie interessant. Aber John hatte leicht reden. Er besaß zwei gerade, kräftige, gleich lange Beine und wusste nicht, wie es sich anfühlte, wenn ein Bein sechs Zentimeter kürzer war als das andere und außerdem missgebildet. Nicht einmal orthopädisches Schuhwerk konnte das ausgleichen. Mal ganz abgesehen davon, dass orthopädisches Schuhwerk potthässlich war und sie sich damit noch behinderter fühlte als ohne. Seit sie darüber eigenverantwortlich bestimmen konnte, trug sie normale Schuhe, und zwar möglichst elegante, obwohl sie auf hohen Absätzen eigentlich nicht laufen konnte. Erstaunlicherweise hatte ihr Mama nach anfänglichen Protesten rasch beigepflichtet. Eine behinderte Tochter war und blieb eine Enttäuschung. Aber so sah sie wenigstens normal aus, solange sie sich nicht bewegte.

Die Tür ging auf, und sie passte den richtigen Moment ab, um aufzustehen und um den Schreibtisch herumzugehen.

Zwei Stunden später legte sie die Füße hoch. Ihr war ganz schwindelig von dem vielen Wein, den sie auf leeren Magen getrunken hatte. Blaue Rauchschwaden hingen im Raum, und die Kopfschmerzen, die sich schon seit Längerem angekündigt hatten, machten sich als dumpfes Pochen hinter ihrem rechten Auge bemerkbar. Aber das spielte jetzt alles keine Rolle, sondern nur, dass sie ihn für sich gewonnen hatte. Für eine exklusive, zwei Monate dauernde Ausstellung und das Verkaufsrecht für fünfundzwanzig bedeutende Bilder. Selbst wenn sie nur eines davon loswürde, hätte sie die Kosten für die Reise und das sündhaft teure Hotel bereits wieder eingespielt. Und sie würde bestimmt deutlich mehr verkaufen. Seine Arbeiten waren hoch angesehen, und sie würde gehörig die Werbetrommel rühren, vorausgesetzt, ihr Budget ließ das zu.

Sie stand auf und öffnete das Fenster. Sie betrachtete den Kühler mit der halb vollen Flasche und beschloss, vernünftig zu sein. Zwei Glas Weißwein und eine halbe Flasche Champagner waren mehr als genug. Sie sah den übervollen Aschenbecher und leerte ihn aus. Galt in Spanien nicht auch ein Rauchverbot am Arbeitsplatz? Doch selbst wenn, würde sich Señor Luis José Alvarez bestimmt nicht daran halten. Der Mann besaß ein ausgeprägtes Ego. Wobei es schon wieder sympathisch war, dass er seine stinkenden Zigaretten mit einem Zippo-Feuerzeug anzündete, von dem sie gedacht hatte, dass es so etwas gar nicht mehr gab: Es bestand aus einem orangefarbenen, dreißig Zentimeter langen Docht, der in einer verbeulten Metallhülle mit Reibrad und Benzintank steckte.

Ihm war ihr Erstaunen nicht entgangen. »*Privativo de España*«, sagte er grinsend, bevor er das Ding wieder wegsteckte.

Sie aß das letzte Stück Tintenfisch, das nun endgültig zäh war, schenkte sich noch einen Schluck Wein ein, um es damit herunterzuspülen, und massierte sich den Nacken. Höchste Zeit, nach Hause zu gehen. Aber vorher wollte sie John anrufen.

Es dauerte, bis er ans Telefon ging, und als er es endlich tat, klang er abwesend und irgendwie außer Atem.

»Ich hab ihn!« Sie bemühte sich nicht, ihren Triumph zu verbergen.

»Wen?«

»Alvarez natürlich.«

»Ach, ich … tut mir leid, Liebes, ich war mit meinen Gedanken ganz woanders. Herzlichen Glückwunsch, das sind ja tolle Neuigkeiten.«

Im Hintergrund vernahm sie eine leise Stimme, gefolgt von einem noch leiseren Lachen. Sie biss sich auf die Unterlippe. Wann würde sie endlich lernen, ihn nicht mehr einfach so zu überfallen? Andererseits: Er hatte sich mitgefreut, verstanden, wie wichtig die Sache für sie war.

»Entschuldige, John«, sagte sie abweisender, als sie wollte. »Ich wusste nicht, dass du in einem Gespräch bist. Wir sehen uns später.«

»Das macht doch nichts«, sagte er. »Ich bin hier gleich fertig und in einer Viertelstunde zu Hause. Ich bringe eine Flasche Schampus mit, als Wiedergutmachung sozusagen.«

Sie musste gegen ihren Willen lachen. Er wusste, wie sehr sie dieses Wort hasste.

Sie trug die Gläser und den Aschenbecher in die kleine Küche, warf die Käse- und Olivenreste in den Müll, schüttete den Rest Wein in die Spüle und ging zurück, um ihre Tasche zu holen. Erst als sie ihren Autoschlüssel nicht finden konnte, fiel ihr ein, dass sie den Wagen am Morgen zur Kontrolle in die Werkstatt gebracht hatte. Die Aussicht auf eine stickige, heiße Straßenbahn verschlechterte ihre Laune schlagartig. Sie setzte sich wieder an den Schreibtisch und rief bei V&V Promotions an. Es war noch vor fünf, die Sekretärin war bestimmt noch da. Sie konnte John ausrichten, dass er sie in der Galerie abholen sollte.

»Er ist nicht da«, sagte die Sekretärin verwundert.

Eine Besprechung im Café. Oder bei einem Kunden. Vivienne seufzte. »Ich dachte, er hätte einen Kundentermin im Büro. Vergessen Sie's.«

»Aber ich dachte, er ist krank.« Die Sekretärin war gerade mal achtzehn und dementsprechend preiswert. Nicht besonders helle, aber dafür bildschön, hatte John grinsend gesagt.

Aber so dumm, Viviennes Schweigen falsch zu interpretieren, war sie nun auch wieder nicht. »Na ja, Sie dürften es besser wissen. Wahrscheinlich hat Pieter nur vergessen, mir zu sagen, dass es ihm wieder gut geht.«

»Wahrscheinlich. Danke, Chantal.«

Eingezwängt zwischen unzähligen schwitzenden, fremden, gleichgültigen Leibern in der Straßenbahn, umklammerte sie ihren Stock derart, dass ihre Finger beim Aussteigen ganz weiß und gefühllos waren.

Das war doch Unsinn, totaler Unsinn, was sie da zusammenfantasierte. Diese Chantal konnte kaum ihren Namen buchstabieren, geschweige denn etwas richtig behalten. Sie saß dort nur, um dem Laden etwas Glanz zu verleihen.

Während sie die Straße überquerte, um in den Schatten zu gelangen, hörte sie wieder die Stimme ihrer Mutter. »Vergiss ihn, Vivienne. Er ist zu gut aussehend. Und zu jung.«

Sie bog um die Ecke und betrachtete ihr Spiegelbild im Schaufenster. Eine plumpe Frau, die sich unbeholfen fortbewegte, sah ihr entgegen. Die Haare klebten ihr an der Stirn, und der schiefe Rocksaum umspielte ein normales und ein zu dünnes Bein. Ach, Mama, solltest du etwa doch recht gehabt haben? Bitte, lieber Gott, mach, dass sie sich geirrt hat!

Der Stock klapperte monoton über den Bürgersteig. Tak-tak. Zu gut aussehend. Tak-tak. Zu jung.

Tak-tak. Zu hässlich. Tak-tak. Zu alt.

*

»Was regst du dich so auf? Irgendwann wäre sie sowieso dahintergekommen.«

Sascha lag noch im Bett, nackt natürlich. Trug sie eigentlich jemals Kleider? Wo waren die sündhaft teuren Klamotten geblieben, die er ihr gekauft hatte? Wenn er kam, lag sie immer schon im Bett. Und wenn er ging, schlief sie. Sie war angeblich Model, was er ihr sofort abgenommen hatte.

Selten war ihm eine Frau begegnet, die so auf ihr Äußeres fixiert war. Manchmal fragte er sich, wann sie eigentlich arbeitete. Sie war immer zu Hause.

Er sah auf die Uhr. Zum Duschen blieb ihm keine Zeit mehr. Das war ihm noch nie passiert, dass er nach dem ersten Mal eingeschlafen und danach immer noch ganz benebelt war. Auch das eine Folge der Pillen. Vielleicht sollte er sie wegwerfen. Doch er wusste nur zu gut, dass er das niemals tun würde. In weniger als einem Gramm steckte alles Selbstvertrauen, aller Mut, den er brauchte.

»Was ist das Problem?«

»Halt den Mund.« Er war schon in seine Jeans geschlüpft und knöpfte hastig das Hemd zu.

Sie schlug ihre endlosen Beine übereinander. Sie war nahtlos gebräunt. Bei ihr gab es keine weißen Streifen von irgendwelchen Trägern und auch keine bleichen Pobacken. Sascha war 365 Tage im Jahr braun gebrannt.

»Mir bringst du nie Champagner mit.«

Er ignorierte sie. Sie war eine Puppe, die er in einem Spielzeugladen für Erwachsene erworben hatte. Man erregte sie, sie vollführte das Kunststück, wofür man sie gekauft hatte, und danach legte man sie auf den Rücken, damit sie die Augen schloss.

Konnte er sich diesmal noch rauswinden? Aber natürlich! Seine Angst war völlig unbegründet, denn sie wähnte ihn wie immer im Büro. Eine Flasche Champagner, ein bisschen Honig ums Maul geschmiert, und der Fall wäre erledigt. Aber er kannte Vivienne. Sie hatte, was ihn anging, ein extrem gutes Gespür. »Ich war mit meinen Gedanken ganz woanders.« Und dann hatte die blöde Kuh auch noch angefangen zu lachen! Sie war so was von doof, dass sie ihm langsam auf die Nerven ging. Es musste doch Frauen geben, die klug *und* schön waren. Die Viviennes Verstand *und* Saschas Körper besaßen.

Er zog die seidenen Socken an, schlüpfte in die italienischen Kalbslederschuhe. Würde er sich je wieder an grobe Baumwollsocken gewöhnen können? Aber das musste er ja nicht, nicht einmal, wenn sie Verdacht geschöpft hatte.

»Wann sehe ich dich wieder?« Sascha stützte sich auf einen Ellbogen, zog ein Bein an und kratzte sich träge am Knöchel. Eine Bewegung, die nur dazu diente, den Blick auf ihre wohlgeformten Hüften zu lenken. Jede ihrer Gesten war einstudiert und wohlkalkuliert. Sie hatte sich selbst erfunden.

»Ich ruf dich an.« Er musste sie loswerden.

*

Sein Auto stand vor der Garage, und sie parkte direkt dahinter. Nachdem sie den Motor ausgemacht hatte, blieb sie noch einen Moment sitzen, die Hände nach wie vor am Steuer. Wegen der auf Hochtouren laufenden Klimaanlage war es angenehm kühl im Wagen, und sie hatte auf der Heimfahrt ausreichend Zeit gehabt, ihre Gedanken zu ordnen. Gut möglich, dass sich Chantal vertan hatte. Auch Pieter erschien manchmal tagelang nicht im Büro. Oder er rief aus dem Ausland an und sagte, dass er später zurückkäme als geplant. John hatte sich bereits mehrfach darüber beklagt, obwohl er sich auch nicht gerade durch regelmäßige Arbeitszeiten hervortat. Sie hatte ihn darauf hingewiesen, woraufhin er sofort umgeschwenkt war und sie ausgelacht hatte: Mit einer Achtstundentag-Mentalität käme man in der Werbung nicht weit. Außerdem: Was wusste sie schon von seinen Terminen, seit die Firma in dem neuen Gebäude am Stadtrand residierte? Früher hatte sie manchmal nachmittags bei ihm vorbeigeschaut. Dann waren sie noch zu dritt in einer Kneipe versackt und hatten gemeinsam gegessen. Aber das war lange her. Ihr fiel auf, dass sie kaum noch mitbekam, wo John steckte und was genau er machte. Aber daran war sie auch nicht völlig unschuldig – die Verhandlungen mit Alvarez hatten ihren ganzen Einsatz erfordert. Sie konnte auch sich selbst vorwerfen, John vernachlässigt zu haben.

Sie betrachtete das Haus. Ihr Haus, wie sie immer noch Tag für Tag verwundert feststellte. Ihr Blick glitt über den imposanten Giebel und die vier Stufen, die zum Eingangsportal führten. Natürlich hatte sie gewusst, dass das Haus einmal ihr gehören würde. Aber dazu war es früher gekommen als gedacht. Nachdem man bei Mama diese Krankheit diagnostiziert hatte, war alles sehr schnell gegangen.

Sie öffnete die Wagentür und griff nach ihrem Stock. Am Vernünftigsten wäre es, die Sache gar nicht erst anzusprechen. Bestimmt hatte er eine Erklärung dafür, und wenn sie Misstrauen zeigte, würde er nur beleidigt reagieren.

Er küsste sie und hielt ihr neckend die kalte Champagnerflasche an den Hals. »Darf ich der erfolgreichen Galeristin nochmals gratulieren?«

»Schon wieder Champagner«, seufzte sie.

»Erzähl mir nicht, dass du schon gefeiert hast!«

Sie lachte. »Mit Alvarez natürlich. Das ließ sich nicht vermeiden.«

Er zog sie ins Wohnzimmer, stellte die Flasche auf den Tisch und machte sie auf. »Aber ein Glas zum Anstoßen muss sein! Ich habe mich extra beeilt, um vor dir da zu sein.«

Sie fragte trotzdem. »Woran hast du gearbeitet?«

»Reine Zeitverschwendung.«

Sie zog die Brauen hoch.

»Eine Kundin, für die wir sowieso zu teuer sind. Ich habe taktvoll versucht, ihr das klarzumachen.« Ohne auch nur einen Tropfen zu verschütten, schenkte er zwei Gläser ein.

»Was ist das für eine Firma?«

»Kosmetikprodukte, hauptsächlich für Hände und Nägel. Ihrer Meinung nach haben sie ein revolutionär neues Produkt zur Kräftigung von Nägeln und Nagelhaut. Strongnail oder so.« Er grinste zynisch. »Ich hab nicht wirklich zugehört.«

»Eine Unternehmerin? Interessant.« Sie nahm ihm ein Glas ab und stellte es auf den Tisch. Ihr Kopf dröhnte. Sie wollte keinen Champagner, sie wollte nichts essen, sie wollte ... Ja, was wollte sie eigentlich? Ins Bett wahrscheinlich. »Ist sie jung?«

»Ja.« Er hob das Glas, um mit ihr anzustoßen. »Aber das war auch das Einzige: Sie ist weder schön noch intelligent. Und genügend Startkapital besitzt sie auch nicht.« Er trank sein Glas auf einen Zug leer und schenkte sich sofort nach. »Sie hat eine kleine Garagenfirma, ein Nagelstudio, und will größere Geschäftsräume anmieten. Aber dafür muss sie sich erst mal Geld leihen.«

»Eine Garagenfirma? Du meinst, sie arbeitet von zu Hause aus?«

»Ja.«

»Mutig«, sagte sie. »Wo ist das?«

»Trompkade, gleich hinter der Brücke.« Er nahm einen Schluck. »Ich habe den ganzen Nachmittag in einem selten hässlichen Wohnzimmer gesessen. Überall Geranien und Teppiche auf dem Tisch. Aber reden wir lieber über dich. Wie ist es gelaufen?«

»Ich habe das Verkaufsrecht für fünfundzwanzig Bilder. Und das zwei Monate lang.«

Er pfiff anerkennend. »Nicht schlecht! Danach hast du den Durchbruch geschafft, da bin ich mir sicher.«

»Hoffentlich.« Sie ging zur Tür.

»Wohin willst du?« Sie hörte eine Verunsicherung in seiner Stimme, die dort nicht hingehörte.

»Duschen.«

»Du bist müde«, sagte er. »Das sehe ich dir an. Deswegen wirst du heute Abend nicht kochen. Komm gleich nach draußen, lass mich dich verwöhnen.«

Oben betrat sie ihr Arbeitszimmer, ihr früheres Kinderzimmer, in dem alles beruhigend vertraut war. Die quietschende Tür, der Fenstergriff, der schon seit Jahren locker war, das schlecht angebrachte Fliegengitter. Der Teppich war erneuert worden, die Wände waren geweißt. Und dort, wo früher ihr Bett gewesen war, stand jetzt ihr Schreibtisch. Aber ansonsten war alles beim Alten geblieben. Klammerte sie sich genau wie Mama zu sehr an die Vergangenheit? Und war das eine Form von Lebensangst? Allein dass sie sich das fragte, gab ihr zu denken. Aber sie wollte das jetzt nicht weiter vertiefen. Weder jetzt noch später.

Sie machte den Computer an und schlug das Telefonbuch auf. Ihr Finger fuhr den Buchstaben S entlang. Kein Strongnail. Sie sah unter N nach. Es gab kein Nagelstudio in der Trompkade. Während sie den Reißverschluss ihres Rocks aufzog, rief sie die Startseite von Google auf und gab Strongnail ein. Anschließend Nagelstudio und Trompkade. Keine der beiden Suchanfragen lieferte ein Ergebnis.

Unter der lauwarmen Dusche versuchte sie, nicht nur den Schweiß und das Unbehagen loszuwerden, sondern auch den Wunsch, gleich morgen bei der Trompkade vorbeizufahren.

9

Talsma klopfte selten, und eigentlich nur, um die Tür im selben Moment bereits aufzureißen. Jetzt hatte er die Tür schon wieder hinter sich geschlossen, bevor Vegter überhaupt aufschauen konnte.

»Die Haare wurden gefunden.«

»Die Haare?«

»Renées Haare. Glaube ich zumindest.« Talsma zog einen Stuhl heran und setzte sich verkehrt herum darauf. »Das ist doch absurd. Eigentlich ein Modewort, finden Sie nicht, Vegter? Aber es *ist* absurd. Ich komme mir vor wie in einem schlechten amerikanischen Horrorfilm. Ein paar Kinder haben ein Haarbüschel gefunden, in einer Grünanlage. Rotes Haar mit Haut daran, wenn man der Beschreibung glauben kann. Die Meldung ist soeben bei uns reingekommen.«

»Wo?«

»In der Willemsanlage. Das ist so eine kleine Grünanlage in einem der Neubauviertel im Norden. Auf dem dortigen Revier tauchte eine Mutter mit dem Fund auf. Sie hatte ihn in einem Müllbeutel und war völlig aufgelöst. Die Kinder waren, wie Kinder das eben tun, ein wenig herumgestreunt. Und haben das Ding anschließend mit nach Hause gebracht. Ihnen war gar nicht richtig klar, was sie da gefunden hatten. Aber spätestens jetzt dürften sie Bescheid wissen. So wie die Mutter ausgeflippt ist …«

Vegter klickte die Mail weg, an der er gerade geschrieben hatte. »Und wo ist es jetzt?«

»Auf dem Weg ins forensische Institut. Ich nehme nicht an, dass Sie vorher gern einen Blick drauf geworfen hätten.«

Vegter versuchte, die Vorstellung von diesem Müllbeutel mitsamt seinem Inhalt beiseite zu drängen. »Die Haare müssen dreifach abgeglichen werden, auch mit denen, die man unter ihrem Balkon gefunden hat.«

»Ja. Ich habe schon jemanden ins Krankenhaus geschickt. Das hatte ich gestern vergessen.« Talsma zog seinen Tabak hervor, sah zum weit offen stehenden Fenster hinüber und drehte sich eine Zigarette. Er konzentrierte sich ausschließlich auf das Papier und den Tabak, um über Vegters Betretenheit hinwegzusehen, dem bewusst wurde, dass das nicht Talsmas, sondern sein Fehler gewesen war.

»Ich kann da keinerlei Logik erkennen.« Talsma leckte über das Zigarettenpapier. »Und das stört mich. Ich wüsste gern, warum man sich die Mühe macht, ein Haarbüschel abzuschneiden, wenn man es hinterher gleich wieder begräbt. Wenn man richtig durchgeknallt ist, nimmt man es mit nach Hause und strickt sich einen Pulli daraus, oder?« Er steckte sich die Zigarette zwischen die Lippen und zündete sie an.

»Zumindest den Teil eines Pullis«, sagte Vegter.

Talsma stieß eine Rauchwolke aus, die mit der eines Kohlekraftwerks hätte konkurrieren können. »Sie sehen das also ähnlich?«

*

Sie war ins Bad gekommen, während er sich rasierte. Er trat bereitwillig einen Schritt zur Seite, als sie zur Zahnpasta griff und den Wasserhahn am zweiten Waschbecken aufdrehte. Sie begann sich die Zähne zu putzen und putzte sie immer noch, als er das Handtuch aufhängte, ins Schlafzimmer ging, um sein Hemd anzuziehen, die Treppe hinunterlief, die Autoschlüssel nahm und die Haustür hinter sich zuzog.

Sie sah ihm gern beim Rasieren zu. Sie liebte das Ritual des Einseifens, das Glattziehen der Haut, das sanfte Schaben des Messers, die zufriedene Geste, mit der er sich danach über Kinn und Wangen fuhr. Und dann der frische Duft, seine noch feuchte Wange an der ihren, ein schneller Kuss. »Gut so?« Ihre Hände auf seinen Hüften, die über die zarte Haut glitten, seiner geraden Wirbelsäule folgten. Ein Höhepunkt des Tages.

Aber nicht heute. Heute fehlten das übliche Entzücken, das Staunen darüber, dass sie ihn berühren konnte, wann immer sie wollte.

Sie hatte es erst gesehen, als sie sich beim Wachwerden zu ihm umdrehte. Wie immer freute sie sich, dass er noch schlief, und genoss sein zerzaustes Haar, seine gleichmäßige Atmung, die vollkommene Entspannung, mit der er neben ihr lag. Im Schlaf hatte er sich von der dünnen Sommerbettdecke frei gestrampelt. Schräg über seine Brust verlief eine feuerrote Schramme, die aussah, als stammte sie von einem spitzen Fingernagel. Hatte er eine Auseinandersetzung gehabt? Aber Männer benutzten ihre Fäuste und fahren nicht die Krallen aus. Sie hatte ihn beim Frühstück darauf angesprochen, aber er hatte keine Erklärung dafür gehabt. Er hatte was von einem Glas erzählt, das an dem Abend in der Kneipe zu Bruch gegangen wäre, weil einer seiner Gäste betrunken auf ihn gefallen sei. Sie hatte es nicht gewagt, nachzuhaken, und er war so schlau gewesen, sich auszuschweigen. Plötzlich fiel ihr wieder ein, wie John getobt hatte vor Wut, weil ihm ein junger, ungeschickter Kellner roten Portwein über seinen neuen Anzug geschüttet hatte. Was eine Woche nach der Hochzeit ein romantisches Abendessen hätte werden sollen, war zu einer höchst unerfreulichen Szene ausgeartet, als John dem Jungen eine Ohrfeige verpasste, die ihn gegen die Wand taumeln ließ. Daraufhin war ihm das ganze Tablett aus der Hand gefallen, was die Bescherung noch verschlimmerte. Andere Gäste hatten sich eingemischt, und als John partout nicht zur Vernunft kommen wollte, hatte sie der Besitzer gebeten, das Lokal zu verlassen. Draußen vor der Tür hatte John sie wie wild beschimpft, weil sie für den Kellner Partei ergriffen hatte. Das war ihre erste Bekanntschaft mit einer Seite an ihm gewesen, die sie bislang nur vermutet, aber lieber verdrängt hatte.

Sie stellte die Zahnbürste zurück und ging nach unten. In der Waschküche leerte sie den Wäschekorb aus.

Eine Jeans, sauber und steif, wie frisch gewaschen. Sie legte sie beiseite und hob eines der Hemden hoch. Vergeblich versuchte sie, sich daran zu erinnern, welches er wann getragen hatte. Es war schon vier Tage her, seit sie das letzte Mal gewaschen hatte, und es lagen hier vier Hemden. Alle waren unversehrt. Konnte ein Hemd heil und sauber bleiben, wenn eine Glasscherbe die Haut darunter zum Bluten brachte?

Sie verachtete sich dafür, konnte aber nicht anders: Sie schnupperte an den Hemden, erwartete einen Duft. Vielleicht keinen Parfümduft, aber den eines fremden Körpers, eines weiblichen Körpers. Doch alles roch nur nach John, nach seinem Körper und seinem Aftershave.

Dann musste es irgendwo ein T-Shirt geben. Obwohl er eigentlich nie T-Shirts trug, wenn er mit Kunden zu tun hatte. Trotzdem ging sie ins Schlafzimmer, schob die Schranktür auf und zählte die T-Shirts. Er besaß zwölf davon. Wenn ihm eines gefiel, kaufte er es sofort zweimal in derselben Farbe. Sie starrte auf den Stapel. Zwei blaue, zwei beigefarbene, zwei braune, zwei weiße, zwei graue und ein schwarzes.

Sie staunte selbst über die Entschlossenheit, mit der sie erneut nach unten lief, die Tür zur Garage öffnete und anschließend den Mülltonnendeckel hochklappte. Sie wusste von nichts und glaubte nicht an böse Vorahnungen. Warum war sie sich dann so sicher, etwas zu finden? Und warum hörte sie nicht auf, sich Fragen zu stellen, deren Antwort sie bereits kannte?

Die Tonne war erst zur Hälfte voll. Sie zog einen zugebundenen Müllbeutel nach dem anderen hervor, bis sie ganz unten etwas Schwarzes entdeckte. Sie griff zum Schwenkarm des Sonnenschirms und fischte das Schwarze heraus. Dann stellte sie ihn zurück und faltete das T-Shirt auseinander. Es hatte vorne einen mehr als zehn Zentimeter langen Riss. An dem linken Ärmel klebte ein Haar. Ein rotes Haar, das im Neonlicht schimmerte. Doch es hatte nicht ihren warmen Mahagoni-Ton, sondern war eher kupferfarben und außerdem länger als ihr eigenes. Nicht gelockt, sondern glatt.

Sie nahm das T-Shirt mit nach oben, rollte es zusammen und legte es in das Schrankfach mit ihren eigenen Shirts. Danach stand sie völlig erschöpft im Schlafzimmer. Um sie herum hatte sich nicht das Geringste verändert. Nichts wies darauf hin, dass ihre Welt soeben unter einem riesigen Lügenberg zusammengebrochen war. Eine Welt, die sie ganz behutsam aufgebaut hatte. Behutsam deswegen, weil diese Welt nicht auf Vertrauen, Hoffnung und Liebe beruhte, sondern nur aus Luft bestand, ja nicht mehr war als eine Seifenblase.

Sie legte sich auf das ungemachte Bett und schmiegte ihr Gesicht in die Kuhle, die er in seinem Kissen zurückgelassen hatte. Danach zog sie die Decke über sich, weil sie bis ins Mark fror.

*

»Ich war so frei, in deinen Kalender zu schauen«, sagte Pieter. Er wies mit dem Kinn auf den Laptop. »Wenn der noch stimmt, passt das wunderbar.«

»Wieso?«

»Der Steuerberater konnte sich eine Stunde für uns frei nehmen. Er wird jeden Moment hier sein.« Pieters Blick war unverwandt auf ihn gerichtet.

Mist. *Mist.* Er sah auf die Uhr. »Das kommt ziemlich überraschend. Ich habe einen Termin mit einem potenziellen Kunden. Die Sache hört sich interessant an.«

»Schade. Hättest du ihn eingetragen, dann hätte ich ihn berücksichtigen können.«

»Ich war seit zwei Tagen nicht mehr im Büro.«

»Nun, deshalb dachte ich auch nicht, dass du vom Krankenbett aus Termine machst.«

Wann hatte er diesen Blick zum ersten Mal an Pieter bemerkt? Spott und Verachtung standen darin, vermischt mit Misstrauen. Er hatte ihn in letzter Zeit ständig aufgesetzt, nur nicht, wenn von einem neuen Kunden die Rede war. Dann gab er sich ganz jovial und ließ die Champagnerkorken knallen. Wer schleppte denn die meisten Kunden an, verdammt? Er klappte seinen Laptop auf. »Von mir aus. Ich bereite schon mal alles vor, dann geht es schneller.«

»Prima.« Pieter ging zur Verbindungstür. »Darüber hinaus würde ich es sehr zu schätzen wissen, wenn du mir in Zukunft das neue Passwort mitteiltest.«

Chantals Blick bohrte sich in seinen Rücken, weshalb er sich breit grinsend mitsamt dem Stuhl zu ihr umdrehte. »Bist du so lieb und machst mir einen doppelten Espresso?«

Sie erhob sich gehorsam, und er sah ihr zu, wie sie mit der Kaffeemaschine hantierte. Es wurde langsam Zeit, sie darauf hinzuweisen, dass ein zu tiefes Dekolleté im Büro nichts zu suchen hatte. Ihn selbst störte der Anblick von

Brüsten, die mindestens D-Körbchen brauchten, nicht im Geringsten. Aber ihm war auch nicht entgangen, dass der verknöcherte Steuerberater beim letzten Mal missbilligend die Brauen hochgezogen hatte.

Sie stellte ihm den Kaffee hin, und er packte sie am Handgelenk. »Bitte sei so lieb und geh zum Spirituosenhändler, um die Vorräte aufzufüllen. Whiskey, Portwein, Rosé. Und dann schau bei dem Typen von der Kopierfirma vorbei und sag ihm, dass wir zwanzig Prozent vom Rechnungsbetrag abziehen, wenn er das Gerät nächste Woche noch immer nicht repariert hat.«

Sie machte sich sanft von ihm los. »Vielleicht solltest du ihm das lieber selbst sagen.«

»Oh, nein!«, sagte er. »Das schaffst du schon. Du musst endlich ein großes Mädchen werden.«

An der Tür zögerte sie.

»*Sorry*«, sagte er. »Heute leider ohne Auto, ich brauche es gleich selbst.« Mit dem Fahrrad würde sie mindestens eine Stunde brauchen. Das musste reichen.

*

Sie stellte den Wagen auf dem einzig freien Parkplatz ab und zog die Handbremse an. Das Wasser war schmutziggrau, trotz des blauen Himmels. Am anderen Ufer, wo sich die hohen schmalen Lagerhäuser nach vorn zu neigen schienen, schwammen ein paar Enten. Sie gründelten an der Grachtmauer. Ein einsamer Schwan glitt mit lang gestrecktem Hals an der Brücke vorbei. Auf einem der Hausboote goss eine Frau ihre Pflanzen. Knallrote Geranien und blau-weiß gestreifte Petunien, die üppig über die Reling wucherten. An Deck stand ein Gartenstuhl unter einem Sonnenschirm. Die Frau schien ihren Blick zu spüren, denn sie sah auf und nickte ihr zu.

Wie schön das doch wäre, dort unter dem Schirm zu sitzen, dachte Vivienne. Einfach den Wellen lauschen, die ans Boot schlagen, und aufs Wasser schauen. Stattdessen warf sie Münzen in die Parkuhr, legte den Schein hinter die Windschutzscheibe und verriegelte den Wagen.

Sie begann an der Brücke. Sie lief langsam, während ihr die Sonne auf den Nacken brannte. Die alte Trompkade war heruntergekommen. Die meisten Bäume hatten Parkplätzen weichen müssen. Kein Haus war wie das andere. Manche waren groß und frei stehend mit einer angebauten Garage, andere klein mit spitzen Dächern – Reihenhäuser, die zu viert oder sechst aneinanderklebten. Sie schaute sich eines nach dem anderen an, ja bog sogar in den Gartenweg ein, wenn sie ein Schild zu sehen glaubte, auf dem mehr als nur ein Name stand. Es hatten sich ein paar Läden angesiedelt – ein Friseur, eine Änderungsschneiderei, ein Physiotherapeut. Es gab auch ein winziges Café mit einem Garten, der Platz für zwei Tische mit je vier Stühlen bot. Aber keine Firma, die Strongnails hieß, kein Nagelstudio.

Sie lief bis zum Ende der Trompkade und kehrte um. Die Riemen ihrer Sandalen schnitten ihr schmerzhaft in die Fersen, und unter den Achseln war sie nass geschwitzt.

Im Auto war es kochend heiß, aber sie ließ die Fenster geschlossen und fuhr erst los, als die Klimaanlage für erträgliche Temperaturen gesorgt hatte.

Das schwarze Gebäude mit den rostroten Fensterrahmen machte wie immer einen abweisenden Eindruck. Sie fuhr über den Parkplatz, bis sie sein Auto sah. Sie blieb eine Zeitlang sitzen und starrte dumpf auf sein Kennzeichen. So musste man sich fühlen, wenn das eigene Kind sich im Laufstall befand: sicher aufbewahrt, sodass man vorübergehend keine Gefahr fürchten musste.

Auf dem Rückweg in die Stadt erkannte sie Chantal auf

dem Fahrradweg. Ihr blondes Haar wehte im Wind, die langen, braunen Beine unter dem superkurzen Rock glänzten in der Sonne.

*

»Ich hole dich morgen selbstverständlich ab«, sagte Vegter.

Renée nickte. »Ich kann auch ein Taxi nehmen.«

Sie saß aufrecht in den Kissen und hatte eine fast normale Gesichtsfarbe, sodass sich die Sommersprossen nicht mehr so deutlich abhoben. Im Bett gegenüber lag eine ungefähr vierzigjährige Frau. Ihre Wangen waren von den Medikamenten ganz aufgedunsen, aber ihr Blick war hellwach, und sie musterte ihn neugierig. Vegter setzte sich so, dass er ihr den Rücken zukehrte.

»Das kommt gar nicht infrage. Außerdem habe ich keinen Zweitschlüssel dabei. Um wie viel Uhr?«

»So gegen zehn?«

»Wunderbar.«

»Würdest du ...« Sie zögerte. »Ich brauche ein paar Sachen. Kleidung. Wäre es sehr schlimm, wenn wir unterwegs noch kurz bei mir vorbeischauen würden?«

»Nein, gar nicht. Ich kann aber auch einen Kollegen hinschicken. Gib mir einfach eine Liste mit den Sachen, die du brauchst.«

Sie schüttelte den Kopf. »Das ist nicht nötig.«

»Es wurde noch nicht aufgeräumt«, sagte er ruhig.

»Das kann ich mir denken. Aber irgendwann muss ich die Wohnung ohnehin wieder betreten.« Sie fuhr sich über den Kopfverband.

»Morgen darf er runter.«

»Eigentlich erstaunlich, dass sie dich schon rauslassen.« Er deutete auf ihren Arm.

»Sie wollten es eigentlich auch nicht. Ich musste mir erst den Mund fusselig reden. Aber mir geht es den Umständen entsprechend gut, und ich finde es schrecklich, hier zu liegen. Ich habe keine Lust, noch länger die Leidende zu spielen.« Sie lächelte gequält. »Du kannst dir nicht vorstellen, wie man hier betüttelt wird. Und das Essen ist eine einzige Katastrophe.«

»Was das betrifft, wirst du es bei mir nicht besser haben«, sagte er warnend.

Sie lachte erneut. »Vielleicht kann ich mit einer Hand besser kochen als du mit zweien.«

»In dieser Disziplin bin ich dir mit Sicherheit unterlegen.« Er stand auf. »Vielleicht möchtest du auch ein paar CDs und Bücher mitnehmen. Ich weiß nicht, ob das, was bei mir im Regal steht, deinen Geschmack trifft.«

»Ich mache dir jede Menge Umstände.«

»Ach Quatsch. Ich habe es dir selbst angeboten. Außerdem übernachte ich inzwischen regelmäßig in meinem neuen Haus.«

»Geht es mit den Arbeiten voran?«

»Oh ja«, sagte er. »Deine Bauzeichnungen waren von unschätzbarem Wert. Gas und Elektrik funktionieren, die Wände sind verputzt, die Heizanlage ist installiert, und die Küche ist auch schon da. Das habe ich alles machen lassen, aber dafür habe ich mir das Bad vorgenommen. Ich bin mir allerdings nicht sicher, ob ich die richtige Reihenfolge einhalte.«

»Wieso?«

»Ich weiß nicht, vielleicht hätte ich doch erst die Zwischenwand mauern sollen.«

»Hast du … Bist du … Das ist doch nicht dein Ernst oder?«, fragte sie ungläubig.

»Ich hatte schon so etwas befürchtet«, meinte er.

»Das macht nichts«, sagte sie. »Wirklich nicht. Außerdem musst du die Wand gar nicht mauern. Du kannst sie mit Betonfertigstücken, ja unter Umständen sogar mit Rigips einziehen, je nachdem, wo du dein Bad haben willst. Ich würde mir das Haus gern noch einmal anschauen.«

Mit dem Fuß schob er den Hocker unter das Bett. »Ich nehme dich mit.«

*

Er fuhr vom Parkplatz direkt auf die Straße, ohne die kurze Zufahrt zu benutzen. Dadurch zwang er einen Lieferwagen, ihm bremsend auszuweichen. Das wütende Gehupe erstarb schnell – mit mehr als hundert Sachen sauste er über die Kreuzung, während die Ampel auf Rot sprang.

Dubiose Quartalszahlen. Eine fragwürdige Buchhaltung. Und der Jahresbericht war immer noch nicht in Ordnung.

Arschlöcher.

Kurzsichtige Krämerseelen.

Dabei war das erst die halbe Wahrheit. Wofür zahlte er eigentlich einen Steuerberater, wenn der nicht mal mitbekam, dass er betrogen wurde?

Sein Laptop rutschte von der Rückbank, als er vor einem Zebrastreifen eine Notbremsung hinlegen musste. Und das nur wegen dieser blond gefärbten Kuh mit Kinderwagen! Unwillkürlich zeigte er ihr den Stinkefinger. Von nun an würde er den Laptop täglich mit nach Hause nehmen. Jetzt, wo Pieter das Passwort wusste, durfte er auf keinen Fall die Möglichkeit haben, das Ganze noch mal zu überprüfen. Nicht, bevor er Vorsichtsmaßnahmen getroffen hatte. Das hätte er schon längst tun sollen, war aber einfach zu abgelenkt gewesen. Durch Sascha. Durch den Tod seiner Schwiegermama. Durch Viviennes Geflenne deswegen. Und dann noch der Umzug und das Testament. Dieses verdammte Testament, bei dem er sich völlig getäuscht hatte. Was wäre normaler gewesen, als dass Vivienne die volle Verfügungsgewalt über das Kapital und die Aktien bekommen hätte.

Natürlich hatte er sich bei einem Anwalt erkundigt, ob es nicht möglich wäre, das Testament anzufechten. Obwohl Mamas Notar, der aussah wie seine eigene Nachgeburt, mit einem süffisanten Lächeln darauf hingewiesen hatte, dass es juristisch wasserdicht war. Nießbrauch bis zu Viviennes fünfzigstem Lebensjahr, erst dann die volle Verfügungsgewalt.

Fünfzig. Sie war jetzt siebenunddreißig. Allein beim Gedanken daran war ihm der kalte Schweiß ausgebrochen. Er gab sich jetzt schon gut zwei Jahre mit ihr ab. Von keinem Schauspieler der Welt konnte man erwarten, dass er fünfzehn Jahre lang ein und dieselbe Rolle spielte.

Noch aus dem Grab heraus besaß Mama Macht über ihn.

Zumindest glaubte sie das.

Er stellte den Wagen auf einen zu engen Parkplatz, gleich neben der Kneipe. Dabei rammte er die Stoßstange des Audis vor sich. Der war bestimmt gut versichert, weshalb er sich gar nicht erst die Mühe machte, den etwaigen Schaden zu begutachten. Stattdessen ging er direkt in die Kneipe, bestellte einen Whiskey und machte sich anschließend auf den Weg zur Toilette. Mit der Pille, die er sich unter die Zunge gelegt hatte, setzte er sich dann an die Bar und kippte den Whiskey hinunter, um sich unverzüglich ein weiteres Glas zu bestellen.

»Einen Doppelten.«

Der Wirt zog die Brauen hoch, verkniff sich aber jeden Kommentar und gab stattdessen ungefragt drei Eiswürfel hinein. Er fischte sie wieder heraus und legte sie auf den mit Glasabdrücken übersäten Tresen. Seine Hände zitterten. Immer mit der Ruhe, in einer Viertelstunde würde alles in bester Ordnung sein. Seine Kopfhaut juckte, Ameisen krabbelten über seine Haut. Nicht darauf achten, ruhig bleiben, sich ablenken. Er sah sich um. In einer Ecke hockten zwei alte Männer. Der eine hatte eine Kappe auf, der andere trug trotz der Hitze einen Schal um den Hals. Beide hatten einen Genever und ein Bier vor sich stehen. Am anderen Ende des Tresens entdeckte er ein junges, etwa siebzehnjähriges Ding, das versuchte, Blickkontakt zu ihm aufzunehmen. Eine Schlampe, aber nach zwei Drinks gut für einen Quickie auf der Rückbank. Aber nicht heute. Heute würde er ihn sowieso nicht hochkriegen – nicht einmal wenn sie ihn dafür bezahlte.

Er trank sein Glas aus, überlegte, ob er ein drittes bestellen sollte, ließ es dann aber doch bleiben. Manchmal bekam ihm die Kombination von Alkohol und Drogen nicht, außerdem musste er nachdenken. Er starrte reglos in den Spiegel hinter der Bar und sah ein schmales Gesicht mit einem markanten Kinn, dünnen Lippen, stahlblauen Augen und mit fast schon weiblich geschwungenen Brauen. Bis sein Blut zu rauschen und sein Puls zu steigen begann. Die Ameisen verschwanden, die Kneipe wurde größer, sein Blick überscharf. Die Falten im Gesicht des Wirtes sahen aus wie mit einer feinen Nadel hineingeätzt. Die Farben der verblassten Plakate an den Wänden wurden intensiver, der Verkehrslärm nahm zu. Jedes Geräusch wurde verstärkt, verschmolz mit den anderen und war doch deutlich auszumachen. Gierig sog er alles in sich auf und genoss seinen unter Starkstrom stehenden Körper. Er fühlte sich wie ein Rennpferd kurz vor dem Start. Er zitterte vor nervöser Energie und sehnte sich nach dem Moment, in dem er seine geballte Kraft einsetzen konnte.

Die Lösung war unglaublich einfach. Er musste die Sache einfach nur beschleunigen. Es gab keinen Grund, noch länger zu warten. Im Gegenteil. Alles war längst geplant. Er war bereit. War er wirklich bereit? Irgendetwas störte ihn, aber er wusste nicht was. Egal, er kannte das Phänomen – nichts, worüber er sich Sorgen machen musste. Das bedeutete nur, dass sein Gehirn noch nicht optimal arbeitete. Er spielte mit den schmelzenden Eiswürfeln, warf sie gezielt in die Spüle und erwiderte den Blick des Barmanns, ohne ein einziges Mal zu blinzeln.

Fünf Minuten später trat er in die Sonne hinaus. Sie blendete ihn dermaßen, dass er die Augen zukneifen musste. Er zog seine Sonnenbrille aus der Brusttasche und drehte sich zu der düsteren Kneipe um. Aus der Finsternis ins Licht – wenn das kein Zeichen war!

*

Vegter war einkaufen gegangen und hatte Dinge besorgt, die er sonst nie im Haus hatte: Obst, Gemüse, Fleisch, Kartoffeln, Reis, Nudeln, Brot, Aufschnitt, Kaffee, Tee, Zucker. Butter, viel Butter. Wein, Bier. So gut war der Kühlschrank schon seit Monaten nicht mehr gefüllt gewesen.

Er hatte Blumen gekauft, eine Sorte, die er nicht kannte – in Weiß, Rosa und Violett. Zarte Blättchen über schlanken, dünnen Stängeln. In Ermangelung einer Vase hatte er sie in ein leeres Gurkenglas gestellt, in dem sie allerdings nicht besonders zur Geltung kamen. Er hatte gestaubsaugt, das Bett frisch bezogen, das Altpapier entsorgt, die Spüle geputzt. Jetzt stand er im Wohnzimmer und sah sich um. Fehlte noch etwas? Im Grunde eigentlich alles: Atmosphäre, Farbe, Zimmerpflanzen. Gemütlichkeit.

Sie würde sich damit abfinden müssen. Außerdem wollte er weg. Wolf wartete. Er öffnete ein letztes Mal den Kühlschrank und nahm das Steak heraus, das sich an den Rändern bereits verfärbt hatte. Er warf es in den Müll, griff nach seinem Schlüssel und zog die Tür hinter sich zu.

*

Wolf saß auf dem Gartenweg und wich keinen Millimeter, als er das Auto kurz vor ihm zum Stehen brachte. Mit aufgestelltem Schwanz lief er vor ihm her, wartete geduldig, bis die Haustür aufging, und nahm sofort Kurs auf die Küche. Dort stand sein Kombinapf: Die eine Hälfte war für Wasser, die andere für Futter.

Vegter öffnete den Schrank, schüttete Katzenfutter in den Napf, räumte die Packung weg und genoss es, wie leicht und lautlos die Schranktür zufiel. Der Kater kauerte sich hin und begann zu fressen. Vegter bückte sich und streichelte das glänzende, schwarz-grau gestromte Fell. Wolf fraß weiter und konzentrierte sich ausschließlich auf das Futter.

Seine Treue hatte Vegter gerührt. Fast zwei Jahre war der Kater um sein Haus herumgestreunt und hatte auf sein totes Herrchen gewartet. Als Vegter ihn in der verfallenen Scheune entdeckt hatte, war er stark abgemagert, scheu und misstrauisch gewesen. Erbittert hatte er seinen Schlafplatz – eine Lücke hinter dem kaputten Rasenmäher der Firma Wolf – verteidigt. Mit viel Geduld hatte Vegter den Kater dazu gebracht, im Haus zu fressen. Danach hatte er sich als äußerst anhängliches Tier entpuppt. Seit Vegter regelmäßig im Haus übernachtete, pflegte Wolf in den frühen Morgenstunden durchs Seitenfenster in das zukünftige Schlafzimmer zu springen und sich am Fußende der Matratze niederzulassen.

Nach Stefs Tod hatte Vegter Johan, seinen eigenen Kater, mit in die neue Wohnung genommen. Nachdem auch dieser gestorben war, hatte er ihn heftiger vermisst als gedacht. Wolf stand für alles, was er sich wünschte, wenn das Haus erst einmal fertig sein würde: Gemütlichkeit, Verlässlichkeit, etwas, wofür man nach Hause kam und Verantwortung übernahm.

Er öffnete das Fenster über der Spüle und hoffte auf einen leisen Luftzug. Er betrachtete die Weiden, die wegen der andauernden Trockenheit fahlgrün waren, und lauschte auf die Stille. Hinter der Hecke döste das Pferd des Nachbarn mit hängendem Kopf. Das Einzige, was sich bewegte, war der Schweif des Tieres, der träge wedelte, um eine lästige Fliege zu verscheuchen.

Er holte eine Flasche Bier aus dem Kühlschrank, öffnete sie und ging nach draußen. Er drehte eine Runde um das Haus und nickte Warman zu, der auf seinem Grundstück in einem weißen Plastikstuhl saß, flankiert von seiner wettergegerbten Frau, die auf einem identischen Stuhl thronte. Dann setzte Vegter sich auf den Bierkasten, der an der seitlichen Hauswand stand, seit er ihn vor ein paar Monaten mit Talsma leer getrunken hatte. Die tief stehende Sonne beschien seinen Scheitel, und die Wärme, die die Hauswand abstrahlte, drang durch sein Hemd. Er hatte vorgehabt, mit dem Fliesenlegen im Bad fortzufahren. Aber er hatte einfach nicht mehr die Kraft, einen Eimer mit Kleber anzurühren und Dutzende von Fliesen herbeizuschleppen. Das Essen lag ihm noch schwer im Magen – eine lieblose Mahlzeit aus Dosensuppe, Kroketten und einer fettigen Frikadelle. Er hatte in der Bürokantine gegessen, zusammen mit Talsma, dessen Frau ein paar Tage bei der gemeinsamen Tochter weilte, um auf das neue Enkelkind aufzupassen. Auf seine Frage, wie es ihr jetzt ginge, nachdem die Chemo schon einige Zeit zurücklag, hatte Talsma nur gesagt: »Gut, nur glaubt sie das leider nicht. Manchmal kommt es mir fast so vor, als wolle sie sterben.« Befremden schwang in seiner Stimme mit. »Sie werden lachen, Vegter, aber manchmal erinnert sie mich an eine alte Indianerin, die beschlossen hat, dass das Leben vorbei ist. Sie haben bestimmt mal etwas darüber gelesen: Die setzen sich in eine ruhige Ecke und warten auf das Ende. Sie sei darauf vorbereitet, sagt sie. Aber als ich sie gefragt habe, ob sie das Schwarz auf Weiß hat, wurde sie wütend.«

Vegters Gedanken eilten zurück zu Renée. Auch sie hatte geglaubt, dem Tod ins Antlitz zu sehen. Er fragte sich, wie einen so eine Erfahrung veränderte. Dann dachte er darüber nach, ob sie wohl erwartete, dass er jeden Tag mit ihr zu Abend aß. Wahrscheinlich schon, denn mit einer Hand würde sie kaum kochen können. Aber es gab noch andere praktische Probleme – für sie, aber auch für ihn. Es wäre doch vernünftiger, wenn sie zu ihrer Mutter ginge. Die könnte sich wenigstens richtig um sie kümmern.

Er lehnte den Kopf gegen die Wand. Der Sommerabend legte sich wie ein warmer Mantel um seine Schultern. In der Ferne rief ein später Vogel, und das Pferd schob seinen Kopf über die Hecke und betrachtete ihn gleichmütig.

Vegter schloss die Augen. Vielleicht sollte er endlich aufhören, alles zu planen, und den Dingen lieber ihren Lauf lassen.

10

Sie saß am Frühstückstisch und versuchte, sich dazu durchzuringen, in die Galerie zu gehen. Sie konnte schließlich nicht alles an Bibi delegieren. Es gab Sachen, die ausgepackt und aufgehängt werden mussten, und ein paar verkaufte Arbeiten warteten auf ihren Versand. Dann war da noch Alvarez, der fest damit rechnete, dass sie ihn am Flughafen verabschiedete.

Im Garten stritten zwei Amseln um einen Wurm. Sie betrachtete sie gedankenverloren. Der Rasen musste gemäht werden. Weil sie abends die Bewässerungsanlage einschaltete, wuchs er trotz der Hitze. Was das Rasenmähen anbelangte, war sie auf John angewiesen, sie selbst kam mit der schweren Maschine nicht zurecht. Aber sie hatte keine Lust, ihn darum zu bitten. Außerdem hätte ihm das selbst auffallen müssen. Meist mähte er abends, während sie in ihrem Sessel saß und das Schauspiel genoss – sein methodisches Vorgehen, den Anblick seines geschmeidigen Körpers, seine fließenden Bewegungen. Jetzt war es schon zwei Wochen her, dass er zum letzten Mal gemäht hatte. Es kam ihr vor wie eine Ewigkeit. Würde ihr Leben je wieder so sein wie vorher und ruhig seinen Gang gehen – mit den kleinen, alltäglichen Freuden und dem, was sie für Glück gehalten hatte?

Als John gestern Abend im Bett die Hand auf ihre Hüfte gelegt hatte, hatte sie Ekel gespürt. Sanft hatte sie seine Hand weggeschoben. »Findest du das jetzt schlimm? Ich bin müde.« Zunächst war sie erleichtert, dass er sich sofort umdrehte. »Ich eigentlich auch.«

Danach kam die Enttäuschung. Noch nie hatte sie ihn abgewiesen, und es schien ihm nichts auszumachen. Aber was hätte sie sonst tun sollen? Wie kann man sich lieben, wenn man sich die ganze Zeit fragen muss, ob jede Berührung nur ein Abklatsch dessen ist, was er mit einer anderen tut? Mit der Frau mit den glatten kupferroten Haaren. Einer Frau, die bestimmt zwei schöne, gerade Beine hatte.

Aber vielleicht war es genau umgekehrt. Vielleicht stillte er dort ein Verlangen, das sie nicht erfüllen konnte? Sie wusste nicht, was schlimmer wäre. Ihr fiel der ordinäre Witz wieder ein, den er vor ein paar Tagen gemacht hatte. »Sich woanders Appetit holen und zu Hause essen.« Und dann war da noch dieser Riss. Der Riss im T-Shirt, den sie einfach nicht einordnen konnte. Fanden da Sex-Spielchen statt, die sie sich nicht ansatzweise vorstellen konnte? Sie selbst hatte John noch nie bei irgendwelchen perversen Neigungen ertappt. Im Grunde war er ziemlich fantasielos im Bett. Er kam schnell, war leicht zu befriedigen. Es hatte sie eher gewundert, dass er nicht mehr von ihr verlangte. Andererseits war sie froh, nicht die Verführerin spielen oder in Reizwäsche posieren zu müssen. Nicht mit diesem Körper, nicht mit diesem Bein.

Sie hatte ihn nie darauf angesprochen, konnte sich nicht überwinden, ihn zu fragen, ob sie etwas falsch machte. Ob er mehr von ihr erwartete. Und jetzt konnte sie ihn gar nichts mehr fragen, ihn um gar nichts mehr bitten – nicht einmal darum, den Rasen zu mähen. Sie wusste nicht, wie es weitergehen sollte. Falls es denn überhaupt weiterging. Oder bildete sie sich das alles nur ein, sah sie Gespenster?

Arschloch!, dachte sie und versuchte vergeblich, wütend auf ihn zu werden.

Sie betrachtete die Regale, die Gläser, die Tassen. Sie musste aufräumen, duschen, sich anziehen. Es brachte nichts, hier herumzusitzen und Trübsal zu blasen. Aber statt dass sie aufstand, griff sie nach der Zeitung, die John schlampig zusammengefaltet liegen gelassen hatte. Zum Glück gab es Zeitungen, da musste man wenigstens nicht reden. Gelangweilt überflog sie die Titelseite und erfuhr, dass die Überschwemmungen in Frankreich fünf Menschenleben gefordert hatten. Ihr Blick fiel auf die fette Schlagzeile rechts darunter. »Haare der Polizistin gefunden?« Sie las weiter.

»In der Willemsanlage wurden Haare gefunden, die höchstwahrscheinlich von der Kripobeamtin stammen, die vor einigen Tagen …« Sie las den Artikel zu Ende und betrachtete anschließend das kleine Foto, das daneben abgedruckt war. Eine junge Frau mit einem ausdrucksstarken Gesicht, einem sensiblen Mund und hellen Augen. Langes Haar. Glattes, dickes, kupferfarbenes Haar.

Sie las den Artikel ein zweites und dann noch ein drittes Mal. Anschließend stand sie auf und holte die Schere aus der Küchenschublade. Mit ruhiger Hand schnitt sie den Artikel sauber aus, legte die Schere zurück, knüllte die Zeitung zusammen und stopfte sie in den Müll. Dann setzte sie sich wieder an den Tisch, stand erneut auf, ging in die Garage und suchte im Altpapier nach den Zeitungen der letzten drei Tage. Sie breitete sie auf dem Deckel der Mülltonne aus und las, wie sich die junge Ermittlerin tapfer gewehrt, ja es sogar geschafft hatte, den Täter mit einer Glasscherbe zu verletzen. Über sein Blut käme die Polizei also »in absehbarer Zeit« an seine DNA.

Sie faltete die Zeitungen wieder zusammen und warf sie in den Müll. Das konnte nicht sein. Das ergab überhaupt keinen Sinn. Nicht John war krank, sondern sie. Welche Frau, die noch kein Jahr verheiratet ist, ist imstande, sich so etwas auszumalen? Er war an jenem Abend spät nach Hause gekommen, weil er eine Freundin hatte, und das war schon schlimm genug. Eine rothaarige Freundin, was die Sache verschlimmerte, aber bestimmt reiner Zufall war. Dabei hatte sie geahnt, dass das früher oder später passieren musste. Sie war ein Produkt ihrer Erziehung: Mama hatte sie mit ihrer Schwarzseherei vergiftet. Trotzdem schien sie recht behalten zu haben. »Du musst damit rechnen, dass Männer in erster Linie auf dein Geld aus sind, Vivienne. Das wäre auch ohne deine Beeinträchtigung der Fall.«

Mama hatte stets von ihrer »Beeinträchtigung« gesprochen. Handicap war zu heftig, Behinderung ordinär. Das Wort »Beeinträchtigung« war ein salonfähiger Euphemismus. Von Anfang an war Mama John mit einem gesunden Misstrauen, wie sie es nannte, begegnet. Sie hatte sogar angeboten, seinen Lebenslauf überprüfen zu lassen, ja hatte geradezu darauf gedrungen, als er angab, bis auf ein paar entfernte Neffen keine Verwandten mehr zu haben. »Das finde ich alles etwas vage, Vivienne.«

Sie hatte sich mit Zähnen und Klauen dagegen gewehrt, ihre Chance gewittert, dem gutbürgerlichen Milieu endlich entfliehen zu können. Was war denn schon dabei, wenn John vielleicht nicht dieselbe Erziehung genossen hatte wie sie? Er war so erfrischend, so bodenständig, so voller Lebenslust. Ein mutiger Draufgänger. Natürlich hatte auch sie so ihre Zweifel gehabt. Manchmal verplapperte er sich und bluffte sich durch Gespräche, die über seinen Horizont gingen. Anfangs hatte sie das gerührt, und am Ende nahm es sie umso mehr für ihn ein: Er war bereit, sich in eine Zwangsjacke pressen zu lassen, und das alles nur für sie! Mama hatte ihr missbilligend einen Hang zum Kleinbürgertum nachgesagt – etwas, das ihr völlig abging. Doch Vivienne wusste, von wem sie das hatte. Ihr Vater war genauso gewesen. Der konnte, wenn er im Garten arbeitete und sich unbeobachtet fühlte, deftig furzen und schallend darüber lachen. Noch lustiger fand er sexistische Witze, und wenn er sich über den Snobismus seiner Frau ärgerte, nannte er sie »Frollein«.

Erstmals wurde ihr klar, dass es vielmehr ihre Mutter gewesen war, die ihren Vater des Geldes wegen geheiratet hatte. Sie war schon Ende dreißig gewesen, als sie ihn kennenlernte. Es hatte kein Jahr gedauert, und sie hatte ihn am Haken gehabt, wie ihr Vater nie versäumte zu erwähnen.

Die Geschichte wiederholt sich.

In der Stille der Garage legte sie die Arme auf den Mülltonnendeckel und bettete ihren Kopf darauf. Du hättest mir zeigen können, wie ich ihn behandeln muss, dachte sie. Bei Papa hast du es auch geschafft. Du hättest mir zeigen können, wie ich ihn fesseln, ihn an mich binden kann. Aber stattdessen hast du mich klein gehalten, mich abhängig und misstrauisch gemacht. So misstrauisch, dass ich ihm sogar einen Mord zutraue.

*

Als Vegter das Krankenhaus betrat, erwartete Renée ihn schon in der Empfangshalle. Eine kleine Reisetasche stand neben ihr auf dem Boden, und ihr linker Arm hing in einer Schlinge. Während er auf sie zuging, überlegte er, was mit ihren Haaren los war. Erst als sie ihn anlachte, verstand er: Der Kopfverband war weg, und sie hatte das Haar nicht wie sonst lässig aus der Stirn gekämmt, sondern rechts so gescheitelt, dass es die linke Schläfe größtenteils bedeckte. Es wirkte so dick und glänzend wie immer. Während er sich nach ihrer Tasche bückte, beschloss er, das Thema zu meiden.

»Komme ich zu spät?«

»Quatsch«, sagte sie. »Ich bin zu früh.«

»Das Auto steht ganz in der Nähe.«

Sie wirkte kleiner, als er sie in Erinnerung hatte. Und dünner. Während sie gemeinsam zum Ausgang gingen, hörte er sie keuchen. Sie lief extrem langsam. Die viel zu warme Jeans schlackerte ihr um die Hüften, und das braune, ärmellose Oberteil machte sie blass. Beim Anblick des Autos lachte sie jedoch. »Du darfst hier gar nicht stehen.«

Er zuckte die Achseln, hielt ihr die Tür auf und wartete, bis sie Platz genommen hatte, bevor er die Tasche auf die Rückbank legte. Dann stellte er fest, dass sie Mühe hatte, sich anzuschnallen. »Warte, ich helfe dir.«

»Zum Glück ist es mein linker Arm«, sagte sie trocken, als er den Gurt einsteckte.

Er nickte wortlos.

Während der Fahrt hielt sie den Sicherheitsgurt mit der Rechten von ihrer Brust weg und nahm ihre Umgebung begierig in sich auf. So wie jemand, der nach langer Isolation erleichtert feststellt, dass alles beim Alten geblieben ist.

»Bist du froh, dass du raus bist?«

Sie seufzte. »Du kannst dir gar nicht vorstellen, wie schnell man an Hospitalismus leidet. Alles, was zählt, sind die Mahlzeiten und die Arztvisite. Und beides ist jedes Mal enttäuschend.«

»Musst du noch einmal zu Kontrolluntersuchungen hin?«

»Klar. Und täglich zur Physiotherapie. Der Arm wird schon wieder, aber die Hand muss ich richtig trainieren. Alles war komplett durchtrennt, und weil die Hand die äußerste Extremität ist, scheint sie den größten Schaden davongetragen zu haben. Ich muss wie verrückt üben, haben sie gesagt.«

»Wie lange ungefähr?«

»Da wollen sie sich nicht festlegen. Aber es ist ja nicht nur die Hand. Auch der Lungenkollaps wird sich noch Wochen bemerkbar machen.«

»Wodurch?«

»Durch Energiemangel. Schmerzen. Erschöpfung. Im Moment bestehe ich ausschließlich aus blauen Flecken. Dabei habe ich noch Glück gehabt, dass ich nicht zur Drainage musste. Das scheint kein Spaß zu sein.«

»Drainage?«

»Dabei wird die Luft aus dem Brustkasten gesaugt. Eine Lunge, die nicht funktioniert, kann auch keine Luft wegpumpen.«

Vegters medizinische Kenntnisse reichten nicht weit genug, aber er nickte. »Und jetzt?«

»Bald müsste ich wieder allein zurechtkommen, ich werde dir also nicht monatelang zur Last fallen.«

»So war das nicht gemeint.«

»Nein«, sagte sie. »Ich weiß.«

Er parkte so nah wie möglich vor dem Hochhauseingang, stellte den Motor ab und löste ihren Gurt. »Bist du sicher, dass du mit hochkommen willst?«

Sie nickte. »Allein hätte ich mich allerdings nur ungern hergewagt.«

In der Wohnung sah sie sich schweigend um. Sie bückte sich langsam, um eine Glasscherbe aufzuheben, und hielt sie eine Weile in der Hand.

Vegter beobachtete sie, an die Wand gelehnt. Das Sonnenlicht erweckte das tiefe Schwarz zu neuem Leben. Sie drehte die Scherbe um und ließ sie aufblitzen, bevor sie sie auf den Tisch legte. »Wie sagt man so schön? Das Ganze ist mehr …«

»… als die Summe seiner Teile.«

»Das Ganze *war* mehr als die Summe seiner Teile.« Ihr Blick wanderte zu dem welken Farn, der an den Spitzen bereits vertrocknet war, dann zu dem Glastisch, der immer noch umgekippt dalag, und schließlich zu der breiten, rostroten Blutspur, die aufhörte, wo sie gerade stand. »Das Schlimmste war, dass er kein Wort gesagt hat, sodass ich nicht wusste, warum. Es war alles so ... sinnlos.«

Er sah, wie sie sich zwang, nicht die Fassung zu verlieren, weshalb er auf sie zuging und sie sanft aus dem Zimmer schob. »Komm, wir packen deine Sachen.«

Auf ihre Anweisung hin zog er einen Koffer unter dem Bett hervor und öffnete die Balkontür, um etwas frische Luft hereinzulassen. Die Pflanzen, die in großen Übertöpfen in einer Ecke standen, brauchten dringend Wasser. Auch sie würden nicht überleben.

Hinter ihm lief Renée zwischen Schränken und Koffer hin und her. Sie verschwand im Bad und kehrte zurück. Er hörte das leise Klirren von Glas und danach das Klicken, mit dem sie den Koffer schloss.

»Fertig.«

Er drehte sich um. Sie stand mitten in dem unaufgeräumten Zimmer, griff nach der Decke, als wolle sie das Bett machen, und ließ sie gleich darauf wieder fallen, als würde ihr die Sinnlosigkeit ihres Unterfangens bewusst. Er sah, wie ihre Augen feucht wurden.

»Ich habe so viel verloren«, sagte sie.

In seiner Wohnung trug er den Koffer ins Schlafzimmer, legte ihn auf den Boden und öffnete ihn. Als er ins Wohnzimmer zurückkam, stand sie unverändert da, den gesunden Arm um sich geschlungen, als fröre sie.

»Soll ich Kaffee machen?«

Sie schüttelte erst den Kopf, überlegte es sich dann aber anders. »Ich hätte doch gern welchen. Ich brauche dringend etwas Süßes.«

»Hast du ordentlich gefrühstückt?«

»Eigentlich nicht.«

»Setz dich«, sagte er. »Oder leg dich hin. Du bekommst besser Tee statt Kaffee.«

In der Küche wartete er, an die Spüle gelehnt, bis das Wasser kochte. Dann hängte er einen Teebeutel in einen Becher und gab zwei Löffel Zucker hinein. Ihm fiel ein, dass er eigentlich auch noch Käsebrote machen könnte.

Sie lag auf dem Sofa, ein Kissen unter den Kopf geschoben. Jetzt war ihr Gesicht nicht mehr ganz so blass. Er stellte Teller und Becher neben sie, nahm einen Stuhl und setzte sich. Er kam sich vor wie ein Gast in seiner eigenen Wohnung. »Du hast vergessen, Bücher und CDs mitzunehmen.«

Sie wies mit dem Kinn zur Wand, die von einem übervollen Bücherregal eingenommen wurde. »Ich lass mich überraschen.«

»Renée«, sagte er. »Ich kann mich nicht um dich kümmern. Nicht so, wie es nötig wäre. Ich fürchte, das ist mir gerade erst richtig klar geworden. Du bist krank und gehörst eigentlich noch ins Krankenhaus. Es sollte immer jemand hier sein. Bist du sicher, dass du nicht doch lieber zu deiner Mutter willst?«

»Ich will nicht bemuttert werden«, sagte sie. »Alles, was ich brauche, ist Ruhe. Ich bin so müde, Paul. Ich bin froh, wenn niemand da ist. Ich möchte nicht ständig erklären müssen, was passiert ist und wie. Ich muss mich ausschlafen.«

Vegter schwieg. Er wartete, bis sie anfing zu essen. »Ich muss weg. Ruf mich an, wenn etwas ist.«

Er war schon an der Tür, als sie sagte: »Es ist schon eine Weile her, dass ich Blumen in einem Marmeladenglas gesehen habe.«

Er drehte sich um. Noch nie hatte er sie so mitgenommen

erlebt, nicht einmal, als sie einer Mutter erklären musste, dass ihre Tochter umgekommen war.

Er ging neben dem Sofa in die Hocke und nahm ihre kalte Hand, an der Butter klebte. »Renée«, sagte er. »Renée.«

*

Sie war trotzdem in die Galerie gegangen, aus Pflichtbewusstsein und weil sie es zu Hause nicht mehr allein mit ihren Gedanken aushielt. Es brannte kein Licht, und die Tür war noch abgeschlossen. Erst als sie mit gerunzelter Stirn nach ihren Schlüsseln suchte, fiel ihr wieder ein, dass ihre Assistentin heute frei hatte.

Sie ließ die Tür sperrangelweit offen stehen, um den Straßenlärm hereinzulassen, machte Kaffee, bereitete ein paar Bilder für den Versand vor, holte den Laptop aus ihrem Zimmer und erledigte am kleinen Empfangstresen Bürokram. Besucher kamen keine, aber manchmal blieb jemand stehen und warf einen Blick herein. Es war einfach zu warm für Kultur.

Gegen Mittag sperrte sie zu, fuhr zum Flughafen und verabschiedete sich, so gut sie konnte, von Alvarez. Auf der Rückfahrt in die Stadt überlegte sie, irgendwo draußen etwas zu essen. Aber bei der Vorstellung, zwischen lärmenden Menschen sitzen zu müssen, die bereits in Wochenendstimmung waren, ließ sie die Idee wieder fallen. Sie hatte sowieso keinen Appetit. Was jetzt? Nach Hause fahren? Aber dort erwartete sie nichts als Stille. Spontan fuhr sie zu dem Haus, in dem sie früher gewohnt hatten. Sie stellte sich auf ihren alten Parkplatz und betrachtete die Haustür, die jetzt blau gestrichen war. Sie beschwor das bescheidene Wohnzimmer vor ihrem inneren Auge herauf, die altmodische Wohnküche, in der sie manchmal mit einer Flasche Wein gesessen und bis spät in die Nacht geredet hatten. Sie dachte an den geschützten, sonnigen Garten hinter dem Haus, in dem sie erfolgreich Oleander gepflanzt hatte. Vielleicht hätten sie doch nicht umziehen sollen. Das große Haus hatte zu viele Zimmer, die alle leer bleiben würden. Oder war das Ganze von Anfang an eine einzige Farce gewesen?

Als sie die Galerie betrat, klingelte das Telefon. Widerwillig nahm sie ab. Johns warme Stimme drang an ihr Ohr. »Wo warst du? Ich habe schon versucht, dich zu erreichen.«

»Alvarez«, sagte sie. »Ich hatte ihm versprochen, ihm Lebewohl zu sagen.«

»Ach so, stimmt. Das hatte ich ganz vergessen.«

Sie schwieg.

»Vivienne«, sagte er. »Geht es dir nicht gut? Du warst schon heute Morgen so schweigsam. Warum sperrst du nicht einfach für heute zu? Setzt dich mit einem Buch in den Garten? Es ist Wochenende.«

»Aber nicht für mich.« Sie hielt das Telefon von sich weg. »Wenn Sie sich einen Augenblick gedulden, bin ich sofort bei Ihnen«, sagte sie zu einem ockerfarbenen Bild, das sie nicht mochte und das sich überdies als Fehlkauf entpuppt hatte.

»Du hast zu tun«, sagte John. Schwang da so etwas wie Erleichterung in seiner Stimme mit? »Ich habe nur angerufen, um dir zu sagen, dass ich mich heute Abend mit einem zukünftigen Kunden treffe und deshalb in der Stadt essen werde.«

Der Plan fiel ihr aus heiterem Himmel ein, obwohl sie noch nicht wusste, wie sie ihn umsetzen sollte. »Ich fände es schön, wenn du zu Hause essen würdest, John.«

»Ach ja?« Er ließ ein verblüfftes Schweigen folgen.

»Du bist in den letzten Monaten selten zu Hause gewesen.« Sie betrachtete die weißen Knöchel ihrer freien Hand, konzentrierte sich fest darauf, ruhig weiterzusprechen. »Ich bin es leid, alleine zu essen.«

Er reagierte wie erhofft. »Natürlich komme ich, mein Schatz, wenn du das möchtest.« Seine Stimme wurde noch tiefer, ging ihr wie immer unter die Haut, nur dass ihr diesmal nicht warm ums Herz wurde. »Ich wollte bloß nicht, dass du dich abhetzen musst.«

»Wann kannst du zu Hause sein?«

Er zögerte. »Gegen halb sieben.«

»Ausgezeichnet«, sagte sie fröhlich. »Bis gleich.«

Wie erstarrt stand sie in der heiteren Stille der Galerie. Der Schatten des Sonnensegels warf einen pechschwarzen Fleck auf den Bürgersteig. Papa war tot, Mama war tot, und Liesbeth würde auch bald tot sein. Und jetzt wurde ihr auch noch das Letzte genommen, was ihr wichtig war. Sie vernahm den Verkehrslärm, Stimmen. Jemand lachte, hell und heiter. Das wahre Leben vertrug sich nicht mit Schönheit. Schönheit war ein Luxus, den sich nur wenige leisten konnten.

Sie nahm das Bild von der Wand, lehnte es gegen den Empfangstresen und griff nach ihrem Stock. Ganz ohne zu zögern. Zitterte sie nur innerlich?

Sie hob den Stock hoch über den Kopf und durchschlug damit die ockerfarbene Leinwand.

11

Minutenlang sass er hinter seinem Laptop und starrte auf die Daten, die er am Vorabend ergänzt und korrigiert hatte. Das Ganze hatte einen fantastischen Eindruck gemacht, was jedoch eher der durch die Pillen hervorgerufenen Euphorie geschuldet war. In der nüchternen Stille des kühlen Büros sah es nur noch nach Pfusch aus.

Und jetzt auch noch dieses Telefonat. Er pulte an einem Stück Nagelhaut, biss das Häutchen ab und saugte an seinem Finger, bis er blutete.

Was war nur mit ihr los? Oder lag es an seiner gesteigerten Wahrnehmung, dass er hinter jedem Wort, hinter jedem falschen Ton eine tiefere Bedeutung suchte? Genau das musste es sein, schließlich ahnte sie nicht das Geringste. Sie war öfter launisch, fühlte sich schnell vernachlässigt, verlangte ständig ungeteilte Aufmerksamkeit. Wie ein kleines Kind mit dem Körper einer Frau. *Fucking Christ*, wie er das hasste! Manchmal kam ihm das Kotzen, und dann fragte er sich, ob sich die ganze Mühe überhaupt lohnte. Aber er wollte beenden, was er angefangen hatte, das tat er immer. Schnell noch irgendwo Blumen kaufen. Eine Kinderhand ist schnell gefüllt.

Er rief den Text auf, an dem er schon seit Tagen formulierte, und merkte, dass er sich wieder nicht konzentrieren konnte. Lichtdesign interessierte ihn nicht. Er begann, an einem zweiten Nagel zu pulen. Hinter ihm raschelte Chantal mit Unterlagen und aß geräuschvoll einen Apfel.

Er drehte sich um. »Könntest du deinen Vitaminbedarf bitte woanders stillen?«

Ihre großen blauen Augen sahen ihn wie immer verständnislos und auch ein wenig verletzt an. Warum war ihm vorher noch nie aufgefallen, dass sie Ähnlichkeit mit einer wiederkäuenden Kuh hatte? Aber dafür hatte sie schöne Beine.

Sie legte den halb aufgegessenen Apfel auf einen Stapel mit Korrespondenz, die sie soeben verfertigt hatte, sah, dass er einen Fleck hinterließ, und versuchte, diesen wegzuwischen.

»Meine Güte!«, sagte er gereizt. »Denk nach!«

Schweigend kehrte sie ihm den Rücken zu und mühte sich weiter. Er beobachtete sie eine Weile. Sie beherrschte die Rechtschreibung nicht und konnte weder rechnen noch telefonieren. Pieter war nicht einverstanden gewesen, als er sie eingestellt hatte, obwohl auch Pieter nichts gegen einen knackigen Arsch einzuwenden hatte. Sie hatten ihr einen Halbjahresvertrag gegeben, gut fünf Monate waren bereits verstrichen.

»Ende des Monats läuft dein Vertrag aus«, sagte er. »Und wir werden ihn nicht verlängern.«

Sie antwortete nicht darauf, sondern beugte sich nur noch tiefer über ihre Tastatur. Er fuhr seinen Laptop herunter, klappte ihn zu und stand auf. »Ich habe einen Termin, am Montag bin ich wieder da.«

Sie nickte und schniefte.

Tränen, auch das noch! Er warf einen Blick über ihre Schulter und sah nicht nur ihr Dekolleté, sondern auch, dass sie an einem Protokoll saß, das längst hätte fertig sein müssen. Ein Monatsgehalt für ein paar Titten. Er hätte sein Geld vernünftiger anlegen sollen.

Er lief über den Parkplatz, legte den Laptop in den Kofferraum und streckte sich. Ein Stück weiter stand eine Gruppe Männer. Sie hatten die Krawatten gelockert, die Hemdsärmel hochgekrempelt und das Sakko lässig über die Schulter geworfen. Sie redeten zu laut und lachten etwas zu jovial. Gleich würden sie in irgendeiner Kneipe das Wochenende einläuten und sich ihre Heldentaten erzählen. Pieter und er taten das auch gern: Am Freitagnachmittag in der Kneipe noch mal die Woche durchhecheln. Nur dass es in der letzten Zeit nichts mehr zu besprechen gegeben hatte. Er massierte seinen Nacken und ärgerte sich über seine Verspanntheit. Was er sich da vorgenommen hatte, war keine Kleinigkeit, aber es war sinnlos, sich deshalb verrückt zu machen. Alles war unter Kontrolle. Man konnte sich direkt fragen, wofür die Polizei überhaupt bezahlt wurde, wenn sie nicht den kleinsten Anknüpfungspunkt fand. Na gut, so verwunderlich war das auch wieder nicht: Wenn er an die Beamten dachte, denen er ab und zu begegnete, konnte ihr Intelligenzquotient nicht besonders hoch sein. Die Weiber hatten alle einen zu fetten Arsch, und die Männer sahen sich zum Verwechseln ähnlich: kahlrasierte Muskelprotze. Der Fund der Haare würde keine Konsequenzen haben, obwohl er sich am Frühstückstisch über den Artikel fast zu Tode erschreckt hatte. Sie würden höchstens feststellen, dass die Haare tatsächlich von dieser Renée stammten. Und dann? Gar nichts. Sie würden sich nur fragen, ob sie es mit einem Verrückten zu tun hatten – und genau das war seine Absicht.

Er stieg ein, ließ den Motor an, lauschte auf das leise Brummen und strich sanft über die Lederausstattung. Sobald die Angelegenheit erledigt war, würde er sich ein Cabrio kaufen. Preislich war das kein Unterschied, machte aber deutlich mehr her. Was er jetzt brauchte, war ein Platz in einem Straßencafé und ein Bier.

*

Brink legte eine Liste mit Namen auf Vegters Schreibtisch. »Es sind nur siebenundzwanzig, die Liste ist also nicht vollständig. Der Herr kannte nur die Hälfte seiner Partygäste. Renée kannte er auch nicht. Er hat kaum mit ihr gesprochen.«

»Was ist das für ein Typ?«

Brink überlegte. »Eher einer, der sich treiben lässt. Er ist gerade ›zwischen zwei Jobs‹, wie er es nennt. So um die dreißig. Macht irgendwas mit Segelbooten. Er überführt sie. Repariert sie. Manchmal arbeitet er auch als Segellehrer. Er denkt daran, selbst Boote zu bauen, muss aber erst noch genügend Kapital zusammenkriegen. Ich hatte so den Eindruck, dass er sich nicht besonders elegant von seinem früheren Chef verabschiedet hat.«

»Als was hat er gearbeitet?«

»Er war bei einem Versicherungsunternehmen, hat sich dort aber zu Tode gelangweilt. Er sei nicht dafür gemacht, im Büro zu hocken, sagt er.«

»Renée hat was von Drogen erzählt. Meinst du, er dealt?«

»Das würde mich nicht wundern.«

»Hast du schon jemanden verhört?«

Brink sah ihn gekränkt an. »Ich habe acht Leute verhört. Und kein Schwein kannte Renée. Dreien war sie gar nicht aufgefallen.«

»Nein?«

»Sie haben höchstens ihre Anwesenheit bemerkt. Ich habe mich auch gewundert. Rothaarige fallen in der Regel auf«, sagte Brink nicht sehr feinfühlig. »Anscheinend hat die Party bis zum nächsten Morgen gedauert. Die Letzten sind so gegen sieben gegangen. Die werden nicht mehr viel mitbekommen haben.«

Vegter überflog die Liste. Die Namen der Personen, die Brink vernommen hatte, waren mit einem Häkchen gekennzeichnet. »Zu dem Vervaeke musst du nicht mehr. Das ist der Kerl, mit dem Renée aus war. Sjoerd und ich haben ihn besucht.« Er zeigte auf die handschriftlich vermerkten Namen ganz unten. »Wer ist das?«

»Leute, die als Begleitung mitkamen.«

»Hast du die schon verhört?«

»Nein. Ich dachte, ich arbeite lieber erst mal die Eingeladenen ab.« Brink lächelte dümmlich. »Keine Ahnung, warum.«

»Ich kann das durchaus nachvollziehen«, sagte Vegter.

Brink wirkte erfreut.

»Ich möchte einen Bericht, in dem nicht nur Fakten vermerkt sind«, sagte Vegter. »Schildere mir auch deine persönlichen Eindrücke. So wie jetzt. Wir haben kaum Anhaltspunkte, besser gesagt: Wir haben nichts in der Hand. Der Überfall auf Renée scheint aus heiterem Himmel passiert zu sein, und das war der letzte Anlass, bei dem sie viele Leute getroffen hat. Deshalb möchte ich ihren Hintergrund kennen. Irgendwo müssen wir ja anfangen. Unter Umständen kannst du ein paar Namen Sjoerd überlassen.«

Brink griff nach der Liste. »Also mache ich morgen ganz normal weiter?«

Vegter nickte. Das bedeutete Überstunden, und Überstunden waren teuer. Aber daran ließ sich leider nichts ändern.

*

Im Supermarkt war es angenehm kühl. Sie lief langsam, um den Moment hinauszuzögern, in dem sie es wieder mit der Hitze aufnehmen musste. Ein kalter Salat war eine gute Wahl. Sie brauchte irgendetwas in den Magen, zumal sie auf das Mittagessen verzichtet hatte. Allein beim Gedanken an Fleisch wurde ihr schlecht. Ein Glas gegrillte Paprika, gefüllte griechische Oliven, Ziegenkäse, Spargelspitzen, Tomaten. Vielleicht noch etwas Lachs für John. Und dann durfte sie nicht vergessen, beim Bäcker vorbeizuschauen und etwas italienisches Brot zu kaufen. Alles musste normal wirken. Trotzdem war es lächerlich, darüber nachzudenken, was sie ihm zum Abendessen vorsetzen sollte. Sie hatte Bauchkrämpfe, also machte sie mitsamt dem Wagen kehrt, ging in die Abteilung mit den Drogerieartikeln und griff nach einer Packung Tampons. Sie hielt kurz inne und rechnete zurück. Es passte. Trotzdem: Lieber Gott, lass es erst morgen so weit sein! Morgen konnte sie die Galerie Bibi überlassen und zur Not den ganzen Tag im Bett bleiben. John kannte das und wusste, dass sie einen Tag im Monat zu nichts zu gebrauchen war. Das würde auch das zähe Telefonat und ihr Benehmen von heute Morgen erklären, denn meist war sie am Vortag launisch und ungerecht. Eigentlich passte es perfekt: Zum ersten Mal machte ihre Menstruation einen Sinn. Sie warf die Tamponpackung in den Wagen.

Doch als sie ihre Einkäufe an der Kasse aufs Band legte, empfand sie ihr Vorhaben als krankhaft. Sie *war* labil, einmal im Monat verdunkelte sich ihre Welt. Dann war das Leben sinnlos und sie nicht mehr in der Lage zu relativieren. Gut möglich, dass die Hormone schuld waren, wenn ihre Fantasie mit ihr durchging. Sie hatte schließlich keinerlei Beweise. Alles, was sie John vorwerfen konnte, war, dass er sie belogen hatte. Er log oft, und sie hatte ihn schon manches Mal dabei erwischt, dass er Dinge falsch wiedergab. Anfangs hatte sie ihn noch darauf angesprochen. Aber er hatte stets nur gelacht, die Achseln gezuckt und gesagt, dass etwas Schönfärberei nie schaden könne. Hörte sie nicht auch lieber eine gute Geschichte statt der nackten Wahrheit? Er konnte das Flunkern nicht lassen, und mit der Zeit hatte sie dies akzeptiert. Er war eine Spielernatur, sah in allem ein Abenteuer – wohlwollend betrachtet hatte er einfach eine blühende Fantasie.

Sie steckte ihre EC-Karte in die Abbuchungsmaschine,

nickte der Kassiererin zu und räumte die Einkäufe zurück in den Wagen. Dann trat sie hinaus in die Hitze und lief über den trostlosen Parkplatz. Sie ignorierte das schmerzhafte Ziehen in ihrem Unterleib, schaffte es aber nicht, das Bild eines zerrissenen T-Shirts mit einem rot glänzenden Haar am Ärmel zu verdrängen.

Wieder zu Hause, nahm sie eine Paracetamol und eine kurze Dusche. Dann zog sie sich um, schlüpfte in eine dünne Baumwollhose und ein bequemes T-Shirt, nahm EC-Karte, Geld und Schlüssel aus ihrer Handtasche und steckte sie in die Hosentasche. Sie holte einen schwarzen Seidenschal aus dem Schrank und verstaute ihn in der anderen Hosentasche. Sie kniete sich hin und zog eine Schachtel aus dem Schrank. Darin bewahrte sie das letzte Paar orthopädische Schuhe auf, das sie noch besaß. Der einzige Vorteil, den diese Treter hatten, war, dass sie schneller damit laufen konnte. Und man wusste nie – vielleicht würde ihr das noch zupasskommen.

Mit den Schuhen in der Hand lief sie die Treppe hinunter, griff nach ihrem Stock und zog die Haustür hinter sich zu. Ja, sie dachte sogar daran, sie wieder abzuschließen. Ihre Uhr zeigte zwanzig vor sechs, und auf einmal hatte sie es eilig. John war unberechenbar. Vielleicht kam er früher nach Hause, und wenn er jetzt vorfuhr, war ihre ganze Mühe umsonst gewesen.

Im Kofferraum ihres Autos schwitzte der Ziegenkäse vor sich hin, aber sie nahm sich nicht die Zeit, ihn in den Kühlschrank zu legen. Sie warf die Schuhe daneben, überlegte es sich anders und stopfte sie unter den Beifahrersitz. Dann stieg sie ein und fuhr los. Sie musste irgendwo einen schattigen Parkplatz finden, auf dem sie warten konnte.

*

Als Vegter hereinkam, war das Wohnzimmer leer und die Tür zum Schlafzimmer geschlossen. Leise lief er in die Küche, holte ein Bier aus dem Kühlschrank und nahm es mit auf den inzwischen schattigen Balkon. Er verrückte den einzigen Stuhl, der dort stand, und goss die Zimmerlinde. Die stand schon seit Monaten draußen, um sich wieder zu erholen. Im Winter würde die Pflanze einen neuen grünen Schirm bilden. Und zwar in der Ecke seines neuen Wohnzimmers. Er würde sie dicht ans Fenster stellen, damit sie sich von den dunkelroten Samtvorhängen abhob, die er aufhängen wollte.

Er nahm einen Schluck von seinem Bier und betrachtete den Rasen. Dort amüsierten sich ein paar Kinder mit einem Eimer, Wasser und Sandförmchen, während ihre Mütter daneben auf der Bank saßen.

Warum wusste er so genau, wie sein Haus aussehen würde? Warum hatte er sich nie bemüht, etwas aus der Wohnung zu machen? War es die Gleichförmigkeit, das Unpersönliche daran, das ihn davon abgehalten hatte?

Hinter ihm sagte Renée: »Glaubst du, ich darf schon Alkohol trinken?«

Er drehte sich um. Ihre Haare waren zerzaust, und ihre Wange zeigte Kissenabdrücke. Sie war barfuß und trug eine weite Hose, aber dasselbe Oberteil. Auf einmal wurde ihm klar, dass sie Probleme beim An- und Ausziehen haben musste.

Er stand auf. »Bestimmt. Ich nehme an, du willst das gleich austesten. Setz dich, ich hole noch einen Stuhl.«

Sie setzte die Flasche an den Mund und stellte sie seufzend wieder ab.

»Besser?«, fragte er.

»Viel besser.«

»Auf solche kleinen Dinge kommt es an, stimmt's?«

»So langsam normalisiert sich mein Leben wieder«, sagte sie. »Ich muss mich daran gewöhnen, dass es weitergeht.«

»Und dabei kann ein Bierchen nicht schaden.«

Sie lachte. »Es geht mir weniger um das Bier, als darum, wofür es steht.«

»Für den Alltag.«

»Und für die alltäglichen kleinen Freuden.«

»Ja, wenn das so ist … Möchtest du vielleicht noch eines?«

Sie schüttelte den Kopf. »Das wäre jetzt schön, aber unvernünftig.« Sie sah den Kindern zu, die kreischend fangen spielten. »Heute ist mir klar geworden, wie schlecht ich gegen Gewalt gewappnet bin. Obwohl wir doch beinahe täglich damit konfrontiert werden.«

»Wundert dich das?«, sagte Vegter.

»Dich nicht?«

»Nein. Da geht es uns wie einem Chirurgen kurz vor einer Operation. Der hat genauso viel Angst wie jeder andere Mensch. Vielleicht sogar noch mehr, weil er weiß, was alles schiefgehen kann. Es gibt viele Formen von Gewalt. Du hast sie in ihrer schlimmsten Form erlebt. Und deshalb wirst du Zeit brauchen, bis du nicht mehr denkst, dass es jeden Moment vorbei sein kann. Vielleicht musst du dich sogar fragen, ob dir das nicht insgeheim auch etwas bringt.«

»Du meinst, dass diese Erfahrung auch eine Bereicherung sein kann?«, sagte sie ironisch.

»Quatsch«, sagte er. »Unsinn. Du hast ja recht.«

»Ich bin meine Wohnung los, zumindest vorläufig. Ich weiß nicht, ob das mit meiner Hand je wieder was wird. Von meinen Haaren ganz zu schweigen.« Sie blickte starr auf die spielenden Kinder.

»Renée«, sagte er. »Ich habe bereits zugegeben, dass du recht hast.«

»Aber das ist längst nicht das Schlimmste«, fuhr sie fort, als hätte sie ihn gar nicht gehört. »Ich habe kein Selbstvertrauen, keinen Mut mehr. Von nun an hast du einen Angsthasen im Team, Paul.«

»Das ist etwas vorschnell geurteilt.« Er stand auf. »Und das Bierchen bekommst du doch, quasi als Bestechung. Du musst mir nämlich beim Kochen helfen.«

Sie schaffte es, den Salat zu schleudern und ihn daran zu erinnern, dass man zum Kartoffelkochen Salz brauchte. Sie bestand darauf, den Tisch zu decken und lief viermal zwischen Küche und Wohnzimmer hin und her. »Hast du keine Sets?«

»Nein.« Er wendete das Steak ein letztes Mal. »Ich esse meist auf dem Sofa. Außerdem koche ich so gut wie nie.«

Bei Tisch schnitt er ihr das Fleisch klein, tat ihr Salat und Kartoffeln auf. »Geht das so?«

»Ich steh jetzt schon tief in deiner Schuld«, sagte sie. »Das kann nur noch schlimmer werden.«

Er kostete von seinem Steak, das erstaunlich saftig geblieben war. »Ich will nichts mehr davon hören. Wie bist du eigentlich an deinen Wohnungsschlüssel gekommen? Oder hatte ihn dir Talsma mitgebracht?«

»Meine Mutter besitzt einen Zweitschlüssel. Und ich habe ihren. Das ist praktisch, wenn man in Urlaub ist.«

»Weiß sie, dass du schon entlassen wurdest?«

»Ja. Und auch, dass ich vorübergehend bei einem Kollegen wohne. Sie war nicht sehr davon begeistert. Sie hatte erwartet, dass ich zu ihr komme. Ich habe ihr deine Telefonnummer gegeben, das ging nicht anders. Bestimmt steht sie demnächst auf der Matte. Aber ich habe sie gebeten, nur tagsüber aufzukreuzen.«

Er sagte nichts darauf, und sie aß schweigend ihren Teller leer.

Vegter schob seinen Stuhl nach hinten. »Wenn du rauchen willst, bitte sehr.«

»In der Wohnung?«, wunderte sie sich laut.

»Ich habe auch mal geraucht.« Er stellte Teller und Schüsseln ineinander. »Aber das war vor deiner Zeit. Darfst du überhaupt rauchen?«

»Natürlich nicht«, sagte sie. »Aber das ist kein guter Zeitpunkt, um aufzuhören. Obwohl ich versuchen werde, mich auf ein Minimum zu beschränken.«

In der Küche räumte er den Geschirrspüler ein, machte Kaffee und nahm sich vor, Toilettenartikel und Handtücher in sein neues Haus mitzunehmen.

Im Bad entdeckte er eine Reihe von Tiegeln und Tuben auf dem Waschbeckenrand. Eine knallblaue elektrische Zahnbürste stand neben der seinen, und ein schwarz-weiß gestreiftes Handtuch hing über dem Badewannenrand. Zigarettengeruch stieg ihm in die Nase, ein vertrauter, anheimelnder Duft. Nicht unangenehm. Im Gegenteil. Er blieb kurz stehen und holte tief Atem. Schon jetzt war die Wohnung durchtränkt von ihrer Anwesenheit. Es war lange her, dass er auf jemand anderen hatte Rücksicht nehmen müssen. Es würde ihm nicht schwerfallen, sich wieder daran zu gewöhnen.

Als er mit dem Kaffee ankam, sah er, dass sie die Blumen wieder in die Tischmitte gestellt hatte.

Sie folgte seinem Blick und schwieg. Er ging zurück, um einen Aschenbecher zu holen, und legte die Zweitschlüssel daneben.

»Danke«, sagte sie förmlich.

»Das ist übrigens ein Gurkenglas«, sagte er. »Ich mag keine Marmelade.«

12

Das knallige Rot seines Autos schimmerte durch die Sträucher, als sie ankam. Erleichtert parkte sie hinter ihm und holte die Einkäufe aus dem Kofferraum. Die Haustür ging auf.

»Du kommst spät.«

»Was für ein unfreundlicher Empfang.« Sie drückte ihm die Einkäufe in die Hand und hielt ihm die Wange hin.

Er küsste sie flüchtig. »Ich dachte, wir würden zeitig essen.«

Sie roch Bier in seinem Atem. »Es ist zwanzig vor sieben, John.« Er konnte nicht länger als zehn Minuten zu Hause sein. Als sie vor einer Viertelstunde vorbeigefahren war, hatte noch kein Wagen in der Auffahrt gestanden. »Kurz vor Schluss kam noch ein Kunde. Du musst mir gratulieren, denn ich bin endlich die *Afrikanische Landschaft* los.«

Er zog die Brauen hoch.

»Du weißt schon, Ocker und Braun. Es hängt schon seit Monaten an der Wand. Wie dem auch sei, er hat mir eine Anzahlung dagelassen und kommt nächste Woche wieder. Ich hab das Bild schon für ihn beiseitegelegt.« Sie fand ein bösartiges Vergnügen daran, ihm diese Geschichte aufzutischen. Zudem tauchte John manchmal unerwartet in der Galerie auf. Er hatte ein gutes Gedächtnis für das, was an der Wand hing, und sie hatte ihm bereits mehrfach vorgejammert, dass sie beim Ankauf des Werks einen Blackout gehabt haben musste.

»Also doch ein interessantes Gemälde.« Er ging vor ihr ins Haus.

Sie schloss den Wagen ab und ließ den Schlüssel in die Hosentasche gleiten. »Nein, nein. Viel zu kitschig, ohne Inhalt, ohne Seele.«

»Du bist die Fachfrau.« Er legte die Einkäufe auf den Küchentresen und musterte den Ziegenkäse. »Gibt es heute Käsesuppe zum Abendessen?«

»Wahnsinn, was? Er hat höchstens zwanzig Minuten im Auto gelegen. Wirf ihn ruhig weg, es gibt auch noch Cheddar und Mozzarella, ich glaube, sogar etwas Parmesan. Schenkst du mir etwas ein?«

»Nur, wenn du gleich anfängst zu kochen.« Er machte den Kühlschrank auf. »Das Bier ist alle.«

»Ich habe vergessen, welches zu kaufen. Ich war ein bisschen in Eile, weil ich wusste, dass du auf mich wartest. Mach einen Weißwein auf.« Weißwein war sowieso besser, von Bier musste sie auf die Toilette, und sie wusste nicht, ob sie Gelegenheit dazu haben würde. »Wann musst du weg?«

»Gleich nach dem Essen.« Er ging ins Wohnzimmer und kehrte mit Gläsern und einem Blumenstrauß zurück, den er wie ein schüchterner kleiner Junge hinter seinem Rücken versteckte.

»Wie lieb, danke dir.« Sie konnte sich nicht überwinden, sich mit einem Kuss dafür zu bedanken. Und dann auch noch Chrysanthemen! Sie hasste Chrysanthemen, das wusste er. Als sie den Strauß entgegennahm, stieg ihr leichter Benzingeruch in die Nase. Ein fantasieloser, toter Strauß von der Tankstelle. »Stellst du sie für mich in die Vase? Dann fang ich schon mal mit dem Salat an. Wie komme ich überhaupt zu diesen Blumen?«

Er schenkte Wein ein und nahm einen großen Schluck. »Ich habe nachgedacht, und du hast recht. Ich bin wenig zu Hause gewesen.« Er nahm einen neuen Schluck. »Aber das hatte einen Grund.«

»Ach ja?« Tomaten abspülen, das Schneidebrett holen und ein geriffeltes Messer. Sie presste den Bauch gegen die Küchentheke. Die eine Paracetamol würde nicht reichen.

Er stellte sich hinter sie, nahm ihr das Messer ab und umarmte sie. Sie rührte sich nicht, spürte, wie ihr das Herz bis in die Fingerspitzen schlug.

»Ich trage das schon seit Monaten mit mir herum.« Er versteckte sein Gesicht an ihrem Hals.

»Was denn?« Behutsam nahm sie ihm das Messer wieder ab, behielt es in der Hand und atmete aus. »Was ist los, John?«

Seine Lippen glitten zu ihrem Ohr, zu ihrer Kehle. Oh Gott, er wollte sie schwach machen. Er würde ihr doch nicht seine Freundin beichten?

»Ich will gar nicht groß darum herumreden«, sagte er. »V&V läuft nicht besonders. Wir haben ein paar große Kunden verloren, und uns ist ein wichtiger Deal durch die Lappen gegangen. Wir müssen Geld in die Firma stecken. Und Pieter hat keines, zumindest keines, das er lockermachen kann.«

»Du auch nicht.« Sie löste sich von ihm und fing an, die Tomaten zu schneiden. Ihre Hand zitterte unmerklich, also nahm sie einen Schluck Wein. »Vielleicht hättet ihr lieber auf die teuren Büroräume verzichten sollen. Ich habe das von Anfang an kritisch gesehen und dir das auch gesagt.«

»Mit dem Büro hat das nichts zu tun«, sagte er. Um dann verärgert hinzuzufügen: »Du bist keine Geschäftsfrau. Klotzen, nicht kleckern – in unserer Branche ist das unabdingbar.«

Noch immer störte sie, wie er das Wort Branche aussprach.

Brangsch. Sie lachte, zu laut und zu schrill. »Darf ich dich daran erinnern, dass ich eine Galerie betreibe?«

»Das kann man nicht vergleichen. Ich will dich auch gar nicht lange mit Zahlen belästigen. Ein paar Gläubiger wollen ihr Geld, mehr brauchst du nicht zu wissen. Das ist unangenehm, aber keine Katastrophe.«

Sie schraubte das Glas mit den gegrillten Paprika auf. »Ich muss mich wirklich ranhalten, wenn du pünktlich wegwillst. Lass uns beim Essen weiterreden.«

»Nein«, sagte er. »Vergiss es.« Er leerte sein Glas und schenkte es sofort wieder voll.

Auf einmal sah sie, dass vier seiner Nägel vollkommen abgekaut waren. Sie gab die Tomaten in die Salatschüssel und machte sich daran, die Paprika in lange dünne Streifen zu schneiden. »Gut, John. Wie viel brauchst du?«

»Hundertfünfzig Mille. Besser wären zweihundert.«

Die Paprikastreifen fein säuberlich nebeneinander legen und dann halbieren. Er mag keine groben Stücke. »Die habe ich nicht.«

»Oh doch«, sagte er. »Du hast das Haus verkauft.«

»Mit dem Geld wollten wir dieses Haus umbauen und neu einrichten. Das alte Haus hat längst nicht so viel eingebracht, und das weißt du auch.«

»Ja, aber du hast noch Ersparnisse. Und die Umbauten können wir später immer noch machen.« Er schüttete den Wein in sich hinein, als wäre es Wasser.

Seit wann trank er so viel? Und was hatte er getan, um eine derartige Summe von ihr zu verlangen? Das übertrieben teure Auto, die übertrieben teuren Büroräume mit Marmorboden im Empfangsbereich, die Miss World hinter dem Tresen, angeschlossene Fitnessräume, ein Dachrestaurant und eine Sauna – das war doch heller Wahnsinn! Hatte Pieter keinen gesunden Menschenverstand? So eine Summe konnte unmöglich in wenigen Monaten zusammengekommen sein. Da steckte noch etwas anderes dahinter. Er brauchte mehr als zweihunderttausend. Sie hörte immer heraus, wenn er log, sie hatte es nur nie wahrhaben wollen.

»Nein«, sagte sie. »Nein, John. Ich bin nicht für eure finanzielle Misere verantwortlich. Rede mit einer Bank. Im Kern ist eure Firma gesund. Es gibt bestimmt noch andere Möglichkeiten.«

»Du tust das viel zu schnell ab.« Er griff erneut nach der Flasche und stellte sie mit einem lauten Knall zurück auf die Arbeitsplatte. »Du hast nicht mal eine Sekunde darüber nachgedacht. Ich bin bloß ehrlich, und du führst dich auf wie der schlimmste Geizhals. Was bedeuten zweihunderttausend schon für dich? Gar nichts. Du besitzt Millionen.«

»Aber nur auf dem Papier.« Sie umklammerte das Messer so fest, dass ihre Knöchel weiß wurden. »Du kennst die Situation. Ich bin auch nicht glücklich über das Testament, aber wir können es nun mal nicht ändern. Ich komme nicht an das Geld, nicht bevor ich fünfzig bin.« Sie lachte erneut, in dem Versuch, die Atmosphäre etwas aufzulockern. »Du wirst dich noch dreizehn Jahre gedulden müssen.«

»Vergiss es.« Er knallte sein Glas derart vehement auf die Küchentheke, dass der Wein überschwappte und Scherben klirrten. »Blöde Zicke!«

Er warf knallend die Küchentür hinter sich zu. Dann donnerte er die Treppe hoch.

Sie spülte das Messer ab, räumte es zurück in die Schublade und warf die Chrysanthemen in den Müll. Vom fauligen Geruch der Blumen musste sie würgen. Als sie sich aufrichtete, lief etwas Warmes ihren linken Oberschenkel herunter. Sie griff nach der Packung Tampons, die noch auf der Küchentheke lag, riss sie auf, nahm drei Stück heraus und steckte zwei in ihre Hosentasche.

Ein Glück, dass sie eine dunkle Hose trug. Sie wagte es nicht, nach oben ins Bad zu gehen, und erst recht nicht ins Schlafzimmer.

Von der Toilette aus hörte sie, wie er die Treppe hinunterrannte, die Haustür zuwarf, den Motor anließ und anschließend sekundenlang auf die Hupe drückte. Glaubte er wirklich, dass sie das beeindruckte?

Die Hupe schwieg, und die Haustür flog auf. »Ich komme nicht raus. Gib mir deine verdammten Autoschlüssel!«

»Ich bin gleich da.« Sie wusch die Hände und öffnete die Tür.

Er stand mit verschränkten Armen im Flur. Schwarze Turnschuhe, schwarze Jeans, ein schwarzes T-Shirt. Oh Gott, ein schwarzes T-Shirt! Langsam ging sie ohne Stock auf ihn zu. Verletzlich, wehrlos.

Er streckte die Hand aus. »Gib her.«

»Nein, warte, ich parke kurz um.«

Sie war so geistesgegenwärtig, die Haustür hinter sich zuzuziehen.

Er ließ den Motor aufheulen, als sie in ihr Auto stieg. Sie setzte zurück und wendete in der Auffahrt. Kies spritzte, als er dicht an ihr vorbeiraste und geräuschvoll in einen anderen Gang schaltete.

Sie blickte ihm nach, wie er in einem Wahnsinnstempo die Kurve nahm. Schaffte sie das? Sie musste es schaffen. Sie musste einfach.

Er nahm die Ostumgehung, und sie hatte genug Filme gesehen, um zu wissen, dass sie mindestens drei oder vier Autos Abstand halten musste. Sie klebte förmlich hinter dem Lenkrad, war viel zu angespannt, um sich zurückzulehnen. Was für ein Glück, dass sie einen dunklen, unauffälligen Wagen fuhr, wie es sie zu Tausenden gab. Solide und vernünftig. John fand ihn spießig. Sie ging ein wenig vom Gas, ließ noch ein Auto vor und blieb auf der rechten Spur. Sie nahm an, dass John die Abzweigung zur Innenstadt nehmen würde, wenngleich er die ganze Zeit auf der linken Spur fuhr.

Die Abzweigung kam näher. 600 Meter, 400 Meter ... Ohne zu blinken, schoss das rote Auto nach rechts, was sie erleichtert aufseufzen ließ. An der Abzweigung hatte sich eine kleine Schlange gebildet, sodass sie sich hinter den Autos verstecken konnte. Das Geplärr aus dem Radio irritierte sie, also stellte sie es aus, wischte die feuchten Hände an ihrer Hose ab und presste eine Faust rechts unten in ihren Bauch. Die Kolonne rückte ein Stück vor, und sie versuchte mitzuzählen, wie viele Wagen die Ampel passierten, bevor diese wieder auf Rot sprang. Wenn John weiterfahren konnte, während sie warten musste, hätte sie ihn verloren.

Sechs, sieben ...

Sechs, sieben, acht ...

Sechs, sieben ... jetzt stand John ganz vorn an der Kreuzung. Fünf Autos waren zwischen ihnen. Sie würde es schaffen. Die Klimaanlage lief auf Hochtouren. Trotzdem rann ein Schweißtropfen von ihrer Schläfe zum Hals. Sie ließ die Fenster herunter. Die Ampel sprang erneut auf Grün, und sie schloss so nah wie möglich zu dem Auto vor ihr auf. John bog rechts ab und beschleunigte unverzüglich. Sie schlug wütend auf das Lenkrad, als sie sah, dass der Fahrer zwei Autos hinter ihm geschlafen hatte und zu spät losfuhr.

Zum ersten Mal in ihrem Leben überfuhr sie eine rote Ampel und ignorierte das laute Hupen hinter ihr. Sie gab Vollgas und wechselte auf die linke Spur. Ein Lieferwagen wollte noch links ausscheren, aber sie ließ keinen Millimeter Platz. Sie sah ihn nicht, sie sah ihn nicht mehr, wo war er hin?

Da blitzte das rote Dach in der Sonne auf. Sechs Autos waren zwischen ihnen. John bog rechts ab, sie sah es gerade noch rechtzeitig, drängte sich auf die rechte Spur und bog ebenfalls ab. Jetzt waren nur noch drei Wagen zwischen ihnen. Sie musste mehr Abstand halten, traute sich aber nicht.

John schlängelte sich vor. Noch zwei Autos. Eine Ampel. Drei Autos. Sie zog den Schal aus ihrer Hosentasche und schlang ihn hastig um den Kopf. Im Rückspiegel kontrollierte sie, ob ihre Haare herausschauten. Sie sah aus wie eine türkische Mutter von vier Kindern.

Grün.

John fuhr jetzt vernünftiger, er hatte sich auf dem Stück Schnellstraße abreagiert. Rechts abbiegen. Sie war so auf ihn fixiert, dass sie ein Moped übersah, das sie rechts überholte. Sie riss das Steuer nach links und legte eine Vollbremsung hin. Der Junge auf dem Moped geriet ins Schlingern, brauchte beide Füße, um nicht zu stürzen.

»Blöde Fotze!«

John fuhr hundert Meter vor ihr. Er war so langsam geworden, dass er vermutlich einen Parkplatz suchte. Das bedeutete, dass sie an ihm vorbeifahren musste. Seine Bremslichter leuchteten auf, und sie zog den Schal tiefer ins Gesicht. Als sie ihn überholte, wagte sie es nicht, zur Seite zu schauen, während er einparkte.

Eine Seitenstraße. Sie bog rechts ab, sah zu spät das Schild.

Einbahnstraße.

Das war's, Ende der Vorstellung. Wenn er jetzt weiterfuhr, verlor sie ihn aus den Augen. Beinahe hätte sie den freien Parkplatz übersehen. Direkt hinter einem Lieferwagen, der ziemlich weit in die Straße hineinragte. Sie riss das Lenkrad herum und streifte dabei den Lieferwagen beinahe. Motor abstellen, Handbremse anziehen. Sie zwängte die heißen, geschwollenen Füße in die orthopädischen Schuhe und war zum ersten Mal froh über den hässlichen Klettverschluss.

Sie hatte keine Zeit, nach einer Parkuhr zu suchen. Sie eilte zurück zur Kreuzung und blieb dort stehen, wobei sie sich halb hinter einer Reklametafel mit Eiswerbung versteckte. Eine heruntergekommene Straße voller Kneipen, Restaurants und Snackbars mit einem einzigen Laden. Gut besucht von Teenies und Leuten in kurzen Hosen. Keine Straße, in der sie sich wohlfühlte, auch wenn John das bestimmt arrogant fände.

Wo steckte er bloß? Auf einmal sah sie, wie er schräg gegenüber ein kleines Chinarestaurant betrat. Sie begriff, dass er brav einen Parkschein gezogen hatte. Sie hätte sich gar nicht so beeilen müssen. Er musste etwas essen, egal, ob er nun wirklich einen Kundentermin hatte oder nicht.

Sie zögerte. Wie lange würde er sich dort aufhalten, und was sollte sie um Himmels willen so lange tun? Sie bog um die Ecke, hielt erneut inne und stand direkt neben einem belebten Straßencafé. Ein junger Mann lief an ihr vorbei, ein Tablett mit leeren Gläsern über dem Kopf balancierend.

»Es dauert noch, bis ein Tisch frei wird, Mevrouw.«

»Kein Problem«, sagte sie verwirrt. Sie konnte hier nicht stehen bleiben, sie machte sich lächerlich. Langsam lief sie weiter.

Eine Snackbar. Ein Tresen mit ein paar Hockern davor, zwei Tischchen, von denen eines besetzt war. Sie ging hinein. Es roch nach Fritten, altem Fett, Erdnusssauce.

»Was wünschen Sie?«

»Eine Krokette mit Salat. Und ein Mineralwasser.«

Sie setzte sich an den freien Tisch. Zwischen zwei Autos hindurch hatte sie direkten Blick auf den Eingang des Chinarestaurants.

Eine Stunde später hatte sie die Krokette zur Hälfte aufgegessen, den Salat ganz. Die Mineralwasserflasche war leer, die drei Wochen alte Klatschzeitschrift durchgelesen und mehrmals durchgeblättert. Die Snackbar war mittlerweile voll, und der Mann hinter dem Tresen – ein vierschrötiger Vierziger in ärmellosem Hemd, dessen blaue Tattoos sich bis zu den Handgelenken ausbreiteten – warf ihr einen unmissverständlichen Blick zu.

Sie musste gehen oder noch etwas bestellen. Wie spät war es? Zwanzig vor neun. Sie stand auf. Ein Pärchen – das Mädchen spindeldürr, der Junge mit Brauenpiercing und Ziegenbärtchen – interpretierten dies als Zeichen, dass der Tisch frei wurde.

Statt noch etwas zu bestellen, verließ sie die Bar und fand ein paar Meter weiter einen Hauseingang. An die Wand gelehnt sah sie den Passanten nach, die alle irgendein Ziel hatten, und fühlte sich wie eine Obdachlose. Warum ging sie nicht einfach? Das war doch sinnlos.

Die Tür des Chinarestaurants ging auf, und John kam heraus. Er sah auf die Uhr, überquerte die Straße und lief direkt auf sie zu. Panisch wich sie zurück, bis ihr Rücken die Haustür berührte. Gleich würde er sie sehen, das war gar nicht anders möglich. Sie zählte die Sekunden, bis er an dem Hauseingang vorbeikommen und aufblicken würde.

Aber er kam nicht.

Es dauerte Minuten, bis sie all ihren Mut zusammengenommen hatte und um die Ecke schaute. Sein Auto war noch da, also musste er ganz in der Nähe sein. Sie suchte systematisch die Straßencafés ab. Es waren noch mehr Leute unterwegs, die halbe Stadt schien den Abend im Freien verbringen zu wollen, und sie mühte sich, ihn zwischen den vielen Gesichtern auszumachen.

Natürlich saß er am einzigen Tisch in der Sonne. John war ein Meister in solchen Dingen und fand das auch noch selbstverständlich. Ein Kellner stellte ein Bier vor ihm ab, und er zückte sein Portemonnaie und zahlte. Er hatte also nicht vor, lange zu bleiben. Außer in dem Café wurde sofort abgerechnet.

Sie zog sich wieder in den Hauseingang zurück. Sie hatte einen ziemlichen Druck auf der Blase. Schon bereute sie das Mineralwasser und auch den Salat, der ihr schwer im Magen lag. Eine Toilette, eine Paracetamol, ein heißes Bad. Sie blickte auf ihre plumpen Schuhe. Die Füße verharrten brav nebeneinander. Sie rührten sich nicht vom Fleck, obwohl sie ihnen einen anders lautenden Befehl erteilte: Los, laufen! Zum Auto. Nach Hause.

Drei Bier später stand John auf. Es war kurz vor zehn. Sie war beinahe eingedöst und merkte es gerade noch rechtzeitig. Wieder überquerte er die Straße, um zu ihrem Erstaunen ins Kino zu gehen. In ein kleines, etwas heruntergekommenes Kino. Er reihte sich in die kleine Schlange vor der Kasse ein.

Sie musste laut lachen. Er ging ins Kino. In die Spätvorstellung. Harmloser ging es nicht. Sie war verrückt, krankhaft verrückt. Überspannt. Er hatte getobt und war abgehauen. Irgendwie musste er den Abend schließlich verbringen, also ging er ins Kino. Bald würde er nach Hause kommen. Dann hätte er sich wieder beruhigt, ja bereute sein Verhalten vielleicht sogar. Und wenn es so weit war, musste sie bereits im Bett liegen. Sie würde sich schlafend stellen und ihm noch eine Gnadenfrist geben. Und morgen beim Frühstück würden sie reden. Sie würde Bibi anrufen und ihr sagen, dass sie sich freinähme. Dann würde sie John vorschlagen, gemeinsam etwas Nettes zu unternehmen. Sie könnten ans Meer fahren. Sie selbst fuhr nicht gern ans Meer, weil sie sich nur widerwillig im Bikini zeigte. Aber er liebte es, er bräunte schnell, während sie bloß krebsrot wurde und sich schälte. Sie könnten früh aufstehen, damit sie noch einen Platz in einem der beliebten Strandzelte bekämen. Dort gab es Toiletten, sodass sie keine Probleme haben würde. Sie hatte zu harsch reagiert, ihn einfach abgewiesen, wo er doch endlich bereit gewesen war, sich ihr zu öffnen. Sie konnte eigentlich nach Hause fahren.

Sie sah wieder auf ihre Schuhe hinunter. Dunkelbraun mit einer Zierstickerei an der Spitze. Bis obenhin geschnürt. Sie blieben wie angewurzelt an ihrem Platz.

13

Er wusste schon nicht mehr, welcher Film eigentlich gerade lief, als er das Kino betrat und seinen Platz suchte. Es spielte auch keine Rolle.

Sie war da.

Sie hatte ihm sogar die richtige Reihe gezeigt. Sie war klein und schmächtig. Und jung, achtzehn oder neunzehn. Ein schmales Gesicht mit der hellen Haut einer Rothaarigen. Ein kleines Näschen, ein breiter, sinnlicher Mund, perfekte Zähne. Eine Studentin, die als Platzanweiserin jobbte. Sie teilte sich die Wohnung mit einer Brillenschlange, die auch jung war, aber fett wie eine Matrone. Der Typ Mädchen, der in der Blaskapelle das Flügelhorn spielt. Die Matrone war seit einer Woche in Urlaub, mit einem Riesenrucksack, an dem eine zusammengerollte Isomatte befestigt war.

Er hatte sich nicht die Mühe gemacht, mehr über die kleine Rothaarige herauszubekommen als unbedingt nötig. Das führte zu nichts, sondern würde ihn höchstens nervös machen. Er war schließlich kein perverses Arschloch. Was er getan hatte und noch tun würde, war reine Notwendigkeit, nicht mehr und nicht weniger. Er hatte Glück gehabt, dass er sie überhaupt gefunden hatte. Und das nur, weil Sascha unbedingt diese romantische Komödie hatte sehen wollen, die fast nirgendwo mehr lief. Trotzdem war er überrascht, wie viele Rothaarige es zu geben schien. Doch nur wenige kamen infrage. Viele hatten Familie und gingen abends nicht aus. Und wenn, dann nur in Begleitung. Und plötzlich war sie aufgetaucht, nachdem er schon Wochen auf der Suche gewesen war: die perfekte Kandidatin. Sie wohnte zurzeit allein, hatte keinen Freund, aber einen festen Tagesablauf. Er ließ sie nicht aus den Augen, bis das Licht ausging. Ihre Bewegungen waren flink und geschmeidig. Ihr dickes rotes Haar fiel ihr über den Rücken. Kein Kupferrot, eher eine Farbe zwischen Kastanie und Mahagoni. Aber Rot blieb Rot, da gab es keine Zweifel. Nach ihr würde man einen Zusammenhang herstellen. Sie war nicht hässlich, im Gegenteil. Frisch, attraktiv, fast noch ein Kind. Es war schade um sie, ja sie tat ihm aufrichtig leid. Aber es ging nun mal nicht anders.

Während des Films – eine platte Liebesgeschichte zwischen einem tapferen, anständigen, zum Tode verurteilten Soldaten und einem noch tapfereren Mädchen – musste er sich anstrengen, wach zu bleiben. Es war doch gut gewesen, nicht länger im Café sitzen zu bleiben. Das letzte Bier war ihm eine Warnung gewesen. Noch gerade rechtzeitig. Dass er müde war, bedeutete, dass er sich nach der Szene mit diesem Miststück von seiner Frau wieder beruhigt hatte. In einer Art sentimentaler Aufwallung hatte er ihr noch eine letzte Chance geben wollen. Vielleicht auch sich selbst, obwohl er keine Lust hatte, darüber nachzudenken. Er verstand jetzt schon nicht mehr, was in ihn gefahren war. Bei der Vorstellung, was gewesen wäre, wenn sie eingewilligt hätte, schauderte ihn. Verdammt, dann hätte er dieses Nilpferd noch dreizehn Jahre an der Backe gehabt. Und wäre anschließend dreiundvierzig gewesen. Ein Mann mittleren Alters. Abgeschrieben.

Er hatte es für eine geniale Idee gehalten, sie zu heiraten: eine zukünftige reiche Erbin. Er hätte ausgesorgt, nie mehr Geldsorgen! Aber den ersten Dämpfer hatte ihm Vivienne verpasst, als sie auf Gütertrennung bestanden hatte – zweifellos auf Anraten ihrer Mutter hin. Trotz taktischer Manöver hatte er sie nicht davon abbringen können. Dafür lebte er inzwischen deutlich luxuriöser, zumal Vivienne seine Bedenken beiseitegeschoben hatte. Außerdem war die Schwiegermutter siebenundsiebzig gewesen und hatte eine schwache Gesundheit besessen. Darüber hinaus war sie so nett gewesen, seine Erwartungen zu erfüllen. Sie war krank geworden und krepiert. Dann jedoch stellte sich heraus, dass die falsche Schlange Vorsichtsmaßnahmen ergriffen hatte. Vielleicht hatte sie gehofft, dass er aufgeben würde, dabei hätte sie es eigentlich besser wissen müssen. Egal, das tat jetzt nichts mehr zur Sache.

Kurz vor Ende des Films stand er auf und schob sich aus der nur zur Hälfte besetzten Reihe. Draußen war es endlich dunkel geworden. In der lauen Abendluft lief er zu seinem Wagen. In den Cafés herrschte noch reger Betrieb. Ein Straßenmusikant entlockte einer Mundharmonika herzzerreißende Klänge, und aus einer lila beleuchteten Bar drangen laute Stimmen, das helle Lachen einer Frau.

Er stieg ein und zog die Autotür zu, wehrte sich gegen die Versuchung, in die mediterrane Atmosphäre einzutauchen. Er zog eine Flasche Wasser aus dem Fach hinter dem Schaltknüppel und spülte eine seiner Pillen hinunter. Danach blieb er noch kurz sitzen, ließ das Fenster herunter und musterte die beiden Mädchen, die sich näherten. Die Linke war zu plump, aber die Rechte war okay. Stilettos, fantastische Beine, ein kurzer Rock und ein Top, bei dem man nicht mehr viel Fantasie brauchte. Vielleicht, ganz vielleicht würde er nachher noch bei Sascha vorbeifahren.

Selbst am Stadtrand war mehr los als sonst, wenn auch nicht auf den Straßen. Aber auf einigen Balkonen flackerten Kerzen und Öllampen. Der Hitze wegen schliefen die Leute schlecht und gingen später ins Bett. Die verdammte Hitzewelle konnte ihm noch einen Strich durch die Rechnung machen. Außerdem war Freitagabend, und der wurde in vollen Zügen genossen: Biertrinken und noch eine schnelle Nummer schieben. Morgen das Auto waschen und am Sonntag zur Oma. Hoffentlich kam die Kleine nicht gleich nach Hause, statt wie sonst mit den Kollegen erst noch etwas trinken zu gehen.

Er parkte zwei Straßen vorher, auf einem Parkplatz, der gleich mehrere Vorteile bot: Er war schlecht beleuchtet und lag geschützt hinter einem breiten Grünstreifen mit hohen Sträuchern. Darüber hinaus konnte er so eine kürzere, dunkle Route zum Hochhaus nehmen.

Er machte die Scheinwerfer aus und drehte den Zündschlüssel auf Standposition. Licht glitt über den Parkplatz, aber auf der anderen Seite. Er rutschte in seinem Sitz nach unten und lauschte. Das Licht ging aus, ein Motor wurde abgestellt und eine Wagentür zugeschlagen. Er ließ sich noch weiter nach unten gleiten, hörte aber keine näher kommenden Schritte. Beruhigt griff er nach der Plastiktüte mit den neuen Handschuhen, der Sturmmaske und dem Messer im Handschuhfach. Er steckte Handschuhe und Maske in die Hosentasche und faltete die Plastiktüte so klein wie möglich zusammen. Dann steckte er sie in die hintere Hosentasche, streifte sich zwei breite Gummibänder um den Unterarm und schob vorsichtig das Messer hindurch. Es war ein gutes Messer, er hatte es in einem Angelgeschäft sorgfältig ausgesucht. Er wartete noch ein paar Minuten, sah sich um und lauschte, aber es blieb alles ruhig.

Leise öffnete er die Autotür, stieg aus und drückte sie lautlos zu. Jetzt bloß nicht die Zentralverriegelung benutzen, denn das machte Lärm und Licht. Er würde nicht lange wegbleiben.

*

Es ging gar nicht anders, er musste hier irgendwo sein. Sie hatte soeben noch seine Hecklichter um die Ecke biegen sehen.

Parken. Motor abstellen, Scheinwerfer aus. Sie war einfach jemand, der nach Hause kam. Also musste sie aussteigen. Aber sie konnte hier nicht rumlaufen, denn wenn er tatsächlich in der Nähe war, würde er sie entdecken. Also sitzen bleiben. Aber ein Auto, das parkte, ohne dass jemand ausstieg, war verdächtig. Auch das würde ihm auffallen. Wenn er denn hier war. Also musste sie doch aussteigen, die Autotür zumachen und wieder einsteigen. Warum konnte sie keinen klaren Gedanken mehr fassen? Weil sie dumm war. Bauchkrämpfe hatte. Sich elend fühlte.

Tränen liefen über ihre Wangen, als sie die Autotür öffnete und laut wieder zuschlug.

Und jetzt? Jetzt war sie hier gefangen, konnte nirgendwohin. Sie drehte den Schlüssel im Zündschloss zwei Stufen nach links, machte das Fenster einen Spalt auf und lauschte.

Nichts. Nur ein sanfter Wind, der zaghaft über die Sträucher strich.

Dann sah sie ihn. Einen Schatten, nicht mehr als ein Schatten, der zwischen den beiden Hochhäusern verschwand. Sie erkannte ihn nur, weil sie seinen Körper in- und auswendig kannte – die geraden Schultern, die schmalen Hüften, seinen Gang, die stolz geschwellte Brust, so als gehörte ihm die Welt.

Die Uhr am Armaturenbrett zeigte halb eins. Um halb eins befand sie sich in einem ruhigen Vorstadtviertel auf einem verlassenen Parkplatz.

Darf ich fragen, was Sie hier zu suchen haben, Mevrouw? Nichts Besonderes, ich beschatte nur meinen Mann. Erst war er chinesisch essen und im Kino, jetzt ist er unterwegs zu seiner rothaarigen Freundin.

Und was versprechen Sie sich davon, Mevrouw? Wollen Sie ihn mit diesen Tatsachen konfrontieren? Nein, denn ich liebe ihn. Er ist der Falsche, das sehe ich ein, er hat mich nur des Geldes wegen geheiratet, auch das ist mir jetzt klar. Aber ich liebe ihn trotzdem. Weil er alles ist, was ich nicht bin. Alles hat, was ich nicht habe. Weil er so schön ist, so *vollkommen*.

Sie sind also immer noch nicht bereit, sich von dieser Illusion zu verabschieden? Nein, oh nein, noch nicht. Nicht hier, auf einem Parkplatz in einem ruhigen Vorstadtviertel. Nicht nachts um halb eins. Es ist eine laue Sommernacht, wissen Sie. Und solche Sommernächte sind selten. Sie sind dafür da, dass man Wein trinkt und sich die Sterne ansieht. Aber nicht, um sich jede Illusion rauben zu lassen. Das ist der falsche Ort zur falschen Zeit.

Dann wünsche ich Ihnen viel Kraft, Mevrouw, und Weisheit.

Sie ließ den Motor an und verließ den Parkplatz, fuhr an seinem Auto vorbei, das dort einsam und verlassen stand, und nahm die erste Abzweigung zur Ringstraße.

*

Gegenüber dem gesuchten Hochhaus blieb er stehen und überflog die Reihe geparkter Autos. Er entschied sich für einen schmutzigen Lieferwagen mit der Aufschrift *J. A. Koster, Baufirma*. Links davon stand ein Kombi, rechts ein Daewoo. Der Mercedes des armen Mannes.

Er verschmolz mit dem dunklen Schatten des Lieferwagens und sah auf die Uhr. Fünf nach halb eins. Die letzten drei Male war sie kurz nach eins nach Hause gekommen.

Hinter einigen Fenstern brannte Licht, aber ihre Wohnung war dunkel. Die Brillenschlange war also noch in Urlaub. Zum Glück lagen die Balkone nach hinten raus. Ein Hoch auf den Architekten, der die Garage unter dem Hochhaus erfunden hatte. Sie würde fast zwei Minuten brauchen, bis sie ihr Rad in das ebenfalls dort gelegene Kellerabteil geschoben und abgesperrt hatte. Mehr Zeit, als er nötig hatte.

Um fünf vor eins setzte er die Sturmmaske auf, zog sie sich aber noch nicht ganz übers Gesicht, damit er frei atmen konnte. Handschuhe an, Ärmel hochkrempeln, das Messer behutsam drehen. Mühelos durchtrennte es die Gummibänder. Sie sprangen von seinem Arm, fielen zu Boden, und er kickte sie unter den Lieferwagen. Sie waren unwichtig, und wenn hier morgen die Hölle los war, würden eifrige Fahnder bestimmt nicht unter einen Lieferwagen schauen.

Fünf nach eins. Er zog die Sturmmaske über Mund und Nase und achtete darauf, dass sie bis über den Ausschnitt seines T-Shirts reichte, damit keine Haut sichtbar war. Ein Auto bog in die Straße ein.

Er ging in die Hocke, kroch rückwärts. Das Auto wurde zwanzig Meter weiter abgestellt. Türen schlugen und laute Männerstimmen ertönten. »Du musst ins Bett, du hast zu viel getrunken.« »Red keinen Blödsinn.« Gelächter. Schritte. Aber nicht in seine Richtung. Eine Tür fiel ins Schloss.

Zehn nach eins. Er atmete durch die Nase ein und durch den Mund wieder aus. Langsam und gleichmäßig. Trotzdem war sein Puls weit über hundert.

Zwölf nach eins. Er sah ausschließlich in die Richtung, aus der sie kommen musste.

Viertel nach eins. Die dünne Wolle der Sturmmaske war schon ganz feucht von der Atemluft und klebte unangenehm an Wangen und Kinn. Seine Hände in den Handschuhen waren schweißnass. Außerdem musste er dringend pinkeln. Verdammt, wo blieb die kleine Schlampe?

Zwanzig nach eins. Vom Anfang der Straße näherte sich in großer Geschwindigkeit ein Fahrradlicht. Er lief zum Heck des Lieferwagens und wartete starr.

Das Fahrrad fuhr an ihm vorbei und wurde langsamer. Eine Bremse quietschte, dann waren Absätze auf den Pflastersteinen zu hören, das leise Klicken der Gangschaltung. Lautlos lief er wieder neben den Lieferwagen.

Ihre roten Haare schimmerten im fahlen Licht der Innenbeleuchtung, als sie die Tür zu ihrem Kellerabteil aufstieß und das Fahrrad hineinbugsierte. Er wartete, bis die Tür hinter ihr zugefallen war, bevor er die Straße überquerte.

14

Zu Hause hatte sie keine Energie mehr, um zu duschen oder ein Bad zu nehmen. Sie wusch sich im Stehen vor dem Waschbecken und schlüpfte anschließend in einen dünnen Seidenpyjama, der sich weich und kühl anfühlte. Die orthopädischen Schuhe mussten zurück in den Schrank, die Kleider in die Wäsche. Mit einem Glas Wein ging sie in den Garten, der still und dunkel vor ihr lag. Das Gras war kühl unter ihren nackten Füßen. Sie legte den Kopf in den Nacken und betrachtete die Sterne, so lange, bis ihr schwindelig wurde. Genau wie früher, als sie klein war und ihr Vater ihr den Großen Bären zeigte, den Kleinen Bären, den Polarstern.

Irgendwo gurrte eine Taube, schläfrig, lockend. Es raschelte in den Sträuchern, vielleicht eine Katze oder ein Igel. Sie wartete. Aber was auch immer es war – es zeigte sich nicht.

Sie trank ihr Glas aus und ging ins Haus, wo sie die Terrassentüren zumachte und die Vorhänge schloss. In der Küche trank sie den Rest des Weins direkt aus der Flasche. Er stieg ihr sofort zu Kopf. Umso besser, dann verschwammen ihre Gedanken, vielleicht würde sie dann schneller einschlafen. Sie ließ die Scherben auf dem Küchentresen liegen, machte aber alle Lichter aus und ging nach oben.

Als sie mit einer Wärmflasche auf dem Bauch und angewinkelten Beinen im Bett lag, dachte sie darüber nach, was ihr der Abend außer einem Parkschein eigentlich gebracht hatte. Ob John heute Nacht noch nach Hause kam. Und falls nicht, ob ihr das überhaupt etwas ausmachte. Auf keine dieser Fragen hatte sie eine Antwort.

*

Er schaffte es nicht bis auf den Parkplatz, war gezwungen, sich seitlich des Hochhauses in die Büsche zu schlagen, und selbst das gelang ihm nur mit Mühe und Not. Ganz langsam, immer mit der Ruhe, und alles in der richtigen Reihenfolge: Die Tüte abstellen, die Handschuhe ausziehen, sie in die Tüte stecken, in der schon die Sturmmaske war, das Messer und ... Nicht daran denken. Reißverschluss aufziehen, *Reißverschluss* aufziehen, Beine spreizen. Oh Gott, das ging schief.

Gerade noch rechtzeitig konnte er die Hose herunterlassen und in die Hocke gehen. Es schoss aus ihm heraus wie Wasser. Er biss die Zähne zusammen und wartete hilflos, bis es zu Ende war. Das musste an dem verdammten Chinesen liegen. Was hatte er nur gegessen? Er wusste es nicht mehr. Nummer fünfundachtzig. Je größer die Speisekarte, desto schlechter das Essen. Er stützte sich mit den Armen auf die Oberschenkel und legte den Kopf in die Hände. Es dauerte lange, bis die Krämpfe nachließen und er sich wieder aufrichten konnte. Er zitterte, und kalter Schweiß klebte ihm am Rücken.

T-Shirt aus. Klebte Blut daran? Wahrscheinlich schon, obwohl sie recht gefügig gewesen war. Es war zu dunkel, um nachsehen zu können. Aber das spielte jetzt auch keine Rolle mehr. Er wischte sich mit dem T-Shirt ab, faltete es zusammen und bückte sich nach der Plastiktüte.

Die Tüte war nass. Die Tüte stank.

Er hatte sie an einer Tankstelle in den Müll werfen wollen, aber damit konnte er nicht ins Auto steigen. Scheiße, war das eklig! Sie einfach liegen lassen? Zu heikel, zu nahe am Tatort. Die Hose hochziehen, den Reißverschluss zumachen. Hör auf zu zittern. Hör auf zu *zittern*, verdammt!

Er bahnte sich einen Weg durch die Sträucher, lief zur Kreuzung und hinter den geparkten Autos bis zum Ende der Straße. Danach nahm er den kleinen, unbeleuchteten Radweg bis zum Parkplatz. Er konnte sich nicht mehr konzentrieren, alles wurde unscharf. Er musste es bis zum Auto schaffen, er war kurz vor dem Umkippen. Aber die Tüte, die Tüte musste weg.

An der Schmalseite des Parkplatzes entdeckte er einen gelben Abfallkorb an einem Mast. Er war halb voll. Er stopfte die Tüte ganz tief nach unten und strauchelte zu seinem Wagen, ohne zu merken, dass ein Augenpaar jede seiner Bewegungen verfolgte.

»Der Typ ist sturzbesoffen«, sagte das Mädchen.

»Das kann dir doch egal sein.« Der Junge zog sie an sich und ließ seine Hand unter ihren Rock wandern. Sie kicherte.

Liegen, hinlegen. Die Lehne zurückstellen. Das Leder war kühl an seinem nackten Rücken. Er lehnte den Kopf an die Kopfstütze und gähnte krampfhaft. Er hatte einen schlechten Geschmack im Mund. Jetzt nicht auch noch kotzen! Augen zu. Nur ganz kurz, zur Belohnung. Es war vorbei. Er hatte es geschafft. Nicht nachdenken. Die Bilder verscheuchen. Auf den Mann mit dem Hammer warten. Dieses Mal war er willkommen.

Und da war er auch schon. Peng! Genau zwischen die Augen. Gutes Timing. Perfektes Timing.

Bleischwere Arme, bleischwere Beine. Noch eine Pille? Lieber nicht. Lieber erst mal gar nichts. Meine Güte, war er müde. Nur noch ganz kurz. Nicht lange, höchstens eine Minute und dann nach Hause. Quatsch. Erst das T-Shirt aus dem Kofferraum holen. Nicht vergessen! Das T-Shirt aus dem Kofferraum ... Mist, er schlief ein.

Ein Körper an dem seinen, warm, zierlich, die Rippen spürbar unter der Haut. Eine Taille, so schmal wie die eines Kindes. Sie passte genau in seine Armbeuge. Nicht warten. Zustechen. Einmal, zweimal, dreimal. Und plötzlich diese tote Last. Überraschend schwer. Eine Stoffpuppe, halb aufrecht gegen die Wand gelehnt, direkt neben dem Rad. Die graublauen Augen weit aufgerissen. Noch einmal zustechen, schräg nach oben. Reicht das? Das muss reichen. Es *reicht*, denn alles wird still.

Jetzt die Hose. Ein flacher Bauch. Glatt, fest, jung.

Schnitte. Eins, zwei, drei, vier.

Überall Blut. Meine Güte, so viel Blut. Nicht anfassen.

Einen Moment noch, etwas fehlt.

Erst die Tüte. Auseinanderfalten. Hinstellen. Darauf achten, dass sie offen bleibt. Gut so. Prima. Jetzt weitermachen. Beeil dich, beeil dich. Tu es, tu es.

Er fuhr hoch. Ihm war kalt. Er fror wie noch nie in seinem Leben. Er stellte die Lehne wieder senkrecht und stieg mit unkontrollierten, ruckartigen Bewegungen aus. Er vergaß, sich vorher umzusehen. Er taumelte zum Kofferraum, nahm das dunkelblaue T-Shirt heraus und zog es an.

Der weiche Stoff war angenehm warm.

Nach Hause.

*

Sie hörte das Auto, die Haustür, die Wohnzimmertür. Dann eine Weile gar nichts. Schließlich die Tür zum Waschraum, die schon seit dreißig Jahren klemmte. Was hatte er vor?

Stille. Danach der ernüchternde Lärm der Waschmaschine. Sie wusste gar nicht, dass er sie bedienen konnte. Normalerweise machte sie den Haushalt. Warum nur die Waschmaschine? Benutzte seine Freundin Moschusöl?

Stocksteif blieb sie liegen. Wieder die Wohnzimmertür. Ein altes Haus hat auch seine Vorteile: Jede Tür quietscht auf ihre Weise. Nach fünfzig Minuten ertönte das Signal, dass die Wäsche fertig war. Aha, Buntwäsche, vierzig Grad.

Saß er die ganze Zeit nackt auf dem Sofa?

Stille. Dann das gedämpfte Gerumpel des Trockners. Interessant, sogar mit dem konnte er umgehen. Vielleicht war es an der Zeit, die Pflichten neu zu verteilen.

Schritte auf der Treppe. Knarrende Stufen. Sie drehte sich auf die rechte Seite, kniff die Augen zu und versuchte tief und gleichmäßig zu atmen. Die Wärmflasche, die vor einer Stunde noch so angenehm und lindernd gewesen war, klebte an ihrem Bauch.

Die Badezimmertür. Fließendes Wasser. Er duschte. Nicht lange, sie sah auf den Wecker. Wieder Stille. Er trocknete sich ab. Die Tür. Schritte auf der Treppe. Die Wohnzimmertür. Sie legte die Wärmflasche neben dem Bett auf den Boden.

Nach einer Viertelstunde piepte der Trockner. Wenn nur seine Sachen darin waren, würden die noch klamm sein. Die Sensoren des Trockners reagierten schlecht auf eine nur zum Teil gefüllte Trommel.

Wieder die Treppe. Sie kniff erneut die Augen zu. Die Schlafzimmertür wurde leise geöffnet. Sie wagte es, den Kopf zu drehen. Seine Augen waren bestimmt noch nicht an die Dunkelheit gewöhnt.

Seine Silhouette hob sich von den Vorhängen ab. Er war angezogen. Was hatte er dann um Himmels willen gewaschen? Vorsichtig drehte sie den Kopf wieder in die Ausgangsposition. Atmen. Ruhig. Langsam.

Das Rascheln von Kleidung. Die Bettdecke wurde zurückgeschlagen, er glitt neben sie. Sie rührte sich nicht, sondern seufzte nur, damit ihm klar wurde, dass sie seine Anwesenheit selbst im Schlaf noch bemerkte.

*

Er versuchte sich zu entspannen. Alles musste ihm dabei helfen: seine Müdigkeit, ein sauberer Körper, der Whiskey, die weiche Bettdecke, sogar Viviennes tiefe, gleichmäßige Atmung. Sie lag von ihm abgewandt auf der rechten Seite, so wie immer.

Aber der Whiskey bekam ihm nicht, die Bettdecke war zu heiß, und die Müdigkeit erfasste nur seinen Körper, nicht seinen Geist. Dieser bombardierte ihn unaufhörlich mit Bildern, die wie in einem Kaleidoskop durcheinander-, ja in ihre Einzelteile zerfielen. Und das alles nur in einer einzigen Farbe. In Rot.

Irgendwann ließ er sich davon übermannen, ließ seinen Gedanken freien Lauf. Sie hatte die Scherben nicht weggeräumt und nicht einmal über die Arbeitsfläche gewischt. Mama ist nicht böse, aber sehr, sehr traurig. *Fuck.* Sie brauchte ihn nicht, er war bloß zu Gast in ihrem Haus. Sie selbst sah das anders, aber das war ein Irrtum. Sie hatte ihren eigenen Freundeskreis, klein aber fein, und er passte da nicht rein. Philosophisches Gelaber über Kunst, Musik, Politik. Sie bat ihn um Rat, traf dann aber doch ihre eigenen Entscheidungen. Kurz hatte er gehofft, dass sich das ändern würde, wenn Schwiegermama erst einmal den Löffel abgab. Aber das Gegenteil war der Fall gewesen.

Es lag auch an dem Haus. Er hatte erwartet, eine Art Triumph zu verspüren oder wenigstens so etwas wie Genugtuung, wenn sie erst einmal darin wohnten. Aber er hasste jeden Zentimeter davon. Er fühlte sich unwohl zwischen den dicken Perserteppichen, den Bildern von alten Knackern, den Vitrinen mit Porzellan, dem man beim Vergilben zusehen konnte und das nie benutzt wurde. Meissener Porzellan, wie ihm Vivienne erklärt hatte, zu dem merkwürdige Teile gehörten. Alles verkaufen. Das war kein Luxus, von dem er träumte. Bis auf das Bad atmete alles längst vergangene Pracht. Nichts davon gehörte ihm. Nur die Außenansicht des Hauses, die wusste er zu schätzen. Der knirschende Kies unter den Reifen, wenn er seinen Wagen in der Auffahrt abstellte, gab ihm einen Kick. Zumal dort noch zehn Autos mehr Platz hätten. Er liebte es, die vierstufige Treppe zum Eingangsportal hochzulaufen und zu sehen, wie dieses aufschwang. Nur schade, dass dann Vivienne darin stand, mit diesem Scheißstock und der einen Schulter, die höher war als die andere.

Was hatte er hier zu suchen? Was hatte er hier je zu suchen gehabt? Es war nicht seine Schuld, dass alles schiefgelaufen war. Sie hatte ihn in diese Ehe gelockt, ihm aber nie den finanziellen Freiraum gegeben, den er brauchte. Und jetzt musste sie eben die Konsequenzen tragen. Dabei wäre das überhaupt nicht nötig gewesen, er hatte das gar nicht gewollt, aber sie zwang ihn dazu. Er hatte keinen direkten Einblick in ihre Vermögensverhältnisse, denn als Tochter eines reichen Geschäftsmannes hielt sie sich diesbezüglich stets bedeckt, auch ihm gegenüber. Über Geld spricht man nicht, das ist viel zu ordinär. Aber natürlich hatte sie Geld, sie hatte nur keine Lust, es ihm zu geben. Lieber warf sie es so einem spanischen Kitschmaler in den Rachen. Kunst ging über alles.

Er lauschte auf ihre regelmäßigen Atemzüge. Sie schlief. Die ganze Welt stand Kopf, aber sie schlief. Er hätte zu Sascha gehen sollen. Die stellte keine Fragen und warf ihm keine vorwurfsvollen Blicke zu. Sascha nahm die Dinge, wie sie kamen, sie dachte ausschließlich an sich selbst. Sie war strunzdumm, aber solange sie den Mund hielt, war alles in bester Ordnung. Er hatte sie schließlich nicht wegen ihrer Intelligenz ausgesucht. Er würde sie morgen mit ans Meer nehmen, als schmückendes Beiwerk. Und er würde am Wochenende clean bleiben, damit er endlich schlafen konnte.

*

Sie konzentrierte sich auf die umspringenden Ziffern des Weckers. Er lag schon fast eine Stunde neben ihr, unruhig und angespannt. Auch sie rührte sich nicht, aus Angst, er könne mit ihr reden.

Was war passiert? Lag es nur an den Schulden, dass er so auf hundertachtzig war? Vielleicht irrte sie sich und er hatte gestern Abend nur versucht, jemanden um Geld anzupumpen. Aber wen in diesem offensichtlich einkommensschwachen Viertel? Pieter war schließlich auch noch da. Sie waren Partner, und obwohl John für die Finanzen zuständig war, musste Pieter die Probleme doch kennen. Verließ er sich einfach auf John? Ihre Mutter hatte einmal gesagt, dass John einem alles aufschwatzen könne, aber Pieter war nicht naiv. Vielleicht sollte sie ihn anrufen? Wenn John allerdings dahinterkäme, würde er ausflippen. Und zwar zu Recht. Das Ganze ging sie überhaupt nichts an. Wenn sie ihm nicht helfen wollte, durfte sie sich auch nicht weiter einmischen. Zumal er im Grunde recht hatte: Sie hatte das Geld, zumindest fast. Woher dann dieser Widerwille, es ihm zu leihen? Sie hatte rein instinktiv nein gesagt, ohne auch nur einen Augenblick zu zögern. War sie die Tochter ihres Vaters? Papa hatte stets auf seine Intuition gehört und gesagt, dass sie ihn nie getäuscht hätte.

Vielleicht sollte sie John morgen doch lieber sagen, dass sie für die Summe aufkäme. Mit seinem Geständnis hatte er ihr sein Vertrauen geschenkt, sie zu seiner Schicksalsgenossin gemacht. Sie war seine Frau, in guten wie in schlechten Zeiten. Sie trug eine gewisse Verantwortung, zumindest emotional. Es wäre zu schön, ihn wieder völlig sorglos zu sehen. Dann würde er wieder strahlen, ihr Aufmerksamkeit schenken, sich um sie kümmern. Dann hätte sie nicht länger das Gefühl, bloß von ihm geduldet zu werden.

Das würde jedoch bedeuten, dass sie die Alvarez-Ausstellung vergessen konnte. Die Galerie gab es gerade mal so lange, dass sie sich selbst trug. Sie schrieb schwarze Zahlen, warf aber wenig Geld ab. Sie besaß Wachstumspotenzial, aber für so etwas brauchte man Geduld. Sie hatte eine stolze Summe investiert und gehofft, mit dieser Ausstellung endlich richtig Gewinn zu machen, ja vielleicht sogar Rücklagen bilden zu können. Außerdem: Wie sollte sie das Alvarez beibringen, nach all der Mühe, die es sie gekostet hatte, ihn für sich zu gewinnen?

Sie blickte erneut auf den Wecker. Zehn nach vier. Draußen meldete sich zögerlich die erste Amsel. Neben ihr wurde Johns Atmung tiefer und langsamer. Sie entspannte sich, streckte die verkrampften Beine. Sie hörte der Amsel zu, deren Ruf beantwortet wurde. Dabei merkte sie, wie einsam es sich anfühlt, das Bett mit einem Fremden zu teilen.

15

Es war bestimmt das erste Mal, dass Wolf vom Klingeln eines Handys erschreckt wurde. Er sprang von der Matratze, kratzte mit seinen Krallen über den Holzboden und verschwand mit einem Riesensprung durchs weit offene Fenster.

Vegter tastete mit geschlossenen Augen nach dem Mobiltelefon. »Vegter.«

»Eine junge Frau«, sagte der diensthabende Beamte. »Erstochen. Könnten Sie bitte kommen?«

Vegter sah auf die Uhr. Zwanzig vor fünf, an einem Samstag. Er hatte frei. »Kann da niemand anders hin?«

»Doch.« Der Beamte machte eine lange Kunstpause. »Aber jemand war so klug zu bemerken, dass sie rothaarig ist. Beziehungsweise war. Das lässt einen Zusammenhang mit dem Angriff auf Kollegin Pettersen vermuten.«

Vegter saß senkrecht im Bett. »Tot?«

»Das auch«, sagte der Beamte kryptisch.

»Kommt da noch was?«, fragte Vegter gereizt.

»Ich glaube nicht. Aber ich wurde auch nicht religiös erzogen«, sagte der Beamte.

Vegter war jetzt wach genug, um die Stimme des Mannes zu erkennen: Der Witzbold des Reviers. Die Stimmungskanone auf den Betriebsfeiern. »Slagter. Bitte!«

»Sie wurde mehr oder weniger skalpiert.«

Das Erste, was Vegter empfand, war Erleichterung. Ein Muster. Ein absurdes, vielleicht krankhaftes Muster, aber trotzdem ein Muster. Er hatte es nicht auf Renée persönlich abgesehen. Sie hatten es mit einem Gestörten zu tun. Mit einem Gestörten, der rothaarige Frauen hasste. Ein Jugendtrauma, eine Hirnschädigung, eine rothaarige Oma, die ihn misshandelt hatte. Er schämte sich dafür, fragte aber dennoch beinahe heiter: »Und die Adresse?«

»Das zweite Hochhaus in der Jupiterstraat. Das ist …«

»Ich weiß, wo das ist. Sag allen Bescheid. Und schick Talsma und Brink ebenfalls dorthin.«

Während er sich anzog, sah er aus dem Fenster. Das war zwar nicht gerade der richtige Moment, um die Morgenröte zu bewundern, aber anders konnte man den Himmel, der jetzt über den glitzernden Weiden hing, kaum nennen. Schade, dass er sich nichts aus Angeln machte. Es musste herrlich sein, zu dieser stillen Stunde auf einen Schwimmer zu starren.

Er schloss das Fenster, nahm seinen Schlüsselbund, spritzte sich in der Küche etwas Wasser ins Gesicht und griff nach dem Handtuch.

Wolf blickte ihm vorwurfsvoll hinterher, als er auf dem Gartenweg zurücksetzte.

Wie so oft staunte er über die vielen Leute, die bereits von dem Vorfall Wind bekommen hatten. Es war Samstagmorgen, um Viertel nach fünf, und die halbe Straße war wach. Frauen im Morgenmantel, blass und verschlafen. Männer mit nacktem Oberkörper und Jogginghose, das Handy am Ohr. Wen, um Himmels willen, rief man um diese Uhrzeit an, um von so einer Sensation zu berichten?

Sie standen vor dem Eingang des Hochhauses und machten ihm nur widerwillig Platz. Ein Streifenwagen stand schlecht geparkt davor, das linke Rad auf dem Bürgersteig. Talsmas Auto parkte neben einem Lieferwagen mit der Aufschrift *J. A. Koster, Baufirma*. Brink lehnte an der Wand neben der Garagentür und sah gar nicht gut aus.

»Bist du schon drin gewesen?«, fragte Vegter.

Brink nickte. »Sie ... Es ist nicht gerade ein schöner ...« Er schluckte.

»Wo ist sie?«

»In einem der Kellerabteile links hinten.«

»Wer ist da unten?«

»Talsma. Und zwei Kollegen von der Streife, die gerade in der Nähe waren.«

»Wer hat sie gefunden?«

»Ein Typ, der nach Hause kam und sein Mofa abstellen wollte.« Brink drehte den Kopf. »Er sitzt dort auf der Treppe. Seine Eltern sind draußen.«

Vegter drückte die Tür mit dem Ellbogen auf. »Leiste dem Jungen Gesellschaft. Ich schicke die Kollegen raus.«

Brink ließ die Tür hinter ihnen zufallen. Noch bevor er es sah, roch Vegter das Erbrochene. Er konnte ihm gerade noch ausweichen. Brink zeigte auf den Jungen, der auf der zweiten Stufe der Betontreppe saß, den Kopf in die Hände vergraben. Neben ihm lag sein Helm. Der Junge sah auf, riesige Augen in einem kreidebleichen Gesicht.

»Geht's?«, fragte Vegter.

Der Junge nickte.

»Ich bin gleich bei dir.« Er lief weiter nach hinten, wo links und rechts neben einem halb offenen Kellerabteil zwei Beamte postiert waren.

»Hallo Brands«, grüßte Vegter. »Hallo Vening.«

Vening war jung, Anfang zwanzig. Er wirkte sehr blass unter seiner Mütze.

»Es ist kein schöner Anblick, Inspecteur«, sagte Brands warnend. Er war ein kräftiger Mann mit Glatze, aber mit einem grauen Walrossbart. Seine Augen waren klein und wässrig, und er sah aus, als stünde er kurz vor der Pensionierung. Aber Vegter wusste, dass er jünger war als er selbst.

»Wer von euch ist auf die Idee gekommen, mich zu verständigen?«, wollte Vegter wissen. Er kannte die Antwort bereits, fragte aber der Fairness halber.

»Ich.« Brands lächelte unter seinem Schnurrbart.

»Danke. Gute Arbeit. Geh ruhig nach draußen und sorg dafür, dass die Leute etwas Abstand halten.«

Mit dem Fuß stieß er die Tür weiter auf.

»Was für eine verdammte Sauerei«, sagte Talsma.

Vegter fehlten die Worte. Das Abteil war zu klein für alle. Deshalb warteten sie in dem düsteren Betonflur, bis der Polizeiarzt fertig war. Der Fotograf war schon weg, aber die anderen waren noch beschäftigt.

Talsmas Augen waren rot umrändert, und Vegter bemerkte, dass er zwei verschiedene Socken trug. Akke war offensichtlich noch nicht von ihrer Tochter zurückgekehrt.

»Sitzt der Junge noch da?«, fragte Talsma.

Vegter nickte. »Brink ist bei ihm.«

»Er ist ziemlich fertig«, sagte Talsma. »Er hat sich erst mal übergeben, danach aber gut reagiert. Er hat sofort die 112 gewählt und war intelligent genug zu bleiben, bis Vening und Brands da waren.«

»Er wohnt in diesem Gebäude?«

»Ja. Er war ausgegangen und kam um Viertel vor vier nach Hause.«

Vegter zog seine Brauen einen Millimeter nach oben.

»Ja.« Talsma seufzte. »Er ist erst sechzehn. Na ja, irgendjemand musste sie finden.«

Sie drehten sich um, als hinter ihnen die Tür aufging.

»Kein schöner Anblick«, sagte Heutink. »Das ist das erste Mal, dass ich einen Skalpierungsversuch gesehen habe.«

»Und es ist kein Irrtum möglich?«

»Nein. Er hat es sogar ziemlich gut hinbekommen, wenn man das so sagen darf.« Heutink unterdrückte ein Gähnen. »Vielleicht hätte ich doch lieber Hausarzt werden sollen. Aber Irre gibt es überall.«

»Unser Herr hat seltsame Kostgänger«, sagte Talsma, ein erklärter Atheist.

Heutink zuckte die Achseln. »Vier Stiche in Brust und Zwerchfell, einer davon schräg nach oben und somit anders als die anderen. Vielleicht wurde er ihr erst zugefügt, als sie schon lag. Wie dem auch sei: Er hat das Herz getroffen und war tödlich.«

»Zeitpunkt?«

Heutink spitzte die Lippen. »Draußen ist es warm, hier drinnen aber ziemlich kühl. Grob geschätzt, würde ich sagen, eher halb zwei als zwei.« Er gähnte erneut. »Schachabend«, sagte er erklärend. »Ihr bekommt so schnell wie möglich einen Bericht.«

Er ging mit eingezogenem Kopf zur Tür, ganz als fröre er. Wie immer war sein Haar im Nacken etwas zu lang.

Vegter sah Talsma an. »Komisch, dass sie keine Handtasche dabei hatte. Aber vielleicht wurde die mitgenommen. Freitagabend, ein junges Mädchen. Sie war wahrscheinlich aus. Sie hat auch nichts in den Taschen, nur etwas Kleingeld. Ich wüsste gern, wer sie ist.«

»Die Wohnungsnummer steht an der Abteiltür. Hundertachtundsechzig.«

»Schick Brink vorbei. Er soll nicht klingeln, nur einen Blick auf das Namensschild werfen.«

»Wenn wir Glück haben, steht der Name am Briefkasten.«

»Stimmt, du hast recht.«

Ihre Schritte hallten in dem kühlen Gang wider. Brink stand, die Hände in die Hosentaschen gesteckt, neben dem

Jungen, der nach wie vor auf der Treppe saß und zu Boden starrte.

Sie suchten den Briefkasten Nummer hundertachtundsechzig. Zwei handgeschriebene Namensschildchen klebten auf ihm, jedes in einer anderen Schrift. Detty Roemers. Leanne Sint.

»Das bringt uns nicht weiter«, sagte Talsma. Er kehrte Brink den Rücken zu und sagte leise: »Ich sage das nur ungern, aber ich glaube, dass Corné recht hatte.«

»Mit dem Bauch, meinst du.«

»Ja. Diesmal ist es präziser. Anscheinend hatte er mehr Zeit. Oder er bekommt langsam Übung. Aber ich erkenne da eindeutig die Ziffer II.«

Draußen wurden die Nachbarn vernommen. Die Schaulustigen wurden immer mehr. Vegter nahm einen der Ermittler beiseite. »Wenn ihr hier fertig seid, macht bitte mit den anderen Nachbarn weiter. Und fordere Verstärkung an.«

»Wie viel?«

Zwischen dem Angriff auf Renée und dem Mord an diesem Mädchen war nicht einmal eine Woche vergangen, und er glaubte nicht an Zufälle. »So viel du kriegen kannst.«

Sie begleiteten den Jungen und seine Eltern in deren Wohnung im vierten Stock neben dem Lift. Die Mutter, noch in Morgenmantel und Hausschuhen, betrat, über ihren Gürtel stolpernd, als Erste den Flur. Der Vater, ein gedrungener Mann in weißem Unterhemd und kurzen Hosen, drehte sich, kaum dass er in der Wohnung war, eine Zigarette. Talsma starte darauf wie eine Katze auf ein bewegliches Ziel.

Im Wohnzimmer blieb der Junge, den Helm noch in der Hand, verlegen stehen. Er trug die typische Uniform der Jugend: Jeans, ein weites bedrucktes T-Shirt, Turnschuhe.

»Vielleicht können wir uns kurz setzen«, sagte Vegter freundlich.

Der Vater zog die Stühle am Esstisch zurück und gab seiner Frau ein Zeichen. »Setz Kaffee auf.«

Sie verschwand in der Küche, ohne dabei die Türen zu schließen. Vegter ließ das Zimmer auf sich wirken. Viel Eiche, ein riesiger Flachbildfernseher und in einer Ecke zu seiner großen Überraschung eine Jukebox.

Der Vater folgte seinem Blick. »Eine Liebhaberei.«

Vegter nickte. Was war nur mit dem Wort Hobby passiert? Aber vielleicht war das Komponieren für Bach auch nur eine Liebhaberei gewesen. »Der Apparat oder die Platten?«

»Beides. Ich suche auf Flohmärkten nach Singles und gehe auf Tauschbörsen. Ich habe alles von Elvis Presley.«

»Dafür sind Sie eigentlich zu jung«, sagte Vegter lächelnd.

»Ja.« Der Mann lachte ebenfalls. »Aber der da hält mich dennoch für einen alten Knacker.« Er versetzte dem Arm seines Sohnes einen ruppig-zärtlichen Stoß. »Trotzdem – es geht nun mal nichts über Elvis. Einen besseren Rocker gibt es nicht.«

Vegter zog seinen Stuhl ein Stück vor, zum Zeichen, dass der Smalltalk vorbei war. Er versuchte, den Blick des Jungen zu erhaschen. »Wie heißt du?«

Der Junge starrte weiterhin auf die glänzende Tischplatte. Er hatte die Figur seines Vaters und wog etwas zu viel. Seine Haare waren mit viel Gel zu einer Pyramide gestylt, die wegen des Helms jedoch etwas außer Form geraten war. »Buddy.«

Talsma fuhr sich über den Mund.

Vegter sah wieder den Vater an.

»Elvis ging nicht«, sagte dieser und bewies damit einen gesunden Menschenverstand. »Aber Buddy Holly ist meine zweite große Liebe.«

»Von dem haben Sie auch alles?«

»Selbstverständlich.«

»Gut, Buddy«, sagte Vegter. »Du bist ausgegangen, soweit ich weiß. Wo warst du?«

Der Junge zögerte.

»Wir werden dem nachgehen«, sagte Vegter ruhig.

»Er ist doch kein Verdächtiger!«, brauste der Vater auf.

»Nein«, sagte Vegter. »Aber Aussagen, die nicht überprüft werden, sind sinnlos. Wo warst du?«

»Wie immer im Da Shed.«

»Verdammt!«, sagte der Vater. »Ich hab dir doch verboten, dort hinzugehen. Da wird wie wild gedealt«, erklärte er Vegter.

»Ist das eine ... Diskothek?« Warum hieß eine Diskothek bei ihm immer noch Tanzlokal? Der Knirps würde das Wort nicht mal kennen.

Buddy nickte. »In Noord. Nicht weit von der Stadt.«

Vegter erinnerte sich vage. Ein Riesenschuppen mit Neonbeleuchtung.

»Und du warst mit Freunden dort?«

»Ja. Wir waren zu viert.«

»Und ihr seid zusammen nach Hause gegangen?«

»Nein. Sie sind noch geblieben. Aber ich muss heute Nachmittag Fußball spielen. Deshalb wollte ich vorher noch ein bisschen schlafen.«

»Wann bist du nach Hause gekommen?«

»Ungefähr um Viertel vor vier. Vielleicht auch etwas früher.«

»Du bist nach Hause gekommen, hast dein Mofa in den Keller geschoben und dann?«

»Dann sah ich, dass bei einem Kellerabteil die Tür aufstand.« Der Junge schien sich etwas zu entspannen. »Ich dachte, da wurde eingebrochen. Manchmal werden hier Mofas oder Fahrräder geklaut.«

»Und da hast du nachgeschaut.«

»Ja.«

»Das war mutig von dir«, sagte Vegter. »Du konntest schließlich nicht wissen, ob der Eindringling noch da war. Und dann?«

»Und dann ...« Die Stimme des Jungen überschlug sich.

Seine Mutter kam mit einem Tablett voller Kaffeebecher herein. Sie warf ihrem Sohn einen besorgten Blick zu und teilte wortlos die Becher aus. Sie stellte den Zuckertopf auf den Tisch und verrückte einen Stuhl, damit sie neben dem Jungen sitzen konnte.

»Was hast du gesehen?«

»Dass ... Sie lag da. Sie lag einfach so da. Und überall war Blut.« Buddy hob den Kopf. »Überall. Und ihr Gesicht, ihr Kopf ...« Er faltete die Hände um den Becher, als wollte er sie wärmen.

»Nimm ruhig erst mal einen Schluck«, sagte Vegter.

Der Junge trank, konnte seine Lippen aber nicht richtig kontrollieren, sodass ihm die Hälfte übers Kinn lief. »Ihre Haare waren weg. Nicht alle, aber ...«

Seine Mutter gab einen Schreckenslaut von sich, worauf er sich umdrehte und ihre Hand nahm. »Mama.«

»Ganz ruhig«, sagte sie. »Hier.« Sie nahm den Becher und gab ihm daraus zu trinken, strich ihm mit der freien Hand über den Kopf.

»Krank«, sagte der Vater.

Vegter wartete, bis sie den Becher wieder abgestellt hatte, und nippte in der Zwischenzeit an seinem eigenen Kaffee. Er war stark und heiß. »Was hast du dann gemacht?«

»Ich dachte, die ist bestimmt tot. Sie sah tot aus. Sie hatte die Augen offen, aber sie sah tot aus. Ich wollte nur noch weg, aber dann ist mir eingefallen, dass ich die Polizei verständigen muss. Aber erst mal wurde mir schlecht. Also habe ich erst danach angerufen.«

»Hast du jemanden gesehen? Vielleicht, als du in die Straße eingebogen bist?«

»Nein.«

Natürlich nicht, dachte Vegter. Halb zwei. Viertel vor vier. Da war Winnetou mit seiner Trophäe längst in sein Tipi zurückgekehrt.

»Hast du etwas gehört? Ein Auto, ein Mofa, sonst etwas?«

»Nein.«

»Ich muss dich bitten, aufs Revier zu kommen.« Vegter erhob sich. »Dort wirst du das Ganze noch mal erzählen, nur ausführlicher. Und danach musst du deine Zeugenaussage unterschreiben.« Er sah die Eltern an. »Sie haben geschlafen?« Die Bemerkung »Obwohl Ihr Sohn noch nicht zu Hause war?« verkniff er sich.

Sie nickten.

»Die jungen Leute gehen aus«, sagte der Vater, der seine Missbilligung zu spüren schien. »Wir haben den Jungen zur Selbstständigkeit erzogen, und er macht keinen Unsinn. Na ja, was das Da Shed anbelangt, ist das letzte Wort noch nicht gesprochen. Aber wir sind auch mal jung gewesen.«

Vegter beließ es hierbei. »Kanntest du sie, Buddy?«

»Nur vom Sehen«, sagte der Junge, »ich weiß nicht, wie sie heißt. Ich glaube, sie wohnt noch nicht lange hier.«

Seine Eltern standen schon hinter ihren Stühlen, als wollten sie ein Bankett eröffnen.

»Falls dir noch etwas einfällt, ergänze das bitte bei deiner Aussage. Du kannst jederzeit anrufen.« Vegter legte seine Visitenkarte auf den Tisch. »Auch wenn es dir unwichtig erscheint. Und damit meine ich nicht nur etwas von heute Nacht, sondern auch alles aus den letzten Wochen.«

Zum ersten Mal erwiderte der Junge Vegters Blick. Er hatte runde blaue Augen und ein kindliches Gesicht. Noch keine Spur von Bartwuchs. »Die Zeugenaussage, wann muss ich die machen? Ich muss nämlich um zwei zum Fußball.«

»Irgendwann am Vormittag. Geh erst mal ein Stündchen schlafen.«

Auf dem Weg nach unten sagte Talsma: »Ob das der Einfluss des Fernsehens ist, Vegter? Man findet einen Toten und ist geschockt, denn er ist wirklich tot. Aber anschließend will man wie immer zum Fußballspielen.«

»Sagen wir mal so: Junge Leute sind eben flexibel.«

»Tja«, sagte Talsma. »Was soll's. Mein Tag ist ohnehin ruiniert.«

Die Nachbarn der Wohnung mit der Nummer hundertsiebzig waren nicht zu Hause, aber die von Nummer hundertsechsundsechzig konnten die Identität des Mädchens lüften. Detty Roemers. Sie wohnte mit Leanne Sint zusammen, die allerdings in Urlaub war. Wo, wussten die Nachbarn nicht.

Detty Roemers war neunzehn und studierte im zweiten Jahr Niederländisch. Sint studierte ebenfalls, aber was, wussten die Nachbarn nicht, weil Sint nie oder kaum mit ihnen sprach.

»Die Gute trägt die Nase ein bisschen hoch«, sagte die Nachbarin. Sie war um die vierzig und so stark blondiert, dass ihre Haare beinahe farblos aussahen. Ein hartes Gesicht mit frühen Falten um Nase und Mund. Sie hatte mit den anderen vor dem Haus gestanden, zusammen mit ihrem Mann, einem kahl rasierten Muskelprotz mit Ohrring, der die Namen seiner Kinder auf dem Arm tätowiert trug. Wendy und Mitchell.

»Detty war anders. Detty war wirklich ein Schatz.« Die Nachbarin wischte sich die Augen. »Immer freundlich, immer zu einem kurzen Plausch aufgelegt. Ich glaube, Leanne hat reiche Eltern. Zumindest zahlt ihr Vater die Miete.« Sie zog eine Zigarette der Marke Belinda aus der Schachtel, die vor ihr auf dem Tisch lag. »Und das heißt doch wohl, dass er eine Menge Geld hat.«

»Sie kennen Dettys Eltern nicht?«

Sie schüttelten den Kopf.

»Oder die Universität, an der sie studierte?«

»Nein.« Die Nachbarin führte ein Feuerzeug an ihre Zigarette und inhalierte tief. »Wir gehören nicht zu der Sorte Menschen, die so etwas weiß.«

»Sie könnte es Ihnen erzählt haben«, sagte Vegter milde.

Sie befanden sich in einer blitzsauberen Wohnung. Das dunkle Eichenparkett war poliert, die Fenster glänzten, die Pflanzen in identischen Übertöpfen standen in identischen Abständen auf der Fensterbank. Das Einzige, was diese Ordnung störte, war der große Boxer, der sie sabbernd empfangen hatte, dann aber in einen etwas schmuddeligen Korb verwiesen worden war, von dem aus er sie beleidigt beobachtete.

»Wissen Sie, wo Detty den Abend verbracht haben könnte?«

»Im Kino«, sagte die Nachbarin, ohne zu zögern. Und auf Vegters erstaunten Blick hin: »Dort hat sie am Wochenende immer gejobbt, um etwas Geld zu verdienen. Mit Studienbeihilfe allein kommt man nicht weit, und anscheinend konnten ihre Eltern sie nicht so unterstützen wie die von Madame Sint.«

Woher diese Gehässigkeit?, dachte Vegter. War das der Neid der Arbeiterklasse auf die Bessergestellten?

»Wissen Sie, in welchem Kino?«

»Das hat sie mir zwar erzählt, aber ich habe es wieder vergessen.« Die Nachbarin wandte sich Hilfe suchend an ihren Mann.

»Im Cinema«, sagte dieser. Es war das erste Mal, dass er den Mund aufmachte. Er saß entspannt in seinem Sessel. Der linke seiner behaarten Arme war deutlich gebräunter als der rechte.

Quietschend ging die Tür auf. Ein etwa achtjähriges Mädchen stand auf der Schwelle. »Ma-am ...«

Das muss Wendy sein, dachte Vegter.

»Komm her, mein Schatz.« Wendys Mutter legte ihre Zigarette in den Aschenbecher, nahm das Kind auf den Schoß und griff wieder zur Zigarette.

»Wer ist das?« Wendy trug ein knallrosa Schlafanzugoberteil, auf dem *Mommy's darling* stand. Sie hatte dieselben stahlblauen Augen wie ihr Vater.

»Die Polizei«, sagte ihre Mutter. »Detty ist tot. Sie wurde ...«

»Halt den Mund.« Ihr Mann stand auf, nahm der Mutter das Kind vom Schoß und trug es hinaus. »Du bleibst in deinem Zimmer, bis ich dich rufe. Und Mitchell auch, verstanden?«

Eine Tür fiel zu, dann kehrte er schweigend an seinen Platz zurück.

»Peter ist strenger als ich«, sagte seine Frau erklärend.

Dann wird vielleicht doch noch was aus Wendy und Mitchell, dachte Vegter. »Wissen Sie, ob Detty einen Freund hatte?«

Sie schüttelten den Kopf.

»Ich glaube nicht.« Die Nachbarin drückte ihre Zigarette aus. »Das hätte sie mir bestimmt erzählt. Oder wir hätten ihn gesehen. Na ja, Peter vielleicht weniger. Als Lastwagenfahrer ist er oft im Ausland unterwegs. Meist kommt er erst am Samstag nach Hause und muss dann Schlaf nachholen. Aber das hätte sie mir erzählt, da bin ich mir sicher. Wir waren ziemlich eng befreundet.«

Vegter hatte da seine Zweifel. »Wie lange wohnte sie schon hier?«

»Seit zwei Monaten«, sagte die Frau wie aus der Pistole geschossen.

Wie eng kann man nach zwei Monaten befreundet sein? Enger als vermutet, denn im selben Moment fügte sie hinzu: »Sie hatte es zu Hause nicht so schön. Ihre Eltern haben sich scheiden lassen, weil ihre Mutter einen Freund hatte. Also musste sie weg.«

»Wie waren die Mädchen so als Nachbarinnen? Bekamen sie viel Besuch, waren sie eher ruhig oder eher laut? Oder war das vielleicht unterschiedlich bei den beiden?«

»Wir hatten nie Ärger«, sagte die Nachbarin. »Das sind anständige Mädchen. Wir waren froh, dass sie eingezogen sind, stimmt's, Peter? Ganz anders als das Gesocks von vorher.«

»Haben Sie Detty gestern das Haus verlassen sehen?«

»Nein.«

»Haben Sie sie in den letzten Wochen mit irgendjemandem gesehen? Außer mit Leanne?«

»Nein.«

Vegter stand auf. »Vielleicht müssen Sie etwas länger darüber nachdenken. Lassen Sie die letzten beiden Monate ruhig noch mal Revue passieren. Auch die Gespräche, die sie mit ihr geführt haben. Rufen Sie mich an, wenn Ihnen noch etwas einfällt, und sei es auch noch so unbedeutend.« Er legte seine Visitenkarte auf den Tisch.

Sie standen schon im Flur, als sie sagte: »Stimmt es, dass sie skalpiert wurde?«

»Darüber darf ich Ihnen leider keine Auskunft geben.«

»Es stimmt also«, sagte sie triumphierend.

Vor dem Eingang stand ein Leichenwagen mit weit geöffneter Heckklappe. Das traurige Schwarz stand in krassem Gegensatz zu dem jungen Morgen. Sämtliche Gaffer hatten sich zurückgezogen.

Der Tod übt eine unwiderstehliche Anziehungskraft aus, dachte Vegter. Aber nur so lange, bis die Leute mit den nüchternen Fakten konfrontiert werden.

Talsma drehte sich eine Zigarette. »Fahren Sie aufs Revier?«

Vegter nickte. »Ich wäre froh, wenn du mitkämst. Hoffentlich sind die Fotos schon da und der Bericht von Heutink.« Er ließ die Schultern kreisen.

»Um die Eltern kümmere ich mich schon«, sagte Talsma. »Ich begleite dich.«

Talsma steckte die Zigarette an und stieß den Rauch durch die Nase aus. »Ich wollte eigentlich Brink mitnehmen. Höchste Zeit, dass er erwachsen wird. Vielleicht sollten Sie kurz zu Hause vorbeifahren, Vegter. Renée wird erleichtert sein.«

Vegter wusste nicht, was er darauf sagen sollte.

16

Sie musste trotz allem geschlafen haben, denn als sie die Augen aufschlug, war der Platz neben ihr leer, und die Sonne schien durch die Gardinen.

Sie lauschte, aber im Haus war es still. So still, dass sie wusste, dass er nicht da war. Der Wecker zeigte kurz nach halb neun. Sie setzte sich auf und sah zu dem Stuhl hinüber, auf dem seine Kleider lagen: Jeans und ein dunkelblaues T-Shirt.

Sie verließ das Bett, befühlte T-Shirt und Hose. Beide waren klamm. Wo war das schwarze T-Shirt? Oder war sie farbenblind? Sie schob die Schranktür auf. Keine schwarzen T-Shirts, nur ein dunkelblaues. Hatte er extra ein Oberteil zum Wechseln mitgenommen und das schwarze bei seiner Freundin gelassen? Aber warum?

Sie schlüpfte in ihren Hausanzug und lief die Treppe hinunter. Die Küche sah aus wie am Vorabend. Die Scherben lagen noch auf dem Tresen, von einem Frühstück keine Spur. Instinktiv zog sie die Besteckschublade auf. Das Wurstmesser lag an seinem Platz.

Sie war verrückt. Sie sah Gespenster. Aber wo war er?

Im Wohnzimmer lag ein Zettel auf dem Tisch. Sie erkannte seine unregelmäßige Handschrift.

Ich liebe dich. Brauche nur eine kurze Auszeit.

Sie lachte laut auf. Eine Auszeit. Aber für wie lange? Für einen Tag, für eine Woche, für einen Monat? Und konnte man von einer Ehe überhaupt eine Auszeit nehmen?

Sie zerknüllte den Zettel und warf ihn in den Müll, wo die hässlichen Chrysanthemen bereits vor sich hin welkten.

Kaffee.

Während sie auf das Blubbern des Espressos wartete, überlegte sie, wo er wohl steckte. Bei seiner Freundin? Dann blieb er bestimmt den ganzen Tag weg. Vielleicht sollte sie sich auch etwas Gutes tun, jetzt wo sie »Eheferien« hatte. Aber zuerst musste sie Bibi anrufen.

Nach dem Kaffee und ein paar Crackern mit Käse lief sie ziellos durchs Haus. Erstaunlicherweise ging es ihr einigermaßen gut: keine Bauchschmerzen, nur die übliche dumpfe Mattigkeit. So gesehen, konnte sie den Tag für sich nutzen. Aber wie? Auf keinen Fall ans Meer und auch nicht ins Museum. Liesbeth? Nein, Liesbeth kannte sie zu gut. Sie würde sofort etwas merken, und sie durfte sie nicht damit belasten. Sie brauchte mehr Klarheit. Sie würde eine Entscheidung fällen müssen, wenn es denn etwas zu entscheiden gab. In Gedanken hatte sie John bereits verurteilt, obwohl sie nicht einmal genau wusste, wofür. Er hatte Geldprobleme, aber vielleicht war das gar nicht seine Schuld. Und das Getue mit den Kleidern ... Wer weiß, vielleicht gab es auch dafür eine logische Erklärung. Aber warum wagte sie es dann nicht, ihn darauf anzusprechen? Weil sie zu wenig wusste oder zu viel?

Plötzlich saß sie im Auto, das wie von selbst den Weg zu finden schien. Dann parkte sie am selben Ort wie am Abend zuvor. Sie sah sich um. Außer Möwen, die sich um eine zerrissene Plastiktüte stritten, rührte sich nichts. Im nüchternen Tageslicht wirkte der Parkplatz längst nicht so deprimierend wie nachts.

Sie schloss das Auto ab. Dort, wo Johns Wagen gestanden hatte, parkte jetzt ein kleiner weißer Japaner. Langsam lief sie weiter. Es war wieder heiß, das Grün der Sträucher, die die Anlage umgaben, war staubig und blass.

Sie nahm denselben Weg, den John gegangen war und der zwischen den beiden Hochhäusern hindurchführte. Wo war sie eigentlich? In der Saturnusstraat. Trostlose Wohnblocks, sechs bis acht Stockwerke hoch, mit Haustüren, an denen die Farbe abblätterte, und Graffitis an den Wänden. Viele Satellitenschüsseln. Ein Mann fuhr mit dem Rad an ihr vorbei und hielt mit einer Hand den Bierkasten fest, den er auf den Gepäckträger geklemmt hatte. Das Sterrenwijk war kein Viertel, in dem sie sich normalerweise aufhielt. Sie fühlte sich verloren und blieb mitten auf der Kreuzung stehen. John würde sagen, dass sie nur die Fassade des Lebens kannte, aber nicht das Dahinter. Gut, sie war privilegiert, aber wie jeder andere Mensch auch, hatte sie sich ihr Umfeld nicht ausgesucht.

Sie ging nach links, denn für irgendeine Straße musste sie sich nun mal entscheiden. Jupiterstraat. Ein Streifenwagen kam ihr entgegen, und weiter hinten, vor dem vorletzten Haus, standen noch zwei. Sie machte kehrt und lief zurück zum Parkplatz. Sie hatte hier nichts zu suchen, sagte sie sich, während sie einstieg und den Motor anließ.

*

Er hatte bei Sascha geklingelt, und dann noch ein zweites Mal, als ihm niemand aufmachte. Warum gab sie ihm verdammt noch mal keinen Schlüssel? Er klingelte ein drittes Mal, und zwar Sturm. Sie war da, ihr Auto stand vor der Tür. Wenn sie jetzt nicht aufmachte, würde er die Tür eintreten.

Hinter dem Mattglas der Wohnungstür sah er, wie sich etwas bewegte. Madame war wach. Die Tür öffnete sich einen Spaltbreit. Ohne zu zögern, drückte er sie auf und betrat den Flur.

»John! Was willst du hier?«

Sie trug einen Morgenmantel oder etwas, das sich dafür ausgab. Ein weinrotes, durchsichtiges Nichts. Ihre Augen waren verquollen, in den Augenwinkeln klebte verschmierte Wimperntusche, und ihr blondes Haar war verstrubbelt und zerzaust.

»Tag, Schatz«, sagte er ironisch.

Sie packte ihn am Arm. »John, es geht mir nicht gut. Ein andermal, okay? Du wolltest mich doch vorher anrufen.«

»Na und?« Er lief weiter, stieß die Tür zum Wohnzimmer auf. Auf dem Tisch standen schmutzige Gläser, eine Platte mit vertrockneten Sushi und ein voller Aschenbecher. Er drehte sich um, ging zum Schlafzimmer und trat die Tür auf.

In dem großen Bett saß ein kahlköpfiger Mann um die fünfzig, der ihn verblüfft ansah. Er trug eine modische Hornbrille. Sein bleicher, mit zwei Speckrollen bestückter Oberkörper war ebenfalls unbehaart und vertrug sich nur schlecht mit der dunkelvioletten Satinbettwäsche.

»John ...« Sascha stand hinter ihm und packte ihn erneut am Arm.

Er schlug ihre Hand weg. »Kannst du das erklären?«

Sie folgte ihm in den Flur, wo ihm erst jetzt das Paar Herrenschuhe auffiel, das ordentlich an der Garderobe stand. Kastanienfarbene Brogues.

Er packte das weinrote Nichts, knapp unterm Kinn, und riss sie zu sich. »Welches Auto gehört ihm?«

»Wie bitte?«

Er schüttelte sie, bis ihre Zähne aufeinanderschlugen. »Welches Auto gehört ihm?«

»Was hat das damit zu tun?«

Als er die Angst in ihren Augen sah, erfüllte ihn tiefe Zufriedenheit. »Welches Auto?«

Er packte sie noch ein Stück weiter oben am Morgenmantel, während sie ihre Hand schützend an ihre Kehle legte.

»Ein Volvo.«

»Farbe?«

»Schwarz.«

Er ließ sie los. Unverzüglich trat sie einen Schritt zurück, war aber nicht schnell genug. Seine Faust traf frontal ihren Wangenknochen. »Widerliche Schlampe.«

Er zog die Tür sorgfältig hinter sich zu, eilte die beiden Treppenabsätze hinunter und drückte die Haustür auf. Der Volvo stand mehr oder weniger direkt davor. Er blitzte wie frisch gewaschen, und das Kennzeichen war nicht einmal ein Jahr alt.

Er lief zu seinem eigenen Auto und holte den Wagenheber, kehrte mit diesem zum Volvo zurück und begann beim linken Vorderfenster, um dann systematisch alle anderen Scheiben zu zertrümmern. Bei der Windschutzscheibe musste er zweimal zuschlagen, und zwar genau dort, wo das Glas am meisten unter Spannung stand. Zu guter Letzt ließ er den Wagenheber auf die Motorhaube niedersausen.

17

Vegter, Talsma und Brink betrachteten schweigend die Fotos, die Vegter auf seinem Schreibtisch ausgebreitet hatte. Brink hatte sich Zugang zur Wohnung verschafft und Detty Roemers' Pass mitgenommen. Das Passfoto ließ keine Zweifel offen, obwohl die Leiche noch offiziell identifiziert werden musste.

»Vielleicht stellt sich der Vater dafür zur Verfügung«, sagte Talsma.

»Hast du die Adresse schon ermittelt?«

»Ja. Ob die Eltern bereits geschieden sind, weiß ich nicht, aber auf jeden Fall leben sie getrennt. Die Mutter ist zu ihrem Freund gezogen, der Vater wohnt im alten Haus – zusammen mit seinem etwa fünfzehnjährigen Sohn.« Talsma sah Brink an. »Wir fahren gleich zusammen dorthin.«

Brink schwieg, sah aber zu Vegter hinüber. »Ich bin noch an den Partygästen dran.«

»Dann setze deine Vernehmungen fort. Obwohl ich nicht glaube, dass uns das weiterbringen wird. Trotzdem, die Arbeit muss getan werden. Ich habe hier auch den Bericht von Heutink. Der Tod ist ungefähr um halb zwei eingetreten, die Todesursache ist ein Messerstich ins Herz. Aber einer der anderen drei Stiche hätte ebenfalls tödlich sein können, da die Leber getroffen wurde. Interessant ist, dass Heutink von einem Linkshänder als Täter ausgeht, wegen der Art und Weise der Stichführung. Das gilt allerdings nur für drei der vier Stiche. Der ins Herz spricht dagegen, sodass ihr die anderen drei eventuell von hinten zugefügt wurden.«

»Das klingt überzeugend«, sagte Talsma nachdenklich. »Das Mädchen sperrt das Kellerabteil auf, müht sich in dem schmalen Flur mit seinem Fahrrad ab, und währenddessen steht er schon hinter ihr.«

»Das Rad war ordentlich an die Wand gelehnt«, rief ihm Vegter in Erinnerung.

»Dann hat er einfach gewartet, bis sie es weggeräumt hatte«, sagte Talsma nüchtern.

»Oder er hat es selbst an die Wand gelehnt«, sagte Brink.

»Nachdem er sie ermordet hat?« In Talsmas Stimme schwangen gehörige Zweifel mit. »Wie nett von ihm. Er hebt sogar umgefallene Räder auf. Vielleicht müssen wir nach jemandem Ausschau halten, der alten Omas über die Straße hilft.«

Brink ignorierte seine Bemerkung. »Ist sie vom Kino direkt nach Hause gefahren?«

»Ja«, sagte Vegter. »Das haben wir bereits überprüft. Die Spätvorstellung war gegen Viertel nach zwölf zu Ende, und normalerweise trinkt das Personal nach dem Aufräumen noch etwas, bevor es nach Hause geht. So auch gestern Abend. Es ist ein kleines Kino mit einem einzigen Vorführsaal, und sie arbeiten dort zu fünft: Der Besitzer, der Filmvorführer, die Frau an der Kasse und zwei Leute für Saal und Büffet. Laut dem Besitzer ist Detty gegen eins gegangen. Sie war mit dem Rad da, denn das hatte er in einem Ständer neben dem Kino gesehen, als er den Müll der Spätvorstellung nach draußen trug. Das kommt zeitlich alles hin.«

Talsma griff nach seinem Tabak und drehte sich eine Zigarette. Das Fenster stand sperrangelweit auf, sodass seine übliche Frage ausfiel. »Wenn er ihr mit dem Auto, auf einem Moped oder sonst irgendwie gefolgt ist, müsste ihr das aufgefallen sein. Vielleicht nicht im Zentrum, aber am Stadtrand.«

»Das wäre allerdings auch der Fall, wenn er ihr mehrmals gefolgt ist«, bemerkte Brink.

»Das muss aber nicht so gewesen sein.« Talsma ließ sein Feuerzeug fallen, hob es wieder auf und hielt es an die Zigarette. »Ich war noch nicht fertig: Sie kann ihn auch gekannt haben. Wenn nicht, kann er tagsüber auf sie aufmerksam geworden und ihr anschließend gefolgt sein. Dann ist mehr los, und man fällt weniger auf. Oder aber er hat rausgefunden, wer sie war, wo sie wohnte und als was sie arbeitete. Andererseits gehen wir davon aus, dass sie ein Zufallsopfer ist. Oder eher doch nicht? Denn wenn wir die Haarfarbe und die Ziffer auf dem Bauch mit einbeziehen, müssen wir annehmen, dass hier irgendein Irrer, der Rothaarige hasst, sein Unwesen treibt.«

»Das klingt logisch«, sagte Vegter. »Aber wir können uns trotzdem irren.«

»Kennt Renée sie?«

»Vielleicht sind beide Mitglied in irgendeinem Club für Rothaarige«, sagte Brink.

Vegter griff zum Telefon. Es dauerte, bis sie dranging. Sie klang verschlafen.

»Eine kurze Frage«, sagte er. »Kennst du eine Detty Roemers?«

»Nein. Warum?«

»Das erzähl ich dir später.« Er legte auf und schüttelte den Kopf. »Renée kennt sie nicht.«

»Ein warmer Sommerabend«, sagte Talsma. »Und noch dazu ein Freitag. Das Wochenende steht vor der Tür. Es müssen also noch jede Menge Leute wach gewesen sein und auf dem Balkon gesessen haben.«

»Die Balkone liegen nach hinten hinaus.«

»Ja, aber was ich damit sagen will, ist, dass es so spät auch wieder nicht war. Gut möglich, dass im Laufe des Abends noch mehrere Leute von einem Spaziergang oder von einem Straßencafé nach Hause gekommen sind. Vielleicht haben sie sich auch nur draußen im Freien unterhalten, was weiß denn ich. Wenn wir hier schon mal schönes Wetter haben, verbringen auch wir unser Leben draußen.«

»Worauf willst du hinaus?«

»Dass ich mir nicht vorstellen kann, dass er den ganzen Abend dort rumgehangen hat. Es wird erst gegen elf Uhr dunkel. Es gibt ein paar Sträucher neben den Wohnblocks, aber sonst nichts. Er hätte sich stundenlang hinter einem Auto verstecken müssen, und das wäre riskant gewesen.«

»Vielleicht hat er im Kellerabteil gewartet. Hast du daran schon gedacht?« Brink warf ihm einen triumphierenden Blick zu.

»Ja.« Talsma ging zum Fenster und warf seine Kippe nach draußen. »Das Schloss war nicht aufgebrochen, das habe ich überprüft.«

»Das muss nichts heißen«, sagte Brink enttäuscht.

»Nein, aber es ist ein ordentliches Schloss. Keines, das man mit einer Büroklammer aufbekommt.«

»Lasst uns abwarten, bis der vorläufige Bericht aus der Forensik da ist.« Vegter sah auf die Uhr. »Das kann nicht mehr lange dauern. Inzwischen werde ich versuchen, Leanne Sint ausfindig zu machen.«

»Und wir beide fahren zu den Eltern.« Talsma versetzte Brink einen Klapps zwischen die Schulterblätter. »Nimm diesen Pass mit. Und wenn du willst, kannst du mich anschließend wieder in die Wohnung begleiten.«

Sie hatten die Tür kaum hinter sich zugezogen, als Vegters Telefon klingelte.

»Er wurde gesehen.« Vegter erkannte die Stimme eines

älteren Kriminalbeamten namens Waterman. Er hörte die Aufregung, die darin mitschwang.

»Wo? Und woher wissen wir, dass er es war?«

»Mit Sicherheit wissen können wir das natürlich nicht.« Waterman klang gleich ein ganzes Stück nüchterner. »Wir kommen ziemlich gut voran, weil viele in Urlaub sind. Inzwischen sind wir schon bei der Venusstraat angelangt, einer Parallelstraße hinter der Jupiterstraat. Sie kennen die Lage der Wohnblocks?«

»Ja.«

»Dann wissen Sie auch, dass die Eckwohnungen der Venusstraat auf den Grünstreifen neben Roemers' Wohnblock hinausgehen. Ein älterer Mann im dritten Stock war aus dem Bett aufgestanden, weil er wegen der Hitze nicht schlafen konnte. Er saß ab eins im Dunkeln auf seinem Balkon und sah einen Kerl hinter einem geparkten Wagen entlangschleichen. Zwischen halb zwei und zwei, genauer kann er es nicht sagen. Ihm fiel nur auf, dass der Mann einen nackten Oberkörper hatte. Außerdem schien er direkt von dem Grünstreifen zu kommen, aber das will er nicht beschwören, weil er ein bisschen gedöst hat. Richtig hellwach wurde er erst, als der Kerl hinter den Autos verschwand. Er trug etwas bei sich, das aussah wie eine Plastiktüte. Sie glänzte im Schein der Straßenlaterne.«

»Kann er die Person näher beschreiben?«

»Kaum. Die Laterne steht an der anderen Straßenecke, außerdem hatte der Herr seine Brille nicht auf. Ein schlanker, mittelgroßer Mann weißer Hautfarbe, der wahrscheinlich Jeans trug und normal lange, dunkle Haare hatte.«

»In welche Richtung ist er verschwunden?«

»Kann sein, dass er zum Parkplatz an der Durchgangsstraße gelaufen ist. Am Ende der Venusstraat und dann links.«

»Dann schick zwei Männer dorthin. Sie sollen unterwegs

die Augen offenhalten. Und sieh dir den Grünstreifen näher an.«

»Damit sind sie bereits beschäftigt.«

»Ruf mich an, sobald ihr was habt.«

»Gut.«

Vegter stellte sich ans Fenster. Die Sonne brannte auf das Pflaster unter ihm und spiegelte sich in den Fenstern der geparkten Autos. Im Schatten der Kastanie an der Ecke des Parkplatzes saßen zwei alte Männer auf Klappstühlen. Sie waren über einen kleinen Tisch mit einem Schachbrett gebeugt. Beide trugen langärmelige Hemden, wobei einer von ihnen die Ärmel als Zugeständnis an die Hitze bis zum Ellbogen hochgekrempelt hatte. Der eine Mann streckte die Hand aus, machte einen Zug und lehnte sich anschließend zufrieden zurück. Der andere schüttelte nur den Kopf und lachte.

Mit nacktem Oberkörper, dachte Vegter. Wegen des Blutes? Oder gehörte das zu dem kranken Verhaltensmuster und dem damit verbundenen Ritual? Das mit dem Blut war wahrscheinlicher. Die Stiche konnte er natürlich auch ausgeführt haben, ohne sich selbst zu besudeln, vorausgesetzt, er war schnell genug. Aber das mit dem Haar stand auf einem anderen Blatt. Die Plastiktüte hatte er bestimmt mitgenommen, um den Skalp darin zu transportieren. Oder ging da die Fantasie mit ihm durch? Genauso gut konnte es irgendein stockbesoffener Kerl auf dem Heimweg gewesen sein. Kerle, die ungeniert im Freien pinkelten, gab es überall, und bei dieser Hitze liefen die Leute in den unterschiedlichsten Nacktheitsgraden herum. Er musterte einen Jungen auf der anderen Straßenseite, der nur Bermudas und Flipflops trug. Sein blasser Bauch quoll über den Hosenbund. Vegter fragte sich, was er wohl am Strand anhatte. Wahrscheinlich gar nichts.

Das Telefon klingelte.

»Vegter.«

»Waterman«, sagte Waterman. »Keine Ahnung, ob uns das weiterhilft, aber im Grünstreifen liegt ein Riesenscheißhaufen.«

»Menschenkot?« Vegter konnte ein Kichern nicht unterdrücken.

»Ich denke schon.« Diesmal klang Waterman nicht aufgeregt, sondern eher peinlich berührt. »Sie sagten doch, dass ich ...«

»Klar. Nehmt eine Probe.«

Waterman legte wortlos auf. Vegter stellte sich erneut ans Fenster. Es konnte gut sein, dass sie es mit Einbrecherangst zu tun hatten. Es war schon mehrmals vorgekommen, dass er bei Einbruchsermittlungen auf Fäkalien gestoßen war. Er musterte die fröhlichen gelb-weiß gestreiften Sonnenschirme des Straßencafés und seufzte. Die Angst eines Mörders musste um ein Vielfaches größer sein.

*

Die Terrasse des Strandcafés war so gut wie voll besetzt. Er lief an den glänzenden, eingeölten Leibern vorbei, trennte die Pärchen routiniert von den Single-Frauen und rechnete sich schon auf dem Weg nach drinnen mehrere Chancen aus. Aber zuerst frühstücken.

Er hatte einige Kilometer zurücklegen müssen, bevor seine Wut nachgelassen hatte. Von unterwegs hatte er Sascha angerufen und ihr klargemacht, was passieren würde, wenn sie ihn an den alten Knacker verriet. Sie war zwar blöd, aber so blöd auch wieder nicht.

»Ich habe ihm gesagt, dass ich nur deinen Vornamen kenne.«

Der Mann war verheiratet, so viel hatte er noch aus ihr herausbekommen. Deshalb würde er bestimmt nicht groß das Maul aufreißen, sondern sich mit dem Verlust abfinden. Schade um den Schadenfreiheitsrabatt. Er selbst war im Nachhinein froh, die Kleine los zu sein. So gut war sie auch wieder nicht im Bett, dass es die Unkosten wieder wettmachte. Er ärgerte sich nur, warum er nicht früher gemerkt hatte, dass sie bloß eine Edelnutte war. Aber ansonsten ging es ihm ausgezeichnet.

Drinnen war es düster und kühl, kein Schwein saß hier. Er ging zur Bar. »Mach mir bitte ein Brötchen mit Lachssalat, Harry. Und einen frisch gepressten O-Saft.«

Der Barmann nickte. »Geht's dir gut, John?«

»Ich vögle noch ohne Brille, so gesehen kann ich nicht klagen.«

Der Barmann fiel in sein Lachen mit ein. »Sitzt du draußen?«

»Was dachtest du denn? Dort spielt die Musik.«

Er machte es sich auf einer Liege bequem, registrierte, dass er bereits Aufmerksamkeit erregt hatte, versteckte sich hinter der Sonnenbrille und musterte seine Umgebung. Bei näherer Betrachtung war das Ergebnis nicht sehr vielversprechend, aber der Tag war noch lang, und er konnte sich jederzeit wieder verpissen. Vielleicht sollte er es lieber ruhig angehen lassen. Sein Brötchen kam, und er aß es langsam und trank seinen Saft dazu. Er starrte aufs Meer und auf den belebten Strand, lauschte der Geräuschkulisse und genoss es, wieder in der Realität gelandet zu sein. Bei beiden »Aktionen«, wie er sie nannte, hatte er sich wie Regisseur und Schauspieler in einem gefühlt. Sein Hirn war zweigeteilt: ein Teil gab Anweisungen und ein Teil führte sie aus. Nur so konnte er die Situation unter Kontrolle behalten. Es geschah nicht wirklich, es war ein Film, zu dem er das Drehbuch geschrieben hatte. Und die Dreharbeiten waren noch nicht vorbei, er steckte noch mittendrin. Aber zwischendurch durfte er das Set verlassen, obwohl die schwierigsten Szenen noch ausstanden.

Seine Lider wurden schwer. Auf wie viel Stunden Schlaf hatte er in den letzten Wochen verzichten müssen? Er war müde, und jeder Tag kam ihm anstrengender vor als der vorhergehende.

Neben ihm raschelte jemand mit einer Zeitung. Ob wohl schon darüber berichtet wurde? Doch dann beschloss er, noch nichts davon wissen zu wollen. Er brauchte Ruhe, zumindest heute. Schlimm genug, dass er es heute Abend wieder mit Vivienne aufnehmen musste. Oder konnte er es noch bis morgen hinauszögern? Ein Hotelzimmer war schnell gebucht, außerdem ging es schließlich um einen Vertrauensbruch. Er musste ihr klarmachen, dass ihn ihre Weigerung schwer getroffen hatte. Er hatte ein Recht darauf, beleidigt zu sein. Der Zettel war ein kluger Schachzug gewesen. Er würde sie verunsichern und ihr ein schlechtes Gewissen machen, sodass sie sich den ganzen Tag fragen würde, wo er bloß steckte und was er tat. Meine Güte, in ihr konnte man lesen wie in einem offenen Buch, sie ließ sich unglaublich leicht manipulieren. Nur nicht, wenn es ums Geld ging. Miststück!

Er schob die Sonnenbrille hoch, drehte sich auf den Bauch und schloss die Augen.

*

Sie hatte eingekauft, weil sie samstags immer einkaufen ging. Nichts war beruhigender, als durch den Supermarkt zu laufen und sich mit der nüchternen Realität quengelnder Kinder, überquellender Einkaufswagen und gestresster Kassiererinnen zu konfrontieren. Wie immer hatte sie Zeitungen und Zeitschriften gekauft, da John und sie es liebten, diese beim Sonntagsfrühstück und danach zu lesen. Andererseits wusste sie nicht, ob sie am nächsten Morgen überhaupt zusammen frühstücken würden. Aber das vertraute Samstagsprogramm gab ihr Halt und strukturierte ihren Tag. Irgendwie musste sie ihn ja herumbringen.

Zu Hause verstaute sie die Einkäufe, legte Bier und Wein in den Kühlschrank, räumte das Fleisch in die Gefriertruhe und das Obst in die Obstschale. Sie putzte die Küchentheke, warf die Scherben in den Müll, bezog das Bett neu und füllte die Waschmaschine. Danach war ihr schwindelig vor Hunger. Sie musste etwas essen, aber kein Brot, denn irgendetwas saß ihr quer, sodass ihr das Schlucken schwerfiel. Etwas Süßes, das sie trösten würde. Sie riss das Papier von einer Zweihundertgrammtafel Bitterschokolade und aß sie auf einmal auf. Die Schokolade lag ihr bleischwer im Magen, trotzdem ging es ihr danach besser.

Der Rasen. Sie würde den Rasen mähen. Es stimmte nicht, dass sie John dafür brauchte. Wo war nur ihre Unabhängigkeit geblieben?

Im Garten war es warm. Nichts regte sich. Über den Rosen schwebten träge Hummeln, eine Drossel saß mit gespreizten Flügeln im Vogelbad und flog auf, als sie näher kam. Vom Tennisplatz am Ende der Straße klangen das dumpfe Ploppen der Bälle, ein entrüsteter Schrei und danach tosendes Gelächter herüber.

Sie holte den Rasenmäher aus dem Schuppen und ließ ihn an. Der Rasen bot keinen Schatten, und die Sonne brannte ihr gnadenlos auf den Scheitel. Nach fünf Bahnen war ihr Rücken klatschnass, aber sie machte stur weiter, bis sie alles gemäht hatte. Zwischendurch leerte sie den Grasfangbehälter. Der Berg gemähten Grases verströmte nicht den frischen Kräuterduft, den sie so liebte, und die Halme hatten gelbe Spitzen. Nach wochenlanger Trockenheit schien der

Garten nur noch ein blasser Abklatsch seiner selbst zu sein. Verdorrt, müde und alt.

Sie entsorgte das Gras und spannte den Sonnenschirm auf. Im Haus füllte sie einen Weinkühler mit Eis, stellte die Flasche hinein, steckte eine Gabel in ein Glas Oliven und trug alles nach draußen. Es war noch zu früh, um Wein zu trinken, und von Oliven wurde sie dick – aber wen sollte das stören?

Sie ging zurück ins Haus, um die Zeitungen zu holen, schlug die oberste auf dem Weg nach draußen auf und erstarrte. Ihre Augen verschlangen die Sätze, die an Deutlichkeit nichts zu wünschen übrig ließen. Ihr drehte sich der Magen um. Sie hatte Schokoladengeschmack auf der Zunge. Aber es war kein süßer, tröstlicher Geschmack, sondern der einer breiigen, bitterscharfen Substanz. Gerade noch rechtzeitig erreichte sie die Toilette, fiel auf die Knie und erbrach einen warmen, dunkelbraunen Schwall, der in ihrer Kehle brannte. Sie stand auf, spülte den Mund aus, lief auf wackeligen Beinen ins Wohnzimmer und ließ sich in einen Sessel fallen.

Hatte sie es nur nicht wahrhaben wollen? Nein, sie hatte einfach nicht richtig hingesehen, die Zeitungen und Zeitschriften achtlos aus dem Regal genommen und sie anschließend zusammengefaltet in die Einkaufstasche gesteckt.

Das Sterrenwijk. Eine junge Frau. Rothaarig. Skalpiert. *Skalpiert.* Wieder schmeckte sie Galle. Sie versuchte, das Wort zu vergessen, ihren Kopf vollkommen leer zu machen.

In dem ruhigen Zimmer und dem grünen Dämmerlicht war ihr, als triebe sie vollkommen losgelöst dahin. Das Haus, das sie so liebte, die Möbel, die Blütenpracht des Gartens – nichts war noch von Bedeutung. Wartete sie? Und wenn ja, worauf? Auf wen? Da war niemand. Selbst wenn Liesbeth nicht krank im Bett läge, ja selbst wenn Mama und

Papa noch am Leben wären, hätte sie ihnen das niemals begreiflich machen können.

Sie blieb reglos sitzen, ohne jedes Zeitgefühl, ohne jeden Gedanken, bis auf die eine, immer wiederkehrende Frage: War sie dabei, verrückt zu werden?

18

Als Vegter endlich nach Hause kam, roch es im Flur nach Suppe. Er blieb einen Augenblick stehen, um den Duft einzusaugen. Lauch, Sellerie, Möhren. Eine altmodische Gemüsesuppe, wie seine Mutter sie früher gemacht hatte. Und Stef. Er war müde und verschwitzt, sehnte sich nach einer Dusche und einem sauberen Hemd. Er hatte keine Lust gehabt, noch etwas zu kochen. Aber das musste er auch gar nicht, es gab Suppe. Erst jetzt merkte er, dass er den ganzen Tag nichts gegessen hatte.

Renée saß mit einem Buch auf dem schattigen Balkon.

»Du hast gekocht«, sagte er.

»Ich habe eine Suppe gemacht.« Sie klappte lachend das Buch zu. »Das ist etwas anderes.«

»Hast du schon gegessen?«

»Ja, das ist doch hoffentlich nicht schlimm? Ich bin fast gestorben vor Hunger. Außerdem ist es eine vegetarische Suppe, weil ich kein Fleisch schneiden kann, geschweige denn Markklößchen formen.«

»Das macht nichts.« Er setzte sich und stand gleich wieder auf. »Zuerst ein Bier. Trinkst du eines mit?«

Sie schüttelte den Kopf.

»Wie war dein Tag?«, fragte er, als er mit dem Bier zurückkam.

»Gut. Ich habe viel geschlafen. Dann habe ich mir ein Brötchen gekauft und war wegen des Gemüses im Supermarkt. Warum hast du angerufen?«

»Hast du noch keine Zeitung gelesen?«

Sie wurde hellhörig. »Nein.«

»Vielleicht urteile ich vorschnell«, sagte er. »Aber ich glaube, wir können davon ausgehen, dass der Überfall auf dich nicht persönlich gemeint war.«

»Detty Roemers.«

Er nickte. »Neunzehn Jahre alt, rothaarig. Sie wurde im Keller ihres Hauses niedergestochen.«

»Tot.«

»Ja.« Er nahm einen Schluck von seinem Bier.

»Und weil sie rothaarig ist, glaubst du ...« Sie ließ den Satz unvollendet.

»Nicht nur deshalb.« Auf der Heimfahrt hatte er überlegt, wie er die Nachricht möglichst schonend formulieren konnte – vergeblich. »Da sind noch mehr Übereinstimmungen. Die Schnitte an deinem Bauch bilden die römische Ziffer I. Diese Theorie stammt von Brink, und Talsma und ich hatten daran große Zweifel, aber er scheint recht zu haben: Bei Detty Roemers ist es eindeutig eine II. Außerdem wurde ein großes Stück Kopfhaut samt Haaren entfernt. Ehrlich gesagt, alle, die auf ihrem Schädel wuchsen.«

Renée sagte nichts.

Vegter trank gemächlich sein Bier aus und stand auf, um eine neue Flasche zu holen.

»Ich hab's mir anders überlegt«, sagte sie. »Ich trinke auch eines.«

»Du bekommst Wein«, sagte er. »Rotwein. Der ist in Maßen genossen gesund. Ich gebe dir also genau ein Glas.«

Er wählte mit Bedacht eine Flasche aus, entkorkte sie und schenkte ihr daraus ein.

Sie begann sofort mit hastigen Schlucken zu trinken.

»Langsam!« Er nahm ihr den Wein ab und stellte ihn neben ihren Stuhl. Plötzlich legte sie die Hand auf seinen Arm. »Paul …«

»Ich hatte gehofft, dass dich das irgendwie beruhigt«, sagte er. »Oder dass du eine Art Erleichterung verspürst.«

»Vielleicht kommt das irgendwann. Aber noch bin ich nicht so weit. Ich fühle mich nach wie vor wie ein wertloser Gegenstand, über den man nach Gutdünken verfügen kann. Der Arm und das hier …« Sie berührte ihre Brust. »Das kann ich komischerweise noch verstehen. Aber nicht das hier.« Sie strich ihr dickes Haar zurück, und er sah die mehr als zehn Zentimeter lange und drei Zentimeter breite Wunde an ihrer linken Schläfe. Darüber hatte sich ein dünner Hautfilm gebildet, rosa wie bei einem Baby.

»Ich trau mich kaum noch, einzuschlafen«, sagte sie heiser. »Denn nach einer viertel oder halben Stunde werde ich wach, weil er gekommen ist, um mich endgültig umzubringen. Früher dachte ich, dass Ängste verschwinden, sobald man sich ihnen stellt. Aber ich habe mich getäuscht. Und das macht mich unheimlich wütend, weil ich finde, dass ich das hinbekommen müsste. Hier sollte ich mich eigentlich sicher fühlen.«

»Aber dem ist nicht so?« Er ging in die Hocke und wischte ihr mit dem Daumen die Tränen aus dem Gesicht. So wie bei Ingrid, wenn sie gestürzt war und ein Pflaster ihr nicht genug Trost schenkte.

»Nein.«

»Warte.« Er ging in die Küche und kehrte mit einem Haufen Haushaltstüchern zurück. »Es sind zu viele. Oder aber mein Daumen ist zu klein.«

Sie versuchte zu lachen, schnäuzte sich und zerknüllte die Papiertücher zu einem Ball. Er reichte ihr erneut das Glas, und sie trank es auf einen Zug leer.

»Mehr bekommst du nicht.«, sagte Vegter.

»So kenne ich dich gar nicht«, erwiderte sie.

Er hatte sich nur für einen winzigen Moment nicht im Griff, aber sie bemerkte es trotzdem. Er nahm sein Bier, wandte ihr den Rücken zu und beugte sich über das Geländer.

Sie wartete, bis die Flasche leer war, bevor sie sagte: »Vielleicht ist es besser, wenn ich wieder in meine Wohnung gehe.«

»Nur, wenn du dich traust.«

»Nein«, sagte sie.

Violette Wolkenfetzen trieben über den Himmel, den die tief stehende Sonne rosa verfärbt hatte. Er folgte ihnen mit seinem Blick, bis sie hinter den gegenüberliegenden Häusern verschwunden waren.

»Es gäbe eine Lösung«, sagte er. »Besser gesagt zwei: Wir könnten tauschen. Du schläfst in meinem Haus, und ich bleibe hier. Das ist aber keine gute Lösung, denn dort gibt es kein anständiges Bett und keine Dusche. Außerdem wärst du sehr isoliert, weil du nicht Auto fahren kannst. Möbel sind auch noch keine da, von einem alten Gartenstuhl mal abgesehen.«

»Und was wäre die gute Lösung?«

»Dass ich ebenfalls hier übernachte.« Er lachte. »Das Sofa ist sehr bequem, manchmal wache ich mitten in der Nacht darauf auf.«

Sie fiel in sein Lachen mit ein, entspannte sich. »Das kann ich nicht von dir verlangen.«

»Aber es würde dir helfen?«

»Oh ja«, sagte sie, ohne zu zögern.

»Dann wäre das also geklärt.« Er sammelte die Flaschen und ihr Glas ein. »Darf ich jetzt endlich etwas essen?«

*

Unentschlossen stand sie in der Küche. War es nicht schon eine Ewigkeit her, dass sie etwas gegessen hatte? Sie machte den Kühlschrank auf, warf einen Blick hinein, um ihn gleich wieder zu schließen. Wozu sich die Mühe machen, etwas zu kochen? Es war schon nach acht, vielleicht kam er heute Abend nicht mehr nach Hause. Ihr war es egal, ihr war alles egal. Problem gelöst. Sie drehte sich um und ging nach draußen, strauchelte und konnte sich gerade noch am Gartentisch abfangen. Das Eis im Weinkühler war längst geschmolzen, und die Weinflasche schwamm im lauwarmen Wasser. Trotzdem schenkte sie sich etwas ein und hob das Glas. »Prost, John. Auf die Nächste.«

Sie nahm einen großen Schluck und goss den Rest in das Beet neben der Terrasse. Warum trank sie glühend heißen Wein? Es war noch lange nicht Dezember. Weißwein musste kalt getrunken werden. Also musste sie eine neue Flasche aufmachen, so einfach war das. Die Gabel steckte immer noch im Glas mit den Oliven. Sie schob sich eine in den Mund, spuckte sie aber sofort wieder aus. Keine Oliven mehr. Von Oliven wurde sie dick, und John mochte keine dicken Frauen. John mochte schlanke Frauen, vorausgesetzt, sie hatten rote Haare. Die hatte sie bereits, also musste sie nur noch schlank werden.

In der Küche stellte sie die Flasche auf die Anrichte, neben die leere, die dort bereits stand. Sie holte eine neue aus dem Kühlschrank, kämpfte mit dem Korkenzieher und verschüttete etwas Wein, als der Korken endlich aus dem Flaschenhals schoss. Egal. John kleckerte auch, wenn er wütend war. Kurz wischen, fertig. Problem gelöst. Im Grunde war das Leben ganz einfach: Man machte etwas kaputt, egal ob ein Glas oder eine Ehe, und danach warf man es weg.

Sie goss sich ihr Glas voll und trank es halb leer. Dann schenkte sie sich sofort nach, nahm Flasche und Glas mit ins Wohnzimmer, machte den Fernseher an und ließ sich mit der Fernbedienung aufs Sofa fallen. Der Bildschirm leuchtete auf, und sie verfolgte geistesabwesend die Bilder, während sie ihr Glas austrank. Vielleicht sollte sie etwas zu dem Wein essen. Ein paar Oliven. Quatsch, sie hatte doch beschlossen, schlank zu werden. Warum gleich wieder? Weil John schlanke Frauen liebte. Besser gesagt, schöne schlanke Frauen. Sie streckte ihr linkes Bein aus und betrachtete es interessiert. Es war ein hässliches Bein, so viel stand fest. Aber wenn es zu einem schönen Körper gehörte, würde es kaum noch auffallen. Problem gelöst. Sie kicherte.

Im Fernsehen wurde das Foto eines rothaarigen Mädchens eingeblendet. Es war noch ganz jung, mit einem schmalen Gesicht, graublauen Augen und ein paar verirrten Sommersprossen auf der kleinen Nase.

Sie schenkte sich wieder nach. Was für ein süßes Ding. Aber tot. Während sie lebte, mit ihren roten Haaren und allem drum und dran. Warum tat er das eigentlich? Vorausgesetzt, er war es überhaupt. Aber das war natürlich Quatsch. Er konnte nicht mit Geld umgehen, es rann ihm durch die Finger, aber sonst war er ganz normal. Es gab keinen Grund, warum er Rothaarige ermorden sollte. Keinen einzigen Grund. Sie nahm noch einen Schluck.

Das Foto wurde durch eine Täterbeschreibung ersetzt: ein weißer Mann, schlank, mittelgroß, dunkles Haar, Jeans, mit nacktem Oberkörper. Sie kicherte erneut. Das passte. Er brauchte nur das T-Shirt wegwerfen, und schon lief er halbnackt herum.

Aufmerksam betrachtete sie ein ernstes Gesicht. Es verkündete, dass die Polizei sich gern mit diesem Mann in Verbindung setzen würde sowie mit Zeugen, die ihn auf oder in der Nähe des Parkplatzes am Mercuriusweg gesehen hätten.

Sie blinzelte in ihr Glas. Eigentlich müsste sie die Polizei verständigen. Dann müsste John aussagen und erklären, wo er gesteckt hatte. Von ihr aus gern, das würde ihn gehörig ins Schwitzen bringen. Andererseits war das schon eine ziemlich komplizierte Methode, seinen Mann der Untreue zu überführen. Aber er hatte es verdient, er hatte sich unmöglich benommen. Selber schuld, ein guter Scherz.

Sie stand auf, schlug beinahe lang hin, schaffte es aber, das Tischchen mit dem Telefonbuch zu sich heranzuziehen. Sie schlug es auf. Wonach suchte sie? Nach der Polizei. Die Polizei, dein Freund und Helfer. Die P… Die P… Da war sie schon. Sie wählte die Nummer, verwählte sich und fing von vorne an. Dann lauschte sie auf das Klingeln. Es dauerte ein wenig, bis abgehoben wurde. So scharf waren die anscheinend doch nicht darauf, den Mörder dieses entzückenden Mädchens zu finden.

Eine nüchterne Männerstimme verkündete, dass sie mit dem Hauptrevier verbunden sei. Sie öffnete den Mund, stellte aber fest, dass ihr die Zunge nicht gehorchte und dass sie kein Wort herausbrachte. Die Stimme fragte, mit wem sie spreche, und sie drückte sie weg. Sie bewegte sich in Richtung Aufladegerät und ließ das Telefon fallen.

Falsch. Ganz falsch. Ganz schrecklich falsch. Beinahe hätte sie John verraten, ihren eigenen Mann. Wahrscheinlich hatte sie zu viel getrunken, denn sonst würde sie so etwas niemals tun. Dumm. Ab ins Bett. Keinen Wein mehr. Nur noch schnell das Glas austrinken, es wäre zu schade darum.

Sie steuerte auf die Tür zu. Ab in die Heia.

*

Renée stand in der Küche und spülte einhändig den Topf, als Vegter mit noch nassen Haaren hereinkam.

»Ich muss kurz in mein Haus und ein paar Sachen holen. Außerdem muss der Kater gefüttert werden.«

»Du hast einen Kater?«, fragte sie überrascht.

»Einen herumstreunenden«, sagte er. »Aber eigentlich auch wieder nicht. Die Nachbarn sagen, dass er dem vorherigen Hausbesitzer gehört hat.«

»Wie lange hat das Haus eigentlich leer gestanden?«

»Zwei Jahre.«

Sie öffnete den Geschirrspüler, räumte das schmutzige Geschirr ein und fuhr sich über die Augen. »Darf ich mitkommen?«

»Natürlich.«

Im Auto kam sie wieder auf das Tier zu sprechen. »Wie heißt dein Kater?«

»Wolf. Nach dem Rasenmäher.«

Sie starrte mit abgewandtem Gesicht aus dem Fenster auf die vorübergleitenden Weiden, über denen eine blutrote Sonne hing. »Was für eine Treue.«

»Renée«, sagte er. »Vielleicht solltest du die Sache anders angehen. Das kannst du nicht alles mit dir selbst abmachen. Es gibt auch so etwas wie Opferhilfe.«

»Oh nein«, sagte sie. »Ich brauche keinen Seelenklempner. Ich kriege das schon alleine hin.«

Vegter hatte ohnehin noch nie etwas von solchen Leuten gehalten. »Und wenn wir ihn nicht kriegen?«

Sie drehte den Kopf. »Dann lerne ich, damit zu leben.«

Er lächelte.

»Nein, wirklich«, sagte sie stur. »Das vergeht schon wieder. Ganz einfach, weil ich es will.«

Er schwieg. Vielleicht hatte sie recht. Er hatte gelernt, mit Schlimmerem zu leben. Wenn man nicht seinem ersten Impuls folgt und sich umbringt, merkt man, dass das Leben einfach weitergeht, dass sich die Welt weiterdreht, auch wenn man nicht mehr daran teilnimmt. Kurz nach Stefs Tod hatte ihn das mutlos gemacht. Er hatte es als ungerecht empfunden. Offensichtlich spielte sein Schicksal keine Rolle. Später hatte es ihm geholfen, es war eine harte Lektion in Demut gewesen.

Wolf kam ihnen auf dem Gartenweg entgegen. Aber als sich Renée bückte, um ihn zu streicheln, wich er ihr aus.

»Nicht beleidigt sein«, sagte Vegter. »Es hat Wochen gedauert, bis er die Hand nicht mehr biss, die ihn fütterte.«

Sie blieb kurz stehen, um die Kletterrose zu bewundern. Sie war zwar noch klein, besaß aber schon gefüllte, tiefrote Blüten und rankte sich tapfer an der Fassade empor. »Du hast sogar eine Rose gepflanzt.«

Er nickte. »Sie passt gut zum Haus, das hast du richtig erkannt.«

Während er Wolf zu fressen gab, machte sie einen gemächlichen Rundgang durch die Zimmer. Sie ging in die Hocke, um die Abflussrohre unter der Spüle zu begutachten, inspizierte den Zählerkasten und nickte zufrieden beim Anblick der sechs Sicherungsreihen, die er hatte installieren lassen.

»Wie du siehst, habe ich mich genau an deine Zeichnungen gehalten«, sagte Vegter. »Habe ich dir eigentlich schon erzählt, wie beeindruckt der Bauunternehmer war?«

»Wird alles so, wie du es haben wolltest?«

»Es wird genau so, wie ich es mir vorgestellt habe. Nur dass ich das allein nie hätte vermitteln können.«

Im zukünftigen Bad, das vom Schlafzimmer abging, musste sie lachen. »Das wird dir nicht leichtfallen – die neue Wand nahtlos an deine Fliesen anzuschließen.«

Er ließ seine Hand über die großen hellgrauen Wandfliesen gleiten. »Das war ein Restposten, lächerlich preiswert. Ich fand sie schön, und es war die erste große Renovierungsarbeit, die ich selbst machen wollte. Ich hatte keine Lust zu warten, obwohl mir inzwischen auch klar ist, dass man erst ein Bad hätte einbauen sollen.«

»Das geht durchaus noch. Es wird auf diese Weise sogar noch viel schöner. Aber du darfst jetzt nicht mehr weiterfliesen.«

»Dazu werde ich in nächster Zeit wahrscheinlich ohnehin nicht kommen.«

Sie antwortete nicht, sondern lief über die knarzenden Dielenböden zum Fenster. Von dort aus hatte man einen Blick auf die Weiden und den Bauernhof in der Ferne. Dieser war halb von Pappeln eingerahmt, die sich klar vom Abendhimmel abhoben. »Was für eine Ruhe hier herrscht!«

»Findest du das beklemmend?«

Sie schüttelte den Kopf. »Nein. Obwohl ich das damals anders sah, als ich das Haus zum ersten Mal besichtigt habe. Vielleicht liegt es daran, dass jetzt Sommer ist. Heute kann ich mir gut vorstellen, dass du dich darauf freust, hier zu wohnen. Man könnte meinen, hier ist die Zeit stehen geblieben.«

»Aber das ist sie nicht«, sagte er. »Und um dir das zu beweisen, darfst du mit einem Bier aus meinem brandneuen Kühlschrank den Sonnenuntergang bewundern.«

Wolf kam herein und machte es sich auf der Matratze bequem, aber Vegter nahm ihn hoch und trug ihn in die Küche.

Draußen sahen sie zu, wie die Sonne in der Landschaft versank, bis nur noch die Farbe des Himmels an ihre Existenz erinnerte. Wolf lief lautlos an ihnen vorbei, sprang geschmeidig über den kleinen Wassergraben und verschwand im hohen Gras.

»Wächst es wieder?«, fragte Vegter.

Sie wusste sofort, was er meinte. »Wahrscheinlich nicht. Vermutlich wurde zu tief geschnitten, sodass die Haarwurzeln weg sind.«

Er schwieg.

»Ich weiß, es gibt Schlimmeres«, sagte sie. »Invalidität, Operationen, Geburtsfehler. Außerdem kann ich froh sein, dass ich noch lebe. Aber das hilft mir auch nicht weiter.«

»Warum nicht?«

»Ich habe darüber nachgedacht. Klingt es sehr blöd, wenn ich sage, dass ich einfach noch nicht an der Reihe war?«

»Ich glaube, das musst du mir erklären.«

»Mist«, sagte sie. »Ich spreche mit einem Mann. Eine Frau würde mich nie so etwas fragen.«

»Tut mir leid.«

Sie lachte nicht. »Ich bin jung. Ich habe mich nie für schön gehalten, nicht im klassischen Sinne. Aber unbeschädigt war ich. Heil.«

»Und jetzt bist du entstellt?«

»Mir ist nur das Wort beschädigt eingefallen«, sagte sie. »Aber entstellt trifft es viel besser. Vielleicht werde ich achtzig oder neunzig, habe aber mein Leben lang beim Friseur was zu erklären.«

»Beim Friseur.« Vegter gab sich große Mühe, ihr zu folgen.

»Mensch, Vegter!«, sagte sie ungeduldig. »Es geht hier nicht um den Friseur. Verstehst du das nicht? *Ich* bin der Friseur.«

»Ist das nicht eine recht umständliche Art zu sagen, dass dich die Wunde für den Rest deines Lebens daran erinnern wird?«

»Ja, das auch.« Sie schwieg kurz. »Aber ich weiß noch nicht, was ich schlimmer finde: die Erinnerung daran oder das Entstelltsein.«

Sie war jung, dachte er. Sie fand vierzig alt. Sie kannte noch keinen Verfall und auch nicht die Verwunderung und das Befremden angesichts eines Körpers, an dem die Zeit ihre Spuren hinterlassen hatte und der stets weniger zum Geist zu passen schien. Jetzt, wo sie gezwungen war, darüber nachzudenken, konnte sie nicht damit umgehen. Aber konnte er das allen Ernstes von ihr verlangen?

Renée setzte sich auf den durchhängenden Stuhl und legte vorsichtig ihren linken Arm auf die Lehne. »Wie seid ihr heute vorangekommen?«

»Gar nicht mal schlecht«, sagte Vegter. »Vor allem wenn man bedenkt, dass sie erst heute früh um kurz nach vier gefunden wurde. Er wurde gesehen, zumindest spricht viel dafür.«

Waterman hatte noch mal angerufen, keine Stunde nach seinem zweiten Anruf. Und diesmal war seine Aufregung gerechtfertigt: Auf dem Parkplatz unweit der Jupiterstraat hatte man in einem Abfallkorb eine Plastiktüte mit Messer, Handschuhen, Sturmmaske, T-Shirt, Haaren und Kopfhaut von Detty Roemers gefunden. Letzteres musste noch bestätigt werden, aber niemand zweifelte an dem Ergebnis dieser Untersuchungen. Gemeinsam mit Talsma hatte sich Vegter über die unglaubliche Überheblichkeit des Täters gewundert, die man fast schon für Dummheit halten konnte. Und warum machte sich jemand die Mühe, eine solche Gräueltat wie das Skalpieren zu begehen, wenn er sich seiner Trophäe gleich darauf wieder entledigte?

»Gibt es eine Täterbeschreibung?«, fragte Renée.

»Nur eine sehr vage. Ein weißer Mann, schlank, mittelgroß, dunkle Haare.« Vegter zögerte kurz. Aber sie würde Zeitung lesen oder die Nachrichten sehen. Als sie die Presse informiert hatten, war die Hölle los gewesen. Wahrscheinlich hatte der Hoofdinspecteur die Fernsehstudios noch immer nicht verlassen. »Aber wir haben auch etwas gefunden.« Er fasste sich so kurz wie möglich und erging sich nicht in Details. Trotzdem sah er, wie sie zitterte. »Was wir allerdings gern wüssten, ist das Warum«, sagte er. »Wir alle kennen Horrorfilme, wir alle haben *Das Schweigen der Lämmer* gesehen. Der Geisteskranke glaubt, einem höheren

Ziel zu dienen, und rechtfertigt damit seine Taten. Aber was treibt unseren Mann an?«

»Vielleicht verfolgt er ein ganz anderes Ziel«, sagte sie leise. »Bislang hat er zwei Opfer auf dem Gewissen und diese nummeriert. Angesichts der Nummerierung werden wohl noch weitere folgen. Er sucht sie zwar willkürlich aus, aber auch das hat natürlich einen Grund, so gestört der Kerl auch sein mag. Der Typ ist krank, aber nicht so, wie du dir das vorstellst. Vielleicht geht es gar nicht um die Haare. Vielleicht ist das Skalpieren nur eine Botschaft. Vielleicht will er uns etwas damit sagen oder zeigen.«

»Seine Macht?«

»Auch das ist möglich, daran habe ich noch gar nicht gedacht. Macht über eine Person oder über eine Situation. Vielleicht Macht über sich selbst.« Sie schwieg. »Letzten Endes könnte es auch ein Ablenkungsmanöver sein.«

»Aber warum um Himmels willen?«

Auf einmal lachte sie, hell und fröhlich. »Sind das die Fragen eines erfahrenen Polizisten? Woher soll ich das wissen? Ich zähle nur Möglichkeiten auf.«

»Du hast mehr Einfühlungsvermögen als ich«, sagte er.

»Vielleicht liegt das daran, dass ich ihn kenne.«

Er antwortete nicht darauf, woraufhin sie seine Schulter berührte. »Entschuldige, das war jetzt wirklich ein bisschen platt.«

Es dämmerte zunehmend, das letzte Abendrot verschwand, und auf der Weide sah das Pferd nur noch aus wie ein Scherenschnitt.

Schweigend tranken sie ihr Bier aus, dann stand Vegter auf. Er hätte es lieber nicht sagen sollen, wollte aber wissen, wie es sich anhörte. Wenn es nichts zu gewinnen gab, gab es auch nichts zu verlieren. Deshalb sagte er: »Komm, lass uns nach Hause gehen.«

19

Mitten in der Nacht wurde sie mit entsetzlichem Durst und einem furchtbaren Brummschädel wach. Meine Güte, hatte sie viel getrunken. Wasser!

Nackt schlurfte sie ins Bad, machte das Licht an und sah in den Spiegel. Ein aufgedunsenes Gesicht. Augenringe. Rote Flecken. Sie machte das Licht wieder aus und trank aus dem Hahn, bis ihr Magen protestierte. Sie wartete, bis sie sich sicher sein konnte, dass sie das Wasser bei sich behalten würde.

War John da? Er lag nicht im Bett, aber vielleicht hatte er sich ins Gästezimmer geflüchtet. Sie ging nachsehen. Die Vorhänge waren nicht vorgezogen, und ein klarer, fast voller Mond zeigte ihr, dass das Bett leer war.

War er unten? In letzter Zeit saß er nachts Stunden vor dem Fernseher, angeblich, weil er nicht schlafen konnte. Vorsichtig lief sie die Treppe hinunter. Sie spürte Zugluft an den Beinen und merkte, dass sie die Terrassentür sperrangelweit aufgelassen hatte. Sie schloss sie, schob die Riegel vor und machte den Fernseher aus. Auf dem Sofa lag das Telefonbuch, und es dauerte einen Moment, bis ihr wieder einfiel, warum. Hatte sie wirklich vorgehabt …? Nicht daran denken. Die Haustür verriegeln und wieder ab ins Bett.

Das fahle Mondlicht, das im Schlafzimmer ihr Bett beschien, hatte etwas Tröstliches. Es war, als würde es sie mit der Außenwelt verbinden. Mit hinter dem Kopf verschränkten Armen versuchte sie, das Chaos in ihrem Gehirn zu ordnen. Vielleicht hatte sie sich betrinken müssen, um sich einzugestehen, was sie längst wusste. Es war John. Es musste John sein, das ging gar nicht anders. Und sie wusste auch, warum, beziehungsweise hatte gewusst, warum. Inmitten der geistigen Verwirrung, die der Alkohol angerichtet hatte, war ihr in einem Anflug von Vernunft ein Gedanke gekommen. Sie ließ den Tag noch einmal Revue passieren, und zwar von dem Moment an, als sie beschlossen hatte, sich seit Jahren mal wieder so richtig zu betrinken. Als sie im Garten wild entschlossen die erste Flasche geköpft hatte. Plötzlich fiel es ihr wieder ein. »Auf die Nächste.«

Sie würde die Nächste sein.

Kälte kroch ihre Beine hoch, und sie schlüpfte tiefer unter die Decke. Trotzdem spürte sie, wie ihre Finger, Hände und Arme taub wurden, ja wie die Kälte auch Brust und Bauch erfasste. Ihre Zähne fingen an zu klappern.

Sie war die Nächste. Die Polizistin, das Mädchen mit dem kindlichen Gesicht – sie dienten nur als Ablenkungsmanöver. Es ging um sie, sollte aber so aussehen, als ob sie nur Teil einer Mordserie wäre.

Er brauchte Geld, aber das war nicht der einzige Grund. Was hatte sie einmal irgendwo gelesen? Dass Männer immer nur das eine wollen, nämlich mehr. John wollte nicht nur mehr, er wollte alles. Und das würde er auch bekommen, denn er war ihr Alleinerbe.

Mit weit aufgerissenen Augen starrte sie den Mond an, der so gar nichts Tröstliches mehr hatte, sondern nur noch kalt, weiß und gleichgültig am Himmel stand. Das hatte nicht einmal Mama vorhersehen können, als sie ihr Testament aufsetzte. Nicht einmal Mama, die John tiefes Misstrauen entgegengebracht hatte. Jetzt, wo sie endlich ehrlich gegenüber sich selbst war, sah sie klarer. Mama hatte ihm mehr oder weniger offen den Krieg erklärt und sich darauf verlassen, dass er nie eine Chance bekommen würde, sich den Familienbesitz unter den Nagel zu reißen. Und er hatte den Ahnungslosen gespielt, sich blöd gestellt: Er würde Vivienne doch lieben, er verdiene sein eigenes Geld, und zwar mehr als genug. Er brauche ihr Geld nicht. Bei ihr hatte er sich dann beschwert, dass Mama ihn mit ihren Unterstellungen beleidigt hätte. Was solle er denn noch machen, außer so hart zu arbeiten wie möglich, um ihr das Gegenteil zu beweisen? Vor ihrer Ehe hatte er keinen einzigen Cent von ihr haben wollen. Sie hatte ihm teure Geschenke gemacht, die er unter lachendem Protest angenommen hatte. Aber er hatte sie nie um Geld gebeten.

Was war er nur raffiniert! So raffiniert, dass sie nach wie vor nicht verstand, warum ausgerechnet diese Mädchen hatten sterben müssen. Es gab keinerlei Verbindung zwischen ihnen. Sie war mittlerweile wieder vollkommen nüchtern, kniff die Augen zu und versuchte, sich in ihn hineinzuversetzen. Schließlich wusste sie, wie er dachte: geradeaus und schwarz-weiß. Wenn sie recht hatte, wenn sie wirklich recht hatte, würde er keinerlei Risiko eingehen wollen. Der Hauptverdächtige war schließlich immer der Ehepartner. Und was kann der Ehepartner tun, um dies zu vermeiden? Im Film lässt er andere die Drecksarbeit erledigen, während er in Honolulu weilt. Aber nicht John. John würde es selbst tun, weil er unabhängig bleiben, nicht die Kontrolle verlieren wollte. Also dienten die Mädchen als Blitzableiter, und das Skalpieren war als gruselige Visitenkarte gedacht. Natürlich hatte er sie nicht willkürlich ausgewählt, aber was verband sie dann miteinander? Sie kannte sie nicht, hatte nichts mit ihnen gemein.

Bis auf die Haarfarbe.

20

Was sich nicht alles hinter dem nüchternen Begriff »Scheidung« verbirgt, dachte Vegter, nachdem man ihn gebeten hatte, auf einem der wenigen Stühle in dem ausgeplünderten Wohnzimmer Platz zu nehmen.

Detty Roemers' Vater bewohnte mit seinem Sohn ein Reihenhaus, das in einer hübschen Straße lag. Aber das war's dann auch. Es war gepflegt, mit einem Vor- und einem Hintergarten. Ein großes, weißes Rechteck an einer Wohnzimmerwand zeugte davon, dass hier ein Schrank fehlte. Auf dem Boden stand ein uralter Fernseher, ein Sofa gab es nicht, und die drei Sessel passten nicht zusammen. Sogar das kleine Bücherregal hatte ein paar leere Fächer.

Dettys Vater bekam mit, wie sich Vegter umschaute, und lächelte schmallippig. »Die andere Hälfte der Möbel steht bei meiner Ex.«

Ex. Vegter hasste dieses Wort. Es war ein Modewort geworden und war eigentlich viel zu mondän für den kleinen, sorgenvollen Mann mit den nervösen Händen, der ihm gegenübersaß. Der Sohn war ein schlaksiger Kerl von fünfzehn Jahren und einen Kopf größer als der Vater. Er hatte dessen rotes Haar ebenfalls geerbt, obwohl das des Vaters mittlerweile zu einem eher sandfarbenen Ton verblasst und von Grau durchsetzt war.

»Das war der erste Schicksalsschlag«, sagte Roemers.

»Sie sind inzwischen offiziell geschieden?«

»Seit zwei Wochen. Und das Erste, was sie getan hat, ist alles abzuholen, was ihr ihrer Meinung nach zusteht. Nicht, dass sie es nötig hätte.«

Vegter nickte. »Ihr Sohn und Ihre Tochter wollten beide nicht zur Mutter ziehen?«

»Ich wollte sie nicht beeinflussen«, sagte Roemers. »Bastiaan hat sofort gesagt, dass er hierbleiben will. Und Detty ...«

Vegter starrte auf seine Schuhe mit den ausgefransten Schnürsenkeln, während Roemers um Fassung rang.

»Natürlich gab es schon länger Probleme.« Roemers schob seine zitternden Hände zwischen die Knie – wie ein kleiner Junge, der einen Tadel erwartet. »Bastiaan und Detty wussten Bescheid, sie sind schließlich keine Kinder mehr. Detty beschloss, sich ein Zimmer zu nehmen. Eine Freundin bot ihr an, sich mit ihr eine Wohnung zu teilen, und darauf ist sie gern eingegangen. Sie hielt die Atmosphäre nicht mehr aus, die hier im letzten Jahr geherrscht hat. Sie meinte, sie könne sich deswegen nicht mehr richtig aufs Studium konzentrieren. Also ist sie noch vor ihrer Mutter ausgezogen.«

»Und Sie konnten das verstehen?«

»Na ja.« Roemers Hände drohten auszubrechen. »Ich fühlte mich ein wenig im Stich gelassen. Schließlich ist die Scheidung nicht meine Schuld.« Er schlug die Beine übereinander und steckte die Hände dazwischen. »Aber zum Glück war Bastiaan loyal.«

Vegter sah zu dem Jungen hinüber, der eine Hand auf den Arm seines Vaters legte. Auf einmal fiel ihm auf, was für eine ähnliche Körperhaltung die beiden hatten: dieselben herabhängenden Schultern, derselbe krumme Rücken. Beide wirkten irgendwie zu kurz gekommen, vom Leben benachteiligt.

»Trotzdem haben Sie sich gut mit Ihrer Tochter verstanden?«

»Ja. Ja, natürlich. Sie ist ... sie war meine Tochter.«

»Würden Sie sagen, dass Sie über ihren Alltag auf dem Laufenden waren? Also ihren Freundeskreis kennen, wissen, mit wem sie ihre Freizeit verbracht hat?«

»Sie kam dreimal die Woche zum Essen her«, sagte Roemers mit einem Anflug von Stolz. »Ich habe mich nach Kräften bemüht, es uns schön zu machen, trotz meiner beruflichen Verpflichtungen und so. Sie wollte ihr Studium unbedingt durchziehen. Ich konnte sie dabei nicht groß unterstützen, aber sie jobbte in diesem Kino und meinte, sie käme schon über die Runden.«

»Hatte sie einen Freund?«

»Nein.«

»Hat sie erzählt, dass sie von jemandem belästigt wurde?«

»Nein.«

»Dir vielleicht?« Vegter nahm den Jungen ins Visier, der bisher noch gar nichts gesagt hatte. Jetzt hätte er gern Renée dabeigehabt, die als Frau weniger einschüchternd wirkte und dem Jungen auch altersmäßig näher gewesen wäre.

Bastiaan schüttelte den Kopf.

»Hattest du ein gutes Verhältnis zu deiner Schwester?«

Der Junge zuckte die Achseln. »Wir haben uns nicht oft gesehen.«

»Bastiaan hat seinen eigenen Freundeskreis«, sagte der Vater. »Das ist ganz normal.«

»Natürlich«, sagte Vegter. »Aber manchmal erzählen sich Geschwister mehr, als Eltern ahnen.« Er lächelte, um die Bedeutung seiner Worte etwas abzumildern. »Ging Detty häufig aus?«, fragte er den Jungen, wobei er ihn nicht aus den Augen ließ.

»Keine Ahnung. Nicht, als sie noch hier wohnte.«

»Kennst du Leanne Sint?«

»Ja. Noch ein bisschen von früher.«

»Und Sie?«

»Sie sind zusammen zur Schule gegangen«, sagte Roemers. »Und sie haben immer zusammen gespielt, als Leanne noch hier in der Straße wohnte. Leanne ist ein Jahr älter, aber das hat die beiden nie gestört.«

»Und irgendwann ist sie mit ihren Eltern weggezogen?«

»Ja. Ihr Vater hat gut verdient, und da sind sie vor etwa acht Jahren umgezogen. Aber die Mädchen sind trotzdem befreundet geblieben – daher auch Leannes Angebot, mit Detty zusammenzuziehen.«

»Was ist Leanne für ein Mädchen?«

»Wenn Detty schon unbedingt ausziehen musste, war ich froh, dass sie zu Leanne gezogen ist«, sagte Roemers. »Uns gegenüber hat sich Leanne verhalten wie immer. Obwohl mir schon auffiel, dass sie sich verändert hat, seit ihr Vater so viel Geld verdient.«

»Was macht er?«

»Er ist Friseur, schneidet aber schon seit Jahren niemandem mehr selbst die Haare. Er hat mit einem Salon am Stadtrand angefangen und ist ein guter Geschäftsmann. Ich weiß noch, wie er die Idee hatte, die Töchter gratis zu schneiden, wenn sie gemeinsam mit ihren Müttern kommen. Solche Sachen eben. Es dauerte nicht lang, bis er einen zweiten Salon eröffnen konnte, und seitdem ist es immer nur bergauf gegangen.« Roemers seufzte, ein Seufzer, in dem Bewunderung, aber auch Neid mitschwangen. »Jetzt hat er zehn oder zwölf Salons, kann sich beruhigt zurücklehnen und die Hand aufhalten.«

»Und als was arbeiten Sie?« Vegter fiel auf, dass er das längst hätte fragen müssen.

»Ich bin Vertreter. Wir liefern Büromaterial an den Buchhandel und an andere Firmen.«

Vegter warf einen Blick auf den Fernseher, auf dem silbergerahmte Porträts von Detty und ihrem Bruder standen. Die Fotos waren erst kürzlich aufgenommen worden. Vielleicht standen sie erst seit Neuestem dort, als Beweis seiner Vaterliebe. Er war neugierig, welchen Eindruck Talsma von der Mutter haben würde.

»Hatte Detty hier noch ein Zimmer?«

»Oh ja.« Roemers stand auf. »Das wollen Sie bestimmt sehen. Es wurde nichts verändert, seit Detty und ich es vor ein paar Jahren renoviert haben.«

Vegter folgte ihm nach oben, um sich dort in einem Mädchenzimmer umzusehen, das keine Seele mehr hatte – und das trotz der Stofftiere auf der Fensterbank und den Popstarpostern an den Wänden. Er öffnete den Schrank, in dem nur noch ein vergessener Kleiderbügel hing, und zog die Schubladen der Ikea-Kommode auf, die allesamt leer waren. In dem verstaubten Regal darüber lagen ein paar Muscheln. Detty hatte sich endgültig von ihrem alten Zuhause verabschiedet, und er fragte sich, ob die Mutter wohl aus einem zu vorhersehbaren Leben geflohen war.

Dettys Vater strich mit einer fast weiblichen Geste über den grellen Bettüberwurf und rückte den Stuhl hinter dem Schreibtisch zurecht.

»Sie war jetzt schon nicht mehr da«, sagte er. »Aber nun ist sie endgültig weg.«

»Hier.« Brink legte die Namensliste mit dem daran geklammerten Bericht auf Vegters Schreibtisch. »Das sind alle, die ich zu fassen bekam, einige sind nämlich gerade in Urlaub. Soll ich mich nächstes Wochenende um sie kümmern? Meistens kommen die Leute ja am Wochenende zurück.«

»Und damit warst du gestern den ganzen Tag beschäftigt?«

»Auch gestern Abend und heute Morgen.« Brink grinste.

»Beim Ersten stand ich schon um acht Uhr morgens auf der Schwelle. Der war nicht sehr erfreut.«

Vegter blätterte den Bericht flüchtig durch. »Was ist dein Eindruck? Irgendwelche Anhaltspunkte?«

Brink schüttelte den Kopf. »Alles Leute, wie man sie auf jeder Party trifft. Ein paar wussten noch, dass Renée mit diesem Vervaeke geredet hat. Aber es gab keinerlei nervöse Reaktionen, keine abweichenden Aussagen – nichts. Es wurde gefeiert, und dann ging man mehr oder weniger betrunken nach Hause. Das ist eigentlich das Auffälligste, es scheint eine wilde Party gewesen zu sein.« Er zeigte auf einen Namen. »Dieser Herr verließ das Fest als Letzter, ungefähr gegen sieben Uhr morgens, war aber vorher noch so nett, dem Gastgeber ins Bett zu helfen.«

»Die Befragung der Nachbarn ist noch nicht abgeschlossen.« Vegter sah auf die Uhr. »Aber dabei können wir bestimmt auf dich verzichten. Du hast genug Überstunden gemacht.« Er überflog die Liste mit den Namen. »Hast du sie bereits durch den Computer laufen lassen?«

»Ja, aber ohne Ergebnis. Bis auf einen Fall von Hehlerei, aber das war Kleinkram und ist außerdem vier Jahre her.«

»Gut. Geh nach Hause.«

Brink verschwand.

Vegter reckte sich und massierte seinen Nacken. So bequem, wie er Renée gesagt hatte, war das Sofa doch wieder nicht. Er schlief zwar tatsächlich regelmäßig darauf ein, hatte aber noch nie darauf übernachtet. Und so war er etliche Male aufgewacht, weil er sich umdrehen wollte, was nur möglich war, wenn er sich dazu aufsetzte. Außerdem war die Sitzfläche schräg nach hinten geneigt, sodass sein Kopf auf dem zu dünnen Kissen merkwürdig abgewinkelt wurde. Egal. Dafür hatte Renée fantastisch geschlafen, auch wenn die Ringe unter ihren Augen etwas anderes sagten. Sie hatten gemeinsam gefrühstückt, und als sie sich wie selbstverständlich zusammen in der Küche zu schaffen machten – er presste Orangensaft, während sie Kaffee aufsetzte –, war er nicht umhingekommen, einen Vergleich zu früher zu ziehen. Es war eine seiner schönsten Erinnerungen: Stef und er am Sonntagmorgen am Küchentisch, die zerknitterte Wochenendzeitung zwischen ihnen, während sie sich gegenseitig etwas aus einem interessanten Artikel vorlasen. Nichts musste, alles konnte sein, und der Tag schien endlos vor ihnen zu liegen.

Er las den Bericht aus der Pathologie, der nichts Neues enthielt. Todesursache war der Messerstich ins Herz. Keine Anzeichen für Gegenwehr oder einen Kampf, kein Hautmaterial unter den Fingernägeln. Drei Messerstiche, höchstwahrscheinlich von hinten. Der vierte ins Herz war von vorn und schräg nach oben ausgeführt worden. Detty Roemers war kerngesund gewesen, hatte nie geraucht, besaß prima Zähne und war mal am Blinddarm operiert worden. Keine Spuren eines Sexualdelikts. Das Skalpieren war zwar gründlich, aber nicht fachmännisch ausgeführt worden. Um die Kopfhaut vom Schädel zu lösen, waren mehrere Einschnitte notwendig gewesen. Etwa so, wie wenn man ein Stück Obst schält, stand in Klammern dahinter.

Vegter beschloss, dass er einen Kaffee brauchte. Als er mit dem Becher in sein Büro zurückkam, klingelte das Telefon.

»Die Neuigkeit ist zwar nicht weltbewegend ...«, sagte Talsma. »... Aber ich habe soeben erfahren, dass Haare und Kopfhaut von Detty Roemers stammen.«

»Haben sie dich angerufen?«, fragte Vegter erstaunt.

»Ich kam gerade aufs Revier, als der Anruf einging.«

»Kommst du kurz zu mir?«, bat Vegter. »Ich habe den Bericht aus der Pathologie vorliegen.«

Er stellte sich mit dem Kaffee ans Fenster. Draußen herrschte sonntägliche Ruhe, auch wenn im Straßencafé gerade die Rollläden hochgezogen wurden und der Besitzer Stühle und Schirme hinausstellte. Die Szene erinnerte ihn an die verschlafenen französischen Dörfer, durch die er mit Stef gefahren war. Manchmal hatten sie angehalten, frische Croissants gekauft und diese im Straßencafé gegessen, während der Song »Volare« aus dem Lokal schallte. Stef mit einer Suppenschale blassen Café au Lait vor sich, den er verabscheute, und er mit einem schwarzen Kaffee, der seinen Koffeinbedarf für den ganzen Tag deckte. Stefs Französisch war deutlich besser gewesen als seines. Einmal war sie in der Schlange beim Bäcker in lautes Gelächter ausgebrochen. Als er den Grund für ihre Heiterkeit wissen wollte, hatte sie nur mit dem Kinn auf zwei alte Herren gewiesen, von denen ihr einer schöne Augen gemacht hatte. »Der andere ist gerade reingekommen und hat anstelle einer Begrüßung gesagt: ›*Tu manges toujours?*‹«

Hinter ihm warf Talsma die Tür ins Schloss. Er trug etwas, das Vegter nur als gewagt bezeichnen konnte: ein kurzärmeliges Hemd mit seegrünen, rosa und weißen Streifen. Es sah aus wie eine Schlafanzugjacke.

Talsma folgte seinem Blick, blieb aber ungerührt.

»Ist Akke wieder da?«, fragte Vegter.

»Seit gestern Abend. Sie hat mir ein Geschenk mitgebracht. Das ist praktisch, falls ich eines Tages auch mal ins Krankenhaus muss.«

»Ich habe soeben mit Leanne Sint gesprochen«, sagte Vegter. »Sie ist in Frankreich und macht dort gerade irgendetwas Kreatives auf einem Campingplatz. Sie weiß nichts von einem Freund, und Detty hat ihr auch nicht erzählt, dass sie verfolgt oder anderweitig belästigt wurde. Wie ist es bei Dettys Mutter gelaufen?«

»Ich habe nichts, was uns weiterbringt«, sagte Talsma. »Das Mädchen ist auf Distanz gegangen. Es schien sich vorgenommen zu haben, für keinen Elternteil Partei zu ergreifen. Das habe ich zumindest aus den Worten der Mutter geschlossen. Ein ruhiges Mädchen, das nie Probleme gemacht hat. Keine schrägen Freunde, keine Drogen, nichts. Sie hatte fest vor, das Studium zu beenden, zumal sie sich ganz schön ins Zeug gelegt hat, um Abitur zu machen. Sie war der Bücherwurm der Familie. Die Mutter konnte das zwar nicht nachvollziehen, war aber trotzdem stolz auf sie.«

Vegter nickte. Das passte zu dem, was der Vater erzählt hatte. Inzwischen hatte Talsma auch die Wohnung in der Jupiterstraat auf den Kopf gestellt. Nichts wies darauf hin, dass der elterliche Stolz ungerechtfertigt war.

»Was für einen Eindruck hast du von der Mutter?«

»Unter anderen Umständen würde ich sagen: Die Frau versteht es, das Leben zu genießen. Sie will nichts mehr von ihrem Exmann wissen. Sie hat jetzt einen neuen Freund, einen neuen Job, ein neues Leben. Ob alles so wird, wie sie es sich vorstellt, bleibt abzuwarten. Ich hatte ein wenig das Gefühl, dass ihr selbst noch gar nicht richtig klar ist, worauf sie sich da eingelassen hat.«

»War der Freund zu Hause?«

»Ja. Angeblich hat er Detty sehr gemocht. Sie sei ein tolles Mädchen gewesen und wie eine Tochter für ihn.«

»Aber?«

»Ach.« Talsma seufzte. »Er will dem, der sie auf dem Gewissen hat, sämtliche Knochen brechen. Aber im Nachhinein kann man viel erzählen.«

»Was für ein Typ ist er?«

»Autohändler.«

»Wann haben sie Detty das letzte Mal gesehen?«

»Vor einer Woche war sie zum Essen da, so wie jedes Wochenende. Ihrer Mutter zufolge war sie unverändert.« Talsma kam Vegters nächster Frage zuvor. »Am Freitagabend haben sie bei Freunden Geburtstag gefeiert. Ich habe das überprüft. Das Fest hat bis zwei Uhr gedauert.«

Vegter schob ihm den Bericht zu, und Talsma las ihn. Danach sah er auf. »Er kann höchstens fünf Minuten in dem Haus gewesen sein.«

»Ja.«

»Sie hat wahrscheinlich kaum etwas mitbekommen.« Irgendwo zwischen den Pyjamastreifen zog Talsma seinen Tabak hervor und drehte sich eine Zigarette. »Zum Glück.«

Vegter nickte.

»Der Kerl war schnell wie der Blitz«, sagte Talsma. Er zündete sich die Zigarette an und begann zu husten.

»Die Klimaanlage ist aus«, sagte Vegter.

Talsma ignorierte ihn. »Wir halten ihn für völlig gestört, aber bisher ist er gut damit durchgekommen. Spuren gibt es genügend, aber erst einmal müssen wir ihn fassen. Und genau die geben mir zu denken, Vegter: An der Tüte haben wir Urin- und Kotspuren gefunden. Es handelt sich um denselben Kot, der auch im Grünstreifen entdeckt wurde. So kaltblütig ist er doch wieder nicht. Ihm wird schlecht geworden sein.«

»Aber warum hat er sein T-Shirt ausgezogen?«

»Das hat er als Klopapier benutzt. Liegen lassen wollte er die Tüte nicht. Heutzutage wissen die Leute mehr über DNA-Spuren als wir. Also hat er sie zum Parkplatz mitgenommen und beschlossen, sie dort zu entsorgen. Vielleicht war das auch der Grund, warum er sie nicht im Auto haben wollte. Oder aber sie stank zu sehr. Die Tüte sieht verschmiert aus. Eine neutrale, weiße Tüte ohne Aufdruck. Die kann überall herkommen.«

»Du glaubst auch, dass er mit dem Auto da war?«

»Beweisen können wir das nicht.« Talsma pflückte einen Tabakkrümel von seiner Lippe. »Aber logisch fände ich es schon. Der Parkplatz ist wunderbar anonym, schön dunkel und praktisch gelegen. Anschließend ist man im Nu verschwunden. Je weniger man sich auf der Straße sehen lässt, desto besser. Er hatte nur das Pech, dass er dem Alten auf dem Balkon aufgefallen ist. Und wenn wir an Renée zurückdenken: Ihre Haare wurden etwa anderthalb Kilometer vom Tatort gefunden. Natürlich kann er das ganze Stück gelaufen sein, aber genauso gut hat er die Strecke vielleicht mit dem Auto zurückgelegt.« Er stand auf und warf seine Kippe aus dem Fenster. »Wie geht es ihr eigentlich?«

»Körperlich gut«, sagte Vegter.

»Sie kommt schon darüber hinweg. Sie ist ein taffes Mädchen.« Talsma zeigte auf Brinks Namensliste. »Was ist das?«

»Die Namen der Gäste von der Party, auf der auch Renée war.«

»Ach ja.« Talsma musterte die Liste. »Sind das alle?«

»Laut Brink schon.«

»Dann vermisse ich jemanden«, sagte Talsma.

»Wen denn?«

»Den Geschäftspartner dieses Typen, bei dem wir waren. Wie heißt der gleich wieder?« Sein Finger fuhr die Namen entlang.

»Vervaeke. Den Kompagnon habe ich völlig vergessen. Wie ist dir der wieder eingefallen?«

»V&V Promotions«, sagte Talsma. »Verbruggen. Nein, der steht nicht auf der Liste.«

»Ist Corné noch beschäftigt?«

»Nein. Er ist nach Hause gegangen. Bis auf diejenigen, die in Urlaub sind, hat er alle vernommen.«

Talsma sah auf die Uhr. »Ich finde heraus, wo dieser Verbruggen wohnt, und fahre bei ihm vorbei.«

21

Sie hatte die Tür seines Arbeitszimmers offen gelassen, damit sie sein Auto hören konnte. Vorausgesetzt, er kam überhaupt wieder nach Hause. Noch nie zuvor hatte sie in seinen Sachen herumgeschnüffelt, und sie beschlich ein schlechtes Gewissen, als sie sich an der zweiten Schublade seines Schreibtisches zu schaffen machte. Dabei hatte sie alles Recht dazu.

Die Schubladen waren zwar abgeschlossen, aber es war nicht schwer gewesen, sie zu öffnen. Den Schlüssel trug John an seinem Schlüsselbund, aber der Zweitschlüssel lag seit ihrem Umzug mit den anderen in einer Küchenschublade. Sie fragte sich, warum er die Schubladen überhaupt abschloss.

Sie bezeichneten das Zimmer stets als sein Arbeitszimmer, obwohl er es kaum benutzte. Er hatte sich auch keine große Mühe gemacht, ihm eine persönliche Note zu verleihen oder tatsächlich ein Arbeitszimmer daraus zu machen. Er hatte nur den Archivschrank hineingestellt, den er im vorherigen Haus auch schon benutzt hatte. Das Zimmer lag neben dem ihren und war früher eines der Gästezimmer gewesen. Als ihr Vater noch lebte, hatten sie regelmäßig Besuch gehabt. Geschäftsfreunde, Freunde aus dem Ausland. Das Haus hatte nie zu groß gewirkt. Jetzt wurden drei von sechs Zimmern nicht mehr benutzt. John hatte nur selten Freunde mitgebracht. Und wenn, blieben sie nicht über Nacht, sondern nahmen ein Taxi – auch, wenn es spät wurde. Ihr eigener Freundeskreis war im Laufe der Zeit immer mehr zusammengeschrumpft. Ihr Bein war in dieser Hinsicht schon von klein auf ein Hindernis gewesen. Es hatte ein stilles, in sich gekehrtes Kind aus ihr gemacht, das nur schwer Kontakt fand und sich meist allein beschäftigte. Liesbeth war eine der wenigen, die noch übrig geblieben waren. Jahrelang waren sie zusammen Kanu gefahren – ein Sport, bei dem das Bein kein Problem darstellte. Die vielen hundert Stunden im Boot hatten nicht nur zu einem stabilen Körper, sondern auch zu einer stabilen Freundschaft geführt, die von Anfang an inniger gewesen war als die mit anderen. Liesbeth war Gold wert, wurde allerdings immer weniger.

In der zweiten Schublade befand sich hauptsächlich alte Geschäftskorrespondenz, aber trotz ihrer pochenden Kopfschmerzen ging sie diese sorgfältig durch. Der Verdacht war ihr in den frühen Morgenstunden gekommen. Immer wieder hatte sie sämtliche Fakten aufgelistet und diese immer wieder geleugnet.

Die Wunde an seiner Brust. Die beiden schwarzen T-Shirts. Das Kino. Das Sterrenwijk. Das Messer. Das Messer, das sie weder benutzt noch in den Geschirrspüler geräumt hatte.

Es war unfassbar, dass sie ihm allen Ernstes solche Gräueltaten zutraute. Es war schon unerhört, dass sie an ihm zweifelte. Er hatte sie um Geld gebeten, und als sie es ihm verweigert hatte, war er wütend geworden, aber nicht aggressiv. Im Gegenteil, er hatte vermeiden wollen, dass die Situation eskalierte, und genau richtig gehandelt: Er war gegangen und hatte den Abend anderweitig verbracht.

Im Kino.

Im Sterrenwijk.

Die Wunde, die T-Shirts, das Messer. Die Wunde, die T-Shirts, das Messer. Sie könnte das T-Shirt zur Polizei bringen. Dann würde man John vernehmen und einen DNA-Test machen. Doch was, wenn sie sich irrte? In einem Anflug von schwarzem Humor war ihr aufgefallen, dass er dann tatsächlich einen guten Grund hatte, sie umzubringen: eine Frau, die ihren Mann zu Unrecht anzeigte. Wenn ihre Beziehung noch zu kitten war, gab es nichts Falscheres, als zur Polizei zu gehen.

Aber das Mantra ging ihr nicht mehr aus dem Kopf. Die Wunde, die T-Shirts, das Messer. Wenn sie nicht vollkommen hysterisch zur Polizei rennen wollte, musste sie die Sache vernünftig anpacken, ihr richtig auf den Grund gehen. Dann durfte sie nicht nur die letzten Monate Revue passieren lassen.

Was wusste sie von John? Nur, was er ihr erzählt hatte, und das war nicht gerade viel. Seine Eltern lebten nicht mehr, und er hatte keinen Kontakt mehr zu seinen restlichen Verwandten. Sein Vater war gestorben, als John noch ein Kind war, seine Mutter vor acht Jahren. Der Vater war Spirituosen-Großhändler gewesen, und sein Sohn hatte die Firma übernehmen sollen. Aber nach seinem Tod war alles verkauft worden. Johns Mutter hatte von dem Erlös ein angenehmes Leben geführt. Nach der Schule hatte John Jura studiert, dieses Studium allerdings nach der Hälfte abgebrochen. Anschließend hatte er sich »umgeschaut«, wie er so schön sagte, bis er Pieter Vervaeke kennengelernt und mit ihm V&V Promotions gegründet hatte.

Was das »Sich-Umschauen« betraf, blieb er vage. »Ach, ich habe mal hier, mal da gejobbt.« Sie hatte sich nicht viel darunter vorstellen können, das aber eher ihren Kreisen zugeschrieben und der Tatsache, dass sie nicht besonders wagemutig war. Ihr Kunstgeschichtsstudium war verlaufen wie erwartet, und nach einigen Jahren bei einer großen Galerie hatte sie beschlossen, sich selbstständig zu machen. Das Startkapital hatte kein Hindernis dargestellt, weil Geld nun mal kein Problem für sie war.

Sie schloss die zweite Schublade und zog die dritte auf, die mit Kontoauszügen und Rechnungen vollgestopft war. Eine davon betraf sein Auto, von dem sie eigentlich gedacht hatte, dass er es leaste. Sie starrte auf den Betrag. Rund achtundfünfzigtausend Euro. Wo hatte er bloß so viel Geld her? Pieter fuhr einen Porsche, aber Pieter hatte geerbt und sein Geld gut angelegt. Sie warf einen erneuten Blick auf die Kontoauszüge und sah, dass John schon seit Monaten im Minus war. Unter den Auszügen befanden sich auch Kreditkartenabrechnungen, und auch hier hatte er den Dispo maximal ausgeschöpft.

Sie setzte sich auf den Boden und lehnte sich mit geschlossenen Augen an den Schreibtisch. War das die Erklärung? Hatte er Geld aus der Firmenkasse genommen? Pieter konnte sie auf keinen Fall danach fragen. Wie lange war es überhaupt her, dass sie ihn das letzte Mal gesehen hatte? Früher war er manchmal zum Essen hergekommen, aber das lag bestimmt schon Monate zurück. Von dem freundschaftlichen Verhältnis war nichts mehr übrig geblieben. Lag das vielleicht auch an ihr? War sie zu passiv? Sie mochte Pieter, auch wenn er gern den Playboy raushängen ließ. Sie hatte stets den Eindruck gehabt, dass er seine Arbeit ernst nahm.

Sie zog die Unterlagen auf den Schoß und blätterte sie hastig durch. Stattliche Restaurantrechnungen, eine zerknitterte Quittung auf den Namen »Monsieur und Madame Verbruggen« des Embassy-Hotels in Paris, datiert auf den neunten Mai.

Monsieur und Madame. Ihr kamen wieder die Tränen. Liebevoll hatte sie seine Hemden gebügelt, seine Krawatten ausgesucht, schnell noch einen Anzug in die Reinigung gebracht. Pieter und er wollten den dicken Fisch gemeinsam an Land ziehen. Nur dass der dicke Fisch keine Zeit hatte, zu einer Besprechung in die Niederlande zu kommen. Ein bedeutender Autofabrikant – etwas, wovon jede große Werbeagentur träumt. Hinterher hatte er sich reichlich vage dazu geäußert: Die Besprechung sei hinter ihren Erwartungen zurückgeblieben. Schade um das Geld, aber vielleicht zahle sich der Kontakt irgendwann doch noch aus.

Ihr Magen rumorte, sie fühlte sich schlapp und elend. Sie hatte seit anderthalb Tagen nichts gegessen und konnte unmöglich so weitermachen. Aber nachdem sie einmal damit angefangen hatte, würde sie es auch zu Ende bringen.

Belege von teuren Modeboutiquen, sogar einige von einem Couturier. Ein Garantiezertifikat eines Juweliers für einen Brillantring aus Weißgold, 0,90 Karat, hochfeines Weiß, Farbe »River«, Reinheit VVS 2, € 8250,–.

Achttausendzweihundertfünfzig Euro. ... Der einzige Ring, den sie von ihm bekommen hatte, war ihr Ehering. Der war zwar auch aus Weißgold, aber klein und bescheiden und ohne Brillant. Sie hatten ihn gemeinsam ausgesucht.

Und alle diese Rechnungen lagen hier. Weil er sie nicht im Büro lassen konnte. Weil er sie mit dem Geld von V&V Promotions bezahlt hatte. Das ging gar nicht anders, denn so hoch war sein Gehalt nicht.

Sie hatte nicht den Mut, alle Beträge zusammenzuaddieren. Was hatte er gesagt? Hundertfünfzig Mille, besser zweihundert. Insgesamt waren das hier keine zweihunderttausend, aber vielleicht hatte er eine Reserve einbauen wollen, um sein Luxusleben fortzusetzen.

Sie stopfte die Unterlagen zurück in die Schublade und schloss sie ab. Dann öffnete sie die oberste Schublade links. Stifte. Ein Taschenrechner. Ein Notizblock. Der Pass. Sie schlug ihn auf. Das Gesicht mit den schweren Lidern, der direkte Blick in die Kamera, die scharf gezeichneten Brauen, das selbstsichere Lächeln – das Gesicht, das sie so gut kannte, gehörte einem Fremden.

Draußen knirschten Reifen auf dem Kies, und sie erhob sich mühsam, legte den Pass zurück, schloss die Schublade ab und ließ den Schlüssel in ihre Hosentasche gleiten. Sie ging in ihr eigenes Zimmer und schloss die Tür hinter sich.

Von sich aus würde sie ihn nicht darauf ansprechen, denn wer wusste schon, wie er reagierte. Sie brauchte ihre Kraft für wichtigere Dinge. Zunächst einmal würde sie herausfinden, wer ihr Ehemann wirklich war. Sie konnte sich schließlich immer noch irren. Und wenn nicht, musste sie sich dringend etwas ausdenken, um zu verhindern, dass er sie tötete.

*

Es fiel Talsma nicht weiter schwer, Pieter Vervaekes Kompagnon ausfindig zu machen: Er stand ganz normal im Telefonbuch. Als er die Adresse sah, stieß er einen leisen Pfiff aus. Verbruggen wohnte in einem sehr vornehmen Viertel.

Auf der Fahrt dorthin geriet er ins Grübeln. So viel konnte diese Werbeklitsche doch unmöglich abwerfen? Andererseits fuhr Vervaeke einen Porsche. Aber dem sah man an, dass er stets Geld gehabt hatte: Er strahlte das entsprechende Selbstbewusstsein aus und war der Typ, der dank seiner Herkunft und seiner Beziehungen immer wieder auf die Füße fiel.

Er bog in die Allee ein und verlangsamte das Tempo. Viel Grün, stattliche Häuser, alle freistehend und mit einer Mischung aus Auffahrt und Auffahrtsallee. Er hielt vor der gesuchten Hausnummer. Es standen zwei Wagen in der Auffahrt, ein dunkelblauer Saab und ein feuerroter BMW.

Er parkte hinter diesem und lief mit knirschenden Schritten zur Haustür.

Er klingelte, und ein angenehmes Läuten ertönte. Während er wartete, sah sich Talsma anerkennend um. Ein großer, sehr gepflegter Garten, hohe Fenster, altmodische grüne Markisen. Das Haus besaß eine strenge Architektur, die es vornehm wirken ließ. Es stammte aus den Dreißigerjahren, und es war nicht an Platz gespart worden. Es musste schön sein, hier zu wohnen.

Die Tür ging auf. Zum Vorschein kam ein junger Kerl, der ihn fragend ansah. Schlank, dunkel, fit, obwohl er unpassende Augenringe hatte.

»Kriminalpolizei.« Talsma spielte mit seiner Dienstmarke. »Sie sind John Verbruggen?«

Die Augen unter den stark geschwungenen Brauen wurden weit aufgerissen, wie unter Schock. »Ich ... Ja, natürlich. Ist etwas passiert?«

»Im Rahmen einer Ermittlung bräuchte ich ein paar Auskünfte«, sagte Talsma. »Vielleicht können wir uns drinnen weiterunterhalten?« Er streckte die Hand aus. »Talsma.«

Sein Händedruck wurde nur schwach erwidert, aber die Tür ging ein Stück weiter auf. »Treten Sie ein.«

Er folgte ihm in den Flur mit Marmorfußboden und Stuckdecke bis ins Wohnzimmer, in dem es vergleichsweise kühl war.

Der Raum war klassisch eingerichtet. Talsma registrierte die Perserteppiche, die schweren dunklen Möbel, den gemauerten Kamin und die goldgrüne Tapete. Das Ganze passte nicht zu dem gebräunten jungen Mann in Jeans und ärmellosem weißem T-Shirt. Hatte er eine gute Partie gemacht?

Ein Stuhl wurde vom Esstisch für ihn vorgezogen. »Setzen Sie sich.«

Er war also nicht wichtig genug für das grünsamtene Sofa

und die dazugehörigen Clubsessel. Talsma faltete die Hände auf dem glänzenden Nussholztisch. »Wenn ich mich nicht täusche, sind Sie Pieter Vervaekes Kompagnon?«

»Ja, das stimmt.«

»Mit ihm waren Sie vor ungefähr vier Wochen auf der Party eines gewissen Herrn Niels Maassen.«

»Ja und?« Verbruggen sah ihn abwartend an.

»Ist das eine Bestätigung?« Talsma konnte einfach nicht anders.

»Ja. Natürlich.«

»Auf dieser Party war auch die Kriminalbeamtin Renée Pettersen.«

»Das kann schon sein.« Verbruggen lachte. »Der Name sagt mir nichts.«

»Lesen Sie keine Zeitung?«

»Wieso?«

»Renée Pettersen ist jene Beamtin, die vor einer knappen Woche überfallen und dabei schwer verletzt wurde. Es stand in allen Zeitungen.«

Verbruggen runzelte die Stirn. »Ich fürchte, ich ... Ach so, ja, jetzt fällt es mir wieder ein. Normalerweise merke ich mir solche Sachen nicht, aber dieser Fall war irgendwie besonders, obwohl ich vergessen habe, warum.«

Talsma klärte ihn nicht auf. »Sie haben Mevrouw Pettersen auf den Zeitungsfotos nicht als einen der Partygäste wiedererkannt?«

»Nein, wieso? Hätte ich das tun müssen?«

»Sie ist eine ziemlich auffällige Frau«, sagte Talsma. »Groß, mit langen roten Haaren.«

Verbruggen zuckte die Achseln. »Keine Ahnung. Es waren viele Gäste da, und ich bin nur kurz geblieben. Das war keine Party nach meinem Geschmack. Die falsche Musik, die falschen Leute.«

»Wann sind Sie nach Hause gegangen?«

Verbruggen überlegte. »Das muss gegen halb eins gewesen sein, vielleicht sogar etwas früher.«

»Und Ihr Kompagnon hat Ihnen nicht erzählt, dass er sich mit Frau Pettersen zum Essen verabredet hat?«

»Nein.« Verbruggen lachte, ein schnelles, entwaffnendes Lachen. »Alles teilen wir nun auch wieder nicht. Pieter hat einen großen weiblichen Bekanntenkreis, und wir haben uns in den letzten Wochen nur selten gesehen, weil wir beide viel unterwegs waren.«

»Sie haben privat nur wenig Kontakt?«

»Ja. Pieter führt ein Junggesellenleben.« Wieder dieses Lächeln. »Ich bin verheiratet und außerdem ein eher häuslicher Mensch.«

Häuslich? Von wegen!, dachte Talsma. Er musterte die braun gebrannten Arme, den muskulösen Oberkörper und den Waschbrettbauch, der nach Fitnesscenter aussah. Auch der teure Haarschnitt entging ihm nicht. Er hatte zwei Töchter, die ihm als Teenager ständig mit irgendwelchen Klamotten in den Ohren gelegen hatten, deshalb erkannte er das kleine Logo auf dem scheinbar schlichten T-Shirt. Das war ein eitler Fatzke, jemand, der bei Frauen gut ankam. Und da sollte ihm eine so attraktive Frau wie Renée nicht aufgefallen sein? Talsma machte sich so seine Gedanken über Vegter und Renée, aber auch er sah, dass sie sehr anziehend war.

»Ihre Frau war nicht mit auf der Party?«, fragte er schroff.

Das Lächeln verschwand. »Nein. Obwohl ich nicht die Angewohnheit habe, ohne sie auszugehen.«

Durch und durch gediegen also. Oder hatte er aufgrund von Äußerlichkeiten und ungerechtfertigtem Neid Vorurteile gegen ihn?

»Kennt Ihre Frau Niels Maassen?«

»Nein.«

»Oder Mevrouw Pettersen?«

»Nein.«

Talsma beschloss, einen Köder auszuwerfen. Er lehnte sich entspannt zurück. »Ist Ihnen auf besagter Party zufällig jemand aufgefallen, der ein besonderes Interesse an Renée Pettersen gezeigt hat?«

Die Brauen wurden hochgezogen. »Woher soll ich das wissen? Ich habe Ihnen doch gesagt, dass ich sie nicht bemerkt habe.«

Manchmal beißen die Fische nicht, dachte Talsma resigniert. »Ihr Kompagnon muss entsetzt gewesen sein über den Überfall. Schließlich hat er an dem Abend stattgefunden, an dem er mit Mevrouw Pettersen aus war.«

»Das müssen Sie ihn schon selbst fragen. Er hat nicht mit mir darüber gesprochen.«

»Dann danke ich Ihnen, dass Sie sich die Zeit genommen haben.« Talsma schob seinen Stuhl zurück und stand auf. »Wir sind nun mal verpflichtet, allen Spuren nachzugehen«, sagte er freundlich.

»Natürlich.« Verbruggen begleitete ihn in den Flur.

Talsma vernahm das kaum wahrnehmbare Klicken einer Tür, die oben zugezogen wurde. Eine neugierige Ehefrau? Auf der untersten Stufe der Außentreppe drehte er sich noch einmal um. »Darf ich fragen, wo Sie vorgestern Abend waren?«

Die Haustür war schon beinahe zu, aber jetzt machte Verbruggen sie wieder auf. Er lief die Treppe hinunter, bevor er antwortete. »Zu Hause.«

»Kann das jemand bestätigen?«

»Nein.« Verbruggen steckte die Daumen in die Gürtelschlaufen seiner Jeans. Eine Geste, die gleichermaßen lässig wie provozierend wirkte.

A rebel without a cause. »Ihre Frau vielleicht?«

»Sie war bei einer kranken Freundin.«

Talsma nickte. »Danke noch mal.«

Im Auto fragte er sich, wie er selbst wohl reagiert hätte, wenn man ihn knallhart auf einen ganz bewussten Abend angesprochen hätte. Dann hätte er sich wenigstens nach dem Grund für solch eine Frage erkundigt. Mit so etwas konnte man die Leute normalerweise leicht einschüchtern. Er dachte an Vervaeke, der ebenfalls unbeeindruckt geblieben war. Zwei aalglatte Typen. Aber im Unterschied zu Vervaeke wirkte Verbruggen eher wie jemand, der den Mann von Welt bloß mimte. Er hatte etwas Vulgäres an sich – vielleicht, weil er einen Tick zu viel Muskeln zeigte, vielleicht auch wegen seines kalten, stahlblauen Blicks. Er musste an früher, an den Rummelplatz in seinem Dorf denken. Dort fuhren solche Kerle auf der Stoßstange des Autoscooters mit, in dem die schönsten Mädchen saßen.

Lohnte es sich, noch einmal mit diesem Vervaeke zu sprechen?

22

Sie stand am Fenster und starrte in den Garten, wo die Sonne mit unverminderter Kraft Blumen und Sträucher versengte.

Die Kriminalpolizei ... Sie hatte oben an der Treppe gestanden, weil sie nicht wusste, ob John im Haus oder draußen war, als es klingelte. Aber er stand schon im Flur, bevor sie noch den Fuß auf die erste Stufe setzen konnte.

Sie hatte nicht alles verstanden. Der Stimme nach war der Beamte schon älter gewesen, und er hatte zu leise gesprochen. Von John hatte sie gerade so viel mitbekommen, dass es um eine Party gegangen war, die er mit Pieter besucht hatte. Dort war angeblich auch die Kripobeamtin gewesen, ohne dass sie ihm aufgefallen war. Das Gespräch hatte nicht lange gedauert. War das ein gutes oder ein schlechtes Zeichen? In den Zeitungen hatte nur gestanden, dass weiträumig ermittelt wurde. War der Besuch Bestandteil dieser Ermittlungen? Sie könnte John danach fragen – ja, musste ihn sogar danach fragen. Es wäre merkwürdig, wenn sie es nicht täte. Aber ging das? Konnte sie sich ausreichend verstellen? Außerdem wollte sie nicht nach unten gehen. Sie wollte für den Rest des Tages, für den Rest ihres Lebens, auf ihrem Zimmer bleiben. Sie oben, John unten, und *never the twain shall meet*. Oder noch besser: *shall meet again*. Wie lächerlich es doch war, sich vor dem eigenen Ehemann zu fürchten. Wie lange es wohl dauerte, sich scheiden zu lassen? Zu lange.

Sie holte tief Luft, drehte sich um und ging zur Tür.

*

Er hatte seinen Whiskey mit nach draußen genommen. Die Eiswürfel waren alle, und auf der Küchentheke standen zwei leere Weinflaschen. Hatte Vivienne die etwa ganz alleine geleert und ihren Frust in Alkohol ertränkt? Da ihr Wagen vor der Tür stand, musste sie zu Hause sein. Außerdem hatte sie doch tatsächlich den Rasen gemäht! Waren das erste Unabhängigkeitsbestrebungen? Sie musste ziemlich hinter dem Ding hergehumpelt sein. Normalerweise spielte sie die Kindfrau, obwohl sie nicht die Figur dafür hatte. Sollte ihm das eine Warnung sein? Ach Quatsch, sie fraß ihm aus der Hand. Sie konnte ja nicht wissen, dass sie nie mehr Gelegenheit haben würde, unabhängig zu werden. Es musste noch diese Woche geschehen, er hielt es nicht aus, noch länger zu warten. Er war nicht dumm und wusste, dass er mit seinen Kräften haushalten musste. Aber das würde sich bald ändern. Bald hätte er keine pharmazeutischen Hilfsmittel mehr nötig. Geld gab einem Kraft. Kraft und Macht. Nach zwei Jahren Schufterei hatte er es sich redlich verdient.

Wo steckte sie bloß? Sie musste gehört haben, dass er nach Hause gekommen war, hatte sich aber anscheinend in ihr Arbeitszimmer verkrochen. Keine Ahnung, was sie dort trieb. Die Scheißgalerie warf nicht genug Arbeit ab, als dass sie auch noch sonntags hätte ranklotzen müssen. Andererseits war es ihm nur recht, dass sie sich nicht zeigte. Er würde den Zerknirschten spielen müssen, war aber noch nicht in der Stimmung dazu. Erst einmal schlafen. Ein Königreich für ein paar Stunden Schlaf!

Und dann noch dieses beschissene Gelaber des Kripomanns in diesem geschmacklosen Hemd: »Darf ich fragen, wo Sie vorgestern Abend waren?« Er hielt sich für perfekt vorbereitet, und der Besuch hatte ihn nicht aus dem Konzept gebracht. Andererseits war der Sonntagnachmittag schon ein merkwürdiger Zeitpunkt für so etwas. Trotzdem hatte er keine Sekunde gebraucht, um in seine Rolle zu schlüpfen. Er hatte sich erschreckt gezeigt, seine Mimik nicht ganz unter Kontrolle gehabt, aber das war nichts Ungewöhnliches. Wer reagiert schon gelassen, wenn die Kripo vor der Tür steht?

Nur die letzte Frage gefiel ihm nicht und seine Antwort noch viel weniger. Wenn es dem Deppen einfiel, Vivienne zu kontaktieren, um seine Antwort zu überprüfen, war er geliefert.

Er trank sein Glas aus, ging ins Haus und schenkte sich nach. Nicht drei, sondern zwei Fingerbreit. Er musste vernünftig sein. Das Frühstück im Hotel hatte er ausgelassen, nachdem er natürlich doch noch mit irgendeinem Mädel, dessen Namen er nicht kannte, auf dem Zimmer gelandet war. Aber jetzt musste er einen klaren Kopf bewahren.

Er schob den Stuhl zurück, sodass seine Beine in der Sonne lagen. In seiner Hosentasche spürte er die letzten beiden Pillen in ihrem Papier. Eine musste reichen, um wieder klar denken zu können. Er durfte nicht vergessen, sich gleich morgen einen neuen Vorrat zu besorgen. War der Bulle auch bei Pieter gewesen? Bestimmt. Nett von Pieter, dass er seinen Namen nicht genannt hatte. Nein, gar nicht nett. Er hatte offensichtlich angegeben, mit seinem Kompagnon auf der Party gewesen zu sein. Depp! Und was genau hatte er erzählt? Wenn die Polizei herausfand, dass sein Kompagnon von der Verabredung mit dem Mädchen gewusst hatte ... Mist, das funktionierte nicht, warum nahm er nicht endlich die Pille?

Er zog das Papier aus seiner Hosentasche, faltete es auseinander, steckte eine der Pillen in den Mund und spülte sie hinunter.

Sofort ging es ihm prächtig. Er schloss die Augen, versuchte, sich zu entspannen. Warum *schlief* er nicht? Immer nur zwei Stunden am Stück waren einfach nicht genug. Vielleicht sollte er das Zeug mit etwas anderem kombinieren und noch etwas für den *flow* dazunehmen. *Relax*, entspann dich! Lass dich von so einem Polypen kurz vor der Pensionierung nicht fertigmachen! Der Mann wurde dafür bezahlt, dass er ihm das Wochenende ruinierte. Die Polizei hatte nichts in der Hand, nicht das Geringste. Und warum? Ganz einfach, weil es nichts gab. Auf dieser Party waren mehr als fünfzig Leute gewesen, und die hatte man allesamt überprüft. Er war einer von fünfzig. Die Chance, dass er aufflog, lag bei zwei Prozent.

Die Pille gelangte über das Blut in seine Lunge, sodass die Beklemmungen nachließen. Sie glättete mit samtenen Fingern sämtliche Fältchen, beendete das Jucken und ließ seinen Kopf schwer und leicht zugleich werden. Wahrscheinlich war die Polizei nach dem Alphabet vorgegangen. Das erklärte auch, warum man jetzt erst zu ihm gekommen war. Im Grunde waren das doch alles Beamte, und die hatten es gern ordentlich und übersichtlich.

»John?«

Ach du meine Güte! Sie hatte beschlossen, wieder aus ihrem Schneckenhaus zu kriechen. Träge öffnete er die Augen hinter seiner verspiegelten Sonnenbrille.

Sie trug die Hose, die er so hasste: weiß und in einem zu dünnen Stoff, sodass man die Nähte und mit etwas Pech auch ihren Slip sah. Außerdem saß sie zu eng. In so etwas sah jede Frau mit ihrer Figur aus wie ein Schneemann. Aber wenigstens hatte sie so viel Vernunft besessen, eine weite Bluse darüber anzuziehen. Trotzdem betonte die Hose unbarmherzig ihre breiten Hüften und den alles andere als knackigen Hängepo. Das Mädel von heute Nacht dagegen ...

»John ...«

Die Pille rettete ihn. Sie half ihm, ihr überzeugend vorzumachen, dass er gerade aufwachte. Sie half ihm, sich aufzurichten und die Arme in freudiger Überraschung nach ihr auszustrecken. »Vivienne.«

»John, wer war das?«

Seine Arme verselbstständigten sich, umarmten warm und liebevoll ihre Schultern. Es waren intelligente, pillengesteuerte Arme. »Der Mann da? Ach, das war nur jemand von der Polizei. Ich erklär es dir gleich, mein Schatz. Aber zunächst einmal muss ich mich entschuldigen.« Er zog sie an sich.

Sie blieb passiv, reagierte nicht auf seine Berührungen. *Shit,* das drohte seine Kräfte zu übersteigen. Konzentrier dich!

»Ich habe mich gehen lassen, weil ich mir Sorgen gemacht habe. Ich habe dir das viel zu lange verschwiegen. Du weißt ja, wie Pieter ist. Der sieht nirgendwo Probleme. Aber da ich nun mal für die Finanzen verantwortlich bin ...« Er strich ihr über den Rücken, spürte, wie die Bluse an ihrer Haut klebte. »Ich brauchte einfach etwas Zeit, um nachzudenken. Es tut mir leid, wenn du dir Sorgen gemacht hast, das wollte ich nicht. Ich musste nur einen klaren Kopf bekommen – daher die Auszeit. Jetzt ist mir klar, dass ich die Sache vollkommen falsch angepackt habe.«

Sie befreite sich aus seiner Umarmung. »Ist schon gut, John, wir reden später darüber.«

»Nein, nein, setz dich.« Er schob sie sanft in einen Stuhl und stellte den Sonnenschirm so, dass sie im Schatten saß. »Ich will die Sache ein für allemal aus der Welt schaffen. Ich habe mit Pieter gesprochen, und natürlich gibt es eine Lösung. Wir werden mit einer Bank reden, und in ein paar

Monaten ist die Sache ausgestanden. Ich hätte dich gar nicht erst damit behelligen sollen.« Er streckte eine Hand aus und streichelte ihren Oberarm. »Im Nachhinein schäme ich mich dafür, aber mir ist die Situation kurzfristig einfach etwas über den Kopf gewachsen. Aber das ist natürlich noch lange keine Entschuldigung dafür, wie ein Verrückter davonzurasen.«

Sie entzog ihm ihren Arm und strich sich das Haar aus dem Gesicht. »Schwamm drüber, John.«

»Ich bin froh, dass du es so locker nimmst.« Er sprang auf. »Soll ich dir was zu trinken holen? Etwas Erfrischendes?« Er beugte sich über sie, ließ seine Lippen über ihre Wange gleiten. »Etwas, das deinen Kater vertreibt?«

Ein unmerkliches Lächeln umspielte ihre Lippen.

»Der Wein hat mir Klarheit verschafft.«

»Du hast deine Wut hinuntergespült«, sagte er zärtlich. »Aber das darfst du nicht, das tut dir nicht gut.«

Mit großen Schritten ging er ins Haus, schenkte in der Küche ein Glas Tonic ein, stellte die Flasche lautstark zurück und knallte den Kühlschrank zu. Die Zitrone musste sie sich diesmal dazudenken, er war verdammt noch mal nicht ihr Lakai! Was hatte sie nur, dass sie sich nicht anfassen lassen wollte? War Mama immer noch traurig? Er schraubte die Whiskeyflasche auf, setzte sie an die Lippen und spürte, wie der Whiskey in seinem Magen brannte. Er musste dringend etwas essen, sonst würde ihm in einer halben Stunde der Kopf abfallen, auch wenn er im Moment noch alles glasklar sah. Egal, er hatte noch nie länger als zehn Minuten gebraucht, um sie weichzuklopfen. Und das würde ihm auch jetzt gelingen, obwohl er durchaus etwas Unterstützung gebrauchen konnte. Dann also lieber nicht schlafen. Er wühlte in seiner Hosentasche und wickelte die letzte Pille aus ihrem Papier. Pille, Pille in meiner Hand, wer ist der Schlauste im ganzen Land?

Mit ihrem Glas und zwei Bananen ging er nach draußen und schälte seelenruhig das Obst, während sie ihn abwartend ansah.

»Was wollte der Mann hier, John, der Polizist?«

Er hob den Zeigefinger. »Hoho, das war kein normaler Polizist, das war die Kripo. Pieter und ich sind in einen Überfall verwickelt.«

Sie lachte nicht.

»Komm schon!«, sagte er. »Schau nicht so ernst. Es scheint um die junge Frau zu gehen, die letzte – oder war es vorletzte Woche? – überfallen wurde. Diese Polizistin. Du hast den Fall doch so gruselig gefunden. Wie dem auch sei, die Frau war auf einer Party, auf der ich vor etwa einem Monat mit Pieter vorbeigeschaut habe.«

»Bei wem?«

Er schürzte die Lippen. »Das habe ich schon wieder vergessen, bei irgendeinem Freund von Pieter. Ich bin nur kurz geblieben, denn ich war müde. Wir sind mit einem Kunden essen gewesen, und Pieter wollte dort noch spontan vorbeischauen. Ich habe mich überreden lassen, aber es war keine tolle Party. Zu viele Leute, zu viel Alkohol – nichts für mich. Die junge Frau ist mir nicht mal aufgefallen.«

»Aber woher hatte der von der Kripo dann deinen Namen?«

»Keine Ahnung, von Pieter vielleicht. Ich habe vergessen, ihn danach zu fragen. Ich war ziemlich verdattert. Die Polizei steht schließlich nicht jeden Tag vor der Tür.« Er zerkaute die erste Banane, die mehlig an seinem Gaumen klebte. Whiskey mit Banane, er musste gleich kotzen.

»Was wollte er dann von dir wissen?«

»Ob mir aufgefallen sei, dass jemand besonderes Interesse an der Frau gezeigt habe.« Er lachte. »Aber dem war nicht so, denn ich hab das Mädel nicht mal bemerkt. Vielleicht kam sie später als wir, oder sie war längst gegangen.«

»Davon hast du mir gar nichts erzählt«, sagte sie.

»Wovon?«

»Von der Party.«

»Nein. Das habe ich ganz vergessen. Als ich nach Hause kam, hast du schon geschlafen. Außerdem war es unwichtig.« Er biss in die zweite Banane und beobachtete sie verstohlen hinter seiner Sonnenbrille.

Da war nach wie vor diese Steilfalte zwischen ihren Brauen, weshalb er sich vorbeugte und mit dem Zeigefinger darüberfuhr. Aber sie wandte gereizt den Kopf ab.

»Vivienne«, sagte er. »Wenn du noch böse auf mich bist, musst du mir das sagen. Ich halte es nicht aus, wenn du dich so verhältst.« Meine Güte, was war das nur für ein divenhaftes Getue? Sollte er etwa vor ihr auf die Knie gehen? Darauf konnte sie lange warten!

»Böse trifft es nicht.« Sie griff nach der Sonnenbrille, die in der Brusttasche ihrer Bluse steckte, setzte sie auf, um sie dann gleich wieder abzunehmen. »Ich habe nur das Gefühl, dass wir ... dass wir völlig nebeneinanderher leben. Manchmal denke ich, dass wir einfach nicht zusammenpassen.«

Er schluckte die Banane hinunter, bevor er antwortete. Das war doch lächerlich, wirklich lächerlich. Nicht zusammenpassen! Wie kam sie nur darauf? Sie passten so gut zusammen wie ein Stöckelabsatz und ein lahmes Bein. Aber jetzt bloß nicht lachen! Sie machte sich lächerlich. Allein schon dieser strafende Blick! Er würde sich anstrengen müssen, um sie zu beruhigen. Aber woher die Kraft nehmen? Warum war er nur so unglaublich müde? Nicht einmal die Pillen wirkten richtig. Sie zeigten keinerlei Wirkung.

»Ich glaube, ich habe dich ein wenig vernachlässigt«, sagte er. »Die letzten Monate waren nicht leicht für mich, aber auch nicht für dich. Das war mir gar nicht so klar. Aber bald wird alles anders, das verspreche ich dir. Dann wird alles wieder genauso wie früher.«

»Na, hoffentlich.« Sie verstaute die Sonnenbrille und stand auf. »Ich habe Bauchschmerzen, ich leg mich ein Stündchen hin.«

Ach so, ihr Monatsleiden. Das erklärte alles. Kein Wunder, dass sie aussah wie eine Reinkarnation von Boris Karloff. Er lächelte.

»Gute Idee. Anscheinend haben wir beide letzte Nacht nicht besonders viel geschlafen.«

Sie ging wortlos ins Haus. Plötzlich pochte das Blut in seinen Schläfen. Eingebildete Kuh! Sie wollte ihn bestrafen. War sie jetzt völlig durchgeknallt? Wie ein Tintenfisch hatte sie sich an ihm festgesaugt und drohte ihn mit ihren Tentakeln zu ersticken. Wie lange hielt er das noch aus? Nicht mehr lange, ganz ehrlich, nicht mehr lange. Aber jetzt immer mit der Ruhe! Alles wird gut. Noch eine Woche. Nein, weniger. Zwei, drei Tage. Dreimal vierundzwanzig Stunden. Dreimal zwanzig macht sechzig, drei mal vier zwölf. Zweiundsiebzig Stunden. Halt die Hände ruhig. Halt die Beine ruhig. Halt sie ruhig, verdammt!

Er schaffte es gerade noch, sich so lange zu beherrschen, bis er davon ausgehen konnte, dass sie nach oben gegangen war. Dann stand er auf und trat von hinten so fest gegen die Stuhllehne, dass diese zerbrach.

23

Vegter schloss seinen Wagen ab und überquerte den Parkplatz. Der Asphalt unter seinen Schuhen war weich und klebrig, und auf den meisten Autos lag ein feiner, braungelber Staubschleier. Wüstensand. Er sah zum gnadenlos blauen Himmel empor. Wann nahm dieser absurde Sommer endlich ein Ende?

Auf dem Rasen hatten sich ganze Familien um Tische mit Bierdosen versammelt. Die Frauen waren nur noch notdürftig bekleidet, die Männer trugen kurze Hosen und Baseballmützen. Kinder schrien, irgendwo plärrte ein Radio, und auf einem Balkon heulte durchdringend ein Baby. Die Hitze schien aus den Niederländern ein noch lärmenderes Volk zu machen, als sie es ohnehin schon waren. Auf einmal sehnte er sich nach der Stille seines Dorfes – dorthin, wo er allein war, ohne sich allein zu fühlen.

Er drückte die Haustür auf, auf der jetzt nicht nur *Sausy bitch*, sondern auch der Schlachtruf *White rules* prangte. Im Lift wurde ihm klar, dass dies der letzte Sommer war, in dem er sich fehl am Platze fühlen musste.

Renée saß mit ihrem Buch auf dem Balkon. Ein flüchtiger Blick genügte, um zu sehen, dass sie seit dem Vortag nicht groß vorangekommen war.

»Was zu trinken?«, fragte er.

Sie sah zu ihm auf. »Soll ich das machen?«

»Du kannst keine Flaschen öffnen.«

»Du hattest keinen guten Tag«, konstatierte sie, als er ihr ein Bier reichte.

»Nein.«

Sie klappte das Buch zu und legte es neben ihren Stuhl. »Warum?«

Er las den auf dem Kopf stehenden Titel: *The Queen's Gambit* von Walter Tevis.

»Auf etwas Literarisches kann ich mich nicht konzentrieren«, sagte sie.

»Es ist ein gutes Buch.« Vegter leerte seine Flasche zur Hälfte – das Bier rann ihm angenehm kühl durch die Kehle.

»Magst du Schach?«

»Ich habe mal mit meinem Vater gespielt, aber das dürfte inzwischen zwanzig Jahre her sein. Er fand, dass man das können muss. Ihr seid also nicht weitergekommen?«

»Ich habe das Gefühl, den Fall einfach nicht in den Griff zu kriegen«, sagte er.

»Weil du keine Fortschritte verbuchen kannst?«

»Das natürlich auch. Aber ehrlich gesagt, fühle ich mich immer mehr davon vereinnahmt. In dem Sinn, dass ich Teil des Spieles bin, das hier gespielt wird.«

»So habe ich das noch nie gesehen«, sagte sie überrascht. »Fehlt es mir dafür an Erfahrung?«

»Das weiß ich nicht. Vielleicht bin ich der Einzige, der das so sieht. Mit ›spielen‹ meine ich, dass der Gegner die Rolle der Ermittler von vorneherein mit einkalkuliert hat – etwas, das man seinen Taten auch anmerkt. Er macht einen Zug, und wir machen einen Gegenzug.« Er lachte kurz auf. »Um in der Schachterminologie zu bleiben.«

»Und in unserem Fall?«

»In unserem Fall scheinen wir es mit jemandem zu tun

zu haben, der sich über alles lustig macht, allem gleichgültig gegenübersteht. Wenn es nicht so idiotisch klänge, würde ich sogar sagen, dass er vollkommen unbekümmert mordet.«

»Du meinst, er hält sich nicht an die Spielregeln?«

»Wenn man so will, ja. Er ist ein unbegreiflicher, weil unberechenbarer Gegner. Und deswegen vielleicht wirklich nicht zu greifen. Ich weiß auch nicht, woher diese Unbekümmertheit kommt: Entweder es ist Ignoranz oder ein Gefühl von Überlegenheit.«

»Ändert das irgendwas?«

»Oh ja: Ist es Ignoranz, hat er bisher einfach bloß Glück gehabt – wobei wir nicht wissen, wie lange diese Glückssträhne noch anhält. Ist es Arroganz, könnten *wir* Glück haben, denn die beruht stets auf Selbstüberschätzung. In diesem Fall wird ihm früher oder später ein Fehler unterlaufen.«

»Fragt sich nur, wann.«

»Ja.« Vegter leerte seine Bierflasche. »Und vor allem, ob das geschieht, bevor er noch mehr Schaden anrichten kann.«

»Es gibt also nichts Neues?«

»Nein. Wir haben sämtliche Berichte vorliegen, aber sie haben nichts ergeben. Das einzig Gute ist, dass wir so viele DNA-Spuren haben. Wenn wir ihn zu fassen bekommen, können wir ihn damit festnageln.« Er stand auf. »Noch ein Bier?«

»Ich habe noch kaum etwas von meinem ersten getrunken.« Sie lachte und setzte die Flasche an die Lippen.

Während er in der Küche eine neue Flasche aus dem Kühlschrank holte, klingelte es. Mit dem Bier in der Hand machte er auf.

»Hallo Pap«, sagte Ingrid. »Wir wollten nur mal gucken, ob du noch lebst.«

»Ich ... Ja, natürlich.«

Sie küsste ihn, und er gab Thom die Hand. »Kommt rein.«

»Wir sind froh, dass du hier bist«, sagte Ingrid. »Wir hatten schon überlegt, zu deinem Haus zu fahren. Musst du nicht daran herumwerkeln?«

»Keine Zeit.«

»Der Mord?«, fragte Thom.

»Ja.«

Ingrid hielt den Kopf schräg. »Und deshalb hast du auch keine Zeit für uns?«

»Doch, natürlich. Aber ich war nur selten zu Hause.« Vegter führte sie ins Wohnzimmer. »Ich fürchte, wir passen nicht alle auf den Balkon.«

Ingrid blieb stehen. »Du hast Besuch.«

»Ich glaube, ihr seid euch schon mal begegnet«, sagte Vegter.

Renée kam herein und gab ihnen die Hand. Ingrid schüttelte sie kurz und sah dann von Renée zum Balkon hinüber, auf dem der Stuhl mit dem Buch stand. Dann blickte sie wieder ihren Vater an.

»Renée erholt sich von dem Überfall«, sagte Vegter.

»Jetzt fällt es mir wieder ein.« Thom gab Renée extrem vorsichtig die Hand. »Das muss ein schreckliches Erlebnis gewesen sein.«

»Ja.« Renée lächelte. »Aber ich habe überlebt.«

»Was wollt ihr trinken?«, fragte Vegter. »Wenn es was Kaltes sein soll: Es gibt Weißwein oder Bier.«

»Nein, nein, wir bleiben nicht lange.« Ingrid wechselte einen kurzen Blick mit Thom. »Eigentlich wollten wir auf dem Heimweg nur mal kurz nach dir sehen.«

»Kommt schon!«, sagte Vegter. »Ihr werdet doch noch Zeit für ein Bier haben?«

Ingrid schüttelte den Kopf. »Ein andermal gern. Wir rufen vorher an. Oder komm doch diese Woche mal zu uns zum Essen.«

»Das kann ich euch nicht versprechen.«

»Nein, du hast natürlich viel zu tun.« Sie war schon auf dem Weg zur Tür. Thom folgte ihr und zuckte auf Vegters Blick hin die Achseln.

Renée hatte ihr Buch auf dem Schoß, als Vegter wieder auf den Balkon trat, das Bier nach wie vor in der Hand.

»Was für ein Überraschungsbesuch!«, sagte er. »Ich muss mich für die peinliche Situation entschuldigen. So kenne ich Ingrid gar nicht.«

»Sie kam, um mit dir zu reden«, sagte Renée gelassen.

»Und du meinst, dass sie mir in deiner Gegenwart nicht verraten wollte, worüber?«

»Jawohl. Und zwar mit Recht.«

»Wenn sie wieder mal befördert worden ist, verstehe ich nicht, warum das geheim bleiben muss.«

»Vielleicht solltest du heute Abend noch bei ihr vorbeischauen.«

»Dazu habe ich eigentlich keine große Lust«, sagte er verstimmt. »Ich bin müde und kann jetzt keine weiblichen Launen gebrauchen.«

»Ich glaube, du tust ihr Unrecht.« Renée schlug ihr Buch auf.

Er schwieg, drehte sich um und nahm sein Bier mit ins Bad.

Renée fuhr nicht mit zum Haus, weil sie angeblich lieber in Ruhe lesen wollte. Auf der Fahrt dachte Vegter, dass Frauen sich am Ende immer durchsetzen, und sei es nur durch passiven Widerstand.

Er fütterte Wolf, der schon auf ihn gewartet hatte, goss einen Eimer Wasser auf die Kletterrose, machte einen Rundgang durchs Haus und überlegte, wann er wohl wieder dazu kommen würde, hier weiterzuarbeiten. Seit Stefs Tod hatte er keinen Urlaub mehr geplant, sondern sich nur freigenommen, wenn es sich gerade so ergab. Während er wartete, bis Wolf gefressen hatte, tröstete er sich mit dem Gedanken, dass es zum Arbeiten ohnehin zu heiß war. Selbst in diesem alten Haus mit den dicken Wänden war es jetzt unangenehm warm. Vielleicht sollte er sich im September ein paar Wochen freinehmen, denn egal, was passierte: Noch vor dem Winter würde er hier einziehen, das schwor er sich.

Er hörte Geräusche vor der Haustür, und als er den Flur durchquerte, sah er Warman in Holzschuhen, eine große Plastiktüte in der Hand.

»Meine Frau meint, das wird Ihnen bestimmt schmecken, Herr Nachbar.« Warman hielt die Tüte hoch, und Vegter sah hinein.

»Kirschen!«, sagte er überrascht. »Ich dachte, die Saison wäre längst vorbei.«

»Sie geht zu Ende«, sagte Warman. »Aber wegen der Hitze ist es ein gutes Jahr. Ich habe sie vom Boden aufgelesen, aber sie sind noch gut.«

»Danke.« Vegter nahm ihm die Tüte ab.

Warman zögerte. »Geht es voran mit dem Haus?«

»Kommen Sie doch rein.«

Der alte Mann schlüpfte aus seinen Schuhen und folgte ihm ins Wohnzimmer. Wolf schoss an ihnen vorbei nach draußen.

»Der Kater hat wirklich Ausdauer«, sagte Warman.

»Haben Sie eine ungefähre Idee, wie alt er ist?«

Warman überlegte. »Sie hatten ihn schon, als die Frau noch lebte, und die ist auch schon wieder vier Jahre tot. Er wird ungefähr sechs sein, denke ich. Das Vieh hat sich nicht von hier weggerührt ... und mich das ein oder andere Huhn gekostet. Es hat ihnen einfach die Kehle durchgebissen. Das erlebt man nicht oft: eine Katze, die Hühner holt. Oder Enten. Die haben eigentlich Respekt vor den Schnäbeln, aber nicht der hier. Der hat sie mit Haut und Haar gefressen.«

»Er wird Hunger gehabt haben. Haben Sie nie überlegt, ihn aufzunehmen?«

Warman schüttelte den Kopf. »Warum? Er war schließlich nicht mein Kater. Und wir haben nur selten Mäuse. Aber in Scheune und Stall natürlich schon.«

Vegter dachte daran, wie er sein Pferd behandelte: voller Liebe und Geduld. Er staunte über die Gefühlskälte des Bauern.

»Das sieht gut aus«, sagte Warman anerkennend. »Die Doppelglasfenster sind auch schon eingebaut. Darüber werden Sie im Winter noch froh sein. Es war ein kaltes Haus. Kommt auch ein neuer Bodenbelag rein?«

»Nein«, sagte Vegter. »Ich werde den hier abschleifen und neu einlassen.«

Warman nickte. »Recht haben Sie! Es geht nichts über Holz.« Nachdem sie die üblichen Höflichkeitsfloskeln ausgetauscht hatten, kam er auf den eigentlichen Anlass seines Besuchs zu sprechen. »Wie geht es diesem Mädchen?«

»Etwas besser.«

»Meine Frau hat sie sofort erkannt. Wegen der Haare, wissen Sie. Das ist das Mädchen aus der Zeitung, hat sie gesagt. Der wurde übel mitgespielt. Was laufen da draußen nur für Verrückte rum! Kümmern Sie sich ruhig ein wenig um sie.«

Vegter lächelte. »Das mache ich auch.«

»Und wenn Sie erst hier wohnen, wird sie von ganz allein zur Ruhe kommen.«

»Davon kann keine Rede sein!«, sagte Vegter abweisend.

»Nein?« Der alte Mann schmunzelte. »Bitte entschuldigen Sie, dann habe ich mich wohl getäuscht.« Er ging zur

Haustür und schlüpfte in seine Klompen. »Auf Wiedersehen, Herr Nachbar.«

Vegter schloss das Haus ab und sah auf die Uhr. Er würde Ingrid eine halbe Stunde widmen und keine Minute länger.

Als er nach Hause kam, war alles dunkel. Leise ging er in die Küche und goss sich einen Schnaps ein. Mit dem Glas in der Hand ging er auf den Balkon. Die letzten Kurzbehosten saßen noch auf dem Rasen, hatten aber endlich ihre Stimmen gedämpft. Ein Auto fuhr vorbei. Aus den offenen Fenstern drang ein dröhnender Bass, woraufhin Vegter einfiel, dass so etwas in Südafrika »Bonkie-bonkie-Auto« hieß.

»Paul ...«

Renée stand im Zimmer. Sie trug ein weites, weißes Hemd, das ihr fast bis zu den Knien reichte.

»Habe ich dich geweckt?«, fragte er.

»Nein.« Ihre nackten Füße quietschten auf dem Laminat. Sie warf einen Blick auf sein Glas. »Doch hoffentlich keine schlechten Nachrichten?«

»Nein, im Gegenteil, ich habe hervorragende Neuigkeiten«, sagte er. »Aber du hast das natürlich längst geahnt: Sie ist schwanger.«

Renée lächelte. »Ich habe es ihr gleich angesehen. Warte!« Sie verschwand und kehrte mit einer brennenden Kerze auf einer Untertasse zurück.

»Ich habe nie Kerzen im Haus«, sagte Vegter.

»Das dachte ich mir schon«, sagte sie. »Deshalb habe ich ein paar gekauft. Diese hier ist leider eine Duftkerze, aber vielleicht vertreibt sie die Mücken.«

Ihr zerzaustes Haar schimmerte im sanften Licht, als sie die Kerze absetzte.

»So siehst du aus wie Lucia di Lammermoor, kurz bevor sie zu ihrer Wahnsinnsarie anhebt«, sagte er.

»Ich kenne mich nicht gut mit Opern aus, aber sie nimmt zweifellos ein schlimmes Ende.«

»Ein sehr schlimmes Ende«, sagte er. »Es ist so schlimm, dass ich es dir nicht verraten werde.«

Sie setzte sich und zog die Beine unter sich. »Freust du dich?«

Vegter lehnte sich an das Balkongeländer. »Natürlich. Ich freue mich, bin sogar stolz, obwohl es keinerlei Grund dafür gibt, außer den, eine Tochter zu haben, die so etwas kann. Aber ich bin auch traurig, weil ich mir gewünscht hätte, dass Stef das auch noch erlebt. Und durcheinander, aus Gründen, die ich dir nicht erklären muss.« Er kippte den Genever hinunter.

»Wie alt ist sie?«

»Neunundzwanzig.«

»Da ist es langsam Zeit fürs Kinderkriegen.«

»Ich wusste nicht mal, dass sie welche wollte«, sagte er. »Dabei hätte ich mir das eigentlich denken können. Ich fürchte, ich bin kein besonders guter Vater.«

»Ich glaube eher, du bist wie der Arzt, der nicht sieht, dass sein Kind krank ist.« Sie ging nach drinnen und kam mit Zigaretten, Feuerzeug und Aschenbecher zurück.

Er zog eine Zigarette aus der Packung und zündete sie ihr an. Sie rauchte schweigend, drückte die Zigarette aber nach wenigen Zügen aus.

»Willst du irgendwann mal Kinder?«, fragte Vegter.

Sie drehte sich zu ihm um, und er sah ihre feuchten Augen. »Werde ich nach meiner Reaktion beurteilt?«

»Nein«, sagte er. »Das wirst du nicht.« Er strich ihr mit beiden Händen das Haar aus dem Gesicht und nahm sie behutsam in den Arm.

Vegter hatte einen Weißwein aufgemacht, den sie inzwischen geleert hatten. Die letzten Kurzbehosten waren verschwunden, der Rasen lag ruhig und dunkel vor ihnen. Die Kerze flackerte im schwachen Nachtwind.

»Soll ich dir einen Pulli holen?«, fragte Vegter.

Sie schüttelte den Kopf. »Ich friere nicht.«

»Jetzt fühle ich mich nicht nur glücklich, stolz, traurig und durcheinander, sondern auch noch schuldig«, sagte er. »Eine absurde Situation.«

»Schlechtes Timing.« In Renées Stimme schwang ein Lachen mit.

»Zumindest, was meine Tochter anbelangt.«

»Warum schuldig?«

»Ich komme mir ziemlich unfair vor.«

»So als ob du untreu wärst?«

»Ich weiß, das klingt lächerlich«, sagte er. »Aber das trifft es trotzdem ganz gut. Vielleicht würde es mir anders gehen, wenn ich eine Frau meines Alters kennengelernt hätte.«

»Liegt es nicht eher an den gesellschaftlichen Konventionen, dass du dir das einredest?«

»Kann schon sein. Trotzdem ist mir so, als ob ich auf das hier, auf diese Chance, kein Recht mehr hätte.«

»Ich fände es gut, wenn du den Altersunterschied nicht ständig so betonen würdest.«

»Tut mir leid.«

»Ich habe ebenfalls damit zu kämpfen«, sagte sie. »Ich habe mir dein Bücherregal angesehen und bin schwer beeindruckt. Das hole ich nie mehr auf.«

»Unsinn!«, sagte er. »Das liegt nur an meinem Alter ...«

»Jetzt fängst du schon wieder damit an.«

»Tut mir leid.«

Sie lachte zufrieden. »Und für deine Musik gilt dasselbe. Obwohl ich neben Rachmaninow plötzlich die Rolling Stones entdeckt habe.«

»Die habe ich schon seit Jahren nicht mehr gehört«, sagte er. »Eine Jugendsünde.«

»Paul!«

»Tut mir leid.«

»Du flirtest mit mir«, sagte sie. »Ich hätte nicht gedacht, dass du dazu in der Lage bist.«

»Du kennst mich nicht.«

Sie verstummte. »Nein«, sagte sie dann. »Aber das habe ich auch nie behauptet.«

»Wollen wir noch eine Flasche aufmachen?«, fragte er.

»Nein, auf gar keinen Fall«, sagte sie. »Du bist todmüde und ein bisschen betrunken, und du gehörst ins Bett. Ich will nicht, dass du auf dem Sofa schläfst. Ich habe es heute Nachmittag ausprobiert, es ist unbequem.«

Sie nahm die Kerze, die nichts gegen die Mücken ausgerichtet hatte, und blies sie aus.

»Können wir morgen eine anzünden, die nicht nach Coffeeshop riecht?«, bat er. »Und nur, damit du es weißt: Ich habe heute Abend Bier, Champagner, Genever und Wein getrunken. Aber das tue ich nur zu besonderen Anlässen.«

Sie lagen nebeneinander, Vegter mit dem Kopf auf dem Kissen, das nicht nur auf dem Sofa zu dünn war.

»Aus diversen Gründen wird heute nicht mehr daraus«, sagte Renée.

»Das muss es auch gar nicht.«

Im Dunkeln sah er nur die Konturen ihres Körpers unter dem dünnen Laken. Er schloss die Augen und spürte, wie die Anspannung in Nacken und Schultern langsam nachließ.

Renée wälzte sich unruhig hin und her. »Paul ...«

»Schlaf!«

»Paul, was, wenn es nicht funktioniert?«

Er drückte ihre Hand. »Das ist nicht der richtige Moment, um sich darüber Gedanken zu machen.«

»Ich kann dir nichts versprechen.«

»Das musst du auch gar nicht. Ich halte nichts von Versprechen, denn sie gelten stets nur für einen sehr begrenzten Zeitraum.«

»Wenn es nicht funktioniert, sollte ich lieber aus dem Team ausscheiden.«

»Mit dem Gedanken hast du doch ohnehin gespielt«, sagte er. »Obwohl mir das gleich doppelt leidtun würde.«

»Wenn ich nur nicht solche Angst hätte!«, sagte sie leise. »Auf einmal habe ich vor allem Angst. Das will ich nicht, so bin ich nicht.«

Er ahmte Talsmas nasale Sprache nach: »Das Einzige, was wir zu fürchten haben, ist die Furcht selbst.«

Sie musste laut lachen. »Oh Gott, die Kollegen. Daran habe ich noch gar nicht gedacht.«

»Oh doch, denn du wolltest das Team so oder so verlassen.«

»Ja, aber nicht deshalb.«

»Schlaf jetzt«, sagte er. »Kannst du schlafen, wenn jemand neben dir liegt?«

»Oh ja« sagte sie. »Dann muss ich das Licht nicht anlassen.«

Er schwieg, lauschte auf ihre leise Atmung und hörte, wie diese gleichmäßiger wurde. Er spürte, wie ihre Finger sich von den seinen lösten, und allmählich bekam er mit, wie die Dunkelheit der Dämmerung wich, sodass er sich endlich umdrehen und sie betrachten konnte.

24

Auf der Fahrt in das Provinzstädtchen, in dem John laut seinem Pass geboren war, wurde ihr klar, dass dies das Einzige war, was sie mit Sicherheit wusste. Pässe lügen nicht. Es war eine deprimierende Erkenntnis.

Sie hatte überlegt, wie sie am besten vorgehen sollte. Sie kannte keine Namen von Familienmitgliedern oder von alten Freunden, keine Adressen, keine Fotos. John war ein unbeschriebenes Blatt – so als würde es ihn erst wirklich geben, nachdem er sie kennengelernt hatte.

Sie selbst hatte ihm ihre Alben mit Jugendfotos gezeigt – aus dem Bedürfnis heraus, ihn daran teilhaben zu lassen, ihn in ihr Leben mit einzubeziehen. Er hatte sie pflichtschuldig durchgeblättert, allerdings wenig dazu gesagt. Sie war ziemlich enttäuscht gewesen, hatte es aber auf die sprichwörtliche männliche Unsentimentalität geschoben. Pragmatisch, wie sie waren, lebten Männer ausschließlich im Hier und Jetzt. Jetzt wurde ihr klar, dass seine laue Reaktion der Angst geschuldet war, dem etwas entgegensetzen zu müssen.

Wo hatte er seine Vergangenheit gelassen? Brüder oder Schwestern gab es keine. Also hatte er das Elternhaus nach dem Tod der Mutter ausräumen und die privaten Habseligkeiten ordnen müssen: den Schmuck, die Korrespondenz,

Bücher, Fotoalben. Was hatte er damit gemacht? Wahrscheinlich hatte er alles verkauft oder weggeworfen.

Die Galerie war montags geschlossen. Um ihre ganztägige Abwesenheit zu rechtfertigen, hatte sie beim Frühstück erwähnt, dass sie dringenden Bürokram erledigen und mit den Vorbereitungen für die Alvarez-Ausstellung beginnen wolle. Er war mit den Gedanken ganz woanders gewesen und hatte nur genickt.

Um irgendeinen Ausgangspunkt zu haben, hatte sie mithilfe des Galeriecomputers sämtliche Grundschuladressen herausgesucht. Erst jetzt fiel ihr auf, welches Glück sie hatte, dass noch keine Sommerferien waren.

In dem Städtchen herrschte die gemächliche Ruhe des Montagvormittags. Die Läden hatten geschlossen, auf den Straßen waren kaum Leute unterwegs, und ein einzelner Transporter lieferte Waren aus.

Ihr Navigationssystem führte sie fehlerfrei zur ersten Adresse. Sie parkte in einer ruhigen Straße gegenüber dem von einer Hecke begrenzten Schulhof. Auf der Suche nach dem Eingang ging sie an einem Sandkasten, Klettergerüsten und ein paar Schaukeln vorbei. Die Fenster der Grundschulklassen waren mit knallgelben Sonnen, lustigen Kobolden und bunten Blumenwiesen bemalt. Völlig unvermittelt kamen ihr die Tränen. Wie es sich wohl anfühlte, hier um zwölf Uhr zu stehen und auf das eigene Kind zu warten? Aber sie konnte sich keine Tränen erlauben. Kinder standen nicht auf Johns Wunschliste, das wusste sie, und damit hatte sie sich abgefunden.

Die Tür war geschlossen. Sie klingelte und wartete.

Als sie drei Schulen später fast schon aufgeben wollte, landete sie einen Volltreffer. Die Schulen schienen Namen, Adressen und Geburtsdaten ihrer Schüler zwar aufzubewahren, waren aber ansonsten nicht sehr auskunftsfreudig – und das trotz ihrer rührseligen Geschichte, dass sie für ihren alten, kranken Vater den Familienstammbaum recherchiere, weil er nicht mehr dazu in der Lage sei. Es sei nun mal sein innigster Wunsch, seinen kompletten Stammbaum zu kennen, bevor er sterbe. Der Name John Verbruggen hatte keinerlei Reaktionen hervorgerufen. Außerdem hatte ihr der Direktor der letzen Schule erzählt, dass die Schülerakten im Rahmen der Archivierungsvorschriften nach fünf Jahren vernichtet würden. Also hatte sie sich schon innerlich darauf eingestellt, auch noch die drei weiterführenden Schulen des Städtchens abklappern zu müssen. Falls sich das überhaupt noch lohnte, dachte sie auf der Fahrt zur Grundschule De Windhoek. John war zwar hier geboren, musste aber deshalb nicht zwangsläufig auch seine Kindheit und Jugend hier verbracht haben. Ihr fiel wieder ein, dass sie einmal an der Autobahnausfahrt vorbeigekommen waren und sie spaßeshalber vorgeschlagen hatte, eine kleine Nostalgietour zu unternehmen. Doch er hatte nichts davon wissen wollen. »Das muss ich wirklich nicht haben, Vivienne.«

Sie hatte keinerlei Anhaltspunkt, machte sie sich klar. Es konnte gut sein, dass dieser Ausflug ergebnislos blieb. Zum Glück gab es nur neun Grundschulen.

Aber die De-Windhoek-Schule gab ihr wieder Auftrieb. Auf ihr Klingeln hin machte ihr ein Dreikäsehoch auf, der stolz verkündete, dass er »Klingeldienst« habe, obwohl er erst in die zweite Klasse gehe. Die vierte Klasse sei nämlich gerade im Ferienlager. Dann führte er sie, ohne zu zögern, in das helle, freundliche Lehrerzimmer, in dem es nach Kaffee duftete, und kündigte an, den Direktor zu holen.

Während sie auf ihn wartete, machte sie die Riemen ihrer Sandalen ein Loch weiter und hoffte auf einen Kaffee. Sie hatte die Schule erst gar nicht betreten wollen, weil sie in einem nagelneuen Gebäude untergebracht war. Aber da sie sich in einem Altstadtviertel befand, konnte es gut sein, dass man die alte Schule abgerissen und an ihrer Stelle eine neue errichtet hatte.

Der Direktor konnte das nur bestätigen. Er war ein sympathischer Mann um die vierzig, in einer leichten Sommerhose und einem karierten Hemd mit hochgekrempelten Ärmeln.

»Die Schule wurde vor vier Jahren neu gebaut«, sagte er. »Das ursprüngliche Gebäude war beinahe sechzig Jahre alt, und Sie können sich vorstellen, dass die Ausstattung zu wünschen übrig ließ. Wir haben aber immer noch Platzmangel, ganz einfach weil nicht mehr Baugrund zur Verfügung stand. Gleichzeitig waren wir froh, hierbleiben zu können. Es ist ein einfaches Viertel mit sesshaften Menschen, die sich mit Veränderungen schwertun. Für sie gehört die De-Windhoek-Schule einfach zum Viertel, und damit basta.« Er lachte. »Aber deswegen sind Sie nicht hier. Sie sind gekommen, um herauszufinden, ob ein John Verbruggen auf unsere Schule gegangen ist. Ich habe inzwischen nachgeschaut, und dem war tatsächlich so. Aber das allein wird Ihnen nicht groß weiterhelfen, weshalb ich Ihnen die Telefonnummer meines Vorgängers geben werde. Ich bin schon seit sieben Jahren an der Schule, könnte mir aber vorstellen, dass er sich noch an den Jungen erinnert. Er hat nämlich mehr als dreißig Jahre hier gearbeitet und besitzt das reinste Elefantengedächtnis. Ich habe schon oft darüber gestaunt und muss gestehen, dass ich gelegentlich immer noch auf sein Wissen zurückgreife.«

»Das ist ja fantastisch!« Vivienne trank den Kaffee, den ihr der Junge soeben mit hochkonzentrierter Miene gebracht hatte, ohne allerdings verhindern zu können, dass er übergeschwappt war und das Stück Würfelzucker durchweicht hatte. »Vielleicht kann er mir mehr erzählen. Dieser

John ist eines der letzten Puzzleteile, die mir noch fehlen, und mein Urlaub ist so gut wie vorbei.«

Sie bekam einen Zettel hingeschoben und betrachtete die Ziffern, die in einer ordentlichen Lehrerhandschrift notiert worden waren. »Herzlichen Dank.« Sie verstaute den Zettel in ihrer Handtasche und stand auf. »Wie ist sein Name?«

»De Graaf. Lucas de Graaf.«

Im Auto herrschte schon wieder eine wahnsinnige Hitze, weshalb sie die Wagentür offen stehen ließ, während sie die Nummer wählte. Es läutete fünfmal, bis jemand dranging.

»De Graaf«, meldete sich eine tiefe Männerstimme.

Sie spulte ihre Geschichte herunter, betonte, dass es sich um ein privates Anliegen handele und sein Nachfolger so nett gewesen sei, ihr seine Nummer zu geben.

»Wenn ich Sie recht verstehe, waren Sie in der De-Windhoek-Schule?«, entgegnete De Graaf nach kurzem Schweigen.

Sie lachte. »Ich parke direkt davor.«

»Ja, wenn das so ist, kommen Sie doch einfach bei mir vorbei. Ich bevorzuge persönliche Kontakte. Außerdem redet es sich so leichter als am Telefon.«

»Gern«, sagte sie überrascht. »Aber passt es Ihnen denn jetzt auch?«

»Ich habe Zeit im Überfluss«, sagte De Graaf seufzend. »Und das seit sieben Jahren.«

Er nannte ihr die Adresse und legte auf. Sie gab sie in ihr Navigationsgerät ein und trank die Wasserflasche aus, die sie mitgenommen hatte. Das Wasser war lauwarm, vertrieb aber den bitteren Geschmack des viel zu starken Kaffees.

Eine kleine Frau mit grauer Dauerwelle und fröhlich geblümtem Sommerkleid machte ihr auf. »Mein Mann erwartet Sie bereits«, sagte sie. »Wir sitzen im Garten.« Mit einem Blick auf Viviennes erhitztes Gesicht fügte sie hinzu: »Möchten Sie vielleicht etwas trinken?«

»Das wäre herrlich.«

Ihr Stock klapperte über den Steinboden, während sie den schmalen Flur eines Hauses durchquerte, das mindestens hundert Jahre alt war. Sie passierte eine überraschend moderne Küche und betrat den sonnigen Garten. Dort legte De Graaf gerade sein Buch beiseite und stieß sich den Kopf am Sonnenschirm, als er aufstand, um sie zu begrüßen.

Sein Händedruck war extrem fest. Er war bestimmt zwei Meter groß – ein Riese von einem Mann mit einem silbernen Haarkranz um den gebräunten Kopf. »Setzen Sie sich.«

Er musterte sie ruhig, während sie dankbar das Tonic Water trank, das vor sie hingestellt wurde. »Ich bewundere Ihren Mut, bei so einer Hitze durch die Gegend zu fahren.«

Sie stellte ihr Glas ab. »Mir wäre es anders auch lieber, aber die Zeit wird langsam knapp. Ich hatte noch keine Urlaubspläne, und damit ich nicht noch eine Ewigkeit jedes Wochenende durchs halbe Land gondeln muss ...« Sie lachte. »Aber dafür bin ich an Orten gewesen, die ich sonst niemals kennengelernt hätte. So ein großes Opfer ist es also auch wieder nicht.«

»Und dieser John Verbruggen, wie sind Sie mit ihm verwandt?«

»Er ist ein weit entfernter Cousin«, sagte sie hastig. »Zumindest glaubt das mein Vater. Ob er damit recht hat, muss sich erst noch herausstellen.«

De Graaf versuchte, seine Beine unter dem Gartentisch auszustrecken, was ihm allerdings nicht gelang. »Ich habe inzwischen nachgedacht und sehe ihn jetzt wieder klar vor mir. Johnny Verbruggen. Er dürfte jetzt um die dreißig sein.«

Sie nickte.

»Er war ein Einzelkind«, sagte De Graaf. »Aber das wissen Sie wahrscheinlich schon. Ein typisches Einzelkind mit einer überfürsorglichen Mutter, was Johnny gar nicht guttat. Der Vater hat hart gearbeitet. Sie wissen, dass sein Vater nicht mehr lebt?«

»Seine Mutter doch auch nicht, oder?«

»Oh doch.« De Graaf lachte. »Ich treffe sie ab und zu. Johnny war ihr wie aus dem Gesicht geschnitten. Sie hat wieder geheiratet, wieder einen Drogisten. Hilf mir kurz auf die Sprünge!«, sagte er zu seiner Frau, die mit im Schoß gefalteten Händen aufmerksam zuhörte. »Mein Gedächtnis lässt mich im Stich. Die winzig kleine Drogerie im Zentrum. Heute gibt es sie nicht mehr, aber du hast früher dort eingekauft.«

»Tonning«, sagte sie.

Vivienne rührte sich nicht. Ihr standen die Haare zu Berge, und sie bekam kaum noch Luft. Was war sie nur naiv gewesen! Sie hatte eine Schwiegermutter. Eine Schwiegermutter, die nicht zu ihrer Hochzeit gekommen war, weil ihr Sohn sie totgeschwiegen hatte.

»Ich habe dort früher Süßigkeiten für die Kinder gekauft«, sagte Frau De Graaf lebhaft. »Bevor es Pflicht wurde, Mandarinen und kleine Rosinenschachteln zu verteilen. Aufgrund der Menge hat er mir immer Rabatt gegeben. Zu schade, dass der Laden von einer der großen Ketten geschluckt wurde. Ich bin gern dorthin gegangen, obwohl Tonning manchmal ganz schön kurz angebunden sein konnte.«

»Stimmt«, sagte ihr Mann. »Jetzt fällt es mir wieder ein: De Gaper hieß der Laden. Komisch eigentlich, Verbruggens Geschäft war nur wenige Straßen davon entfernt.« Er sah zu Vivienne hinüber. »Aber Sie sind nicht gekommen, um unsere alten Geschichten zu hören. Zurück zu Johnny: Am besten, Sie setzen sich mit seiner Mutter in Verbindung. Sie wird Ihnen sicher Auskunft über die Familie ihres ersten Mannes geben können.«

Vivienne hatte sich wieder so weit gefasst, dass sie zu ihrem Glas greifen und es austrinken konnte. Gleichzeitig war sie merkwürdig erleichtert. Jetzt musste sie keine weiteren Schulen mehr abklappern und eine wenig glaubwürdige Geschichte zum Besten geben. Es gab eine Mutter, die ihr alles über ihren Sohn erzählen würde, was sie wissen wollte.

»Sie haben John oder Johnny natürlich aus den Augen verloren, nachdem er die Schule verlassen hatte?«

De Graaf spitzte die Lippen. »Nicht ganz. Er war ein Wichtigtuer, schon damals. Nicht dumm, aber zu faul, um etwas aus sich zu machen. Er wollte, dass ihm die gebratenen Tauben in den Mund fliegen. Also ging er auf die Realschule, obwohl er durchaus das Zeug fürs Gymnasium gehabt hätte. Und die Realschule hat er nicht abgeschlossen, weil man ihn wegen Fehlverhaltens hinausgeworfen hat. Wir haben noch ein paar Mal über ihn gesprochen, der dortige Direktor und ich. Es war eine kleine Schule, in der sehr auf die Schüler eingegangen wurde. Aber in Johnnys Fall hat das leider auch nichts geholfen.« Er fuhr sich über den kahlen Schädel. »Aber ich bin nicht befugt, Ihnen darüber Auskunft zu geben. Belassen wir es dabei, dass er schwer erziehbar war. Ich habe mich öfter gefragt, was wohl aus ihm geworden ist. Aber das werden Sie bestimmt selbst herausfinden.«

Vivienne saß da wie betäubt. Kein Abitur, nur Realschule. Und die ohne Abschluss. Kein Jurastudium, kein Spirituosen-Großhandel und erst recht keine Geschäftsnachfolge. Stattdessen eine kleine Drogerie. Das Einzige, was stimmte, war, dass er keine Geschwister hatte. Wie praktisch! So konnte nicht unverhofft irgendein Verwandter vor der Tür stehen.

Sie begriff, dass sie irgendwie reagieren musste, und rang sich ein Lächeln ab. »Ich bin Ihnen äußerst dankbar. Sie ahnen nicht, wie sehr Sie mir geholfen haben.«

Mehr gab es dazu nicht zu sagen. Sie sahen sie abwartend an, woraufhin sie aufstand und zu ihrem Stock griff. Noch nie hatte sie ihn so dringend gebraucht wie jetzt.

Zwei Straßen weiter parkte sie unter einem Baum in einer stillen Allee und warf einen Blick auf die Adresse, die ihr De Graaf aus dem Telefonbuch herausgesucht hatte. Sie hatte schon in der Tür gestanden, als er gesagt hatte: »Die Adresse kann ich Ihnen natürlich schnell heraussuchen. Wie dumm, dass ich nicht gleich daran gedacht habe. Es ist gar nicht mal so weit von hier. Das berüchtigte Viertel hinter den Gleisen.«

Sie hatte ihm versichert, dass sie es bestimmt finden würde. Aber jetzt, wo sie im Schatten einer riesigen alten Buche stand, wusste sie nicht, ob sie den Mut hatte, dorthin zu fahren.

25

Talsma machte die Tür hinter sich zu. »Wir haben eine Meldung reinbekommen.«

Vegter sah von Brinks Bericht auf, der viele Seiten lang war und eher an ein Drehbuch für eine Fernsehsoap erinnerte als an ein nüchternes Protokoll. Vielleicht hätte er ihn doch lieber nicht um seine persönliche Einschätzung bitten sollen, denn Brink schien eine lebhaftere Fantasie zu haben als erwartet. »Von wem?«

»Ein Mädchen hat angerufen. Sie saß Freitagnacht mit ihrem Freund in einem Auto auf dem Parkplatz am Mercuriusweg und hat gesehen, wie sich ein Typ an dem Abfallkorb herumtrieb. Später sah sie ihn noch einmal, und zwar als er sich anzog. Zumindest sah es danach aus.«

»Und das meldet sie erst jetzt?«

»Sie hat sich erst nicht getraut.«

»Warum?«

»Wenn ich sie richtig verstanden habe, hätte sie eigentlich nicht dort sein dürfen. Schwierige Eltern oder vielleicht auch der falsche Freund.«

»Und jetzt?«

»Jetzt ist sie auf dem Weg hierher. Ich dachte, Sie wollen bestimmt dabei sein, Vegter.«

Vegter legte den Bericht ohne Gewissensbisse in eine

Schreibtischschublade. »Und du meinst, das bringt uns weiter?«

»Die Zeitangabe stimmt.« Talsma lachte und griff nach seinem Tabak. »Mehr weiß ich auch nicht. Aber das ist immerhin die erste wirklich konkrete Meldung. Der Rest ist nur der übliche Schwachsinn.«

Vegter musterte ihn aufmerksam. »Bist du deshalb so gut gelaunt?«

»Ja. Nein.«

»Du siehst aus, als hättest du im Lotto gewonnen.«

»Es fühlt sich auch ein bisschen so an.« Talsma zündete sich seine Selbstgedrehte an und grinste bis über beide Ohren. »Akke hat heute Morgen Haare auf ihrem Kopf entdeckt.«

Einen Moment lang wusste Vegter nicht, wovon die Rede war.

»Sie war so kahl wie eine Billardkugel«, sagte Talsma. »Wegen der Chemo. Sie trägt eine Perücke, die sie wahnsinnig macht, vor allem bei diesem Wetter. Sie sagt, sie kommt sich vor wie Marie Antoinette. Aber als sie heute Morgen in den Spiegel sah, hat sie einen leichten Flaum entdeckt. Und als ich die Wohnung verließ, hat sie gesungen.«

Vegter freute sich mit ihm.

»Sie singt nie«, sagte Talsma. »Niemals. Und jetzt ...« Er zog heftig an seiner Zigarette.

Vegter machte die Schublade zu und legte sich ein paar Stifte zurecht.

»Und deshalb werden wir nächsten Monat nach Friesland fahren«, sagte Talsma. »Ich habe ihr eine Badewanne versprochen, wenn sie endlich aufhört zu jammern, dass wir das Haus verkaufen müssen. Wovon ich die bezahlen soll, ist mir zwar nach wie vor ein Rätsel, aber darüber mache ich mir ein andermal Gedanken. Man muss das Eisen schmieden, solange es heiß ist, stimmt's?«

»Hast du nicht mal erwähnt, dass eine Badewanne nur senkrecht bei euch reinpasst?«

»Ins Bad schon, aber ich gebe mein Arbeitszimmer auf. Das Opfer bringe ich gern, denn jetzt muss ich nicht in die Veluwe.«

»In die Veluwe?«

»Dort wollte sie hin. In ein Haus in einer Ferienanlage. Das ist natürlich blanker Unsinn, denn sie mag eigentlich gar keinen Wald. Sie braucht Wind um die Nase. Sie wollte bloß nicht nach Friesland, weil sie Angst hatte, den Verzicht darauf dort erst richtig zu verspüren.« Talsma ging zum Fenster und warf seine Kippe hinaus. »Können Sie sich das vorstellen, Vegter, ich in einem Ferienbungalow?«

Er sprach das Wort »Ferienbungalow« aus, als wäre es etwas völlig Abartiges.

Vegters Gesicht zeigte keinerlei Regung. »Sie hat also wieder neuen Mut gefasst.«

»Ich wusste gar nicht, wie wichtig Haare für Frauen sind«, sagte Talsma mit aufrichtiger Verwunderung.

Vegter musste an Renée denken. Er hatte am Morgen im Bad beobachtet, wie sie sich mit einer Hand das Haar über die kahle Stelle gekämmt hatte. Auf sein Angebot hin, ihr zu helfen, hatte sie nur den Kopf geschüttelt. Er war später noch einmal darauf zurückgekommen und hatte gesagt, dass falsche Scham unangebracht wäre, er hätte es schließlich längst gesehen. Außerdem wäre es ihm völlig egal. Anstelle einer Antwort hatte sie sich einfach in die Zeitung vertieft. Das Frühstück, auf das er sich nach einer fast schlaflosen Nacht so sehr gefreut hatte, war eine Enttäuschung gewesen. Er war mit dem Gefühl aufgebrochen, etwas Falsches gesagt zu haben, ohne zu wissen, was.

»Das hat mich übrigens auf eine ganz neue Idee gebracht«, sagte Talsma. »Das mag zwar Küchenpsychologie sein, aber vielleicht will der Typ ja Frauen erniedrigen?«

»Du meinst, indem er ihnen etwas nimmt, das ihnen sehr wichtig ist?«

»Ja. Obwohl uns das natürlich auch nicht weiterhilft. Nicht, solange wir den Grund dafür nicht kennen.«

»Aber deswegen können deine Überlegungen trotzdem zutreffen«, sagte Vegter. Sein Telefon klingelte, und er ging dran. »Bring sie auf mein Zimmer.«

Sie hieß Jenetta Slot und war fünfzehn, obwohl sie versuchte, ihr Alter unter einer dicken Schicht Schminke zu verbergen. Sie schien übertrieben strenge Eltern zu haben, die ihr verboten, bei ihrem dreiundzwanzigjährigen Freund zu übernachten.

»Also übernachte ich oft bei einer Freundin.« Jenetta schob ihren Kaugummi von der linken in die rechte Backe. »Sie zwingen mich gewissermaßen, sie anzulügen.« Die grünblauen Augen waren schwarz umrandet wie die einer Eule und funkelten empört. Ihre Haut war so feinporig wie die eines ganz jungen Mädchens, und Lipgloss betonte den kindlichen Mund. Sie schlug die Beine übereinander, und Vegter wunderte sich, dass er ihre Jeans nicht reißen hörte – wahrscheinlich, weil sie strategisch angebrachte Löcher besaß. »Ich meine, was würden Sie an meiner Stelle tun?«

Talsma musste laut lachen, aber Talsma war heute nicht ganz zurechnungsfähig. Doch auch Vegter konnte ein Grinsen nicht unterdrücken.

»Na ja.« Jenetta legte den Kopf schräg und musterte ihn mitleidig. »Sie sind natürlich schon alt.«

»Fossilien«, sagte Talsma und erntete einen begriffsstutzigen Blick.

Sie hatte ihnen unwillig ihre Adresse genannt, sich aber geweigert, den Namen ihres Freundes zu verraten. »Er sagt, er bekommt sonst Ärger, weil ich minderjährig bin.« Der

Freund »handelte« mit irgendwas. Bestimmt mit Drogen, dachte Vegter.

»Du hast letzten Freitag oder besser gesagt Freitagnacht bei deinem Freund im Auto gesessen, und zwar auf dem Parkplatz am Mercuriusweg«, sagte er. »Und dort hast du etwas gesehen, das du glaubst melden zu müssen.«

»Ja.«

»Warum bist du nicht schon früher gekommen?«

»Weil mein Freund gesagt hat, dass er nichts damit zu tun haben will.«

»Und wie kommt es, dass du deine Beobachtungen jetzt doch noch meldest?«

»Wir haben am Samstagabend den Polizeiaufruf im Fernsehen gesehen, und da ist es mir wieder eingefallen. Wir haben nämlich noch über ihn gelacht, weil der Typ so behindert wirkte. Wir dachten, er sei betrunken.«

»Wie kamt ihr darauf?«

»Er ist so komisch gelaufen. Er schwankte. Und er hatte nichts an. Na ja, eine Jeans oder so was in der Art, aber nichts obenherum.«

»Um wie viel Uhr hast du ihn zum ersten Mal gesehen?«

Jenetta kratzte sich nachdenklich am Oberarm, der trotz der Sonne der letzten Wochen milchweiß war. Über der Jeans trug sie ein himmelblaues Top, das so tief ausgeschnitten war, dass ihr schwarzer BH darunter hervorblitzte. »Zwischen eins und zwei«, sagte sie schließlich.

»Und beim zweiten Mal?«

»Vielleicht eine halbe Stunde später.«

»Was habt ihr in der Zwischenzeit gemacht?«

»Na, was wohl!«, sagte sie erstaunt.

Vegter lachte. Die entwaffnende Ehrlichkeit des Mädchens gefiel ihm. »Ich meine, seid ihr im Auto sitzen geblieben?«

»Na klar.«

»Warum tatet ihr, was ihr tatet, nicht bei deinem Freund zu Hause, sondern im Auto?«

»Weil er gerade in einem besetzten Haus wohnt, und da sind ständig andere Leute.«

»Von wo kam der Mann, als du ihn zum ersten Mal sahst?«

»Das weiß ich nicht. Er war plötzlich einfach da.«

»Was hat er gemacht?«

»Er lief zum Abfallkorb, der dort hängt, und hat darin herumgewühlt. Ich dachte, das ist ein Junkie oder ein Obdachloser. Die suchen doch oft nach Essen. Außerdem hatte er eine Plastiktüte dabei. Aber er hat ein paar Sachen auf den Boden geworfen, die Tüte in den Abfallkorb gestopft und das andere Zeug obendrauf geworfen.«

»Und dann?«

»Dann ging er zu einem Auto und setzte sich hinein. Aber er fuhr nicht weg.«

»Hast du das Auto erkennen können? Die Marke, meine ich?«

Sie schüttelte den Kopf. »Nein, darauf habe ich nicht geachtet.«

»Und dein Freund?«, fragte Vegter.

Zum ersten Mal sah sie woanders hin. »Der auch nicht.«

»Sagt er das, oder vermutest du das?«

»Das sagt er.«

»Hast du dir das Kennzeichen gemerkt?«

»Nein. Das konnte ich auch gar nicht erkennen, dafür standen wir viel zu schräg dazu.«

»Hast du die Farbe des Autos erkannt?«

»Ja. Rot oder vielleicht Rotbraun. Dort wo es stand, war es ziemlich dunkel.«

»Wie weit wart ihr von dem Auto weg?«

Sie blickte ihn hilflos an. »Ich kann so etwas schlecht

schätzen. Aber ich zeichne es Ihnen gerne auf. Haben Sie ein Blatt Papier?«

»Natürlich.« Vegter schob ihr seinen Block hin und gab ihr einen Stift.

Sie steckte den Stift senkrecht zwischen Daumen und Zeigefinger, zeichnete ein großes Rechteck für den Parkplatz und malte einen Kringel an eine der kurzen Seiten. Mit unwahrscheinlich langen, gerade abgeschnittenen Fingernägeln klopfte sie auf den Kringel. »Das ist der Abfallkorb. Und wir standen ungefähr hier.« Sie machte ein Kreuz unweit der anderen kurzen Seite.

»Und das Auto des Mannes?«

Sie machte erneut ein Kreuz. »Hier.«

»Es stand also ziemlich weit weg von euch. Der Parkplatz ist groß.«

»Ja.«

»Weißt du, wo die Straßenlaternen sind?«, fragte Vegter.

Sie schenkte ihm ein verschmitztes Lächeln. »Es gibt nur eine, und die steht in der Nähe des Abfallkorbs. Ungefähr hier.« Sie machte noch einen Kringel. »Deshalb parkten wir fast ganz am anderen Ende.«

»Wenn ihr so weit weg von seinem Auto geparkt habt, woher weißt du dann, dass er eingestiegen ist? Konntest du das sehen?«

»Nein, ich habe es einfach nur angenommen. Was sollte er sonst tun? Quatsch, ich bin mir ganz sicher«, sagte sie triumphierend. »Wir hatten die Fenster heruntergelassen, und ich hörte, wie eine Wagentür zugeschlagen wurde.«

»Was machte er, als er wieder auftauchte?«

»Er zog ein Hemd oder ein T-Shirt an. Meiner Meinung nach hat er es aus dem Kofferraum geholt. Wir haben nämlich rübergeschaut, als wir das hörten.«

»Und hat er denn den Kofferraumdeckel laut zugeschlagen?«

»Nein, eben nicht! Er hat ihn zugedrückt. Aber es war ganz still, und da hört man jedes Geräusch.«

Für ihr Alter war sie eine sehr gute Zeugin, dachte Vegter.

»Woher weißt du, dass er es war?«, fragte Talsma.

»Na, er war es eben«, sagte sie. »Ich bin schließlich nicht blind oder so.«

»Was hat er dann gemacht?«, fragte Vegter.

»Er ist eingestiegen und weggefahren.«

»In welche Richtung?«

Erstmals zögerte sie. »Darauf habe ich nicht geachtet. Er hat den Parkplatz hier verlassen.« Sie deutete auf die kurze Seite des Rechtecks, an der sich der Abfallkorb befand. »Das war auch logisch, denn das war die nächste Ausfahrt.«

»Womit wir zur Gretchenfrage kämen«, sagte Vegter.

»Zur Gretchenfrage?«

»Zur wichtigsten Frage. Kannst du beschreiben, wie er aussah?«

»Sein Gesicht?«

»Ja. Und ob er groß oder klein war, dick oder dünn, ein Weißer oder ein Schwarzer.«

»Er war kein Neger oder so, sondern ganz normal, äh ...«

»Ein Weißer also.«

»Ja. Ein bisschen kleiner als Sie, glaube ich. Und weder dick noch dünn, ganz normal. Eigentlich sah er ziemlich gut aus. Nicht mehr ganz jung, aber auch nicht alt. Dunkle Haare.«

Vegter fiel ein, dass für eine Fünfzehnjährige schon Dreißigjährige fast mit einem Bein im Grab stehen. »Und sein Gesicht?«

Sie zupfte an einer Franse an ihrem Knie und zuckte die Achseln. »Das konnte ich nicht richtig erkennen.«

Enttäuscht warf er einen erneuten Blick auf die Skizze. Die Entfernung war tatsächlich ziemlich groß, außerdem war es dunkel gewesen. Eine detaillierte Beschreibung wäre unglaubwürdig gewesen. Aber sie überraschte ihn, indem sie sagte: »Dafür kann ich sagen, wie er gelaufen ist.«

»Er ist geschwankt, sagtest du.«

»Ja, aber das meine ich nicht. Er schwankte nicht die ganze Zeit, und wenn er normal lief, ging er so.« Sie stand auf, lief zur Tür und drehte wieder um – die Schultern übertrieben zurückgenommen und mit vorgeschobenem Becken. »Ich übertreibe ein wenig«, sagte sie treuherzig. »Sonst kapieren Sie nicht, was ich meine.«

»Ich verstehe dich sehr gut«, sagte Vegter. »Er stolzierte herum wie ein Angeber.«

Sie übersetzte ihn sofort. »Ja. So machomäßig.«

Sie wollte sich setzen, aber Talsma beugte sich vor. »Würdest du das bitte noch einmal vormachen, aber diesmal weniger übertrieben?«

»Na, klar.«

Sie gab ihr Bestes, aber ohne die Spontaneität des ersten Mals. Talsma lehnte sich zurück. »Danke.«

Vegter erhob sich und gab ihr die Hand. »Du hast uns sehr geholfen. Sag deinem Freund, dass ihr vermutlich den Mörder beobachtet habt. Falls er doch noch eine Aussage machen will, werden wir seinen Namen für nichts anderes heranziehen. Selbstverständlich kannst du uns jederzeit anrufen, falls dir oder ihm noch etwas einfallen sollte.«

Sie sah weg – ein Zeichen dafür, dass sie die Botschaft begriffen hatte. »Okay.«

»Darf ich fragen, warum du beschlossen hast, deine Beobachtung doch noch zu melden?«

»Weil ... Ich musste andauernd an dieses Mädchen denken.« Sie sah ihn mit einem Blick an, der plötzlich gar nichts Kindliches mehr hatte. »An ihre Haare. Dieses Arschloch! Er sollte die Todesstrafe bekommen.«

»Womit unsere Annahme bewiesen wäre«, sagte Vegter, als er wieder hereinkam.

»Was für eine Annahme?«

»Dass Haare für Frauen sehr wichtig sind.«

»Ja.« Talsma hatte sich bereits eine Zigarette gedreht und zündete sie sich jetzt an. Er fuhr sich mit Daumen und Zeigefinger über den Nasenrücken. »Der Gang dieses Mädchens ... Ich habe das Gefühl, ihn schon mal irgendwo gesehen zu haben.«

»Im Zusammenhang mit unserem Fall?«

»Das weiß ich nicht.«

»Denk nicht mehr daran«, sagte Vegter. »Vielleicht fällt es dir dann wieder ein.«

Talsma nickte. »Zu schade, dass der Typ Angst hat, den Mund aufzumachen. Ich bin mir ziemlich sicher, dass er die Automarke erkannt hat.«

Bei so einer jungen Zeugin hätte er Renée gut gebrauchen können, dachte Vegter. Das Mädchen hatte sich zwar von den zwei älteren Männern, denen es gegenübersaß, kein bisschen einschüchtern lassen. Trotzdem: Renée hätte in ihrer Sprache mit ihr reden können, ja das Mädchen vielleicht sogar dazu gebracht, ihr den Namen seines Freundes zu nennen.

In diesem Moment bekam er mit, dass Talsma mit ihm sprach. »Was sagtest du?«

»Dass Renée dieses Gespräch hätte führen müssen.«

»Daran habe ich auch gerade gedacht. Aber davon kann vorläufig noch keine Rede sein.«

»Nein. Es würde mich übrigens interessieren, ob sie bleibt«, sagte Talsma.

Vegter blickte ihn misstrauisch an, aber Talsmas Miene war undurchdringlich.

*

Sie machte den Motor aus und musterte das Haus, in dem ihre Schwiegermutter wohnte. Eine dunkelrot gestrichene Haustür, daneben ein Topf mit blühenden Margeriten. Ein Vorgarten, der hauptsächlich aus Kies bestand. Blütenweiße Gardinen. Eine Fensterbank, auf der eine dicke rote Katze schlief.

Die Straße war so schmal, dass man nur auf einer Seite parken durfte. Auch die Häuser waren schmal, man hatte sie aus braunroten Backsteinen hochgezogen und ihnen ein steiles Spitzdach aufgesetzt. Die meisten Vorgärten wurden von einer strengen Ligusterhecke gesäumt. Sie alle hatten ein Tor, das den Zugang zum Gartenweg verwehrte. Es gab eiserne, hölzerne und kunstgeschmiedete Tore. Wenn man so wenig Platz hat, verteidigt man ihn auch, dachte Vivienne.

In der Straße stand kein einziger Baum, und jetzt, wo die Klimaanlage aus war, kletterte die Temperatur im Auto immer höher. Trotzdem blieb sie sitzen. Was wollte sie hier? Ihr war heiß, sie hatte noch nichts zu Mittag gegessen, und das bisschen Energie, das sie noch morgens verspürt hatte, war längst verbraucht. Eine masochistische Neugier hatte sie hierher getrieben, in das Viertel hinter den Gleisen, das so aussah wie alle Viertel, die hinter Bahngleisen lagen. Es war ein Viertel mit kaum verhüllter Armut, in dem es bestenfalls Straßen wie diese gab, wo die Häuser wenigstens gepflegt waren. Sie würde es nie wagen, John von der eventuellen Begegnung mit seiner Mutter zu berichten. Oder hatte sie für einen Moment auf eine große Versöhnungsszene gehofft? John, der unter Tränen zugab, gelogen zu haben – aus Angst vor ihrem Urteil oder besser aus Angst, sie zu verlieren. John, der sagte, dass er ein elender Betrüger sei, der es verdiene, hinausgeworfen zu werden. Träum weiter, Vivienne!

Das Vernünftigste wäre, nach Hause zu fahren. Aber sie war ihr Leben lang vernünftig gewesen, außer als sie John heiratete. Jetzt befand sie sich in einer Situation, in der es wahrscheinlich besser war, Intuition statt Vernunft walten zu lassen. Dieser Besuch erforderte Mut, war jedoch ausschlaggebend für jenen Plan, für den sie noch viel mehr Mut brauchen würde. Sie stieg aus, griff zu ihrem Stock und schloss die Wagentür.

Niemand reagierte auf ihr Klingeln. Erleichtert und enttäuscht zugleich öffnete sie wieder das Gartentor, das sie sorgfältig hinter sich geschlossen hatte. Sie war fast schon an ihrem Auto, als eine zögernde Stimme hinter ihr sagte: »Wollten Sie zu mir?«

Sie drehte sich um.

In der Tür stand John. Ein um dreißig Jahre älterer John, dessen schwarzes, leicht gelocktes Haar inzwischen weißgrau, trocken und filzig geworden war. Außerdem war es länger, viel länger, ja es reichte ihm fast bis auf die Schultern. Ein John in einem dunkelblauen Kleid mit weißem Blättermuster, unter dem weiße Beine und weiße, plumpe Sandalen mit Fußbett hervorsahen.

Vivienne hatte eine ausgetrocknete Kehle. Als sie kehrtmachte, klapperte ihr Stock noch unregelmäßiger als sonst über die Steinfliesen. Wieder öffnete sie das Gartentor. Sie schloss es ebenso sorgfältig wie vorher und hatte anschließend keine Entschuldigung mehr, ihm nicht in die Augen zu schauen. Augen, die zwar die seinen waren, aber in denen ein ganz anderer Ausdruck stand.

»Sind Sie Frau Tonning?« Beinahe hätte sie Verbruggen gesagt.

»Ja?«

»Bitte entschuldigen Sie die Störung. Ich heiße Verbruggen, und ich erforsche den Stammbaum meines Vaters.« Warum vermied sie das Wort Genealogie? Hatte sie Angst, dass die Frau das Wort nicht verstehen würde? Was war sie nur für ein Snob!

In den strahlend blauen Augen, denen man ansah, dass sie einmal zu einem hübschen Gesicht gehört hatten, tauchte so etwas wie Panik auf. »Ich heiße nicht mehr Verbruggen. Das war mein erster Mann, aber der ist vor Jahren gestorben.«

»Ich weiß. Aber Sie haben einen Sohn, John, und zu ihm wollte ich Ihnen ein paar Fragen stellen.«

Johns Mutter wich einen Schritt zurück. »Ich ... Das passt gerade schlecht.«

»Könnten Sie mir vielleicht seine Adresse geben? Oder seine Telefonnummer?« Wenn die Tür jetzt zufiele, bliebe sie geschlossen. »Dann kann ich mich mit ihm in Verbindung setzen. Es geht eigentlich nur darum, ob er Kinder hat, die dann ebenfalls in den Stammbaum aufgenommen werden müssten.«

»Ich weiß wirklich nicht ...« Mevrouw Tonning streckte die Hand zur Tür, eine kleine Hand, die hie und da bereits Altersflecken aufwies und an deren Ringfinger zwei Eheringe steckten.

Treu bis in den Tod, dachte Vivienne. Vor lauter Scham begann ihre Kopfhaut zu prickeln. »Dann möchte ich Sie nicht weiter stören«, sagte sie.

Sie beging nicht den Fehler, noch einen Schritt auf sie zu zu machen, und der Moment, in dem ihr Gegenüber die Tür hätte schließen können, ging vorüber. Sie sahen sich an, rührten sich beide nicht vom Fleck. In diesem Moment wusste sie, dass sie gewonnen hatte.

»Ich weiß nicht, wo er wohnt«, sagte ihre Schwiegermutter. »Und seine Telefonnummer habe ich auch nicht. Wir haben schon seit Jahren keinen Kontakt mehr.«

»Das tut mir leid«, sagte Vivienne. »Bitte entschuldigen Sie. Wenn ich das gewusst hätte ... Gibt es sonst irgendjemanden, der mir weiterhelfen könnte?«

Die Dummheit der Frage ging im Geräusch von Schritten

aus dem Flur unter. Ein großer, hagerer Mann erschien hinter Johns Mutter. »Um was geht es hier, Greta?«

Seine Frau drehte sich halb zu ihm um. »Diese Frau heißt Verbruggen, und sie möchte etwas über John wissen, für ihren Stammbaum.«

»Für Ihren Stammbaum?« Tonning hatte einen durchdringenden, leicht misstrauischen Blick, den er unverwandt auf Vivienne richtete.

»Mein Vater«, sagte Vivienne. »Er erforscht schon seit Jahren seinen Stammbaum.« Sie machte eine entschuldigende Geste, die besagen sollte, dass man einem alten Mann sein Hobby schlecht vorwerfen konnte. »Jetzt ist er krank, und ich versuche, die letzten Personen für ihn aufzuspüren, um die Daten zu vervollständigen.«

»Ich glaube Ihnen kein Wort!«, sagte Tonning schroff. »Aber Sie können Ihrem Vater ausrichten, dass so ein fauler Apfel wie John gern in seinem Stammbaum fehlen darf.«

»Freek!«, protestierte seine Frau.

»Nichts da, Freek!«, sagte Tonning. »Diese Frau bekommt bestimmt noch Geld von ihm, oder er hat irgendwas anderes ausgefressen.«

Johns Mutter sah Vivienne wieder verwundert an. Gleichzeitig schien ihr etwas zu dämmern.

»Es tut mir leid«, sagte Vivienne. »Ich hätte Sie nicht belästigen dürfen.« Sie musste hier dringend weg. Die ganze Situation war lächerlich, wenn sie nicht so schrecklich traurig gewesen wäre.

Aber Tonning schob seine Frau beiseite. »Keine Ahnung, was Sie mit ihm zu schaffen haben«, sagte er. »Und ich kann nur für Sie hoffen, dass es wenig ist. Hören Sie auf meinen guten Rat: Leihen Sie ihm kein Geld, und machen Sie keine Geschäfte mit ihm.«

»Darum geht es nicht«, sagte Vivienne erschöpft. Sie begann, den Gartenweg zurückzulaufen. »Entschuldigen Sie nochmals die Störung.« Sie ertastete die Klinke des Tors und ließ dabei beinahe ihren Stock fallen. Eine Welt war für sie zusammengebrochen.

»Warten Sie!« Mevrouw Tonning schoss an ihrem Mann vorbei. Die harten Sohlen ihrer Sandalen klapperten über die blank gescheuerten gelben Pflastersteine.

Vivienne blieb stehen. Die tiefblauen Augen blickten direkt in die ihren. »Sie sind mit ihm verheiratet, stimmt's? Vielleicht nicht verheiratet, aber Sie sind ein Paar.«

Vivienne konnte nur nicken. Was hatte sie nur getan? Sie hätte Zuneigung zu dieser Frau empfinden können, wenn sie nur die Chance gehabt hätte, sie kennenzulernen.

»Verlassen Sie ihn!«, sagte Johns Mutter sanft. Sie warf einen scheuen Blick über ihre Schulter zu ihrem Mann, der mit verschränkten Armen in der Haustür stand. Das unbarmherzige Sonnenlicht gravierte ihr zig feine Fältchen in die Haut, und ihr Gesicht wirkte alt und müde. Sie legte eine Hand auf Viviennes Arm und zog sie anschließend hastig zurück, so als fürchtete sie sich vor ihrer eigenen Courage. »Er taugt nichts. Verlassen Sie ihn, mein Kind, mehr habe ich Ihnen nicht zu sagen.«

26

»John, hast du kurz Zeit?« Pieter steckte seinen Kopf durch die Tür.

»Natürlich.«

Pieters Blick glitt zu Chantal hinüber, die wie wild auf ihre Tastatur einhämmerte. »Am besten in meinem Büro?«

»Gern.« Er ahnte schon, worum es ging, aber in seiner Hosentasche steckte ein neuer Vorrat Pillen – zwei davon hatte er bereits mit einer Pause von nur wenigen Stunden genommen. Die eine zum Mittagessen, die andere, weil es angenehm war, mit ihrer Hilfe den Abend einzuläuten. Wenn er dann nachher auf dem Heimweg noch irgendwo ein paar Whiskeys kippte, würde er bereit sein, es mit Vivienne aufzunehmen. Und jetzt war er bereit für ein Gespräch mit diesem Weichei von Pieter.

Gelassen betrat er Pieters Büro und schloss die Tür. »Du könntest ruhig mal wieder lüften, es stinkt nach Rauch.«

Das war sein Standardwitz. Pieter war ein fanatischer Nichtraucher, und meist grinste er bei dieser Bemerkung, weil sie das nachfolgende Gespräch einläutete. Aber diesmal verzog er keine Miene.

»Ich falle am besten gleich mit der Tür ins Haus, es hat keinen Sinn, lange darum herumzureden: Der Steuerberater hat angerufen. In meinem Auftrag hat er am Wochenende alles gründlich überprüft und nachgerechnet. Das Ergebnis lässt nur eine Schlussfolgerung zu.«

»Und die wäre?« Wenn die Karten ohne langes Gelaber auf den Tisch gelegt werden sollten, hatte er nichts dagegen.

»Du bescheißt mich.« Pieter blieb stehen, die Hände in den Hosentaschen. Er fühlte sich sichtlich unwohl.

Deshalb setzte sich John, streckte die Beine aus und verschränkte die Hände hinter dem Kopf. »Ich müsste eigentlich wütend werden, aber mir ist gerade nicht danach. Wie zum Teufel kommst du darauf? Was verstehst du von Finanzen?«

»Genug.«

»Dann erklär es mir.«

»Muss ich dir deine eigenen Tricks erklären?« Pieter nahm hinter seinem Schreibtisch Platz und griff zu einem DIN-A4-Blatt, das mit Notizen und Zahlen gefüllt war. »Du hast es natürlich geschickt angestellt, Kompliment! Andererseits konnte dir das nur gelingen, weil ich mich nicht um die Finanzen gekümmert habe.«

»Und zwar zu Recht. Du verstehst nichts davon. Du bist nicht einmal in der Lage, ein Buchhaltungsprogramm zu bedienen.« Wie weit konnte er noch gehen? Er musste das Spiel einfach mitspielen. Und wenn es schiefging, *so what*? In wenigen Wochen war er Millionär. Er verschränkte die Arme, eine Geste, die gleichermaßen gelassen wie einschüchternd wirkte. Das war ein Machtkampf, mehr nicht.

»Das muss ich auch nicht.« Pieter verzog den Mund zu einem schiefen Lächeln. »Dafür habe ich einen Steuerberater. Unabhängig voneinander sind wir zum selben Ergebnis gekommen. Während er sein Wissen anderweitig einbrachte, habe ich mich insofern nützlich gemacht, als ich deine Reisekostenabrechnungen von vor drei Jahren mit denen der letzten beiden Jahre verglichen habe. Der Betrag hat sich versechsfacht. Da habe ich Lunte gerochen und hier im Büro nach dem Leasingvertrag deines Wagens gesucht.«

»Der liegt zu Hause.«

»Ich muss dich leider korrigieren.« In Pieters Blick lagen Kälte und Verachtung. »Es gibt keinen Leasingvertrag. Ich konnte keine Abbuchungen finden.«

»Dann hast du nicht richtig hingeschaut. Man muss natürlich wissen, wo man suchen muss.«

»Du hast das Auto bar bezahlt und die Kaufsumme auf verschiedene Kundenrechnungen verteilt. Die Rechnungen, die ich dem Steuerberater zur Einsicht gegeben habe, können unmöglich dieselben sein, die du verschickt hast. Und die Verträge stimmen auch nicht. Deinen Laptop nimmst du seit Neuestem mit nach Hause, mit Sicherheit führst du darauf eine sorgfältige Schattenbuchhaltung. Meine Güte, John, ich hätte dich wirklich für klüger gehalten. Muss ich wirklich weiterreden?«

»Nur, wenn es dir Spaß macht. Und wenn du Lust auf einen Prozess wegen übler Nachrede hast.« Aggression durchflutete seinen ganzen Körper, ließ ihn mit rasendem Puls nach Luft japsen. Allein wie er dasaß, mit dieser arroganten Visage und dieser Popperfrisur! Leute wie er schrien förmlich danach, betrogen zu werden.

»Vergiss es!«, sagte Pieter müde. Er warf sein DIN-A4-Blatt auf den Schreibtisch. »Du hast recht, es macht mir keinen Spaß, außerdem ist es sinnlos. Machen wir es kurz: Ich habe alles überschlagen und komme auf ungefähr hundertfünfundzwanzig Mille. Die zahlst du mir zurück. Außerdem betrachte ich unsere Zusammenarbeit hiermit als beendet, aber das brauche ich dir wohl nicht extra zu sagen. Verdammt noch mal, John, ich dachte, wir wären Freunde! Dabei bist du nichts weiter als ein ordinärer Kleinkrimineller.«

»Du redest Schwachsinn.« Er konnte unmöglich sitzen

bleiben. »Wer hat sich denn hier den Mund fusselig geredet? Wer ging denn bis in die Puppen mit deinen feinen Geschäftsfreunden aus? Und wer hat brav wie ein Hund gewartet, bis sie von den Nutten zurückkamen?«

»Das ist ein einziges Mal vorgekommen, John.«

John beugte sich über den Schreibtisch, die Fäuste auf die Tischplatte gestützt. »Wer hat denn die meisten Kunden angeschleppt? Soll ich dir endlich mal beibringen, wie man Geschäfte macht?«

»Wenn du lieber erfolgsbeteiligt gewesen wärst, statt ein festes Gehalt zu beziehen, hättest du mir das nur zu sagen brauchen. Wir hätten darüber reden können.«

»Darüber reden!« Er imitierte Pieters leicht affektierte Stimme. »Auf deinem flotten Kahn vielleicht? Auf dem du jedes Wochenende eine andere vögelst?«

Trotz all seiner Wut erfüllte ihn eine Art wilde Freude, weil er endlich er selbst sein und reden durfte, wie ihm der Schnabel gewachsen war. Ein Hoch auf die Pillen, die ihn alle Hemmungen vergessen ließen! Gute, alte Pillen – was würde er nur ohne sie anfangen? Sie führten ihm vor Augen, wie das Leben wirklich war, sie zeigten ihm die nackte Realität, ohne das ganze Drumherum. Dieser Pieter! Wenn der den Laden erst mal eine Woche allein führte, würde er sich noch gründlich umschauen. Heute Morgen hatte er für diese beschissenen Pillen doch glatt das Dreifache hinlegen müssen, und das nur, weil er nicht warten wollte. Na gut, nicht warten *konnte*. Und dieser Scheißkerl hatte das natürlich sofort gerochen und die Situation für sich ausgenutzt. Der Typ war ganz klar ein Loser, aber einer, der wusste, wie man Kohle macht. Auf solche Leute kann man sich verlassen, da weiß man, woran man ist, da weiß man, dass man übers Ohr gehauen wird, da weiß man … Er versuchte dem Gedankengang zu folgen, verlor jedoch den roten Faden, obwohl er die eigentliche Botschaft durchaus begriffen hatte – das, worum es ging im Leben. Vage bekam er mit, dass Pieter irgendetwas sagte.

»Wie bitte?«

»Wollen wir uns benehmen wie zwei zivilisierte Menschen, John? Mal ganz abgesehen davon, dass du Hilfe brauchst. Wenn du ausnahmsweise einmal da bist, hast du Pupillen, die so groß sind wie Untertassen.« Pieter fuhr sich durchs Haar.

In dieser Geste lag alles, was er ebenfalls angestrebt hatte, aber nie erreichen würde. Bei ihm würde es stets zweitklassig, erlernt, unecht wirken: Herkunft, Kinderstube, Bildung, Überlegenheit. Er packte Pieter am Hemd und riss daran, sodass er über seinen Schreibtisch fiel. »Das mit dem zivilisierten Benehmen kannst du vergessen!«

Pieter war größer, kräftiger und fitter als er. Wie lange war er schon nicht mehr im Fitnessstudio gewesen? Pieter befreite sich mühelos, setzte sich wieder und verschränkte die Arme. »Immer mit der Ruhe, John. Mach jetzt bitte kein Theater. Dir ist doch auch klar, dass ich mit diesen Zahlen – von den Unterlagen meines Steuerberaters ganz zu schweigen – jeden Richter auf meiner Seite habe. Du hast also die Wahl: Ich erstatte noch heute Anzeige gegen dich, oder wir einigen uns auf eine Regelung, wie du alles zurückbezahlst. Ich erwarte eine Antwort.«

Eine Anzeige. Polizei. Mist, das war das Letzte, was er jetzt gebrauchen konnte. Aber egal, natürlich zahlte er die rund hundert Mille zurück. Es war übrigens mehr, aber das hatte der Depp nicht einmal gemerkt. Hundertvierundvierzigtausend Euro und ein paar Zerquetschte. *Peanuts*. Schade, dass es vorbei war, die Sache hatte ihm großen Spaß gemacht. Aber keine Angst, wenn in wenigen Wochen alles erledigt war, waren nach oben hin keine Grenzen gesetzt. »Gib mir einen Monat, dann hast du dein Kleingeld wieder. Mit Zinsen?«

»Die lasse ich ausrechnen.«

»Dann mach das mal.« Das Gespräch langweilte ihn. Jetzt, wo die Karten auf dem Tisch lagen und das Spiel vorbei, ja der Nervenkitzel weg war, langweilte es ihn. Es wurde höchste Zeit, die Sache zu beenden. »Setz einen Schuldschein auf, ich unterschreibe ihn dann. Schick ihn mir einfach nach Hause.«

Auf dem Weg zur Tür drehte er sich noch einmal um. »Und übrigens noch etwas.« Wieder äffte er Pieters Stimme nach. »Ich mag's gerne ordentlich. Vielleicht freut es dich zu hören, dass ich Chantal entlassen habe. Leg sie nicht auf dem Schreibtisch flach, denn das könnte dich teuer zu stehen kommen.«

Er hatte sich einen schöneren Abgang gewünscht, einen mit etwas mehr Stil, eine richtige Abschiedsszene. Aber seine Beine, die ganz lahm und unkoordiniert wurden, erforderten seine ganze Aufmerksamkeit. Sein Kopf fühlte sich an wie ein blubbernder, zischender Dampfkochtopf, der kurz vor dem Explodieren stand. Er konnte nichts mehr zu Ende denken, es gab nur noch zusammenhanglose Wörter und Begriffe. Sie waren nicht mehr zu fassen und ergaben keinerlei Sinn mehr. Dabei war doch alles so überdeutlich, so klar, so leicht zu lösen. Er durchschaute alles. War er denn der Einzige, der das schnallte?

*

Sie parkte rückwärts ein, sodass die Motorhaube in Richtung Hochhaus zeigte. Sie stellte den Motor ab. Hinter dem Auto begann ein Grünstreifen, der nur durch einen breiten Bürgersteig vom Parkplatz getrennt war. Was war klüger? Das Auto so abstellen, dass die Motorhaube zur Straße zeigte, oder andersherum? So wie es jetzt stand, würde sie den Sträuchern beim Einsteigen den Rücken zukehren müssen.

Liesbeths Wohnung lag im neunten Stock, darüber gab es nur noch eine Etage. Die arme Liesbeth ahnte nicht, dass sie eine wichtige, wenngleich passive Rolle spielen würde.

Sie sah nach oben. Von der Straße aus war nur das Geländer sichtbar, nicht der Laubengang, geschweige denn die Haustüren. Das war beruhigend. Sie hatte noch nie darauf geachtet, nie darauf achten müssen. Jetzt war es überlebenswichtig.

Sie stieg aus und überquerte die Straße, betrat das Treppenhaus und nahm den Lift in den neunten Stock. Dort lief sie den Laubengang bis ans Ende, wo das Geländer an einer etwa ein Meter breiten Betonmauer befestigt war. Dahinter ging sie in die Hocke. Alles war so, wie sie es sich erhofft hatte: Von dieser Position aus konnte sie den gesamten Parkplatz überblicken. Zum ersten Mal fiel ihr auf, dass die Sträucher hinter den Autos eine schmale Trennlinie zur Böschung bildeten. Diese fiel steil nach unten ab und grenzte an einen Graben, hinter dem die Schnellstraße lag. Der Graben war etwa anderthalb Meter breit – ein Erwachsener konnte mühelos darüberspringen. Aber die Schnellstraße war stark befahren, auch abends. Ein Fußgänger, der den Seitenstreifen entlanglief, lebte nicht nur gefährlich, sondern war auch sehr auffällig.

Sie hörte den Lift und erhob sich rasch. Auf dem Weg zum Treppenhaus sah sie nach oben. Die Beleuchtung war in den Boden des Laubengangs über ihr eingelassen. Die Lampen waren im Abstand von jeweils fünfzehn Metern positioniert und von Metallgittern geschützt. Wegen dieser spärlichen Beleuchtung hatte sie sich stets unwohl gefühlt, wenn sie Liesbeth spätabends verließ. Jetzt war sie ihr willkommen.

Im Auto blieb sie noch ein paar Minuten sitzen. Sie musste nach Hause, das ging gar nicht anders. John war bestimmt noch nicht wieder zurück, sodass sie sich noch ein wenig darauf vorbereiten, ihm noch einen weiteren Abend etwas vorspielen konnte. Noch einen Abend, eine Nacht und einen Tag, mehr nicht. Egal, was geschah, mehr nicht.

Die Begegnung mit Johns Mutter hatte ihr die letzten Zweifel genommen. Wenn es denn sein musste – und es musste sein, so viel war ihr mittlerweile klar –, galt es, sich bestmöglich vorzubereiten. Sie war müde und erschöpft, aber eine noch nie da gewesene Willensstärke trieb sie an. Eine Willensstärke, die allerdings auf Angst beruhte, das schon. Wann würde die Angst überhand nehmen und jedes zielgerichtete Handeln vereiteln? Sie wusste es nicht. Deshalb durfte sie keine Zeit verlieren.

Mama hatte ihr manchmal vorgeworfen, nicht selbstständig, nicht energisch genug zu sein. Ohne zu begreifen, dass ihre eigene, dominante Art dafür verantwortlich war. Wenn sie ihre Tochter jetzt sehen könnte, wäre sie dann endlich stolz auf sie? Sie kämpfte um ihr Leben. Allein. Immer war sie von anderen abhängig gewesen, hatte andere für ihr Wohlergehen verantwortlich gemacht – für ihr Glück, falls das nicht ein viel zu großes Wort dafür war. Erst ihre Eltern und dann John. Aber damit war es jetzt endgültig vorbei. Sie würde ganz von vorn anfangen müssen. Aber wie sollte sie das schaffen, wenn sie keinem mehr trauen konnte?

Sie starrte auf das vor ihr liegende Gebäude und sah direkt vor sich, wie sie in dem großen, leeren Haus, das eine Vergangenheit, aber keine Zukunft mehr besaß, alt wurde. Wie das Leben an ihr vorbeiging. In diesem Moment fragte sie sich, ob sie wirklich siegen wollte. Sie war schließlich doppelt gehandicapt – ihr Geld war der reinste Klotz am Bein.

*

Er hatte Chantal zur Rezeption geschickt, um einen Müllsack zu holen. Wenn dies sein letzter Tag bei V&V Promotions sein sollte, würde er alles mitnehmen, was ihm gehörte. Die dumme Gans hatte es nicht gewagt, den Mund aufzumachen, sondern war brav nach unten gegangen. Als sie zurückkam, hielt sie einen dunkelgrauen Beutel mit gelbem Zugband in der Hand.

Während er seine privaten Unterlagen aus den Schubladen räumte, fiel ihm ein, dass das Büro zur Hälfte auf seine Kosten möbliert worden war. Also warum nicht mitnehmen, was nicht niet- und nagelfest war? Ob er die Sachen brauchen konnte, spielte dabei überhaupt keine Rolle, es ging allein ums Prinzip. Er nahm die Radierung von der Wand, holte eine Flasche Whiskey und zwei Flaschen Portwein aus dem Schrank und zog das Kabel der italienischen Designerlampe aus der Steckdose. Die Lampe passte nicht in den Müllsack, deshalb bog er das Metallgestell mithilfe der Schreibtischkante um neunzig Grad. In der Schreibtischplatte blieb eine große Kerbe zurück.

Hinter ihrer Tastatur bemühte sich Chantal nicht mal mehr, einen beschäftigten Eindruck zu machen. Ungläubig verfolgte sie jede seiner Bewegungen. Er grinste sie an, bückte sich und zog die Kabel ihres Druckers heraus. »Komm, wir gehen etwas trinken.«

Sie schüttelte den Kopf.

»Dann eben nicht.« Er warf den Drucker in den mittlerweile vollen Müllsack und verschloss ihn mit dem Zugband.

»Gehst du … Kommst du nicht mehr wieder?«, fragte sie.

»Nein.« Er klappte seinen Laptop zu, ließ sein Handy in die Brusttasche seines Hemdes gleiten und sah sich um. Seine Schreibtischschubladen standen offen, ansonsten hatte sich kaum etwas verändert. Vielleicht musste er doch noch mal wiederkommen. Er nahm Chantals Gesicht in beide Hände und küsste sie mitten auf den erstaunten Mund.

*

An seinem Auto öffnete er den Müllsack, holte die Whiskeyflasche heraus und warf den Sack anschließend in den Kofferraum. Dann setzte er sich hinters Steuer und nahm einen kräftigen Schluck.

Neben ihm parkte Pieters Wagen, der Porsche, um den er ihn früher beneidet hatte. Der schwarze Lack glänzte in der Sonne. Es wäre schön, Pieter noch eine letzte Überraschung zu bereiten. Nichts Gravierendes, nur ein kleiner Scherz. Ein Böser-Jungen-Streich. Männerhumor. Er schüttete sich aus vor Lachen. Pieter würde das zu schätzen wissen. Aber erst mussten sich seine Beine wieder beruhigen. Er betrachtete sie aufmerksam. Sein linker Fuß stand schon auf der Kupplung, schaffte es aber nicht, sie durchzudrücken. Das rechte Bein zitterte auf und ab. Wie unpraktisch. Vielleicht noch etwas Whiskey? Nein, nein, er musste vernünftig bleiben, einen kühlen Kopf bewahren. Noch war es nicht so weit. Aber fast. Er war nur noch einen Schritt von seinem Ziel entfernt. Nur noch einen Schritt. Es fehlte die letzte Aktion, die Schlusssequenz seines Films – eine reine Lappalie. Eigentlich war der Fall erledigt. Im Grunde müsste er das feiern, doch er würde vorerst darauf verzichten. Man darf den Bären nicht erlegen, bevor das Fell verteilt ist. Oder war es genau umgekehrt?

Bequem lehnte er sich zurück. Er hatte das ganze Projekt schlau angepackt. Jetzt musste er es nur noch abschließen. Er musste noch etwas erledigen. Was eigentlich gleich wieder? Ach ja, Pieters Auto. Nein, nein, darum ging es nicht. Das war nur ein Scherz. Es hatte mit Vivienne zu tun. Mit Vivienne, seiner Frau. Mit Vivienne mit dem hässlichen Bein, dem hässlichen Körper, dem hässlichen Stock. Wie sieht Ihre Frau aus, Meneer Verbruggen? Wie ein dreibeiniger Hocker. Aber wie ein Hocker mit Geld. Mit viel Geld sogar, das ihm eines Tages ganz allein gehören würde, ja ihm beinahe schon gehörte. Das Wort beinahe störte. Aber er konnte es beinahe streichen. Beinahe konnte beinahe gestrichen werden.

Nachdem er sich ausgeschüttet hatte vor Lachen, warf er wieder einen Blick auf seine Beine. Blöd, dass er sie gar nicht mehr spürte. Aber wenigstens hatten sie sich mittlerweile beruhigt.

Er stieg aus, öffnete noch einmal den Kofferraum, holte den Drucker aus dem Müllsack und betrachtete den Porsche. Das Scheißding war zu klein. Es war nur ein Drucker. Es wäre doch eine Schande, ihn nicht korrekt einzusetzen. Mit beiden Händen hob er ihn über den Kopf.

Der Knall war beeindruckend. Erst recht, wenn man bedachte, dass moderne Geräte fast nichts mehr wogen. Der Drucker wirkte unversehrt, und er steckte ihn zurück in den Müllsack. Jetzt brauchte er ihn nur noch in irgendeiner Kneipe zu verscherbeln. Auf der Motorhaube des Porsche waren vier deutliche Abdrücke zu erkennen. Waren Drucker nicht genau dafür da?

*

Auf der Heimfahrt kam Vegter an einem Laden vorbei, der ihm vorher noch nie aufgefallen war. Er bremste, sah, wie ein Wagen ausparkte, und wartete, bis er den frei gewordenen Parkplatz für sich beanspruchen konnte.

Er war in einer längst vergessenen Welt gelandet und kam sich völlig fehl am Platz vor. Links von ihm gab es eine Riesenabteilung mit Kinderwagen, die aussahen wie Mondfahrzeuge, rechts Babyartikel und Babykleidung. Er verirrte sich zwischen Schnabeltassen und Fläschchenwärmern, Stofftieren und Spielzeug, von dem er nicht wusste, was es sein sollte, geschweige denn, dass er eine Ahnung davon gehabt hätte, wie es funktionierte.

Er wurde von einer Verkäuferin gerettet, die so schnell

nichts mehr aus der Fassung brachte. »Kann ich Ihnen helfen, Meneer?«

Zehn Minuten später stand er mit einem hölzernen Schaukelpferd wieder draußen. »Das ist sowohl für einen Jungen als auch für ein Mädchen geeignet, Meneer.« Er hatte etwas schenken wollen, als Wiedergutmachung sozusagen, aber die Bemerkung der Verkäuferin hatte ihm noch etwas bewusst gemacht: In absehbarer Zeit würde es einen Jungen oder ein Mädchen geben, das sich für ein Schaukelpferd begeistern würde oder vielleicht auch nicht. Von einem Kind mit einem eigenen Willen, von einem Menschen, der seine Gene hatte und untrennbar mit ihm verbunden war.

Das Schaukelpferd verstärkte diese Erkenntnis. Er hatte es sich nicht einpacken lassen und inspizierte es auf dem Weg zum Wagen noch einmal genau. Es war ein sorgfältig verarbeitetes Qualitätsprodukt. Es würde Kratzer davontragen und beschädigt werden, aber es würde nicht splittern. Es war ein altmodisches Spielzeug und eine gute Wahl.

»Hat sie sich darüber gefreut?«, wollte Renée wissen.

»Natürlich.« Vegter rührte im Nudeltopf und musste wieder an Ingrids Worte denken: »Das macht es gleich viel realer.« Verwunderung hatte darin mitgeklungen, woraufhin sie gelacht hatten. Vielleicht hatte seine Tochter doch mehr von ihm als gedacht. Rein äußerlich war sie Stef wie aus dem Gesicht geschnitten. Deshalb war er stets davon ausgegangen, dass sie auch ihren Charakter besaß. »Muss da noch Salz rein?«

»Ein bisschen.« Renée holte Teller aus dem Schrank, zog Schubladen auf und lief zwischen Küche und Wohnzimmer hin und her.

Er beobachtete sie, trank sein Bier und wartete auf die Nudeln.

»Wir haben einen Zeugen«, sagte er am Esstisch.

»In welchem Fall?«

»Nicht in deinem.«

Sie legte ihre Gabel weg. »Wo und wann?«

»Im Grunde sind es sogar zwei Zeugen, aber nur einer wollte eine Aussage machen.«

Sie hörte ihm schweigend zu und schob anschließend den Teller von sich weg.

»Du hast kaum etwas gegessen«, sagte Vegter.

»Mir ist übel«, sagte sie. »Allein bei dem Gedanken, dass da jemand rumläuft, der ...« Sie griff nach ihrem Glas.

»Ich hätte gar nicht erst davon anfangen sollen.« Er hatte gehofft, dass sie berufliches Interesse zeigen würde, so wie direkt nach dem Überfall. Aber ihm wurde zunehmend klar, wie sehr sie mit dem zu kämpfen hatte, was er insgeheim die »Angst danach« nannte. Er aß seinen Teller leer und stand auf. »Lass uns zum Haus fahren und dort übernachten.«

Sie spazierten die Dorfstraße entlang, streckten die Hand über die Hecke und streichelten das Pferd, das ihnen seinen warmen Atem ins Gesicht blies.

»Vielleicht sollte ich das Mädchen vernehmen«, sagte Renée.

»Daran habe ich auch schon gedacht«, erwiderte Vegter. »Und Talsma ebenfalls. Aber es wird dir zu sehr an die Nieren gehen.«

»Eben darum. Deinen Schilderungen entnehme ich, dass es ein sympathisches Mädchen ist. Vielleicht kann es seinen Freund doch noch umstimmen.«

»Wenn es sieht, was der Mörder bei dir angerichtet hat?«

Sie nickte.

»So haben wir das noch gar nicht betrachtet.«

»Ich weiß«, sagte sie. »Das ist melodramatisch, fast eine Form von Erpressung. Aber in diesem Fall habe ich damit keine Probleme. Er muss gefasst werden, das ist das Einzige, was zählt.«

»Lass mich darüber nachdenken.«

»Mir könnte es ebenfalls helfen«, sagte sie. »So hätte ich wenigstens das Gefühl, auch etwas zu tun.«

»Aus Rache?«

Sie zuckte die Achseln. »Das kannst du nennen, wie du willst. Ich hätte vor allem das Gefühl, kein wehrloses Opfer mehr zu sein.«

»Renée«, sagte er. »Warum redest du nicht darüber?«

Sie bückte sich und riss ein Grasbüschel aus, hielt es dem Pferd hin, das es annahm und seine sanften Lippen vorsichtig über ihre Handfläche gleiten ließ. »Ich kann es nicht. Ich kann es einfach nicht.«

»Du vertraust mir nicht«, sagte er.

»Damit hat das nichts zu tun. Ich weiß nicht, wie ich das erklären soll. Mir fehlen die Worte.«

»Versuch es.«

Sie fuhr fort, das Pferd zu streicheln, das geduldig stehen blieb. Schließlich sagte sie: »Ich bin seither wie tot. Ich weiß noch nicht, warum. Ich weiß bis heute nicht, warum. Und ich bin wie tot, weil ich verloren habe.« Sie drehte sich zu ihm um. »Weil ich alles verloren, weil ich aufgegeben habe. Weil da nichts mehr ist. Keine Hoffnung, kein Stolz, keine Würde. Am Ende wollte er mir das Leben nehmen. Aber vorher hatte er mir bereits jedes Selbstvertrauen genommen, und zwar in dem Moment, in dem mir klar wurde, dass ich nicht gewinnen würde. Und dazu mein Vertrauen, meine Unschuld, wenn das vielleicht auch dämlich klingt. Und danach ...«

Vegter wartete, berührte sie nicht.

»Vor langer Zeit habe ich einmal miterlebt, wie ein Schaf geschlachtet wurde.« Sie versuchte, sich zu beherrschen – vergebens. »Es war ... es war mit das Abscheulichste, was ich je gesehen habe. Das Tier wusste Bescheid, es hat es gespürt, sich gewehrt. Es hat versucht, sich loszureißen, und die Männer, die es schlachteten, blieben völlig ungerührt. Es interessierte sie nicht, verstehst du? Das Schaf war völlig panisch, das sah man an seinen Augen. Aber sie beachteten es gar nicht. Es war ihnen völlig egal. Für sie war das Tier schon kein Lebewesen mehr, nur etwas, das sich bewegte. Aber sie hatten es in ihrer Gewalt, sie bestimmten den Moment. Und von da an war es nur noch ein Gegenstand. Ein Ding. Sie schnitten es auf, hackten darauf ein, stülpten es um, und eine halbe Stunde später konnte man nicht einmal mehr erkennen, dass es ein Schaf gewesen war.« Mittlerweile schluchzte sie so, dass Vegter kaum noch etwas verstehen konnte. »Davor hatte ich am meisten Angst. Etwas zu werden, das *vergeht.*«

Später lagen sie zusammen auf der Matratze, die eigentlich viel zu klein für sie beide war, und betrachteten den Mond, an dem Wolken vorbeitrieben.

»Es wird bald regnen«, sagte Vegter.

»Ja.« Sie führte ihre linke Hand vor ihr Gesicht, krümmte und streckte die Finger.

»Geht es vorwärts?«, fragte er.

»Ein bisschen.« Sie drehte ihren Kopf, sodass er besser in die Kuhle seiner Schulter passte. »Ich würde so gern keine Angst mehr haben. Und wieder heil werden. Verstehst du das, Paul?«

»Ja«, sagte er. »Das verstehe ich.«

»Vielleicht muss ich dafür zu mir nach Hause«, sagte sie. »Ich glaube, das ist nötig. Das hier ... Wir ... Ich brauche Zeit. Das geht mir alles viel zu schnell. Ich habe keinen Überblick mehr. Und ich möchte nicht abhängig werden.«

Er entgegnete nichts darauf, und sie schlief ein. Ihre Atmung ging so ruhig wie die eines Kindes.

Vegter lag wach und dachte über die Bedeutung des Wortes »vergehen« nach. Es beinhaltete Vernichtung, das Ende der eigenen Existenz. Er glaubte nicht an das Sprichwort, dass man erst tot war, wenn man vergessen wurde. Das Gegenteil von Tod ist Leben, und Leben bedeutet Kontakt. Direkt nach Stefs Tod war ihm bewusst gewesen, dass sie nicht mehr da war. Dass seine Gefühle an ihrer Abwesenheit abprallen und nie mehr erwidert werden würden. Das Wörtchen »nie« hatte eine völlig neue Bedeutung bekommen. Es gab nichts mehr zu teilen, keine Erinnerungen mehr abzugleichen. Es gab niemanden mehr, an dem er sich messen konnte. Eine brutale Erkenntnis, nach der es ihm noch schwerergefallen war, ihren Tod zu akzeptieren. Jetzt gab es Renée, die viel zu früh mit der eigenen Sterblichkeit konfrontiert worden war – in einem Alter, in dem sie noch nicht damit umgehen konnte.

In der rechten Fensterecke sah er, wie die Wolken allmählich ihre Form änderten. Und obwohl sein Arm um ihre Schulter langsam, aber sicher taub wurde, bewegte er sich nicht.

27

Sie hatte wie immer für ihn gekocht. Und so getan, als merkte sie nicht, dass er bereits angetrunken nach Hause kam und ihr zur Begrüßung keinen Kuss gab. Sie hatte auch nichts gesagt, als er in Rekordzeit eine Flasche Wein leerte, aber fast nichts dazu aß. Das erste Mal seit Wochen hatte sie drinnen gedeckt, weil der Gartentisch sehr klein war und John deshalb zu nahe bei ihr gesessen hätte. Und weil das Draußen-Essen immer etwas Besonderes, ja Festliches gewesen war, das dazu eingeladen hatte, das Mahl auszudehnen – etwas, das sie beide stets genossen hatten. Wobei Letzteres wahrscheinlich nur für sie gegolten hatte.

Sie selbst aß auch nur wenig, schob das Essen auf ihrem Teller hin und her und nahm winzige Bissen. Sie ertappte sich dabei, Johns Bewegungen zu verfolgen wie ein Hirsch den Lauf eines Gewehrs. Die Gabel, die er zum Mund führte, das Messer in seiner Hand. Sie versuchte, sich zu entspannen, und zwang sich, ein Gespräch in Gang zu halten, während er völlig in sich gekehrt war, und ihre Worte wie Steine in die Stille fielen.

Als sie schließlich aufgab und aufstand, um abzuräumen, sagte er plötzlich: »Wie geht es Liesbeth?«

»Ich habe heute Nachmittag kurz bei ihr vorbeigeschaut«, sagte sie vorsichtig. Woher dieses plötzliche Interesse? Er war ihr doch nicht etwa gefolgt? Falls ja, musste er dies schon den ganzen Tag getan haben. Oder nicht? Er ahnte nicht, dass sie etwas wusste, das durfte sie nicht vergessen. Er ging davon aus, dass er sämtliche Spuren verwischt hatte. Es gab keinen Grund, warum er sie verfolgen sollte, nicht am helllichten Tag. Trotzdem fügte sie hinzu: »Ihre Mutter war da, deshalb bin ich nur wenige Minuten geblieben.«

Er schob seinen Stuhl zurück. »Vielleicht solltest du sie lieber abends besuchen. Ich hatte immer den Eindruck, dass sie sich darüber freut.«

Sie ließ einen Löffel fallen und bückte sich, damit ihre Haare das Gesicht verbargen. Mein Gott, er war auf dieselbe Idee gekommen wie sie! Aber war das nicht genau, was sie wollte? Sie redete sich ein, dass sie im Vorteil war, weil sie Gedanken lesen konnte. »Meinst du?«

»Aber sicher«, sagte er. »Die wenigsten machen abends Krankenbesuche, also wird sie oft allein sein. Du bist bestimmt schon seit einer Woche nicht mehr bei ihr gewesen, obwohl du dir angeblich solche Sorgen um sie machst.« Sein Mund verzog sich zu einem unmerklichen Lächeln, so als amüsierte ihn etwas. »Und die Zeit drängt.«

Liesbeth. Er benutzte Liesbeth, um ... Aber sie tat genau dasselbe. Sie umklammerte den Löffel dermaßen fest, dass ihre Knöchel weiß wurden. »Ich werde sie morgen Abend besuchen«, sagte sie. »Du hast recht. Die Zeit drängt.«

Er half ihr nicht, die Geschirrspülmaschine einzuräumen, und machte auch keinen Kaffee. Stattdessen verzog er sich mit der Whiskeyflasche nach oben und sagte, er müsse noch etwas fertig machen.

Sie blickte ihm nach, sah, wie er sich am Geländer festhalten musste, um nicht das Gleichgewicht zu verlieren. Ihr fiel auf, dass er sich kaum noch Mühe gab, sich normal zu benehmen, ja nicht einmal, seine Abneigung zu verhehlen.

Was hatte er in den letzten beiden Jahren bloß gedacht? Wie viel Ekel hatte er überwinden müssen, um mit ihr ins Bett zu gehen? Hatte er wenigstens für einen kurzen Moment ein schlechtes Gewissen gehabt? Kein Wunder, dass er Alkohol brauchte. Sie hatte mittags gebadet, war in der Wanne geblieben, bis das Wasser unangenehm kühl war. Aber als sie sich endlich abgetrocknet hatte, war das Gefühl, schmutzig zu sein, nicht verflogen. Beschmutzt. Schade, dass es kein Reinigungsmittel für die Seele gab.

Mit einem Espresso ging sie in den Garten, zupfte hie und da eine verwelkte Rose ab und überlegte, einen Strauß Duftwicken zu pflücken. Doch dann entschied sie sich dagegen. Wer stellte schon Blumen in eine Vase, wenn er bereits morgen tot sein konnte?

Sie setzte sich auf die Hollywoodschaukel, streifte die Sandalen ab und holte Schwung. Die Scharniere quietschten, das Öl war vertrocknet, in der Sommerhitze verdampft. Aber es war sinnlos, sie zu ölen. Alles war sinnlos. Vielleicht saß sie zum letzten Mal hier. Da war es schöner, das feuchte Gras unter ihren Füßen zu spüren und zuzusehen, wie Federwolken über den rosafarbenen Himmel trieben. Endlich würde es regnen. Der Garten würde sich erholen, und Knospen, die ihre Schutzblätter schon seit Wochen sorgfältig geschlossen hielten, würden explodieren. Alles würde wieder werden wie neu, lebendig und verheißungsvoll.

Sie blieb reglos sitzen, ohne den Blick zu Johns Fenster zu heben, obwohl sie wusste, dass er dort stand und sie beobachtete.

*

Wider besseres Wissen hatte er auf seinem Laptop noch mal alles nachgeschaut. Aber besser konnte er es nicht hinbiegen. Warum auch? Vergebliche Liebesmüh. Er hatte sich mit dem Geld amüsiert und musste es jetzt zurückzahlen.

Und das auch nur, weil er es sich nicht erlauben konnte, aufzufallen. Außerdem gab es Dringenderes zu erledigen. Er musste sich auf seine Rolle als trauernder Witwer vorbereiten, was ihm nicht leichtfallen würde. Er lachte lautlos. Versetze dich in die Situation hinein, mal sie dir aus! Es ist spät, wahrscheinlich bereits Nacht. Du liegst im Bett, allerdings, ohne Schlaf zu finden. Du hast ein paar Lampen angelassen, auch die Außenbeleuchtung, denn deine Frau war noch nicht zu Hause, als du ins Bett gegangen bist, und sie kehrt nur ungern in ein dunkles Haus zurück. Es klingelt. Es klingelt ein weiteres Mal, schließlich schläfst du. Du machst die Tür auf, erschreckt, verwirrt, und vor der Tür stehen zwei Beamte. Zwei. In solchen Fällen kommen sie nie allein. »Dürfen wir kurz hereinkommen, Meneer, wir haben leider schlechte Nachrichten.« Schlaftrunken wie du bist, merkst du erst jetzt, dass deine Frau noch immer nicht da ist, und die Beamten bestätigen deine schlimmsten Befürchtungen. Viel werden sie noch nicht sagen, nur so viel, dass deine Frau wahrscheinlich zum dritten Opfer jenes Mannes wurde, den die Medien bereits als »Redhead-Killer« bezeichnen. Du stehst unter Schock, du kannst es nicht fassen. Sie wollte doch nur eine Freundin besuchen, wie so oft in den letzten Monaten. Die Freundin ist krank, todkrank, ein tragischer Fall. Und deine Frau leidet mit ihr, denn sie hat ein großes Herz, *hatte* ein großes Herz. Oh mein Gott, das muss ein Irrtum sein, das kann nicht wahr sein! Und was geschieht dann?

Er ging ans Fenster und warf einen Blick in den Garten, wo Vivienne auf der Hollywoodschaukel saß. Eine Frau von siebenunddreißig Jahren, seine Frau, schaukelte selbstvergessen vor sich hin wie ein kleines Kind.

Er würde sich eine Aussage zurechtlegen müssen. Dafür, dass er den ganzen Abend zu Hause gewesen war, gab es keine Zeugen. War das ein Problem? Nein, eher glaubwürdig: Die Frau macht einen Krankenbesuch, der Mann bleibt zu Hause. Er ist ein liebevoller Mann, der seiner Frau aufrichtig zugetan ist. Er ist um sie besorgt, lässt das Licht brennen. Eine glückliche Ehe, die leider nur ein Jahr gedauert hat.

Vivienne lehnte den Kopf gegen das Rückenpolster. Das rote Haar leuchtete in den letzten Sonnenstrahlen auf. Er würde sie identifizieren müssen. Meine Güte, er würde sie identifizieren müssen! Es gab schließlich keine anderen Verwandten mehr. Er würde sie ansehen müssen.

Er lehnte die Stirn gegen das kalte Glas und schloss die Augen. Trotzdem sah er sie vor sich, sah, wie sie den Kopf schräg hielt, wenn sie ihm zuhörte, hörte ihr Lachen, roch ihren Duft, spürte ihre Hände auf seiner Haut.

Er setzte die Flasche an die Lippen und hielt sie anschließend gegen das Licht. Sie war halb leer. Sein Verstand ließ ihn im Stich, spielte ihm einen Streich. Eigentlich hätte er bewusstlos sein müssen, aber stattdessen war er auf eine beängstigende Art hellwach.

28

Als der Garten jede Farbe verloren hatte, ging sie wieder ins Haus. Eine Fledermaus flog dicht an ihr vorbei, schoss mühelos hoch und hob sich schwarz vom Abendhimmel ab. Dann verschwand sie hinter den Baumkronen. Vivienne klappte den Sonnenschirm zu und stellte ihn in den Schuppen, räumte die Kissen weg und trug ihre Kaffeetasse in die Küche.

Unten war niemand zu sehen. Sie machte die Türen zum Garten zu, legte die Riegel vor, schloss die Haustür ab, kontrollierte die Hintertür. Jetzt nach oben gehen, die Zähne putzen, das Make-up entfernen, die Nachtcreme auftragen – das ganze verdammte Ritual.

Im Schlafzimmer warf sie ihre Kleider über den Stuhl und holte ein T-Shirt aus dem Schrank. Eigentlich war es zu warm dafür, aber mit dem T-Shirt fühlte sie sich weniger verletzlich. Ausgeschlossen, dass sie sich ihm noch nackt zeigte, geschweige denn sich neben ihn legte. Sie lief barfuß durch den Flur und klopfte an seine Tür. »John? Ich gehe ins Bett.«

Er murmelte etwas Unverständliches. Sie kehrte um, widerstand der Versuchung, sich im Gästezimmer einzuschließen, dort ins Bett zu gehen und sich die Decke über den Kopf zu ziehen.

Sie schob ihr Kissen so weit wie möglich von seinem weg. Auf dem Nachttisch lag ihr Buch, das sie schon seit Tagen nicht mehr angerührt hatte. Aber wie hätte sie jetzt lesen können? Sie machte die Lampe aus und drehte sich auf die Seite. Das Warten hatte begonnen.

*

Er hatte gesehen, wie sie aufräumte und ins Haus ging, gehört, wie sie die Türen schloss. Dann ihre Schritte auf der Treppe, das Klicken des Badezimmerlichtschalters, das Wasserrauschen, das Klirren des gläsernen Deckels von ihrem Wattebehälter. Sie ging ins Bett. Zähne putzen, abschminken, sich eincremen – was ein weiterer Beweis dafür war, dass Intuition Quatsch war. Vivienne hielt sich für sensibel, und mit all ihrer Sensibilität stand sie nun da und reinigte ihre Zähne mit Zahnseide.

Er setzte sich an seinen Schreibtisch, klickte auf eine Pornosite, betrachtete die sich windenden Körper und das lautlose Keuchen und fand, dass die Angestrengtheit etwas Lächerliches hatte. Er erschrak, als sie an die Tür klopfte, fuhr den Computer herunter und trat erneut ans Fenster. Eine Stunde verharrte er regungslos davor und dachte an nichts. Anschließend ging er auf die Toilette, putzte sich seinerseits die Zähne, zog sich im Dunkeln aus und schlüpfte neben sie ins Bett.

*

Sie starrte ununterbrochen auf den Wecker, bis ihre Augen tränten und sie diese von Zeit zu Zeit schließen musste. Doch selbst dann sah sie noch die Ziffern, die sich hinter ihren Lidern schwarz abhoben. Sie würde sieben Stunden hier liegen müssen, sieben Mal sechzig Minuten, vierhundertzwanzig Ewigkeiten. In ihrem Rücken spürte sie Johns

Wärme. Er hatte sich so vertraut, sicher und beruhigend angefühlt, dieser Körper neben ihr, den sie in- und auswendig kannte.

Sie lauschte auf seine ruhige Atmung. Er schlief. Er ahnte nicht das Geringste.

*

Er sah zum Fenster. Da die Gardinen nicht ganz geschlossen waren, konnte er die Wolkenfetzen sehen, die am Mond vorbeizogen. Seine Augen weigerten sich, die Lider zu schließen, und jeder seiner Muskeln war bis zum Zerreißen gespannt. Es würde eine lange Nacht werden. In seinem Rücken spürte er ihre Wärme, und er brauchte sich nicht umzudrehen, um zu wissen, wie sie dalag: mit angezogenen Knien und einer Hand unter der Wange.

Er lauschte auf ihre ruhige Atmung. Sie schlief. Sie ahnte nicht das Geringste.

29

Sie spürte, wie er lautlos aus dem Bett glitt wie eine Schlange. Noch in der Nacht war ihr klar geworden, dass er ebenfalls wach lag. Es hatte gedauert, aber irgendwann war er doch eingeschlafen. Sie selbst hatte so gut wie kein Auge zugetan. Sie war nur ab und zu eingedöst, in einen Dämmerzustand verfallen, sich seiner Nähe stets bewusst. Schweißnass war sie hochgeschreckt, und das Laken unter ihr hatte sich klamm und kühl angefühlt, während ihr das T-Shirt am Rücken klebte.

Wie spät war es? Noch vor sieben. Normalerweise stand er nie so früh auf. Der Wandschrank wurde aufgeschoben. Kleider raschelten. Das Klicken der Tür. Wasserrauschen.

Sie blieb stocksteif liegen. Kam er noch einmal zurück? Nein. Schritte auf der Treppe, das Piepen der Mikrowelle. Er machte sich Frühstück. Obwohl ihre Muskeln darauf brannten, sich bewegen zu dürfen, und obwohl ihr Nacken bretthart war, rührte sie sich nicht von der Stelle, bevor die Haustür ins Schloss gefallen war. Erst dann setzte sie sich auf. Sie zog sich das T-Shirt über den Kopf und warf es auf den Boden. Dann drehte sie ihr Kissen um, damit es sich kühl und frisch an ihre Wange schmiegte, und schlief sofort ein.

*

Er verließ die Allee, ließ sich vom morgendlichen Berufsverkehr schlucken. Was sollte er mit diesem Tag anfangen? Es gab jetzt keine V&V Promotions mehr, keine Sascha. Und leider auch kein Geld, wie ihm plötzlich klar wurde. Seine Kreditkarten waren gesperrt, die PINs funktionierten nicht mehr, und sein letztes Bargeld hatte er gestern für die Pillen ausgegeben, weil der verdammte Dealer Kohle sehen wollte. Mist, er war pleite. Nein, war er nicht. Mit ein bisschen Glück hatte Pieter seine Firmenkreditkarte noch nicht gesperrt.

Er parkte gegenüber dem Hochhaus und machte den Motor aus. Heute Abend würde er es anders anstellen, aber jetzt fiel er im Auto weniger auf, als wenn er nicht darin saß. Er rutschte auf seinem Sitz nach unten und ließ zwei Fensterscheiben herunter. Das Gebäude leerte sich – Männer stiegen in ihre Autos, Mütter setzten ihre Kinder hinter sich aufs Fahrrad, eine alte Frau schaute nach links und nach rechts, bevor sie ihren Rollator vorsichtig nach draußen schob.

Er gähnte und sah auf die Uhr. Es war Blödsinn, hier herumzusitzen, er kannte die Umgebung in- und auswendig und wusste längst, wie er die Sache angehen würde. Inzwischen hatten die Geschäfte bestimmt schon geöffnet. Also konnte er sich daranmachen, seine zweite Aufgabe für heute zu erledigen.

*

Trotz der lauwarmen Dusche fühlte sie sich wie ausgespuckt. Bei Espresso und Toastbrot überlegte sie, ob sie sich dazu aufraffen konnte, in die Galerie zu gehen. Aber was sollte sie sonst tun? In einem Anfall von Galgenhumor dachte sie darüber nach, was wohl ein zum Tode Verurteilter an seinem letzten Tag tat. In Amerika durfte er sich sein

Lieblingsgericht wünschen. Das hatte sie stets erstaunt: Wie kann man nur in so einem Moment etwas essen, und wozu sollte das gut sein? Als Kind hatte sie sich zum Geburtstag stets Pfannkuchen gewünscht. Vielleicht sollte sie heute ebenfalls welche essen, obwohl es nichts zu feiern gab. Pfannkuchen mit Sirup, und zwar so viele, bis ihr schlecht wurde. Sie dachte an die weiche Pracht auf ihrer Zunge, an den am Gaumen klebenden Puderzucker, an das Sättigungsgefühl nach dem letzten Bissen.

Auf dem Weg zur Galerie entschied sie sich anders und rief Bibi an. Sie sei krank, fühle sich elend, wahrscheinlich eine Sommergrippe, es tue ihr leid, dass sie nicht vorher angerufen habe.

Jetzt hatte sie den ganzen Tag frei. Der letzte Tag von etwas war angebrochen, auch wenn sie noch nicht wusste, wovon. Das führte dazu, dass sie alles um sich herum wie durch ein Vergrößerungsglas wahrnahm – den zum ersten Mal seit Wochen nicht mehr blauen, sondern stahlgrauen Himmel, die Häuser, das Grün der Bäume und Wiesen. Als ob sie kurzsichtig wäre und zum ersten Mal eine Brille trüge.

Sie fuhr kreuz und quer durch die Stadt. Sie würde nicht nach Hause zurückkehren. Heute konnte sie unmöglich in ihren vier Wänden eingeschlossen sein, mit nichts als ihren Gedanken, die ihr aufdringlich Gesellschaft leisten würden. Im Kofferraum lagen die orthopädischen Schuhe, die sie diesmal bestimmt benötigen würde. Und sei es nur, um wortwörtlich mit beiden Beinen fest auf der Erde zu stehen. Nach was sehnte sie sich? Nach Stille, Wind und Weite. Nach dem Meer.

*

»Kannst du mich vor dem Krankenhaus absetzen?«, fragte Renée. »Du musst vorher nicht noch an der Wohnung vorbeifahren.«

Sie fuhren am Kanal entlang, auf dem ein Binnenschiff unterwegs war. Es war dermaßen beladen, dass das Wasser bis zum Gangbord reichte. Ein Segelboot wagte ein Überholmanöver. Die im Wind geräuschvoll flatternden weißen Segel stachen grell vom grauen Wasser ab.

»Klar.« Vegter überholte einen Traktor, der von einem höchstens sechzehnjährigen Jungen gefahren wurde. »Soll ich warten, bis du fertig bist?«

Sie schüttelte den Kopf. »Die Physiotherapie dauert eine halbe Stunde, danach muss ich noch zum Arzt. Außerdem hält die Straßenbahn mehr oder weniger vor der Tür.«

»Sehr gut.«

Sie wandte das Gesicht ab. Um die Stille zu durchbrechen, machte er das Radio leise an. Seit sie aufgestanden waren, verhielt sie sich so merkwürdig distanziert, ohne dass er gewusst hätte, warum. Schweigend hatten sie ein Frühstück improvisiert. Nachdem er ihr ein paar Handtücher gegeben hatte, war er mit seinem Kaffee vor die Tür gegangen. Dort hatte er gewartet, bis sie mit noch feuchten Haarspitzen und nach Seife duftend nach draußen kam.

Auf der Fahrt in die Stadt ärgerte er sich grundlos über die staubigen Straßen, den Dreck, die Graffitis, die gleichgültige Hässlichkeit und versuchte vergeblich, bessere Laune zu bekommen. Rücksichtslos überholte er einen Lastwagen, dessen Dieselgestank ihn störte. Die Lichthupe des erschrockenen Fahrers ignorierte er ebenso wie Renées strafenden Seitenblick. Er war müde und gereizt und hatte keine Lust auf den vor ihm liegenden Tag, der ohnehin nichts Neues bringen würde. Vielleicht musste er ehrlich zu sich sein und sich eingestehen, dass er zu wenig Geduld mit Renée hatte. War das gerecht? In all den Jahren bei der Polizei war er nie in so eine Situation geraten, wobei dies nicht unbedingt seiner Intelligenz zu verdanken war. Er hatte einfach Glück gehabt. Er hatte versucht, sich das vorzustellen – die Panik, die Todesangst, die Erkenntnis, dass dies wohl das Ende war. Eine beispiellose Erfahrung, die man mit niemandem teilen kann. Er hatte sich sogar erlaubt, an Stefs Todesmoment zu denken – etwas, das er bislang stets vermieden hatte, weil es sinnlos war, bloße Selbstquälerei. Hatte Stef mitbekommen, was mit ihr passierte? Was hatte sie gedacht in der einen Sekunde zwischen Sturz und Tod?

Vor dem Haupteingang des Krankenhauses ließ er den Motor laufen, während er um den Wagen herumging, um Renée die Autotür aufzuhalten. Der Tag begann nicht kühl und klar wie in den letzten Wochen, sondern unangenehm feucht und drückend. Schon jetzt klebte ihm das Hemd am Rücken. Er betrachtete sein Spiegelbild im Seitenfenster und fand, dass er genauso aussah, wie er sich fühlte: alt und mutlos.

»Du trägst keine Armschlinge mehr?«

»Nein.« Sie warf ihm einen kühlen Blick zu. »Die durfte nach einer Woche ab.«

»Eine Woche ist das jetzt schon her!«, sagte er.

Zum ersten Mal an diesem Tag sah sie ihn an. »Gerade mal eine Woche.«

»Ist das die Ursache?«, fragte er.

»Ich denke schon.« Sie strich sich das Haar zurück. »Es gibt mich nicht mehr. Es gibt keine Realität, keine Arbeit, keine Wohnung, kein Morgen. Ich hänge im luftleeren Raum und kann nichts tun, außer warten.«

»Und das ist alles?«

Zunächst verstand sie nicht, was er meinte, doch dann musste sie lachen. »Ich finde, das reicht!« Sie nahm ihre Tasche von der Rückbank, wandte ihm den Rücken zu und sagte: »Das hoffe ich zumindest. Das hoffe ich wirklich, Paul.«

»Dann bin ich ja beruhigt«, sagte er.

*

In den Strandpavillons tranken die Leute bereits Kaffee, auch wenn es nur wenige waren. Sie lief über den lockeren Sand zum Spülsaum und drehte sich instinktiv so, dass sie den Wind im Rücken hatte. Es war ein warmer Wind, aber das Meer war schmutziggrün, und die Wellen hatten weiße Schaumkronen.

Sie bückte sich, zog ihre Schuhe aus und lief immer weiter, bis sie nichts als Stille wahrnahm. Über ihr nur der leere Himmel, der sich endlos auszubreiten schien. Sie stellte sich die Frage, wer sie war, fand aber keine Antwort darauf. Wer wusste schon, wer er war und was mal aus ihm würde? Sie dachte an Alvarez. Der hatte einmal gesagt, dass seine Welt hinter Farben verborgen liege und er sie mit jedem Bild besser verstehe. Machte ihn das zu einem Träumer oder zu einem Realisten? In ihrer ahnungslosen Arroganz hatte sie ihn für naiv gehalten, aber jetzt bezweifelte sie das. Er erschuf eine Wirklichkeit, die erträglich war. Auch sie hatte sich ihre eigene Welt geschaffen und sich für glücklich gehalten. In Zukunft – falls es denn eine Zukunft für sie gab – würde sie in der Wirklichkeit leben müssen, auch wenn sie ihre Traumwelt bevorzugte.

Sie setzte sich, zeichnete mit ihrem Stock Figuren in den Sand und blickte aufs Meer, das schon seit Jahrhunderten ungerührt an den Strand schlug und sich einzig und allein von der Anziehungskraft des Mondes beeinflussen ließ. Dagegen war selbst die See machtlos.

Traum oder Realität, was war abschreckender? Die Frage drohte ihre neu erworbenen Einsichten zu gefährden. Am besten, sie zwang sich nicht, sie noch heute zu beantworten. Vielleicht bekam sie irgendwann wieder eine Chance, zu träumen.

Sie stand auf und trat den Rückweg an. Der Wind hinterließ salzige Spuren auf ihren Wangen, die genauso gut von Tränen stammen konnten. Ihre Fußspuren leuchteten im Sand auf und verblassten. Die Vertiefungen, die ihr Stock hinterließ, füllten sich mit Wasser und verschwanden, so als hätte es sie nie gegeben.

*

Weil es zu riskant war, noch einmal in denselben Anglerladen zu gehen, suchte er so lange, bis er ein armseliges, vom Boden bis zur Decke vollgestopftes Geschäft fand, das alles Mögliche verkaufte – angefangen von Delfter Porzellanklompen über Hundeleinen bis hin zu Zimmermannshämmern. Der schmierige Mann hinter dem Ladentisch interessierte sich nicht weiter für das Messer, das er am Ende auswählte, legte wortlos die Quittung über fünfzig Euro in seine Kassenschublade und gab ihm das Wechselgeld heraus. Das Messer wurde in ein Stück braunes Packpapier gewickelt und anschließend in einer Plastiktüte verstaut. »Einen schönen Tag noch.«

Grußlos ging er nach draußen und ließ die Tür sperrangelweit aufstehen, sodass die Ladenglocke gar nicht mehr aufhörte zu klingeln. Einen schönen Tag noch! Am liebsten hätte er diesem Idioten mit einem seiner Hämmer den Schädel eingeschlagen! Jetzt blieben ihm noch lächerliche dreißig Euro für den ganzen Tag. Ein Glück, dass er noch einen Fünfzigeuroschein im Handschuhfach gefunden hatte, nachdem Pieter doch so schlau gewesen war, die Firmenkreditkarte zu sperren. Und ein Glück, dass er sich schon zu Anfang des Frühlings mit Sturmmasken und Handschuhen eingedeckt hatte. Damals war alles erst ein Gedankenspiel gewesen. Vor allem die Sturmmaske hatte dies auf einmal real werden lassen.

Er wickelte die Tüte so straff wie möglich um das Messer und steckte das Päckchen hinter seinen Hosenbund. Und dann noch so ein schlechtes Messer, obwohl die Klinge lang genug war. Es sah aus wie ein Filetiermesser, aber wie eines von geringer Qualität. Es hatte einen Kunststoffgriff, und schon jetzt wies eine der Schrauben einen kleinen Riss auf. Aber egal, Hauptsache, es war scharf! Außerdem würde er es nur einmal benutzen.

Dreißig Euro. Es war schon eine Ewigkeit her, dass er mit Bargeld bezahlt hatte. Er wusste nicht mal mehr, ob man dafür überhaupt etwas Anständiges zu Mittag bekam. Vorausgesetzt, dass ihm überhaupt nach Essen war. War ihm aber nicht. Er wollte einen Kaffee, einen Calvados und eine Pille. Zwei Pillen. Die erste würde ihm helfen, die Lage richtig einzuschätzen, und die zweite dafür sorgen, dass sein Zeitgefühl erst am späten Nachmittag zurückkehrte.

*

Sie war an der Küste geblieben und in einem plötzlichen Bedürfnis, unter Leuten zu sein, über die Strandpromenade geschlendert. Dort trieb der auffrischende Wind spitze Sandkörner über das Pflaster. Die Cafés waren voll, in den Andenkenläden drängten sich die Touristen, und aus den Restaurants roch es nach Öl und Fisch. Am Strand spielten Kinder mit Eimern und Förmchen, ein einzelner Schwimmer wagte sich in die starke Brandung hinaus. Noch nie hatte die Welt einen normaleren Eindruck gemacht, und noch nie hatte sie sich ausgeschlossener gefühlt.

Sie lief bis zu jenem Punkt, an dem die Promenade einen Bogen machte und in einen riesigen Parkplatz überging.

Dann kehrte sie um, betrat eine Buchhandlung und kaufte ein paar Zeitschriften. In einem Café fand sie einen freien Tisch. Sie bestellte einen Kaffee und ein Sandwich, irgendwas musste sie schließlich bestellen. Sie schaffte es sogar, das Sandwich zur Hälfte aufzuessen. Plötzlich legte sich der Wind, und die Sonne kam durch – eine fahle Sonne, die wie eine Silbermünze am Himmel hing. Die Schaumkronen verschwanden, und das Meer wurde glatt. Um sie herum verstummten die Menschen und sahen nach oben in dem sicheren Gefühl, dass das Wetter umschlug.

Sie blätterte in ihren Zeitschriften und las den einen oder anderen Artikel, ohne auch nur ein Wort wirklich in sich aufzunehmen. Sie würde nicht nach Hause fahren. Sie würde hier sitzen bleiben, wo sie sich sicher fühlte, und John unter einem Vorwand anrufen. Und sie würde es gleich tun, solange sie noch den Mut dazu hatte. Sie holte ihr Handy aus der Handtasche und wählte seine Nummer. Es dauerte eine Ewigkeit, bis er dranging, und sie musste wieder daran denken, wie sie ihn bei seiner Freundin erwischt hatte. Vielleicht war er jetzt auch wieder dort und lag mit ihr im Bett, hatte seinen biegsamen braungebrannten Rücken über sie gebeugt und ... Nicht daran denken.

»Ich bin's«, sagte sie, als er endlich seinen Namen nuschelte. »Entschuldige, dass ich dich störe.«

»Du störst nicht.« Er sprach nach wie vor merkwürdig undeutlich.

»Ich werde heute nicht zu Hause essen.« Sie war außer Atem, und ihre Finger, die das Handy hielten, waren weiß. »Ich habe ganz vergessen, dir zu sagen, dass ich verabredet bin. Direkt danach fahre ich zu Liesbeth. Es kann also spät werden.«

»Gut.« Er schwieg einen Moment. »Dann sehen wir uns heute Abend.«

»Ja«, sagte sie. »Bis dann.«

Sie beendete die Verbindung, ging anschließend auf die Liste getätigter Anrufe und löschte seine Nummer.

*

Es war einer jener Tage, an denen Vegter drauf und dran war, um seine Frühpensionierung zu bitten. Als er aufs Revier kam, musste er erst drei Reporter und einen Fotografen der schlimmsten Schmuddelblätter abschütteln. Sie verfolgten ihn bis in den Eingangsbereich, und unter den amüsierten Blicken des diensthabenden Pförtners nahm er feige jeweils zwei Stufen auf einmal.

Die Sensationspresse, die in der Saure-Gurken-Zeit gottfroh über dieses gefundene Fressen war, schlachtete den Fall hemmungslos aus. Den Lesern wurden Ratschläge erteilt – angefangen von »Mütter, lasst eure Töchter zu Hause« bis hin zu dem Vorschlag, eine Bürgerwehr zu bilden. Neuigkeiten gab es nicht zu vermelden, obwohl der Pressesprecher tagtäglich sein Bestes gab, dies mit einem Schwall nichtssagender Worte zu vertuschen.

Während er in seinem Büro saß und auf die Besprechung wartete, in der man sich gegenseitig bestätigen würde, dass man nichts zu vermelden hatte, sah Vegter die Zeitungen durch. In einer war das gequälte Gesicht des Hoofdinspecteurs zu sehen, der in dem dazugehörigen Interview auch nur sagen konnte, dass die Ermittlungen Fortschritte machten, er aber aus Rücksicht darauf nicht mehr sagen könne.

Gute Nacht allerseits! Vegter faltete die Zeitungen zusammen, stopfte sie in den Papierkorb und beschloss, in der Stunde bis zur Besprechung noch einmal alle Berichte durchzulesen oder zumindest damit anzufangen.

Nach dem Meeting, das genauso überflüssig gewesen war wie erwartet, verbrachte er die Mittagspause in seinem

Büro. Mit wachsender Mutlosigkeit las er weiter. Allem war man nachgegangen – angefangen von dem Müll, den man um den Grünstreifen in der Jupiterstraat und dem Parkplatz am Mercuriusweg gefunden hatte, bis hin zu den wenig brauchbaren Spuren im Kellerabteil und im dorthinführenden Flur. Das Leben von Detty Roemers war von Kindesbeinen an untersucht worden – ohne Ergebnis.

Hatten sie vielleicht doch irgendetwas übersehen? Es gab keinerlei Verbindung zwischen Renée und Detty Roemers, außer ihrer Haarfarbe. Und selbst das konnte Zufall sein, wobei er nicht daran glaubte. Vielleicht war dies nur ein geschmackloser Scherz eines kranken Hirns, dem man keine weitere Bedeutung beimessen durfte. Vielleicht sollte dies nur von einer anderen Übereinstimmung ablenken, die sich nicht auf den ersten Blick erschloss. Womit er wieder ganz am Anfang wäre. So zynisch es auch klang: Im Grunde musste er auf den dritten Mord oder Mordversuch warten, denn dass es dazu kommen würde, davon war er fest überzeugt. Seine Intuition, die er manchmal verwünschte, die sich aber stets bewahrheitet hatte, sagte ihm, dass er nicht mehr lange würde warten müssen.

Sollte er Renée bitten, Jenetta Slot zu verhören? Die Vorstellung behagte ihm nicht, ganz abgesehen davon, dass sie wahrscheinlich noch gar nicht imstande war, eine Vernehmung durchzuführen. Dafür war sie viel zu labil.

Während er am Fenster stand und den zunehmenden Verkehr beobachtete, der das Ende eines Arbeitstags einläutete, dachte er darüber nach, ob sie der eigentliche Grund für seine schlechte Laune war. Er hatte geglaubt, Renée zu kennen. Aber das Bild, das er sich von ihr gemacht hatte, war unvollständig gewesen. »Typisch Mann!«, war alles, was sie dazu gesagt hatte. Ihrer Meinung nach dachten Männer zweidimensional, und er hatte sich heftig gegen diese feministische Verallgemeinerung gewehrt. Andererseits hatte ihm Stef das auch schon vorgeworfen, wenn auch mit anderen Worten.

Versuchte er, etwas zu erzwingen, wozu Renée noch nicht bereit war? Oder war der Altersunterschied an ihrer Entfremdung schuld? Vielleicht gehörte er doch schon zum alten Eisen.

Er schloss das Fenster, klopfte die Berichte zu einem mittlerweile einen Zentimeter hohen Stoß und fuhr seinen Computer herunter. Das Stück Himmel, das er von seinem Fenster aus erkennen konnte, war bleigrau. Die schwüle Hitze bildete eine abweisende, undurchdringliche Kuppel.

Er würde allein zum Haus fahren, Wolf füttern und eine Weile bleiben. Dort würde er über die Weiden schauen und dem Dichter J.C. Bloem dahingehend widersprechen, dass die Natur etwas für Zufriedene und Müßiggänger war.

30

Seine Ruhelosigkeit trieb ihn erneut in die Stadt, obwohl er eigentlich vorgehabt hatte, zu Hause zu bleiben – jetzt, wo keine Gefahr mehr bestand, Vivienne zu begegnen. Es musste am Wetter liegen, am drohenden Regen, der in der Luft hing, an dem windstillen erwartungsvollen Innehalten des Gartens, der Bäume, die ihn nervös machten. Dabei hatte er gar keinen Grund dazu – er war vorbereitet. Alles, was er brauchte, lag im Auto, und was er anziehen wollte, trug er bereits am Leib. Alles war zu Ende gedacht. Er war so weit.

Im Haus hatte er Zimmer für Zimmer Türen und Fenster aufgerissen in dem Bestreben, so für einen Luftzug zu sorgen, der, wenn nicht Viviennes Gegenwart, so doch ihren Duft verscheuchte. Er hatte sogar überlegt, ihre Tuben und Tiegel aus dem Bad zu entfernen, weil es schön wäre, das Bad schon am nächsten Morgen für sich allein zu haben. Aber aus Sicherheitsgründen hatte er es bleiben lassen. Er wusste nicht genau, wie die Polizei vorging, rechnete jedoch damit, dass sie das Haus und Viviennes Habe genauer untersuchen würde.

In ihrer Schrankhälfte hatte er ihre Kleider befühlt, ihre Röcke und die T-Shirts, die ordentlich übereinandergestapelt waren. Ihre Winterjacken befanden sich unter einer

Plastikschutzhülle, die Winterschuhe standen in Kartons darunter, Slips und BHs lagen nach Farben sortiert in ihren Schubladen. Das Erste, was er tun würde, wäre diese verdammte *Ordnung* zu zerstören. Für ein paar Wochen würde er alles in einen Schweinestall verwandeln. Schade, dass er nicht gläubig war, denn dann hätte er sich an dem Gedanken geweidet, den Seelenfrieden seiner Schwiegermutter und Ehefrau mit diesem Chaos empfindlich zu stören.

Mit einer Flasche Wein hatte er auf der Bettkante gesessen, wobei ihm vage bewusst war, dass er so auf Distanz gehen wollte, weil es das einfacher machte. Schließlich hatte er sämtliche Fenster wieder zugemacht, die Türen geschlossen und Viviennes »Haushaltsgeldspardose«, wie sie sie scherzhaft nannte, geplündert.

Er fuhr ziellos durch die Straßen und kam an der Galerie vorbei, die dunkel und verlassen dalag. Sie war irgendwohin essen gegangen, wahrscheinlich in das Restaurant, in das sie meist mit ihren Kunden ging. Auch daran fuhr er vorbei. Die Terrasse war voll, das Lokal selbst so gut wie leer. Vivienne war nirgendwo zu sehen, auch ihr Wagen nicht. Wo steckte sie nur? Etwa schon bei Liesbeth? Doch dafür war es noch zu früh. Trotzdem, er musste das überprüfen. Vielleicht hatte sie ihre Verabredung abgesagt und aß bei Liesbeth. In diesem Fall hätte er ein Problem, denn dann würde sie sicherlich vor Einbruch der Dunkelheit nach Hause kommen. Zum Glück spielte das Wetter mit, bei dieser Bewölkung würde es eine halbe oder Dreiviertelstunde früher dunkel werden.

Am Hochhaus angelangt, sah er dieselbe alte Frau wie am Morgen hineinhumpeln, so als hätte sie sich den lieben langen Tag auf der Straße herumgetrieben. Viviennes Auto war nicht da.

Er blieb unschlüssig sitzen. Es war zu gefährlich, in der

Nähe zu bleiben, aber wo sollte er sonst hin, verdammt? Dann eben in die Kneipe, obwohl er vorgehabt hatte, heute brav zu sein. Er umklammerte das Lenkrad, um das Zittern auszugleichen, und lächelte freudlos.

*

Sie glaubte, an alles gedacht zu haben. Aber als sie auf ihren dicken Gummisohlen beinahe geräuschlos über den Laubengang im neunten Stock lief, fiel ihr ein, dass es merkwürdig aussehen musste, wenn sie hinter der Betonmauer kauerte. Aber dieses Risiko musste sie eingehen. Es begann zu dämmern, und wenn sie wartete, bis es dunkel war, würde er bestimmt einen Lichtschein erwarten, wenn Liesbeth ihr aufmachte.

Sie ging in die Hocke und stellte fest, dass er das natürlich auch erwarten würde, wenn sie wegging. Warum war ihr das bloß nicht vorher eingefallen? Andererseits waren die Haustüren von der Straße aus nicht einsehbar, und er würde auch nicht ständig nach oben starren. Darauf musste sie sich einfach verlassen, sonst konnte sie die Sache ebenso gut gleich abblasen. Er würde den Hauseingang im Blick behalten, denn erst dann würde er in Aktion treten müssen.

Sie sah zu ihrem Auto hinüber. Zum Glück hatte sie einen Parkplatz ganz in der Nähe einer Laterne gefunden. Auf diese Weise würde sie wenigstens etwas sehen. Schon beim Einbiegen in die Straße hatte sie überlegt, wie sie parken sollte, und sich schließlich für die normale Variante entschieden, bei der die Motorhaube zum Grünstreifen zeigt. Sie hatte sich eingeredet, dass das weniger auffällig wäre, aber der wahre Grund war natürlich der, dass sie dem Grünstreifen beim Einsteigen nicht den Rücken zukehren wollte.

Die Laternen gingen an, und eine neuerliche Angst erfasste sie. Würde sie ihn kommen sehen? Davon war sie fest ausgegangen. Aber jetzt, wo sie mitbekam, wie tief die Schatten hinter den Autos wurden, begann sie auch daran zu zweifeln. Was tat sie hier? Sie war verrückt. Er würde nicht kommen, der ganze geisteskranke Plan war nichts weiter als das Produkt ihrer überreizten Fantasie. Sie brauchte einen Psychiater. Bitte, lieber Gott, mach, dass er nicht kommt. Bitte mach, dass das alles nicht wahr ist.

Sie saß regungslos da, bis ihre Füße einschliefen. Sie stand auf, verfluchte das Bein, das sie langsam und ungeschickt machte, winkelte die Knie an und streckte sie, um die Durchblutung anzukurbeln, und achtete strikt darauf, den Kopf nicht über die Mauer zu strecken. Jetzt brannte in den Wohnungen fast überall Licht. Das war gut, denn das bedeutete, dass die meisten zu Hause waren. Es war ein ganz normaler Abend unter der Woche, die Leute gingen früh ins Bett. Was sollte sie sagen, wenn jemand den Laubengang entlanglief? Am besten, sie benahm sich wie eine Gestörte. Das würde ihr bestimmt nicht schwerfallen. Sie ging wieder in die Hocke und ließ die parkenden Autos nicht aus den Augen. Bitte mach, dass es nicht lange dauert, auch nachher nicht. Bitte, lieber Gott, mach, dass es nicht lange dauert.

31

Auf dem Heimweg hatte Vegter angerufen und gesagt, er wolle beim Chinesen vorbeifahren, um etwas zu essen zu holen. Als sie dann später, umgeben von Aluschalen und Papiertüten, auf dem Balkon saßen, kehrte etwas von der alten Vertrautheit zurück. Während er die Reste entsorgte, zündete Renée mehrere Kerzen an. Sie flackerten kaum in der windstillen Abendluft.

»Kannst du eine Musik auflegen, die zu meiner Stimmung passt?«, fragte sie.

Er lachte. »Wie ist denn die Stimmung?«

»Entspannt«, sagte sie. »Ich habe gute Nachrichten aus dem Krankenhaus: Die Lunge hat sich so gut wie erholt, meinte der dortige Facharzt. Und um das zu überprüfen, bin ich nach Hause gelaufen, statt die Straßenbahn zu nehmen.«

Nach Hause, dachte er. Sie hat »nach Hause« gesagt. Aber vielleicht hatte das nichts zu bedeuten. »Und das ging gut?«

»Sehr gut. Anschließend habe ich geschlafen, und jetzt fühle ich mich besser denn je.« Sie lachte sogar. »Die Kraft der Suggestion.«

Er ging vor der CD-Sammlung in die Hocke und entschied sich für Haydns frühe Streichquartette. »Eine Mischung aus Beschwingtheit und Disziplin, passt das einigermaßen?«

Sie hörte hinein und nickte. »Darf ich dabei lesen?«

»Natürlich.« Er nahm sein eigenes Buch mit nach draußen und war gerade dabei, sich zu setzen, als das Telefon läutete. Innerlich fluchend ging er dran.

»Slagter«, sagte eine Stimme, die diesmal nicht zu Scherzen aufgelegt war. »Ich habe hier ein Mädchen bei mir, Inspecteur. Jenetta Slot. Sie möchte Sie sprechen. Es hat etwas mit dem Mord an Detty Roemers zu tun, und sie meint, es könnte dringend sein.«

Vegter überlegte kurz, aufs Revier zu fahren, aber das würde Zeit kosten – Zeit, die er unter Umständen nicht hatte. »Gib sie mir.«

»Jenetta am Apparat.« Sie klang noch jünger, als er sie in Erinnerung hatte. Und außerdem nervös.

»Du willst mir etwas sagen?« Er sah, wie Renée von ihrem Buch aufsah.

»Ich habe das Autokennzeichen des Mannes für Sie.« Sie schwieg kurz, und als er nicht sofort reagierte, fügte sie unsicher hinzu: »Sie wissen schon, das von dem, der sich auf dem Parkplatz so komisch benommen hat. Sie meinten, es könnte wichtig sein.«

»Und ob das wichtig ist«, sagte Vegter. Er zog einen Stift aus der Brusttasche. »Diktier es mir.«

Sie nannte das Kennzeichen, wiederholte es noch einmal, und er notierte es. Als er die zwei Ziffern und vier Buchstaben betrachtete, konnte er sein Glück kaum fassen. »Woher weißt du das auf einmal, Jenetta?«

Er hörte, wie sie tief Luft holte. »Mein Freund hat es gesehen. Außerdem soll ich noch ausrichten, dass es ein BMW war.« Ihre Stimme überschlug sich, und er begriff, wie angespannt sie war. »Aber er möchte nicht aufs Revier kommen. Das soll ich auch sagen.«

»Das macht nichts«, sagte Vegter in der Hoffnung, dass er recht behalten würde. »Aber ich wüsste gern, wieso er sich das Kennzeichen gemerkt hat und wieso er es erkennen konnte, du aber nicht.«

»Weil sich der Typ so komisch benommen hat«, erwiderte sie. »Deshalb hat er es sich gemerkt. Er hat es gesehen, als der Mann wegfuhr, denn da steht doch diese Laterne. Außerdem hat er bessere Augen als ich.«

Vegter betrachtete erneut das Kennzeichen. Manchmal hängt es von der Geistesgegenwart eines Liebespärchens ab, ob ein Mord aufgeklärt wird oder nicht.

»Vielen Dank, Jenetta, sag das bitte auch deinem Freund.«

»Reicht das?«, fragte sie.

»Ja, und ob das reicht«, sagte Vegter.

Auf dem Weg zum Revier rief er Talsma an und gab ihm das Kennzeichen durch. Als er seinen Wagen unter der Kastanie parkte, sah er, dass Talsma schneller gewesen war als er. Sein verbeulter Renault stand, halb in die Straße hineinragend, schräg auf einem der Parkplätze. Er war in seinem Büro und beendete gerade ein Telefonat.

»Verdammt, Vegter!«, sagte er anstelle einer Begrüßung. »Nie im Leben werden Sie raten, welcher Name mir gerade genannt wurde.«

»Sag schon!«

Talsma holte tief Luft und ließ die Bombe platzen.

»J. Verbruggen.«

»Du meinst ...«

»Der Kompagnon«, sagte Talsma. »Vervaekes Kompagnon – dabei war ich noch bei ihm! Ein arrogantes Arschloch, wenn ich das sagen darf. Ein roter BMW. Ein roter BMW! Ich bin daran vorbeigelaufen, so wahr mir Gott helfe!« Er grinste so breit, dass Vegter Angst hatte, er könnte eine Maulsperre bekommen. »Was machen wir jetzt?«

»Na, was glaubst du wohl?«

Die Auffahrt war verlassen, und im Haus brannte kein Licht, als sie daran vorbeifuhren.

»Niemand zu Hause«, sagte Talsma enttäuscht. »Keiner von beiden. Sie fährt einen dunkelblauen Saab.« Er lenkte den Wagen bis zum Tennisplatz am Ende der Allee, wendete und fuhr langsam zurück. Dann parkte er im Schein einer Straßenlaterne. Er ließ die Fenster hinunter und holte seinen Tabak hervor.

Vegter griff zu seinem Handy.

»Fordern wir Verstärkung an?«, fragte Talsma seufzend. »Uns bleibt fast nichts anderes übrig, oder?«

»Nein«, sagte Vegter. »Ich will, dass Brink kommt und die Rückseite des Hauses überwacht. Nur für den Fall, dass uns die Situation über den Kopf wächst, wenn Verbruggen zurückkehrt. Außerdem möchte ich, dass die Streifenpolizei nach ihm Ausschau hält, ihn aber nicht verhaftet. Das erledigen wir.«

»Das wird Ärger geben«, sagte Talsma vergnügt.

»Nicht, wenn alles gut geht.«

Sie sahen, wie Brink vorbeifuhr und einmal die Lichthupe betätigte, zum Zeichen, dass er sie gesehen hatte.

Vegter murmelte etwas.

»Manchmal frage ich mich, ob er es jemals lernen wird«, sagte Talsma.

Brink kam ihnen entgegen. Er war dunkel gekleidet, und seine Waffe zeichnete sich deutlich unter seinem T-Shirt ab. Er steckte den Kopf ins Wageninnere. »Inspecteur.«

»Setz dich kurz auf die Rückbank«, sagte Vegter.

Brink stieg ein, und Vegter drehte sich um. »Wir wollen ihn beim Nachhausekommen verhaften. Aber wir schlagen erst los, wenn er schon in der Auffahrt steht. Sollte irgendetwas schiefgehen, stehst du auf der Rückseite des Hauses und lenkst ihn ab. Ich weiß nicht, ob er bewaffnet ist, also sei vorsichtig! Es ist das weiße Hause mit den zwei Säulen, Nummer sechsunddreißig.«

Brink nickte.

»Erkunde erst einmal die Lage, damit du keine böse Überraschung erlebst.«

»Warum machen wir das zu dritt?« Brink klang erstaunt, aber auch argwöhnisch.

»Weil uns das sinnvoll erscheint«, sagte Talsma.

Brink verschwand wortlos.

»Ich wüsste zu gern, was dahintersteckt«, sagte Talsma nach seiner zweiten Selbstgedrehten.

»Was hattest du für einen Eindruck von Verbruggen, außer dass er arrogant ist?«

»Er sieht aus wie einer, der ins Fitnessstudio geht. Trotzdem machte er einen ungesunden Eindruck. Rein äußerlich passt er auf die Zeugenbeschreibungen: Er ist nicht sehr groß, schlank, etwa dreißig und hat dunkles Haar. Er ist bei meinem Anblick erschrocken, aber das hat nicht viel zu sagen, denn das tun alle. Er war höflich, aber es war eine angestrengte Höflichkeit. Ich würde mich nicht wundern, wenn er boxt, obwohl seine Nase unversehrt war. Ein bisschen ordinär. Ich hatte so das Gefühl, dass er reich geheiratet hat.«

Vegter nickte.

»Jetzt weiß ich wieder, woran er mich erinnert hat!« Talsma schlug aufs Lenkrad. »Dieser Gang, meine ich. Das Mädchen hat ihn uns vorgemacht, diese nette Kleine, wie hieß sie noch gleich?«

»Jenetta Slot.«

»Ja. Jetzt, wo ich darüber nachdenke, hat sie ihn hervorragend nachgeahmt.«

Auf der Uhr im Armaturenbrett war es nach zehn. Vegter änderte seine Sitzposition und entspannte sich. Er machte sich auf eine lange Wartezeit gefasst. Talsma neben ihm tat genau das Gleiche. Gemeinsam hatten sie schon Hunderte von Stunden so verbracht, manchmal in einem Auto, in dem es so kalt war, dass die Scheiben von innen zufroren. Es gab unheimlichere Orte, um auf jemanden zu warten, als eine stille Allee an einem warmen Sommerabend. Seine Gedanken eilten zu Renée. Er hatte Beunruhigung in ihren Augen gesehen, als er aufgebrochen war, aber auch Hoffnung. Vor allem Hoffnung. In der Ferne machte sich ein Wetterleuchten bemerkbar, und er zählte die Sekunden, bis ein schwaches Donnern ertönte. »Seine Frau hast du nicht gesehen?«

»Nein. Aber sie war zu Hause. Ich habe gehört, wie oben eine Tür zugezogen wurde. Meiner Meinung nach hat sie gelauscht.« Talsma griff wieder nach seinem Tabak. »Die beiden stecken doch wohl nicht unter einer Decke? Wenn sie gleichzeitig nach Hause kommen, haben wir nämlich ein Problem.«

Vegter überlegte. »Das halte ich für wenig wahrscheinlich. Aber du hast natürlich recht.«

»Das heißt, wir konzentrieren uns auf ihn?«

»Wir konzentrieren uns auf ihn.«

Zwei Scheinwerfer bogen um die Ecke, und sie rutschten gleichzeitig auf ihren Sitzen nach unten. Aber die Scheinwerfer bogen in eine andere Auffahrt ein und verlöschten.

»Ein Mercedes«, sagte Talsma. »Hier wohnt viel alteingesessenes Geld.«

»Ja.«

»Da fragt man sich schon, warum so ein Bursche all das aufs Spiel setzt«, sagte Talsma und machte eine weit ausholende Geste, die die gesamte Allee mit einschloss.

»Wenn er es überhaupt ist.«

»Oh doch«, sagte Talsma entschieden. »Er ist es.«

Sie schwiegen. Es blitzte erneut, und der Donner klang wie ein Paukenschlag, der zu einem Unheil verkündenden Trommelwirbel anschwoll.

32

Auf der steilen Böschung tat er sich schwer, das Gleichgewicht zu halten. Er schlug sich halb in die Sträucher, während auf der anderen Seite des Grabens der Verkehr vorbeibrandete. Was morgens noch ausgesehen hatte wie ein Kinderspiel, war nun ein gefährliches Unterfangen. Ein Blitz tauchte alles sekundenlang in blauweißes Licht und machte seine Bemühungen, nicht aufzufallen, vollkommen zunichte. Er erstarrte wie ein Kaninchen im Scheinwerferlicht. Noch in der Kneipe hatte er sich vorgenommen, sich ganz normal zu benehmen, während er jetzt im Stockdunklen durch Hundescheiße watete. Man kann auch zu vorsichtig sein!

Er schob die Äste und Zweige beiseite und spürte den Bürgersteig unter den Füßen. Links und rechts von ihm glänzten Autos im Schein der Straßenlaterne, und er beruhigte sich wieder. Hier kannte er sich aus. Eine Katze überquerte gemächlich die Straße und verschwand hinter dem Hochhaus. Das Treppenhaus war menschenleer, und draußen war niemand zu sehen. Es war erst halb elf, aber ganz Holland hockte zu Hause vor der Glotze. Er musste nur noch dreißig Meter laufen.

Er wartete, bis das Rauschen in seinen Ohren nachließ – vergeblich. Also lief er seitwärts hinter den Autos nach rechts. Auf Zehenspitzen schlich er über den Bürgersteig bis zu ihrem Wagen. Links davon stand ein klappriger Panda, rechts davon ein stattlicher Kombi, und zwar mit dem Heck zu ihm, sodass er sich gut dahinter verstecken konnte. Er sah sich prüfend nach allen Seiten um und war zufrieden. Er konnte jeden sehen, der das Treppenhaus verließ oder betrat, und er würde sie unter Tausenden wiedererkennen. Ein Hoch auf das Hinkebein!

Er ging in die Hocke, setzte die Sturmmaske auf, sodass nur noch ein Sehschlitz für die Augen frei blieb, und achtete darauf, dass kein Stück Haut mehr zwischen Haube und T-Shirt hervorblitzte. Er zog die Handschuhe an, drehte das Messer an seinem Unterarm, bis es die Gummibänder durchtrennte, und kickte diese unter den Kombi.

Bewegungen, die ihm fast schon zur Routine geworden waren und die ihn beruhigten. Es war schon zweimal gut gegangen, und aller guten Dinge sind schließlich drei.

33

Beinahe hätte sie ihn übersehen, aber die sich plötzlich bewegenden Sträucher erregten ihre Aufmerksamkeit. War es der Wind? Aber es wehte kein Wind, es wehte kein Wind! Selbst die Werbeflagge an der weiter vorn gelegenen Kreuzung hing schlaff an ihrem Mast. Ein Blitz zuckte über den Himmel, bei dem die Umrisse eines Kopfes samt Schultern vor ihr auftauchten. Sie sahen aus wie aus schwarzem Tonpapier ausgeschnitten. Der Kopf schaute nach links und dann nach rechts.

Für einen Moment war sie fassungslos. Noch immer hatte sie wider besseres Wissen einen letzten Funken Hoffnung gehabt. Aber das hier war die Wirklichkeit, das geschah ihr, der ach so behütet aufgewachsenen Vivienne Verbruggen, geborene Smelink, die von der Wiege bis zur vielleicht gar nicht mehr so fernen Bahre rundum versorgt war. Alles Böse, das sie John unterstellt hatte, entsprach genau der Wahrheit. Sie war nicht verrückt, sie war nicht überspannt, sie war die Frau eines Mörders. Oh Gott, er war da, er war tatsächlich da, und jetzt gab es kein Zurück mehr. Sie wusste nicht, was sie tun sollte.

Ein Donnern in der Ferne. Ein Blitz.

Da.

Er war kaum mehr als ein Schatten.

Noch drei Autos.

Noch zwei.

Noch eines.

Er verschwand hinter dem Kombi, der links von ihrem Auto parkte. Sie konnte noch einen kurzen Blick auf seinen Kopf erhaschen, danach war er verschwunden. Sie blinzelte, starrte auf die Stelle, bis ihr die Augen tränten, aber nichts regte sich. War er wirklich da? Sie hatte anderthalb Stunden auf ihn gewartet. Sie war müde, ja durchgefroren – jetzt, wo sich die feuchte Luft langsam abkühlte und dafür sorgte, dass ihr die Haare im Nacken klebten. Sie hatte Angst, war verzweifelt, hatte kaum etwas gegessen. Vielleicht sah sie Dinge, die es gar nicht gab.

Sie schlug die Hände vors Gesicht, bohrte ihre Daumen in den Kiefer, um nicht laut mit den Zähnen zu klappern, und bemühte sich, ihr Keuchen zu kontrollieren. So konnte sie auf keinen Fall nach unten gehen. In diesem Zustand blinder Hilflosigkeit würde sie nur alles falsch machen. Außerdem *wollte* sie nicht nach unten, sie konnte das nicht, sie hatte sich überschätzt, nicht wirklich daran geglaubt. Sie schaffte es einfach nicht, sich dazu durchzuringen. Sie versuchte vergeblich aufzustehen, sackte wieder in sich zusammen, legte den Kopf auf die Knie und weinte.

34

So langsam tat ihm der Rücken weh, weil er sich ständig vorbeugen musste. Ein paar Mal wagte er es, in die Hocke zu gehen und sich mit den Ellbogen an der Stoßstange abzustützen. Aber länger als eine Minute wollte er nicht so verharren, weil es ihn mordsnervös machte, nichts zu sehen. Seine Eingeweide rumorten, und er kniff die Arschbacken zusammen. Nicht schon wieder! Das würde eine schöne Sauerei geben.

Ein Blitz durchzuckte die Luft, und ein paar Donnerschläge ließen ihn zusammenfahren. Das Gewitter war fast direkt über ihm, und wenn es regnete, würde er klatschnass werden und kaum noch etwas sehen. Verdammt noch mal, wo blieb die Schlampe? Gab Liesbeth schon heute Abend den Löffel ab, weshalb sie über Nacht blieb?

Er schob den Ärmel hoch und drehte den Arm, damit mehr Licht auf das spiegelnde Uhrenglas fiel. Viertel nach elf. Noch konnte es klappen. Natürlich würde es klappen! Seine Angst war vollkommen unbegründet. Sie hatte noch nie bei Liesbeth übernachtet, warum sollte sie es ausgerechnet heute tun? Außerdem hätte sie ihn dann angerufen. Aber vielleicht nicht auf seinem Handy, sie wähnte ihn schließlich zu Hause. Würde sie versuchen, ihn auf dem Handy zu erreichen, wenn daheim niemand dranging? Sein

Handy lag im Auto, und das Auto parkte drei Straßen weiter.

Nein, sie blieb nicht über Nacht, das war vollkommen ausgeschlossen. Alles würde genau nach Plan laufen. Es durfte nur nicht mehr allzu lange dauern – der Mann mit dem Hammer lag bereits auf der Lauer.

Geduld, Geduld.

Sie würde kommen.

Sie musste einfach.

Weil er es so wollte.

35

Das Weinen hatte das Zähneklappern beendet, die Kälte verjagt und die Panik weggespült. Es ließ sie völlig leer und gefühllos zurück. Sie wusste nicht, wie viel Zeit verstrichen war, aber das spielte auch keine Rolle. Egal, wie spät es war – er würde noch da sein und hartnäckig auf sie warten wie die Katze vor dem Mauseloch.

Das Gewitter zog weiter, aber in der Luft hing Regenduft. Es war ein sauberer, frischer Duft wie von blütenweißen Laken, die an der Wäscheleine flattern. Ein reinigender Duft.

Sie stand auf, massierte sich mit beiden Händen die Wade, bis sie wieder etwas darin spürte. Dann wartete sie geduldig, bis ihr die Beine wieder gehorchten. Sie bückte sich und hob ihren Stock auf. Der Griff lag warm und vertraut in ihrer Hand, und sie lächelte. Er war ihr stets eine Hilfe gewesen, aber noch nie so sehr wie heute. Wie sehr er diesen Stock gehasst haben musste!

Dicht vor den Haustüren lief sie den Laubengang entlang. Dabei kam sie auch an Liesbeths Tür und Küchenfenster vorbei, hinter denen alles dunkel war. Liesbeth schlief bestimmt schon, auch wenn das Bett kein sicherer Zufluchtsort mehr für sie war. Vielleicht hatte sie vom Fenster aus die Blitze beobachtet und sich dabei auf die Fensterbank gestützt, weil das Stehen so anstrengend geworden war. Als sie auf den Lift wartete, fiel ihr wieder ein, dass sie sich gefragt hatte, wie es wohl war, zu wissen, dass es keinen Herbst, keinen Winter und keinen Frühling mehr geben würde. Jetzt wusste sie es.

Vielleicht.

Der Lift kam, die Tür schloss sich hinter ihr, und sie drückte den Knopf für das Erdgeschoss. Um sie herum war es so still, dass sie kurz befürchtete, ertaubt zu sein. Aber dann hörte sie ihr Blut rauschen. Sie betrachtete ihr Spiegelbild in der Stahlkabine – ihr blasses, aber gefasstes Gesicht, ihre rot glänzende Mähne, die durch die feuchte Luft noch lockiger war als sonst, die zu breiten Hüften, die zu dicken Oberschenkel, aber auch die geraden, kräftigen Schultern. Junge Frau, 37, mit leichter Behinderung.

Der Lift kam zum Stehen, die Tür glitt auf, und sie verließ, ohne zu zögern, das Treppenhaus. Dann wandte sie sich nach links und überquerte die Straße, während ihr Stock über das Pflaster klapperte. Sie hatte bewusst kein rutschsicheres Laufgummi gewählt, weil das rhythmische Klappern für gleichmäßigere Schritte sorgte. Zumindest hatte sie sich das eingebildet. Vielleicht wurde es Zeit, auch das zu hinterfragen.

Gleich war sie beim Auto.

Weiterlaufen. Tak-tak. Nicht zögern. Tak-tak.

Noch immer keine Bewegung.

Er hörte sie bestimmt kommen und hielt sich bereit.

Egal.

Sie war ebenfalls bereit.

Sie passierte ihre hintere Stoßstange und sah, dass der Abstand zwischen ihrem Auto und dem Kombi ziemlich groß war. Bewegungsfreiheit.

Jetzt nach rechts.

Sie umklammerte den Stock mit beiden Händen.

Sie passierte das Hinterrad.

Sie passierte das hintere Fenster.

Nichts. *Nichts.*

Es waren ihre Ohren, die sie warnten und ihr sagten, dass sie sich täuschte. Es waren ihre Ohren, die das Rascheln von Kleidung wahrnahmen, das leichte Scheuern von Jeansstoff an Jeansstoff. Nicht vor, sondern hinter ihr.

Blitzschnell drehte sie sich um und hob den Stock mit beiden Händen über den Kopf. In diesem Moment überkam sie all die Wut, die sie benötigte, weil er sie sogar jetzt noch zu betrügen schien: Er griff sie nicht von vorn, sondern von hinten an.

Er stand ungefähr einen Meter hinter ihr, nicht mehr als eine schwarze Silhouette. Der linke Arm hing seitlich herab, der rechte war halb erhoben.

Sie erfasste ein Triumphgefühl, der Abstand passte: Sie befand sich klar im Vorteil.

Ein Funkeln.

Ein Schritt.

Sie schlug dermaßen fest zu, dass sie den Schmerz bis in die Ellbogen spürte. Sie traf die Kuhle zwischen Hals und Schulter. Etwas knackte, und er schrie. Er schrie hinter seiner Maske oder was auch immer er sich da über den Kopf gezogen hatte. Er strauchelte, ließ etwas fallen, das klirrend über das Pflaster rollte, und fasste sich mit der Linken an die Schulter. Sie schlug die Hand weg, schlug noch einmal zu.

Und noch einmal.

Und noch einmal.

Sie hieb auf ihn ein, während er vor ihr zurückwich und stürzte. Gegen den Kombi stürzte, in die Knie ging und versuchte, seinen Kopf vor ihren peitschenden Schlägen zu schützen. Und als sie das sah, zielte sie genau darauf, auf diesen Kopf, der imstande gewesen war, ihr zwei Jahre lang etwas vorzumachen. Auf den Kopf, der sie manipuliert, gedemütigt und verraten hatte.

Er lag nun schräg am Hinterrad, versuchte, sich abzuwenden und fortzukriechen, aber der Stock verfolgte ihn. Und der Stock war schneller, der Stock war überall.

Und dann lag er gekrümmt auf der Seite, mit angezogenen Beinen und vor der Brust verschränkten Armen wie ein Fötus.

»Vivienne.« Er war nur noch eine Stimme. »Vivienne, ich bin's.«

»Ich weiß«, sagte sie.

Sie schlug so lange auf ihn ein, bis er sich nicht mehr rührte.

36

Als Vegter endlich das Revier verliess, fielen die ersten Tropfen. Sie fielen senkrecht nach unten, glitzerten im Licht der Straßenlaterne, prasselten auf die steinernen Stufen vor dem Eingang und spritzten nach allen Seiten wie kleine Fontänen. Es waren lauwarme Tropfen, vorsichtige Vorboten eines Tropenschauers nach Wochen mörderischer Hitze.

Er stieg ein, startete den Motor, machte die Scheibenwischer an und sah zu, wie sie auf der verstaubten Windschutzscheibe schmutzige Schlieren hinterließen.

Langsam fuhr er los und bog beim Straßencafé links ab, das völlig dunkel und verlassen dalag. Die Terrassenstühle waren aufeinandergestapelt und durch Ketten gesichert, die Sonnenschirme hineingeräumt und die Treppe geschrubbt, sodass der Rinnstein voller Kippen war.

Die Straßen waren leer, die Rollläden heruntergelassen, die Fenster geschlossen. Hie und da überholte ihn ein Auto oder wartete wie er an einer der wenigen noch funktionierenden Ampeln. Das Gewitter und der Regen kündigten das vorläufige Ende eines Jahrhundertsommers an, und die schlafende Stadt hatte sich auf die nüchterne Wirklichkeit dahinjagender Wolken und einer kühlen Brise vorbereitet.

Sie hatten Glück gehabt, noch alles erledigen zu können, bevor der Regen losprasselte. Sie hatten die Leiche geborgen, die Umgebung überflüssigerweise, aber dafür vorschriftsmäßig überprüft und den BMW zur Spurensicherung gebracht.

Er musste wieder an die junge Frau denken, die ihm vollkommen ruhig gegenübergesessen hatte, nachdem sie den Polizeinotruf gewählt und gemeldet hatte, sie habe ihren Mann erschlagen und wisse jetzt nicht, wie es weitergehe. Er hatte ihr Tee angeboten, den sie dankbar entgegengenommen hatte. Beinahe schüchtern hatte sie um Zucker gebeten. »Ich habe in den letzten Tagen nicht sehr viel gegessen.«

Kerzengerade saß sie auf ihrem Stuhl, den Stock fest in der Hand und das Gesicht blass unter dem glänzenden Haar. Während sie seine Fragen beantwortete, hatte sie seinen Blick ungerührt erwidert. Sie hatte ihm ihre Hausschlüssel gegeben und ihnen erklärt, wo sie das T-Shirt finden konnten, das ihr Mann beim Überfall auf Renée getragen hatte. »Aber Sie müssen vorsichtig sein, weil noch ein Haar Ihrer Kollegin daran klebt.«

Vorbehaltlos hatte sie ihnen alles erzählt, was sie wissen wollten, darunter auch, wie sie darauf gekommen war, sein eigentliches Opfer zu sein. Sie hatte gesagt, dass sie sich regelrecht befreit fühle, jetzt, wo die Ungewissheit ein Ende hatte und es nichts mehr zu verlieren gab. »Es ist wahrscheinlich besser, sich keine Illusionen zu machen, glauben Sie nicht auch?«

Erst als sie ihren Stock abgeben musste, hatte sie die Selbstbeherrschung verloren. Talsma hatte all seine Überredungskunst anwenden, neben ihr in die Hocke gehen und mit seiner ruhigen, freundlichen Stimme auf sie einreden müssen, bevor sie ihren Widerstand aufgab.

Der Regen trommelte auf das Wagendach, und er bog in seine Straße ein. Als er aufsah, merkte er, dass in seiner Wohnung noch Licht brannte. Ob Renée ebenfalls jegliche Illusion verloren hatte? Wenn ja, musste er sie aufgeben, da er ohne Hoffnung nicht leben konnte.

Er stieg aus und schloss die Wagentür. Dann blieb er stehen und hob das Gesicht, ließ den Regen daraufprasseln und wartete, bis sein Hemd und seine Hose durchweicht waren. Er atmete den Duft von Erde und hörte, wie das Wasser im Rinnstein gurgelte und allen Schmutz der letzten Wochen mit sich fortspülte.

Sie lag mit angezogenen Beinen auf dem Sofa. Die lange Reihe schwarzer Stiche an ihrem linken Arm wirkte wie ein unregelmäßiger Riss, der mit der falschen Garnfarbe zugenäht worden war.

Vermutlich spürte sie seine Anwesenheit, denn sie bewegte sich, setzte sich auf und strich sich die Haare aus dem Gesicht. Sie sah ihn da stehen, mit leicht gebeugten Schultern, während ihm das völlig durchnässte Hemd am Leib klebte. In ihren Augen leuchtete eine Frage auf.

Er nickte nur. »Du kannst wieder nach Hause.«

Sie schlang die Arme um ihren Oberkörper, als fröre sie. Ihr Blick löste sich von ihm, irrte durchs Zimmer und blieb schließlich an den Büchern und dem Gurkenglas hängen, in dem die Blumen zu Seidenpapier vertrocknet waren. Dann fing sie an zu lächeln. Es war ein vorsichtiges, unsicheres Lächeln.

»Das werde ich auch«, sagte sie. »Aber mach dich darauf gefasst, dass ich wiederkomme.«